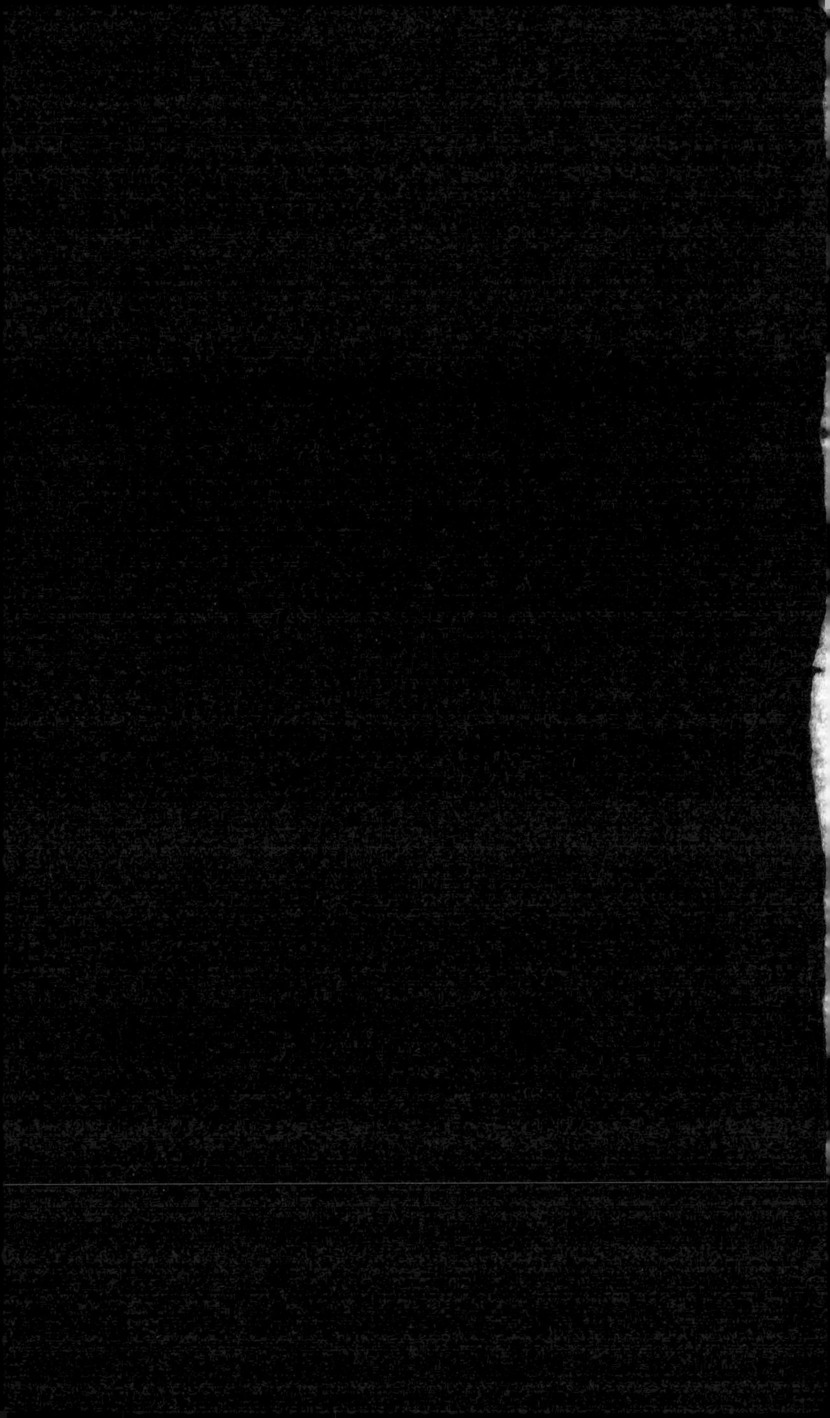

제인 에어

제인 에어

제인 에어 _하

Jane Eyre

샬럿 브론테 장편소설 이미선 옮김

JANE EYRE
by CHARLOTTE BRONTË (1847)

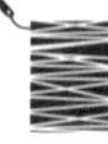

이 책은 실로 꿰매어 제본하는 정통적인 사철 방식으로 만들어졌습니다.
사철 방식으로 제본된 책은 오랫동안 보관해도 손상되지 않습니다.

제7장

　　로체스터 씨는 내게 일주일밖에 휴가를 안 주었지만 나는 한 달이 지나고 나서야 게이츠헤드를 떠났다. 장례식 후에 곧 떠나고 싶었지만 조지아나가 런던으로 떠날 수 있을 때까지 같이 있어 달라고 내게 간청했다. 누이의 매장을 감독하고 집안 문제를 해결하러 내려왔던 그녀의 외삼촌 깁슨 씨가 마침내 일라이자를 런던으로 초대했기 때문이다. 조지아나는 일라이자와 단둘이 남겨지는 것이 무섭다고 말했다. 상심해 있어도 일라이자로부터는 일말의 동정을 받지 못했고, 두려움에 떨어도 전혀 의지할 수가 없었으며, 떠날 준비를 할 때 아무런 도움도 받지 못했다. 그래서 나는 그녀가 의지박약으로 풀이 죽어 있는 가운데 자기 생각만 하면서 한탄하는 것을 최대한 잘 견뎌 내가며 그녀를 위해 바느질을 해주고 짐을 꾸려 주면서 성심껏 도왔다. 내가 일을 하는 동안 그녀는 빈둥거린 것이 사실이다. 그러면 나는 혼자 속으로 생각하곤 했다. 〈사촌, 너와 내가 계속 함께 살아야 할 운명이라면 아마 다른 식으로 관계를 시작했을 거야. 내가 온순하게 참는 쪽을 차지하고 있진 않았을 거야. 네 몫의 할 일을 정해 주고 네게 그것을 시키거나, 네가 안 하면 결국 안 한 상태로 그대로 내버려

됐겠지. 또한 그 느릿느릿하게 내뱉는 불성실한 불평은 너 자신의 마음속에 묻어 두라고 했을 거야. 내가 이렇게 참아 주고 네 말을 들어 주기로 마음먹은 것은 우리 관계가 매우 일시적이고 특히 상중에 이루어진 것이기 때문일 뿐이야.〉

마침내 나는 조지아나를 떠나보냈다. 그런데 이제는 일라이자가 내게 일주일만 더 같이 있어 달라고 부탁했다. 그녀는 자신의 계획에 모든 시간과 주의를 쏟아야 했다. 그녀는 어떤 미지의 나라로 떠날 예정이었다. 그녀는 하루 종일 안에서 빗장을 걸어 잠근 채 자기 방에 틀어박혀 짐 가방을 싸고 서랍을 비우고 종이를 태우면서 다른 어느 누구와도 이야기를 나누지 않았다. 그녀는 내게 집안일을 돌보면서 손님을 맞고 조문 편지에 답장을 써달라고 부탁했다.

어느 날 아침 그녀는 내게 이제는 내 마음대로 해도 된다고 말했다. 「네 소중한 도움과 분별력 있는 행동에 대해 무척 고맙게 생각하고 있어. 너 같은 사람과 사는 것과 조지아나와 사는 것은 확실히 달라. 너는 자신이 맡은 일은 알아서 하니까 절대 어느 누구에게도 짐이 안 돼.」 그녀가 말을 계속했다. 「나는 내일 유럽으로 출발해. 라일 근처에 있는 수도원 — 수녀원이라고 불리겠지만 — 에서 지낼 거야. 그곳에서 어느 누구의 방해도 받지 않고 조용히 살 거야. 한동안 로마 가톨릭 교리를 연구하고 로마 가톨릭 체제의 작용에 대해 자세히 공부할 거야. 지금은 확실히 알 수 없지만 그것이 모든 일을 적절하고 질서 정연하게 행하도록 해주는 가장 적합한 체제로 판명되면 나는 가톨릭의 교의를 받아들여서 어쩌면 수녀가 될지도 몰라.」

나는 이런 결심에 놀라움을 표현하지도 않았고 그러지 말라고 그녀를 설득하려고도 하지 않았다. 〈그 일이 언니한테 정말 잘 맞을 거야.〉 나는 마음속으로 생각했다. 〈그렇게 해

서 언니가 잘되기를!〉

우리가 헤어질 때 그녀가 말했다. 「안녕, 사촌 제인 에어. 잘 지내길 빌게. 너는 상당히 지각 있는 사람이야.」

그 말을 듣고 내가 대답했다. 「언니도 지각이 없는 건 아니야. 그러나 언니가 가진 지각은 1년 후에는 프랑스의 수녀원 안에 산 채로 갇힐 거야. 그렇지만 그건 내가 상관할 바가 아니야. 그게 언니에게 맞는다면 나는 별로 걱정 안 해요.」

「네 말이 맞아.」 그녀가 말했다. 이 말과 함께 우리는 헤어져서 각자의 길을 갔다. 일라이자나 그녀의 동생에 대해 다시 언급할 기회가 없을 것이므로 여기서 잠깐 몇 마디 하고 넘어가는 게 좋겠다. 조지아나는 나이 많은 부유한 상류층 남자와 정략결혼을 했고 일라이자는 실제로 수녀가 되었다. 현재 그녀는 수습 수녀 시절을 보낸 수녀원의 수녀원장이 되었고 그곳에 재산을 기부했다.

길건 짧건 집을 떠나 있다 돌아올 때 사람들이 어떤 기분을 느끼는지 나는 몰랐다. 그런 느낌을 한 번도 가져 본 적이 없었다. 어렸을 때 긴 산책을 한 후 게이츠헤드에 돌아왔을 때 추워 보인다거나 우울해 보인다는 이유로 꾸지람을 듣는 기분이 어떤지는 알고 있었다. 이후 교회에서 로우드로 돌아오면서 느꼈던, 풍성한 식사와 따뜻한 불을 갈망했지만 어느 것도 얻을 수 없을 때의 그 기분이 어떤지도 알고 있었다. 그런 종류의 귀갓길 중 어느 쪽도 즐겁거나 매력적이지 않았다. 나를 어떤 지점으로 끌어당기면서 더 가까이 갈수록 끌어당기는 힘이 세지는 자석은 없었다. 손필드로의 귀환은 어떨지 곧 시험이 이루어질 예정이었다.

돌아오는 길은 매우 지루하게 느껴졌다. 하루에 50마일을 여행했고 하룻밤을 여관에서 보낸 뒤 그다음 날 또다시 50마일을 여행했다. 처음 열두 시간 동안에는 죽기 직전의 리드 부인을 생각했다. 추하게 변하고 창백해진 그녀의 얼굴이 눈에 선하게 떠올랐고 이상하게 변한 그녀의 목소리가 들리는 것 같았다. 나는 장례식 날과 관, 영구차, 소작인들과 하인들의 검은 행렬 — 친척들은 극소수였다 — 그리고 열려 있는 지하 납골당, 조용한 교회, 엄숙한 예배 등에 대해 생각했다. 그런 다음 일라이자와 조지아나를 생각했다. 무도회장에서 찬미의 대상인 된 조지아나와 수녀원의 방에 살고 있는 일라이자의 모습이 보였다. 그들 각자의 신체와 성격상의 특성에 대해 생각해 보고 그것을 분석했다. 저녁때 큰 도시에 도착하면서 이런 생각들이 흩어졌다. 밤이 되자 생각이 완전히 다른 방향으로 흘러갔다. 여관집 침대에 누워서 나는 추억을 남겨두고 앞으로의 일에 대한 기대 쪽으로 생각을 바꿨다.

나는 손필드로 돌아가는 중이었다. 그러나 내가 그곳에 얼마나 오래 머물 수 있을까? 오래 있지는 않을 것이다. 그 점에 대해서는 확신할 수 있었다. 내가 떠나 있는 동안 페어팩스 부인에게서 소식을 들었다. 로체스터 씨는 삼 주 전 런던으로 가서 이 주 후에 돌아올 예정이라고 했다. 페어팩스 부인은 로체스터 씨가 새 마차를 사겠다고 말한 것으로 봐서 결혼 준비를 하기 위해 런던에 간 듯하다고 추측했다. 부인은 로체스터 씨가 잉그램 양과 결혼한다는 생각이 자신에게는 여전히 이상하게 여겨진다고 말했다. 그러나 모든 사람의 말과 그녀 자신이 본 정황으로 판단해 보건대 그 일이 곧 일어나리라는 것은 더 이상 의심의 여지가 없다고 했다. 〈그 일을 의심한다면 부인이 이상할 정도로 의심이 많은 거죠.〉 나는 마음속으로 그렇게 내 생각을 말했다. 〈나는 그걸 의심하지 않아요.〉

〈어디로 가야 하지?〉 하는 질문이 뒤따랐다. 나는 밤새 잉그램 양에 대해 꿈을 꿨다. 아침 무렵에 꾼 생생한 꿈속에서 잉그램 양이 내가 들어오지 못하게 손필드의 대문을 닫고 다른 길을 가리켰다. 로체스터 씨는 팔짱을 낀 채 냉소적인 미소를 지으며 그녀와 나를 바라보았다.

나는 페어팩스 부인에게 내가 돌아가는 정확한 날짜를 알리지 않았다. 날 마중하러 짐마차나 마차가 밀코트에 나와 있는 것을 원치 않았다. 혼자서 조용히 길을 걸어가고 싶었다. 6월의 어느 날 저녁 6시경 여관의 마부에게 짐을 맡긴 다음 조용히 조지 여관을 빠져나온 나는 손필드로 가는 오래된 길로 들어섰다. 주로 밭을 가로질러 난 그 길에는 지나다니는 사람이 거의 없었다.

맑고 온화하긴 했지만 화창하거나 근사한 여름 저녁은 아니었다. 건초를 만드는 사람들이 길가에서 일을 하고 있었다. 구름이 제법 끼어 있었지만 앞으로 날씨가 좋아질 것을 보장해 주기라도 하는 듯한 하늘이었고, 파란 하늘은 그 파란 색깔이 보이는 곳에서만큼은 부드럽고 일정했으며 구름층은 높고 얇았다. 서쪽 하늘 역시 따뜻해 보였다. 그곳을 차갑게 만드는 축축한 빛은 전혀 없었다. 마치 대리석 같은 수증기의 장막 뒤에 불이 붙어서 성단이 타오르는 것 같았고 구름 틈새로 황금색 붉은 빛이 빛났다.

점점 갈 길이 줄어들자 기분이 좋아졌다. 너무 좋아서 한번은 발을 멈추고 그 기쁨이 무엇을 의미하는지 나 자신에게 물어보았다. 내가 가고 있는 곳은 내 집이나 영원히 쉴 수 있는 곳, 혹은 다정한 친구가 밖을 내다보며 내가 도착하길 기다려 주는 곳이 아니라고 이성에게 상기시켜 주었다. 〈페어팩스 부인은 당연히 미소를 지으며 조용히 널 맞아 줄 거야.〉 나 스스로에게 말했다. 〈그리고 어린 아델은 널 보면 손뼉을 치면서 펄쩍펄쩍 뛰겠지. 그러나 너는 그들 이외의 다른 사람을 생각하고 있고, 그 사람은 널 생각하고 있지 않다는 것을 매우 잘 알고 있어.〉

그러나 젊음만큼 고집 센 것이 또 어디 있겠는가? 무경험만큼 맹목적인 것이 어디 있겠는가? 이 두 가지는 로체스터 씨가 바라보거나 그렇지 않거나 그를 다시 바라볼 수 있는 특권을 갖게 된 것만으로도 기쁘다고 단언하면서 이렇게 덧붙이기까지 했다. 〈서둘러! 서둘러! 함께 있을 수 있을 때 최대한 그와 함께 있어. 기껏해야 며칠이나 몇 주 함께 있다가 영원히 헤어질 텐데!〉 그런 다음 나는 갓 태어난 고통, 계속 데리고 있으면서 키우라고 나 자신을 설득할 수 없었던 기형아를 목 졸라 없앤 다음 계속 뛰어갔다.

손필드 목초지에서도 사람들이 건초를 만들고 있었다. 아니, 정확하게 말하면 내가 도착한 시간에는 일꾼들이 막 일을 끝내고 어깨에 갈퀴를 메고 집으로 돌아가고 있었다. 밭을 한두 개 가로질러서 길만 건너면 대문이 나올 것이다. 울타리에는 장미들이 얼마나 잔뜩 피어 있던지! 그러나 꽃을 꺾을 시간이 없었다. 저택으로 빨리 들어가고 싶었다. 나는 길 위까지 무성한 잎과 꽃으로 뒤덮인 가지를 뻗고 있는 키 큰 찔레꽃을 지났다. 돌로 된 좁은 계단이 보인다. 그리고…… 손에 종이와 연필을 들고 그곳에 앉아서 글을 쓰고 있는 로체스터 씨가 보인다.

그런데 그는 유령이 아니다. 그럼에도 불구하고 온몸의 신경이 풀린다. 잠깐 동안 나 자신을 통제할 수 없는 상태가 된다. 이게 어찌 된 일인가? 그를 보았을 때 이런 식으로 온몸을 떨거나 그의 면전에서 목소리가 안 나온다거나 움직일 힘을 잃어버릴 거라고는 전혀 예상치 못했었다. 몸을 움직일 수 있는 한 되돌아가야 해. 나 자신을 완전히 바보로 만들 필요는 없어. 나는 집으로 들어가는 다른 길을 알고 있었다. 그러나 스무 개의 길을 알고 있다 해도 소용이 없다. 이미 그가 날 보았기 때문이다.

「안녕!」 그가 소리친다. 그리고 그가 종이와 연필을 높이 쳐든다. 「드디어 왔군! 이리 와요, 어서.」

그에게 가려고 했지만 어떤 식으로 다가가야 할지 몰랐다. 내 움직임에 대해서는 전혀 의식하지 않고 그저 침착하게 보이려고만 애를 썼다. 그리고 무엇보다, 무례하게 내 뜻을 거스르고 반항하면서 내가 감추기로 결심한 것을 드러내려고 애쓰는 얼굴 근육의 움직임을 통제하기만 바랐다. 그러나 내게는 베일이 있다. 베일이 드리워진다. 나는 이제 품위 있고 침착하게 행동할 수 있는 상태로 옮겨 간다.

「분명히 제인 에어요? 밀코트에서 오는 중이오? 그것도 걸어서 말이오? 그렇지, 당신 장기 중의 하나지. 보낸 마차를 타고 보통 사람처럼 길과 도로를 덜거덕거리며 오는 것이 아니라 마치 꿈이나 유령처럼 석양과 함께 집 근처로 몰래 들어오는 것 말이오. 도대체 지난달에는 뭘 했소?」

「외숙모님과 함께 지냈어요. 지금은 돌아가셨어요.」

「진짜 제인다운 대답이군! 착한 천사들이 날 지켜 주시길! 그녀가 다른 세상, 바로 죽은 사람들의 거처에서 와서는 이 저녁 어스름에 여기 혼자 있는 나를 만나 그렇게 말하는군. 할 수만 있다면 당신을 만져 보고 당신이 사람인지 유령인지 알아볼 것이오, 이 꼬마 요정! 아니 차라리 늪에서 파란 도깨비불을 붙잡겠다고 하는 편이 낫겠소. 무단결석꾼 아가씨!」 그가 잠깐 말을 멈췄다가 덧붙였다. 「한 달씩이나 떠나 있으면서 날 까맣게 잊고 있었다니, 세상에.」

그가 내 주인이 아닌 날이 곧 오게 되리라는 두려움과 내가 그에게 아무 존재도 아니라는 사실 때문에 깨져 버릴 환상이 마음속에 도사리고 있다 해도 주인을 다시 만나는 일이 즐겁다는 것을 나는 알고 있었다. 그러나 로체스터 씨에게는 행복을 전해 주는 엄청난 힘이 있어서(적어도 내가 생각하기엔 그랬다) 나처럼 집 없는 낯선 새들에게는 그가 뿌려 주는 빵 부스러기만 맛본다 해도 기분 좋게 포식하는 것과 다를 바 없었다. 그의 마지막 말은 향유와 같았다. 그 말은 내가 그를 잊고 안 잊고 하는 문제가 그에게 무척 중요하다는 의미를 함축하고 있는 듯했다. 그리고 그는 손필드를 내 집이라고 표현했다. 정말로 손필드가 내 집이라면 얼마나 좋을까!

그는 계단에서 비켜 주질 않았고 나는 지나가겠다고 비켜 달라는 말을 꺼내고 싶지 않았다. 나는 곧 그에게 런던에 간 게 아니었느냐고 물었다.

「그랬소. 그 일을 천리안으로 알아냈나 보군.」

「페어팩스 부인이 편지로 알려 주었어요.」

「그럼 내가 무슨 일로 갔는지도 그녀가 알려 주었소?」

「아, 네! 무슨 일로 가셨는지 모두 알고 있어요.」

「제인, 당신이 마차를 봐야 해요. 그 마차가 로체스터 부인에게 꼭 어울리지 않을 것 같으면 알려 줘요. 그 보라색 쿠션에 기대앉았을 때 내 아내가 보아디케아 여왕[67]처럼 보이지 않을 것 같으면 알려 줘요. 제인, 내 외모가 내 아내와 조금이라도 더 잘 어울렸으면 좋겠소. 당신이 요정이긴 하지만 나한테 말해 봐요. 날 미남으로 만들어 줄 마법이나 미약, 혹은 그 비슷한 것을 좀 줄 수 없소?」

「그건 마법의 힘을 벗어나는 일인데요.」 그리고 속으로 덧붙였다. 〈사랑하는 눈이야말로 필요한 마법이죠. 그런 눈에는 당신이 충분히 잘생겼으니까요. 아니 오히려 당신의 험상궂은 얼굴이 잘생긴 것을 초월한 힘을 가지고 있어요.〉

로체스터 씨는 때로 내가 이해할 수 없는 예민함으로 입 밖에 내지 않은 내 생각을 읽어 냈다. 이번에 그는 내 무뚝뚝한

67 고대 로마에 반란을 일으킨 켈트족 여전사.

대답은 완전히 무시한 채 그 특유의, 어쩌다 한 번씩만 짓는 미소를 내게 지어 보였다. 그는 평범한 목적을 위해 그런 미소를 짓기엔 그 자체가 너무 아깝다고 생각하는 것 같았다. 그 미소는 감정을 드러내는 진짜 햇살이었다. 그가 내게 지금 그 햇살을 비춰 주었다.

「지나가요, 재닛.」[68] 그가 계단을 지나가도록 내게 자리를 내주며 말했다. 「집으로 올라가서 걷느라 지친 당신의 작은 발을 친구의 집에서 쉬게 해요.」

이제 나는 조용히 그의 말을 따르기만 하면 되었다. 더 이상 말할 필요가 없었다. 한마디 말도 없이 계단을 넘어 조용히 그를 떠날 작정이었다. 그러나 갑자기 나는 충동에 사로잡혔다. 어떤 힘이 날 돌려세웠다. 나는 말했다. 아니, 내 안의 무언가가 나를 대신해서, 나도 모르게 말했다.

「당신의 그 큰 친절에 감사드려요, 로체스터 씨. 다시 당신에게 돌아오니 이상하게 기뻐요. 당신이 어디에 계시건 그곳이 제 집이에요. 제 유일한 집이요.」

내가 너무 빨리 걸었기 때문에 설사 그가 쫓아왔다 해도 날 따라잡지 못했을 것이다. 아델은 나를 보고 기뻐서 야단법석을 떨었다. 페어팩스 부인은 평소처럼 솔직하고 따뜻하게 나를 맞아 주었다. 리아는 미소를 지었고 소피조차도 기뻐하며 내게 프랑스어로 〈안녕하세요?〉라고 인사했다. 매우 기분 좋은 일이었다. 주변 사람들에게 사랑을 받고, 내가 다른 사람들의 즐거움에 보탬이 되고 있다는 느낌처럼 행복한 일은 없다.

그날 밤 나는 미래에 대해 단호하게 눈을 감았다. 가까운 이별과 다가오는 슬픔에 대해 계속 경고하는 목소리에 귀를

68 제인의 애칭.

막았다. 차를 다 마시고 페어팩스 부인은 뜨갯감을 집어 들었다. 나는 그녀 옆의 낮은 의자에 앉았고 양탄자 위에 무릎을 꿇은 아델은 내 옆으로 바싹 다가왔다. 서로 사랑하고 있다는 느낌이 황금빛 평화의 고리 모양으로 우리를 둘러싸고 있는 것처럼 보였을 때 나는 우리가 너무 멀리, 너무 빨리 헤어지게 되지 않도록 조용히 기도를 드렸다. 그때 불쑥 로체스터 씨가 들어왔다. 우리가 그렇게 화기애애하게 모여 있는 것을 보고 기분이 좋은 모양이었다. 그는 〈양딸이 다시 돌아와서 노부인이 이제 괜찮아진 것 같다〉고 말하고 아델이 〈조그만 영국인 엄마를 삼켜 버리려고 하는 걸〉 보았다고 덧붙였다. 나는 설사 그가 결혼하더라도 우리를 그의 보호하에 함께 살 수 있도록 해줌으로써 햇살 같은 그의 곁에서 완전히 쫓아내지 않았으면 좋겠다는 희망을 희미하게 가져보기도 했다.

내가 손필드 홀로 돌아온 후 두 주일이 수상할 정도로 조용히 지나갔다. 주인의 결혼에 대한 말이 전혀 없었고 그런 행사를 위해 뭔가 준비가 이루어지는 것 같지도 않았다. 거의 매일 나는 페어팩스 부인에게 뭔가 결정된 사항이 있느냐고 물었다. 그녀의 대답은 항상 부정적이었다. 한번은 부인이 직접 로체스터 씨에게 언제 신부를 집으로 데려올 것인지 대놓고 물어본 적이 있었다고 알려 주었다. 그러나 로체스터 씨가 그녀에게 그냥 농담으로 대답을 대신하고 그 특유의 이상한 표정을 지어 보였기 때문에 그녀는 그의 의중을 전혀 파악할 수가 없었다.

한 가지가 특히 나를 놀라게 했다. 그것은 잉그램 파크와 왕래가 전혀 없었고 그곳을 방문하는 일도 전혀 없었다는 점이었다. 물론 그곳이 다른 군의 경계에 위치하고 있으며 20마일이나 떨어진 곳이기는 했지만 열렬히 사랑에 빠진 사람에게 그깟 거리가 무슨 상관이 있겠는가? 그 정도는 로체스터 씨처럼 숙달되고 지칠 줄 모르는 기수에게는 반나절만 말을 타면 갈 수 있는 거리였다. 나는 결혼이 깨졌고 소문이 잘못된 것이며 한쪽이나 양쪽 모두가 마음이 바뀌었을지 모른다는 감히 품을 자격도 없는 희망을 품기 시작했다. 나는 주인의 얼굴이 슬프거나 사나운지 알아보기 위해 그의 얼굴을 살펴보곤 했다. 그러나 요즘처럼 한결같이 그의 얼굴이 흐리지도 않고 표정에 언짢은 감정이 나타나 있지 않은 때를 본 적이 없었다. 내가 아델을 데리고 그와 시간을 보낼 때나 내가 사기를 잃고 한없이 낙담해 있을 때에도 그는 오히려 더 즐거워 보였다. 그처럼 자주 나를 자기 앞으로 부른 적이 없었다. 그 앞에 가면 내게 그토록 상냥하게 대해 준 적이 없었다. 그리고, 아! 나는 그토록 열렬히 그를 사랑한 적이 없었다.

제8장

찬란한 여름이 온 영국 위로 빛났다. 하루만이라도 좀처럼 보기 힘든 맑은 하늘과 빛나는 해가 그때는 파도로 둘러싸인 우리나라에서 오랫동안 매일매일 계속되었다. 이탈리아의 낮 부대가 멋진 후조 떼처럼 남쪽에서 몰려와 앨비언[69]의 절벽 위에 쉬려고 내려앉은 것 같았다. 건초는 모두 거둬들여졌고 손필드 주변의 들판은 파랗게 깎였다. 길은 하얗게 말라 단단해졌고 나무들은 짙게 한창 물이 올랐다. 잎이 무성해지고 검푸르게 변한 나무 울타리와 숲은 그 사이로 보이는 텅 빈 초원의 밝은 색조와 좋은 대조를 이루었다.

한나절 동안 헤이 오솔길에서 산딸기를 따느라 피곤했던 아델은 세례 요한 축일 전날 저녁 해가 지자 잠자리에 들었다. 나는 아델이 곯아떨어지는 것을 보고 밖으로 나와서 정원으로 들어갔다.

지금이 하루 중에서 가장 아름다운 시간이었다. 〈낮은 그 맹렬한 불길을 다 태우고〉[70] 헐떡이는 평원과 그을린 산 정상에는 이슬이 서늘하게 내렸다. 태양이 수수하게, 화려한 구름

69 잉글랜드의 옛 이름.
70 토머스 캠벨Thomas Campbell(1777~1844)의 『터키 숙녀』, 5~6행.

없이 지고 난 자리에 엄숙한 보랏빛이 퍼져 언덕 꼭대기의 한 지점에서는 붉은 보석과 벽난로의 불꽃같은 빛으로 타올라 중천 위로 높고 넓게, 점점 더 부드럽고 연하게 퍼져 나갔다. 동쪽 하늘 역시 그 특유의 맑고 깊은 푸르스름한 매력을 보여 주고 있었고 그곳에 막 떠오르는 별 하나가 화려하지 않은 보석처럼 떠 있었다. 머지않아 그곳에서 달이 자태를 뽐내겠지만 아직은 지평선 아래에 머물러 있었다.

내가 포장도로를 잠시 걷고 있을 때 미묘하고도 익숙한 냄새, 바로 그 여송연 냄새가 어떤 창에선가 새어 나왔다. 서재 창문이 손 한 뼘 정도 열려 있는 것이 보였다. 그곳에서 내가 보일지도 모른다는 생각이 들어 나는 멀리 과수원으로 들어갔다. 정원의 어떤 후미진 곳도 그보다 더 호젓하고 낙원처럼 보이지 않았다. 그곳은 나무들로 가득 차 있고 꽃이 만발해 있었다. 한쪽으로는 매우 높은 담이 안마당으로부터 차단해 주었고 다른 쪽으로는 너도밤나무 길이 잔디밭으로부터 그곳을 가려 주었다. 아래쪽에는 낮은 울타리가 있어서 쓸쓸한 들판과 유일한 경계를 이루고 있었다. 구불거리는 산책길 가장자리에는 월계수들이 심겨 있었고 맨 끝에는 커다란 마로니에가 서 있었다. 마로니에 밑에는 앉을 자리가 둥그렇게 만들어져 있었다. 산책길은 울타리까지 이어졌고, 이곳에서는 눈에 띄지 않은 채 산책할 수 있었다. 그렇게 꿀 같은 이슬이 내리고 사방이 쥐 죽은 듯 고요한 가운데 옅게 어스름이 짙어 가는 동안 그런 으슥한 곳을 언제까지라도 거닐 수 있을 것 같은 느낌이 들었다. 그러나 막 솟아오른 달빛이 더 넓게 개방된 구역을 비추는 데 이끌려서 울타리 안 위쪽의 화초밭과 과채 밭을 거닐던 내 발걸음이 멈춰 섰다. 소리나 광경 때문이 아니라 다시 한 번 미리 경고를 보내 주는 냄새 때문이었다.

들장미, 쑥, 재스민, 패랭이꽃, 장미는 이미 오래전부터 향기로 저녁 제물을 바치고 있었다. 이 새로운 냄새는 관목 숲에서 나는 향기나 꽃 향기가 아니었다. 그것은 ― 나는 그것을 잘 알고 있었다 ― 로체스터 씨의 여송연 냄새였다. 나는 주변을 둘러보고 귀를 기울였다. 익어 가는 과일이 주렁주렁 달려 있는 나무들이 보였다. 반 마일 떨어진 숲에서 꾀꼬리가 지저귀는 소리가 들려왔다. 움직이는 형체는 전혀 보이지 않았고 다가오는 발소리도 전혀 들리지 않았다. 그러나 그 향기가 점점 진해졌다. 나는 도망쳐야만 했다. 내가 관목 숲으로 통하는 쪽문으로 향하고 있을 때 로체스터 씨가 들어오는 모습이 보였다. 나는 담쟁이넝쿨 구석으로 비켜섰다. 그가 오래 있지는 않으리라. 그는 곧 왔던 길로 되돌아갈 것이다. 여기 가만히 앉아 있으면 그가 나를 보지 못할 것이다.

그러나 아니었다. 그도 나처럼 땅거미 질 무렵을 좋아했고 이 오래된 정원은 나한테만큼 그에게도 매력적이었다. 그는 계속 거닐면서 구스베리 나뭇가지를 들고 가지에 달린, 거의 자두만큼 큰 열매를 바라보다가 담에서 익은 체리를 따기도 했고 지금은 향기를 맡기 위해서인지 아니면 꽃잎에 달린 구슬 같은 이슬을 보고 감탄하고 있는지 꽃송이 쪽으로 몸을 숙이고 있었다. 커다란 나방 하나가 내 곁을 윙윙대며 지나갔다. 나방이 로체스터 씨의 발치에 있는 풀 위에 내려앉았다. 그가 나방을 자세히 들여다보기 위해 몸을 굽혔다.

〈자, 그가 내게 등을 보이고 있어.〉 나는 생각했다. 〈그가 지금 정신없이 나방을 바라보고 있으니까 조용히 걸으면 눈치채지 못하게 빠져나갈 수 있을 거야.〉

자갈길로 지나가다 딱딱거리는 소리 때문에 들키지 않도록 나는 잔디 가장자리 위로 걸었다. 그는 내가 지나가야 할 곳에서 1, 2야드 떨어진 화단 사이에 서 있었다. 나방이 그의 주의를 끌고 있음이 분명했다. 〈잘 지나갈 수 있을 거야.〉 하고 나는 생각했다. 아직 높이 떠오르지 않은 달빛에 정원으로 길게 드리워진 그의 그림자를 막 지나고 있을 때 그가 몸을 돌리지 않은 채 조용히 말했다.

「제인, 와서 이 녀석을 봐요.」

나는 아무 소리도 내지 않았었다. 그의 뒤통수에도 눈이 달렸을 리가 없다. 그림자로도 느낄 수 있는 걸까? 나는 처음에는 깜짝 놀랐지만 그에게 다가갔다.

「저 날개를 봐요.」 그가 말했다. 「저걸 보니 서인도 제도에 사는 나방이 떠오르는군. 영국에서는 그렇게 크고 화려한 밤의 유랑자를 보기 쉽지 않소. 저런, 날아가 버리는군.」

나방이 이리저리 날아다녔다. 나 역시 우물쭈물하며 물러나고 있었다. 그러나 로체스터 씨가 나를 따라왔고 우리가 쪽문에 이르자 그가 말했다.

「돌아와요. 이렇게 아름다운 밤에 집 안에 틀어박혀 있는다는 건 유감스러운 일이오. 그리고 이렇듯 일몰이 이제 막 떠오르는 달과 만나고 있는 이때 잠자리에 들고 싶은 사람은 분명히 아무도 없을 것이오.」

내 혀가 때로는 재빨리 대답을 하는 경우도 있지만 슬프게도 변명을 꾸며 내지 못하는 때도 있다는 것이 내 결점 중 하나다. 그리고 실수는 항상 날 곤경에서 빠져나가게 해줄 용이한 말이나 그럴 듯한 변명이 특히 필요한 어떤 위기 상황에서 일어난다. 나는 이런 시간에 로체스터 씨와 단둘이 으슥한 과수원을 걷고 싶지 않았다. 그러나 그를 두고 가기 위해 내세울 만한 이유를 찾아낼 수가 없었다. 나는 더딘 발걸음으로 그의 뒤를 따르며 머릿속에서는 탈출할 수 있는 방법을 궁리하느라 바빴다. 그러나 그가 너무나 평온하고 진지해 보였기 때문에 나는 오히려 불안을 느끼는 것이 부끄러워졌다. 악은 — 그곳에 존재하거나 장차 악이 존재한다면 — 나한테만 있는 것 같았다. 그의 마음은 아무것도 모르고 조용했다.

「제인.」 월계수 산책길로 들어서서 낮은 울타리와 마로니에 쪽으로 천천히 내려가고 있을 때 그가 다시 말하기 시작했다. 「여름에 손필드는 참 좋은 곳이오, 그렇지 않소?」

「네.」

「틀림없이 어느 정도는 당신이 이 집에 애착을 갖게 되었을 거요. 당신에게는 자연의 아름다움을 볼 줄 아는 안목이 있고 애착하는 마음도 상당히 지니고 있으니 말이오.」

「정말로 집에 애착을 느끼고 있어요.」

「그리고 어떻게 그렇게 되었는지는 모르겠지만 당신이 저 똑똑지 못한 아이, 아델에게도 상당한 애정을 갖게 되었다는 걸 알고 있소. 그리고 단순한 페어팩스 부인에게도 말이오.」

「네. 각기 다른 방식으로 그 두 사람 모두에 대해 애정을 가지고 있어요.」

「그러면 그들과 헤어지면 섭섭하겠군요?」

「네.」

「유감이오!」 그가 말하고는 한숨을 쉬며 말을 멈췄다. 「세상일은 항상 그런 식이오.」 그가 곧 말을 계속했다. 「기분 좋은 휴식처에 자리를 잡자마자 휴식 시간이 끝났으니 어서 일어나 계속 가라고 외치는 목소리가 들려오지.」

「제가 가야 하나요?」 내가 물었다. 「손필드를 떠나야 하나요?」

「제인, 내 생각에는 그래야 할 것 같소. 유감이오, 재닛. 그러나 당신이 꼭 그래야 한다고 나는 믿소.」

이것은 큰 충격이었다. 그러나 나는 그 충격에 굴복하고 싶지 않았다.

「그렇다면 나가라는 명령을 내리시면 언제든지 나갈게요.」

「명령이 지금 내려졌소. 오늘 밤에 명령을 내려야겠소.」

「그렇다면 정말로 결혼을 하시는 거군요.」

「맞소, 틀림없이. 평소와 마찬가지로 날카롭게 정확히 맞혔소.」

「곧 하시나요?」

「곧 할 거요. 내…… 아니, 에어 선생. 아마 생각날 거요, 제인. 내가, 아니 소문이, 이 노총각의 목을 신성한 올가미에 집어넣고 신성한 결혼의 상태로 들어가겠다고, 간단히 말해서 잉그램 양을 내 아내로 맞이하겠다고 맨 처음 솔직하게 밝혔던 때를 말이오. (잉그램 양은 안으면 한 아름이오. 그러나 그것이 중요하진 않소. 내 아름다운 블랑쉬만큼 대단한 미녀는 아무리 안아도 부족한 법이오.) 자, 아까도 말했지만…… 내 말 들어요, 제인! 더 많은 나방을 쫓아서 당신이 고개를 돌리는 건 아니겠지, 그렇소? 그것은 그저 〈집으로부터 날아가고 있는 무당벌레〉71일 뿐이오, 꼬마 아가씨. 내가 당신에게서 존경하는 점인 신중함을 보여 주며, 한편으로는 당신이 책임지고 있고 한편으로는 예속되어 있는 지위에 걸맞은 선견지명과 신중함, 겸손함을 발휘하며 내가 잉그램 양과 결혼하는 경우 당신과 아델 두 사람 모두를 즉시 보내 달라고 먼저 나한테 말을 꺼낸 사람은 바로 당신이었음을 상기시켜 주고 싶소. 이 제안 속에 내가 사랑하는 사람의 성격에 대한 비방이 들어 있다는 점에 대해서는 눈감아 주겠소. 사실 재닛, 당신이 멀리 떠나 있는 동안 나는 이를 잊으려 애쓸 것이오. 그 제안에 내포된 지혜에만 주목하겠소. 그래서 나는 그것을 내 행동의 원칙으로 정했소. 아델은 학교에 가야 하오. 그리고 당신, 에어 선생은 새 일자리를 구해야 하오.」

「네, 즉시 광고를 낼게요. 그리고 그동안 제 생각에…….」

71 동요의 한 구절을 언급한 것이다. 〈무당벌레야, 무당벌레야. 집으로 가렴. 너희 집에 불났단다……〉

나는 〈절 받아 줄 다른 집을 찾을 때까지 여기 있어도 괜찮겠
죠〉라고 말하려 했지만 문장을 길게 말해야 하는 위험을 감
수하고 싶지 않았기 때문에 말을 멈췄다. 내 목소리를 도저히
통제할 수 없는 상태였기 때문이다.

「한 달 후쯤에 나는 신랑이 될 것이오.」 로체스터 씨가 말
을 계속했다. 「그동안 당신을 위해 일자리와 갈 곳을 찾아 보
겠소.」

「고맙습니다. 죄송합니다. 폐를…….」

「아, 사과할 필요 없소. 당신처럼 자기가 맡은 일을 잘하는
고용인에게는 주인이 쉽게 해줄 수 있는 작은 도움을 청할 권
리가 있다고 생각하니까. 사실 나는 미래의 장모를 통해 적당
하다고 생각되는 곳을 이미 들었소. 아일랜드 코너트 주의 비
터너트 로지에 사는 다이오니시어스 오골 부인의 다섯 딸들
을 가르치는 일이오. 내 생각에는 당신이 아일랜드를 좋아할
것 같은데. 그곳 사람들이 굉장히 친절하다고 들었소.」

「그곳은 너무 멀어요.」

「상관없소. 당신같이 지각 있는 아가씨라면 항해나 거리
때문에 반대하지는 않을 것이오.」

「항해 때문이 아니라 거리 때문이에요. 그리고 바다가 장
애예요…….」

「무엇으로부터 말이오, 제인?」

「영국으로부터, 손필드로부터요. 그리고…….」

「또 뭐요?」

「당신으로부터요.」

나는 거의 무의식중에 이 말을 했고 걷잡을 수 없이 눈물이
솟구쳤다. 그러나 나는 소리를 내지 않고 눈물을 흘렸다. 흐
느끼는 것을 피했다. 오골 부인과 비터너트 로지에 대한 생각
이 내 마음을 차갑게 쳤다. 지금 내 곁에서 걷고 있는 주인과

나 사이에 밀려올 바닷물과 거품에 대한 생각이 내 마음을 더욱더 차갑게 쳤다. 그러나 가장 차갑게 내 마음을 친 것은 나와 내가 자연스럽게 필연적으로 사랑하게 된 사람 사이에 끼어든 더 넓은 바다, 말하자면 재산, 계급, 관습을 떠올리는 것이었다.

「그곳은 멀어요.」 내가 다시 말했다.

「그렇소. 정말이오. 아일랜드 코너트 주의 비터너트 로지에 가게 되면 아마 당신을 다시는 못 만나게 될 것이오, 제인. 그 점은 확실하오. 나는 아일랜드를 크게 좋아하지 않기 때문에 그 나라에는 절대 안 갈 것이오. 우리는 좋은 친구였소, 제인. 그렇지 않소?」

「네.」

「그리고 친구란 헤어지기 전날 밤 얼마 남지 않은 시간을 서로 가까이에서 보내고 싶어 하는 법이오. 자, 별들이 저기 하늘 높은 곳에서 반짝이기 시작하는 지금 반 시간 정도 조용히 여행과 이별에 대해 이야기를 나눕시다. 여기 마로니에 나무가 있군. 늙은 뿌리에는 의자도 있고. 이리 와서 오늘 밤 평화롭게 함께 앉아 있도록 합시다. 비록 우리가 다시는 저기에 함께 앉지 못할 운명이라 하더라도 말이오.」 나를 앉히고 나서 그도 따라 앉았다.

「재닛, 여기서 아일랜드까지는 먼 길이오. 내 작은 친구에게 그처럼 힘든 여행을 하게 해서 미안하오. 그러나 내가 더 잘해 줄 수 없다면 어쩔 수 없지 않겠소? 당신은 나와 조금이라도 비슷하다고 생각하오, 제인?」

이때쯤에는 아무 대답도 할 엄두를 낼 수 없었다. 가슴이 벅차 올랐다.

「내가 당신에 대해 이상한 느낌이 들 때가 있기 때문이오. 특히 지금처럼 당신이 가까이 있을 때 그렇소. 내 왼쪽 갈비뼈 아래 어딘가에 있는 줄이 당신의 그 작은 체격의 똑같은 부위에 있는 똑같은 줄에 도저히 풀리지 않게 단단히 묶여 있는 것 같은 느낌이오.[72] 그리고 그 소란스러운 영국 해협과 2백 마일가량의 땅이 우리 사이에 가로놓여 있으면 그런 친교의 줄이 끊어지지 않을까 두렵소. 안으로 피를 흘리지 않을까 하는 불안한 생각이 드오. 당신이야 나를 잊겠지.」

「절대 그렇지 않을 거예요. 당신도 아시다시피……」 나는 말을 이을 수가 없었다.

「제인, 숲에서 노래하는 저 꾀꼬리 소리가 들려요? 들어 봐요!」

그 소리를 들으면서 나는 격하게 흐느꼈다. 참았던 것을 더 이상 억누를 수가 없었기 때문이다. 나는 기꺼이 굴복했고 격렬한 슬픔으로 머리끝부터 발끝까지 떨렸다. 겨우 말을 할 수 있게 되었을 때 나는 그저 내가 아예 태어나지 말았어야 했다거나 손필드에 오지 말았어야 했다는 충동적인 바람을 표현했을 뿐이었다.

「여길 떠나기 섭섭해서 그러는 것이오?」

마음속의 슬픔과 사랑 때문에 솟구친 격렬한 감정이 통치권을 주장하며 완전한 지배권을 얻기 위해 안간힘을 썼다. 지배하고 정복할 권리와 살아서 봉기하여 마침내 군림할 권리, 그렇다, 그러니까 말할 권리를 주장했다.

「손필드를 떠나게 돼서 슬퍼요. 손필드를 사랑해요. 그곳에서 충만하고 즐거운 삶을 살았기 때문에 그곳을 사랑해요. 적어도 일시적이긴 했지만요. 무시당하지도 않았고 돌처럼 굳어지지도 않았어요. 못난 사람들 속에 묻히지도 않았고 밝

72 「창세기」 2장 21∼22절(그래서 야훼 하느님께서 아담을 깊이 잠들게 하신 다음, 아담의 갈빗대를 하나 뽑고 그 자리를 살로 메우시고는 그 갈빗대로 여자를 만드신 다음, 아담에게 데려오시자)에 대한 언급.

고 활기차고 고상한 사람들과의 교제를 바라볼 수 없게 배제 되지도 않았어요. 존경하는 사람, 내가 기쁨을 느끼는 사람과 함께, 그리고 독창적이고 활기차고 넓은 마음을 지닌 사람과 얼굴을 맞대고 이야기를 나눴어요. 당신을 알게 되었어요, 로체스터 씨. 그리고 당신과 영원히 헤어져야 한다고 생각하면 두려움과 고통이 느껴져요. 이별의 필연성은 잘 알아요. 그것은 죽음의 필연성을 보는 것과 같아요.」

「어디에 그 필요성이 있소?」 그가 갑자기 물었다.

「어디라니요? 당신이 그것을 제 앞에 놓았잖아요.」

「어떤 형태로 말이오?」

「잉그램 양의 형태로요. 고귀하고 아름다운 여성이자, 당신의 신부요.」

「내 신부라고! 무슨 신부요? 내게는 신부가 없소.」

「그렇지만 곧 생길 거잖아요.」

「그래요. 그럴 것이오! 그럴 것이오!」 그가 이를 악물었다.

「그러니까 가야 해요. 당신도 그렇게 말했잖아요.」

「아니오. 여기 머물러 있어야 하오! 맹세하오. 그리고 그 맹세를 꼭 지키겠소.」

「가야 한다고 말씀드리잖아요!」 나는 울컥하는 감정이 들어서 대꾸했다. 「당신에게 아무것도 아닌 존재가 되어서 여기 머물러 있을 수 있다고 생각하나요? 내가 자동인형인 줄 알아요? 아무 감정도 없는 기계 말이에요. 제 입에서 빵 조각을 낚아채 가도, 제 잔에 들어 있는 생명수를 쏟아 버려도 참을 수 있다고 생각하세요? 제가 가난하기 때문에 영혼도, 마음도 없다고 생각해요? 잘못 생각하셨어요! 저도 당신만큼 영혼을 가지고 있고, 당신만큼 풍부한 가슴을 지니고 있어요! 만약 하느님이 제게 약간의 미모와 많은 재산을 주셨다면 제가 지금 당신을 떠나기 힘든 것만큼 당신이 절 떠나기 힘들게 만들었을 거예요. 저는 지금 관습이나 전통의 매개를 통해서, 죽을 수밖에 없는 육체의 매개를 통해서 당신과 이야기를 나누고 있는 게 아니에요. 당신의 영혼에 말을 거는 것은 바로 제 영혼이에요. 마치 우리가 무덤 속을 지나 하느님의 발치에서 있는 것처럼요. 동등하게요. 물론 지금도 동등하지만요!」

「지금도 동등하다!」로체스터 씨가 되풀이했다. 「그렇소.」 그가 나를 품에 안으며 덧붙였다. 그가 나를 가슴으로 끌어안으며 그 입술로 내 입술을 눌렀다. 「그렇소, 제인!」

「네, 그래요.」 내가 대답했다. 「그러나 그렇지 않아요. 당신이 결혼한 사람이니까요. 아니, 결혼한 사람이나 마찬가지이니까요. 당신보다 못한 사람, 당신이 전혀 공감할 수 없는 사람, 제가 보기에는 당신이 진심으로 사랑하지도 않는 그런 사람과 결혼한 분이나 마찬가지이니까요. 당신이 그녀를 경멸하는 것을 보고 들었기 때문이에요. 저라면 그런 결합을 경멸할 거예요. 그러니까 제가 당신보다 더 나은 사람이에요. 절 놓아줘요!」

「어디로 말이오, 제인? 아일랜드로?」

「그래요. 아일랜드로요. 제 마음을 털어놓았고 이제는 어디든지 갈 수 있어요.」

「제인, 가만히 있어요. 자포자기해서 자기 털을 뜯어내며 미친 듯이 날뛰는 새처럼 그렇게 버둥대지 말아요.」

「저는 새가 아니에요. 어떤 그물도 절 가둘 수 없어요. 저는 독립적인 의지를 지닌 자유로운 인간이에요. 지금은 그 의지를 발휘해서 당신을 떠날 거예요.」

다시 한 번 버둥거리며 그의 품에서 빠져나온 나는 그 앞에 똑바로 섰다.

「그렇다면 당신의 의지로 당신의 운명을 결정하도록 해요.」 그가 말했다. 「당신에게 내 손과 마음과 내 모든 재산을 주겠소.」

「당신은 제가 비웃을 수밖에 없는 소극을 연기하고 있어요.」

「당신에게 내 옆에서 평생을 보내 달라고 청하는 것이오. 내 분신이 되어 달라고, 이승에서의 최고의 반려자가 되어 달라고 청하는 것이오.」

「그 운명에 대해서는 당신이 이미 선택을 했잖아요. 그러니 그 선택을 지켜요.」

「제인, 잠깐 동안만 가만히 있어요. 당신은 지금 너무 흥분했소. 나도 가만히 있겠소.」

한바탕 바람이 불어와 월계수 산책길을 따라 휩쓸고 내려가며 마로니에 가지 사이에서 흔들렸다. 바람이 멀리멀리 무한히 퍼져 나가다가 잠잠해졌다. 그 시간에 들리는 유일한 소리는 꾀꼬리가 지저귀는 소리뿐이었다. 나는 그 소리를 듣다가 다시 울었다. 로체스터 씨가 조용히 앉아서 나를 부드럽고 진지하게 바라보았다. 얼마 동안 시간이 지나고 나자 그가 마침내 다시 입을 열고 말했다.

「내 옆으로 와요, 제인. 서로 설명해 주고 이해합시다.」

「다시는 당신 옆에 가지 않을 거예요. 저는 지금 완전히 떨어져 나왔기 때문에 돌아갈 수 없어요.」

「그러나 제인, 나는 지금 당신을 내 아내로서 부르는 것이오. 내가 결혼하려고 하는 사람은 바로 당신뿐이오.」

나는 아무 말도 하지 않았다. 그가 나를 놀리고 있다고 생각했다.

「와요, 제인. 이리 와요.」

「당신의 신부가 우리 사이를 가로막고 있어요.」

그가 일어서서 한걸음에 내게 다가왔다.

「내 신부는 여기 있소.」 그가 다시 나를 끌어당기며 말했다. 「나와 동등한 사람이, 나와 닮은 사람이 여기 있기 때문이오. 제인, 나와 결혼해 주겠소?」

여전히 나는 대답하지 않았다. 그리고 그의 품에서 벗어나려고 몸을 비틀었다. 아직도 믿을 수가 없었기 때문이다.

「날 의심하는 거요, 제인?」

「전부요.」

「나에 대한 믿음이 없소?」

「조금도요.」

「당신 눈에는 내가 거짓말쟁이로 보이오?」 그가 열렬하게 물었다. 「의심쟁이 꼬마 아가씨, 그렇다면 내가 믿게 해주겠소. 잉그램 양에게 내가 무슨 사랑을 가지고 있겠소? 전혀 없소. 그리고 그 점은 당신도 알 것이오. 그녀가 내게 무슨 사랑을 가지고 있겠소? 전혀 없소. 내가 전에 당신한테 애써 증명했듯이 말이오. 나는 내 재산이 사람들이 생각하는 것의 3분의 1밖에 안 된다고 일부러 소문을 냈소. 그리고 그 후 그 결과를 보러 내가 직접 갔소. 그녀와 그녀의 어머니 모두에게서 받은 것은 냉대였소. 나는 잉그램 양과 결혼하고 싶지도 않고, 또 할 수도 없소. 당신을, 이상한 당신을, 거의 이 세상 존재가 아닌 것 같은 당신을 나 자신처럼 사랑하오. 당신에게, 당신처럼 가난하고 눈에 띄지 않고 작고 소박한 사람에게 나를 남편으로 맞아 달라고 지금 간청하는 것이오.」

「뭐라고요, 저를!」 그의 진지함 속에서, 그리고 특히 그의 무례함 속에서 그의 진심을 믿기 시작하며 내가 소리쳤다. 「당신 말고는 — 당신이 제 친구라고 생각해 준다면 말이에요 — 친구 하나 없는 저를요? 당신이 준 돈 말고는 1실링도 없는 저를요?」

「그래요, 제인. 당신을 내 것으로 만들어야겠소. 완전히 내 것으로 말이오. 내 것이 되어 주겠소? 그러겠다고 말해요, 어서.」

「로체스터 씨, 당신 얼굴을 보게 해줘요. 달빛 쪽으로 얼굴을 돌려 봐요.」
「왜요?」
「당신 안색을 읽고 싶으니까요. 돌려 봐요!」
「자! 구겨지고 긁힌 책장을 읽는 것처럼 읽어 내기가 쉽지 않을 거요. 읽어 봐요. 다만 서둘러 주시오. 힘이 드니까.」
그의 얼굴은 무척 흥분된 상태로 벌겋게 달아올라 있었다. 얼굴이 심하게 실룩거렸고 눈이 묘하게 반짝였다.
「아, 제인. 당신이 날 고문하고 있소!」 그가 소리쳤다. 「탐색하면서도 충실하고 관대한 표정으로 날 고문하고 있소!」
「제가 어떻게 그럴 수 있겠어요? 당신이 진심이라면, 당신의 청혼이 진짜라면 당신에 대한 제 유일한 감정은 감사와 헌신이어야 해요. 그것이 당신을 고문할 수는 없어요.」
「감사라니!」 그가 소리치고는 거칠게 덧붙였다. 「제인, 어서 날 받아들여 줘요. 에드워드 — 내 이름을 불러 줘요 — 〈에드워드, 당신과 결혼하겠어요〉라고 말해요.」
「진심이세요? 정말로 절 사랑하세요? 진심으로 제가 당신의 아내가 되기를 바라세요?」
「그렇소. 맹세를 해야 속이 시원하다면 내 맹세하리다.」
「그러면 당신과 결혼하겠어요.」
「에드워드라고 불러요, 내 귀여운 아내!」
「사랑하는 에드워드!」
「내게로 와요, 이제는 완전히 내게로 와요.」 그가 말했다. 그가 내 뺨에 얼굴을 대고 가장 나지막한 어조로 내 귀에 속삭이며 덧붙였다. 「내 행복이 되어 줘요. 나 또한 당신의 행복이 되겠소.」
「하느님 용서해 주시옵소서!」 그가 곧 덧붙였다. 「그 어떤 인간도 절 방해하지 않게 해주시길. 저는 그녀를 가졌고 그녀를 지킬 것입니다.」

「아무도 방해하지 않을 거예요. 간섭할 친척이 아무도 없어요.」

「없다니, 잘된 일이오.」 그가 말했다. 내가 그를 덜 사랑했다면 기뻐하는 그의 어조와 표정을 쓸쓸하다고 생각했을 것이다. 그러나 그의 옆에 앉아 있는 지금 헤어져야 한다는 악몽에서 깨어나 결혼의 천국으로 불려 갔기 때문에 나는 내게 주어진, 넘쳐흐르는 행복만을 생각했다. 계속해서 그가 말했다. 「행복하오, 제인?」 그리고 나는 계속해서 〈네〉라고 대답했다. 그런 다음 그가 중얼거렸다. 「속죄받을 거야……. 속죄받을 거야. 친구도 없이 추위에 떨며 위안도 받지 못하고 있는 그녀를 보지 않았던가? 내가 그녀를 지켜 주고 소중히 여겨 주고 위로해 줘야 하지 않겠는가? 내 마음속에 사랑이 없는가? 내 결심이 확고하지 않은가? 그것은 하느님의 법정에서 속죄할 것이다. 하느님이 내가 하는 일을 허락해 주실 것을 알고 있다. 세상의 심판에 대해서라면, 이에 대해서는 손을 떼겠다. 다른 사람들의 의견 따위는 듣지 않겠다.」

그렇다면 그날 밤에 무슨 일이 일어났을까? 달은 아직 지지 않았지만 모든 것이 어둠 속에 파묻혀 있었다. 가까이 있었음에도 불구하고 주인의 얼굴이 거의 보이지 않았다. 그리고 마로니에는 무엇 때문에 괴로워했을까? 마로니에가 몸을 비틀며 신음 소리를 냈다. 바람이 월계수 산책길에서 소리를 질러 대며 우리 위로 휩쓸며 다가왔다.

「안으로 들어가야겠소.」 로체스터 씨가 말했다. 「날씨가 바뀌고 있소. 아침까지라도 당신과 함께 앉아 있을 수 있었을 텐데 말이오, 제인.」

〈저도 당신과 함께라면 그럴 수 있었을 거예요.〉 나는 그렇게 생각했고, 또 그렇게 말하려고 했었다. 그러나 내가 바라보고 있던 구름으로부터 납빛의 생생한 불꽃이 튀어나왔고 하늘이 갈라지고 부서지면서 우르르 울리는 소리가 가까이 들려왔다. 나는 부신 눈을 로체스터 씨의 어깨에 대고 감출 생각만 했다.

비가 쏟아지기 시작했다. 그가 서둘러 나를 산책길로 데리고 나갔고 마당을 지나 집 안으로 데리고 들어갔다. 그러나 문턱을 지나기도 전에 우리는 흠뻑 젖었다. 그가 홀에서 내 숄을 벗겨 주고 내 흐트러진 머리에서 물기를 털어 주고 있을 때 페어팩스 부인이 방에서 나왔다. 나는 처음에 그녀를 보지 못했고 로체스터 씨도 마찬가지였다. 등잔불이 켜져 있었고 시계가 12시를 알렸다.

「어서 가서 젖은 옷을 벗어요.」 그가 말했다. 「그리고 가기 전에, 잘 자요……. 잘 자요, 내 사랑!」

그가 내게 계속 입을 맞췄다. 내가 그의 품에서 빠져나와 고개를 들었을 때 미망인이 창백하게 질린 채 근심스럽고 놀란 표정으로 서 있었다. 나는 그녀에게 미소만 지어 보인 다음 위층으로 뛰어갔다. 〈다음에 설명하면 될 거야.〉 나는 그렇게 생각했다. 그럼에도 불구하고 내 방에 이르렀을 때 그녀가 방금 전에 본 것을 잠시나마 오해하지 않을까 하는 생각에 걱정이 되었다. 그러나 기쁨이 곧 다른 모든 감정을 지워 버렸다. 바람이 세차게 불고, 천둥이 가까이에서 세게 치고, 번개가 무시무시하게 자주 번쩍거리고, 두 시간 동안 폭풍우가 휘몰아치면서 폭포같이 비가 내렸지만 나는 조금도 두렵지 않았다. 폭풍우가 치는 동안 로체스터 씨가 세 번이나 내 방 문 앞에 와서 내가 괜찮은지, 편안한지 물었다. 그것은 위안이었고 무슨 일이나 할 수 있는 힘이 되어 주었다.

다음 날 아침 내가 잠자리에서 일어나기도 전에 아델이 달려와서는 과수원 아래쪽에 있는 큰 마로니에가 밤새 번개에 맞아 반으로 갈라졌다고 알려 주었다.

제9장

　일어나서 옷을 입으며 나는 어젯밤에 일어난 일을 되돌아보고 혹시 꿈은 아니었나 생각했다. 로체스터 씨를 만나서 사랑과 맹세가 담긴 그의 말을 다시 듣기 전까지는 진짜인지 확신할 수가 없었다.

　머리를 매만지면서 나는 거울 속의 얼굴을 바라보며 내 얼굴이 더 이상 평범하지 않다고 느꼈다. 얼굴에는 희망이 있었고 안색에는 생기가 돌았다. 내 눈은 기쁨의 샘을 보고 그 샘의 반짝이는 잔물결에서 광채를 빌려온 것 같았다. 전에는 주인이 내 얼굴을 마음에 들어 하지 않을지도 모른다는 생각에 그를 바라보고 싶지 않은 때가 있었다. 그러나 지금은 고개를 들고 그의 얼굴을 마주본다 해도 내 얼굴 때문에 그의 애정이 식는 일은 없으리라고 확신했다. 나는 수수하지만 깨끗하고 가벼운 여름옷을 서랍에서 꺼내 입었다. 어떤 옷도 내게 그처럼 잘 어울린 적이 없었던 것 같았다. 내가 그토록 행복한 기분으로 옷을 입은 적이 없었기 때문이다.

　아래층으로 뛰어 내려가서 홀로 들어섰을 때 나는 폭풍우 불던 밤이 지나고 그렇게 화창한 6월의 아침이 온 것을 보고도, 열린 유리문을 통해 상쾌하고 향기로운 미풍의 숨결을 느끼고도 놀라지 않았다. 내가 이토록 행복할 때는 자연도 기쁜 것이 틀림없었다. 거지 여인과 어린 아들이 ― 두 사람 모두 창백한 데다 누더기 옷을 입고 있었다 ― 산책길을 올라오고 있었다. 나는 달려 내려가서 지갑 속에 있던 3, 4실링 정도 되는 돈을 전부 그들에게 주었다. 좋건 나쁘건 그들도 나와 기쁨을 같이해야 했다. 까마귀 떼가 울었고 더 즐거운 새들이 노래를 불렀다. 그러나 그 무엇도 기쁜 내 마음만큼 더 즐겁고 음악적인 것은 없었다.

페어팩스 부인이 근심스러운 얼굴로 창밖을 내다보면서 근엄하게 〈에어 선생님, 아침 식사 하러 오세요〉라고 말하는 바람에 나는 놀랐다. 식사하는 동안 그녀는 조용하고 냉랭했다. 그러나 그때는 그녀의 오해를 바로잡아 줄 수가 없었다. 주인이 설명해 줄 때까지 기다려야 했고 그녀도 마찬가지였다. 나는 간신히 식사를 마치고 서둘러 위층으로 올라갔다. 아델이 공부방에서 나오고 있었다.

「어디 가는 거니? 공부할 시간인데.」

「로체스터 씨가 저더러 아이 방에 가 있으라고 하셨어요.」

「어디 계시니?」

「저기요.」 아델이 자기가 나온 곳을 가리켰다. 내가 들어가자 그곳에 그가 서 있었다.

「이리 와서 아침 인사를 해줘요.」 그가 말했다. 나는 기쁘게 다가갔다. 그리고 이제 내가 받은 인사는 차가운 말이나 악수가 아니고 포옹과 키스였다. 그것이 자연스러워 보였다. 그에게서 그처럼 극진히 사랑을 받고, 그처럼 애무를 받는 것이 기분 좋게 느껴졌다.

「제인, 당신이 활짝 피어난 것 같소. 미소를 짓고 있으니 예뻐 보이는군.」 그가 말했다. 「오늘 아침 진짜 예쁘오. 이게 창백하고 작은 내 요정인가? 이게 내 〈겨자씨〉[73]요? 보조개 들어간 볼에 장밋빛 입술을 한 이 작고 맑은 얼굴의 아가씨가 말이오. 새틴처럼 부드러운 담갈색 머리에 빛나는 담갈색 눈을 가진 아가씨가 말이오.」(독자여, 내 눈은 녹색이다. 그러나 그 실수를 눈감아 주기 바란다. 그에게는 내 눈이 새로 염색된 것처럼 보였을 터이기 때문이다.)

「제인 에어 맞아요.」

「곧 제인 로체스터가 될 것이오.」그가 덧붙였다.「사 주 후에는 말이오, 재닛. 하루도 더 미루지 않겠소. 알아들었소?」

그 말을 들었지만 전혀 이해할 수가 없었다. 그 말에 현기증이 났다. 그 말이 내 온몸에 전해 준 감정은 기쁨보다 더 강한 것이었다. 세게 얻어맞은 듯 아찔해지는 것이었다. 그것은 내 생각에 거의 두려움에 가까웠다.

「얼굴이 붉게 달아올랐다가 지금은 창백하오, 제인. 왜 그러는 것이오?」

「당신이 제게 새 이름을 지어 주었으니까요. 제인 로체스터라고요. 너무 이상해서요.」

「그래요, 로체스터 부인.」그가 말했다.「젊은 로체스터 부인…… 페어팩스 로체스터의 아기 신부요.」

「그런 일이 일어날 리가 없어요. 실감이 안 나요. 인간은 절대 이 세상에서 완벽한 행복을 누릴 수가 없어요. 저는 다른 사람들과 특별히 다른 운명을 타고나지는 않았어요. 제가 그런 운명이 된다고 상상하는 것은 동화이고, 백일몽이에요.」

「내가 실현시킬 수 있고, 또 실현시킬 동화이고 백일몽이오. 오늘부터 시작하겠소. 오늘 아침 런던의 은행가에게 맡겨 둔 보석을 보내 달라고 편지를 썼소. 손필드 부인들에게 조상 대대로 내려오는 가보요. 하루나 이틀 후면 당신 무릎 위에

73 셰익스피어의『한여름 밤의 꿈』에 나오는 요정.

418

그 보석을 쏟아부어 줄 수 있을 것이오. 내가 귀족의 딸과 결혼하기로 되어 있다면 그녀에게 쏟아부을 온갖 특권과 관심을 당신에게 그대로 부여할 것이오.」

「아, 보석을 주진 마세요! 보석에 대한 말을 듣고 싶지 않아요. 제인 에어를 위한 보석이라니 부자연스럽고 이상하게 들려요. 차라리 그걸 갖지 않는 편이 나을 듯해요.」

「내가 직접 당신 목에 다이아몬드 목걸이를 걸어 주고 당신 이마에 보석 고리를 둘러 주겠소. 당신에게 잘 어울릴 거요. 적어도 자연이 이 이마에는 귀족의 표지를 찍어 두었소, 제인. 이 가는 손목에 팔찌를 채워 주고 이 요정 같은 손가락에는 반지를 잔뜩 끼워 주겠소.」

「안 돼요, 안 돼. 다른 일을 생각하고 다른 것들에 대해 다른 어조로 말해 줘요. 내가 미인이라도 되는 것처럼 말하지 말아요. 나는 당신의 평범한, 퀘이커 교도 같은 가정 교사예요.」

「내 눈에는 당신이 미인이오. 딱 내가 바라는 대로 생긴 미인이오. 우아하고 공기의 요정 같소.」

「자그맣고 보잘것없다는 의미겠지요. 당신은 지금 꿈을 꾸고 있는 거예요. 아니면 날 놀리고 있는 거예요. 제발 빈정대지 마세요!」

「세상 사람들이 당신을 미인이라고 인정하게 만들겠소.」 나는 그의 어조 때문에 정말로 마음이 불편해지기 시작했다. 그가 자기 자신을 기만하고 있거나 나를 미혹시키고 있다는 느낌이 들었기 때문이다. 그가 말을 계속했다. 「나의 제인에게 새틴과 레이스로 된 옷을 입히고 머리에 장미꽃을 꽂아 주겠소. 그리고 내가 가장 사랑하는 머리에는 귀한 베일을 씌워 주겠소.」

「그러면 당신이 절 알아볼 수 없을 거예요. 제가 더 이상 당신의 제인 에어가 아니라 어릿광대의 옷을 입은 원숭이나 남의 깃털을 빌려다 달고 있는 어치가 될 테니까요. 제가 궁정의 여인 같은 옷을 입느니 차라리 로체스터 씨 당신이 무대 의상을 잔뜩 차려입은 모습을 보는 편이 더 낫겠어요. 제가 당신을 아무리 열렬히 사랑한다 해도 당신을 미남이라고 부르진 않아요. 당신을 너무 사랑해서 당신에게 아첨할 수가 없어요. 제게 아첨하지 마세요.」

그러나 그는 내 애원을 무시한 채 자기가 할 말을 계속했다. 「오늘 당신을 마차에 태우고 밀코트로 갈 것이오. 당신이 입을 드레스를 몇 벌 골라야 해요. 사 주 후에 우리가 결혼할 것이라고 말하지 않았소. 결혼식은 저기 아래에 있는 교회에서 조용히 치를 것이오. 그런 다음 당신을 곧 런던으로 데려가겠소. 그곳에서 잠깐 머문 다음 태양에 더 가까운 지역으로 내 보물을 데려가겠소. 프랑스의 포도밭에도 가고 이탈리아의 평원에도 가겠소. 옛날이야기와 현대의 기록에 나오는 유명한 것은 뭐든지 다 그녀에게 보여 줄 것이오. 도시의 생활도 맛보게 해주겠소. 다른 사람들과 자신을 비교해 보며 자신의 가치를 알게 해주겠소.」

「여행을 다니는 건가요, 당신과 함께?」

「파리, 로마, 나폴리, 피렌체, 베니스, 비엔나에 머물게 될 것이오. 내가 방랑하고 다녔던 모든 땅을 당신이 다시 밟을 것이오. 내 말발굽이 찍힌 곳은 어디든지 요정 같은 당신의 발로 다시 걷게 될 것이오. 10년 전에 나는 반쯤 미쳐서 유럽을 이리저리 쏘다녔소. 혐오와 미움과 분노를 벗으로 삼아서 말이오. 이제는 내게 위안을 주는 천사와 함께 다 치유되고 정화된 상태로 그곳을 다시 찾게 될 것이오.」

그의 말을 들으며 나는 그를 보고 웃었다. 「저는 천사가 아니에요.」 내가 주장했다. 「죽을 때까지 천사가 되지 못할 거예요. 저는 그냥 저 자신이 될 거예요. 로체스터 씨, 제게서 천사 같은 것을 기대하지도 요구하지도 말아요. 그런 건 절대 얻지 못할 테니까요. 제가 당신에게서 그것을 얻을 수 없는 것과 마찬가지로요. 저는 그런 것을 전혀 기대하지 않아요.」

「그럼 당신은 내게서 무엇을 기대하오?」

「잠깐 동안은 아마 당신이 지금처럼 굴 거예요, 아주 잠깐 동안은요. 그러다가 차차 냉정해질 거예요. 그러다가 변덕을 부리고 다음에는 엄격해지겠죠. 그러면 저는 당신 비위를 맞추기 위해 온갖 야단법석을 떨 거예요. 그러나 당신이 제게 익숙해지면 다시 저를 좋아해 줄지도 모르죠. 절 *사랑하는* 것이 아니라 *좋아한다*고 했어요. 당신의 사랑은 여섯 달 혹은 여섯 달도 채 안 되어서 거품이 되어 스러지겠죠. 남자들이 쓴 여러 책에서 남편의 열정이 지속되는 최장 기간을 그 정도로 정한 것을 보았어요. 그러나 사랑하는 주인님에게 제가 친구와 동반자로서는 절대 싫증 나지 않게 되기를 빌어요.」

「싫어지다니! 당신을 다시 좋아하게 되다니! 나는 당신을 계속해서 좋아할 거요. 그리고 내가 당신을 좋아할 뿐만 아니라, 진실하고 열정적으로 항상 *사랑한다*고 당신이 인정하게 만들 것이오.」

「그런데 당신은 마음이 자주 변하지 않나요?」

「얼굴로만 날 기쁘게 해주려는 여자들한테는 그렇소. 그들에게 영혼도 가슴도 없다는 것을 알게 되거나 그들이 내게 진부하고 하찮고 어쩌면 우둔하고 조잡하고 성마른 모습을 펼쳐 보이면 나는 진짜 악당이 되지. 그러나 맑은 눈과 설득력 있는 혀, 불로 만든 영혼과 구부러지긴 하지만 부러지지는 않는, 부드러우면서 동시에 안정되고 유순하면서도 일관된 성격을 지닌 사람에게는 더없이 부드럽고 진실하오.」

「그런 성격을 가진 사람을 만난 적이 있어요? 그런 성격을 가진 사람을 사랑한 적이 있어요?」

「지금 사랑하고 있소.」

「저 이전에요. 제가 정말로 당신의 까다로운 기준에 어떤 점에서건 부합한다면 말이에요.」

「나는 당신 같은 사람을 만나 본 적이 없소. 제인, 당신은 날 기쁘게 해주고, 또 굴복하는 것처럼 보이지만 날 지배하고 있소. 나는 당신이 전해 주는 유순한 느낌이 좋소. 내가 당신이라는 그 부드럽고 매끄러운 실타래로 손을 감고 있으면 팔을 지나 심장까지 전율이 느껴지오. 나는 좌지우지되고 있소. 정복당했단 말이오. 그리고 그 영향력은 말로 표현할 수 없을 정도로 더 달콤하오. 내가 당한 정복은 내가 얻을 수 있는 어떤 승리보다도 훨씬 더 매력적이오. 왜 미소를 짓고 있소, 제인? 설명할 수 없는, 그 오묘한 얼굴 표정의 변화는 무슨 의미요?」

「생각 중이었어요. (그런 생각을 한 데 대해 용서해 줘요. 저도 모르는 사이에 떠올랐으니까요.) 헤라클레스와 삼손과 그들을 매혹시킨 여자들에 대해 생각하고 있었어요.」[74]

「그랬군. 작은 요정 같은…….」

「쉿! 지금 하신 말씀은 매우 현명하지 못해요. 그 장사들의 행동이 그다지 현명하지 않은 것과 마찬가지로요. 그러나 그들이 결혼했다면 틀림없이 남편으로서의 엄격함으로 구혼자였을 때의 부드러움을 상쇄했을 거예요. 당신도 그럴 거라고 생각해요. 제가 1년 후에 당신이 형편상 들어줄 수 없거나 들어주고 싶지 않은 부탁을 하면 어떻게 대답할지 궁금해요.」

「지금 뭔가를 부탁해 봐요, 제인. 가장 작은 것으로 말이오. 나는 부탁을 받고 싶소.」

74 헤라클레스는 리디아의 여왕인 옴팔레의 하인으로 지내면서 실을 잣고 여자 옷을 입은 것으로 묘사되고 삼손은 데릴라에게 자신의 힘의 비밀을 발설한다.

「정말로 그렇게 할게요. 소청이 준비되어 있어요.」

「말해 봐요! 그러나 당신이 고개를 들고 그런 얼굴로 미소를 지으면 나는 무슨 부탁인지 알지도 못하는 상태에서 무조건 들어준다고 약속해 나 자신을 바보로 만들 것이오.」

「절대 그렇지 않아요. 이거 하나만 부탁드릴게요. 보석을 보내 달라고 하지 마세요. 그리고 제게 장미꽃을 꽂아 주지 말아요. 차라리 당신이 거기 꽂고 있는 소박한 포켓 손수건 가장자리에 황금 레이스를 다는 편이 더 나을 거예요.」

「〈정련된 금에 도금하는〉[75] 편이 나을 것이오. 알겠소. 당신 부탁을 받아들이겠소. 당분간은 말이오. 은행가에게 보낸 명령은 철회하겠소. 그러나 당신은 아직 아무것도 부탁하지 않았소. 오히려 선물을 물려 달라고 빌었소. 다시 해봐요.」

「그렇다면 제발 제 궁금증을 풀어 줘요. 잔뜩 궁금한 게 한 가지 있으니까요.」

그가 동요하는 듯했다. 「뭔데 그러지? 무엇이오?」 그가 황급히 말했다. 「궁금증을 풀어 달라는 것은 위험한 부탁이오. 모든 부탁을 다 들어주겠다고 맹세하지 않은 게 다행이오.」

「부탁을 들어준다고 해서 위험해지지는 않을 거예요.」

「말해 봐요, 제인. 그렇지만 그것이 비밀에 대한 질문이 아니라 내 재산의 반을 원한다는 소원이길 비오.」

「자, 아하수에로 임금님![76] 당신 재산의 반으로 뭘 하고 싶겠어요? 제가 투기할 좋을 땅을 찾는 유대인 고리대금업자인 줄 아세요? 차라리 당신의 비밀을 모두 갖겠어요. 저를 당신 마음속 깊이 받아들인다면 제게 아무것도 숨기지 않겠죠?」

「가져도 될 만한 가치가 있는 내 모든 비밀에 대해서는 언

75 셰익스피어의 「존 왕」, 제4막 제2장 11행.
76 「에스델」 5장 6절에 대한 언급. 〈그래, 왕후의 청이 무엇이오? 무엇이든 들어줄 터이니 말하시오. 이 나라 반이라도 떼어 주리다.〉

제든지 환영이오, 제인. 그러나 제발 쓸데없는 짐은 바라지 마오. 독을 갈망하지 말아요. 내 곁에서 진짜 이브가 되지 말아요!」

「왜 안 되나요? 방금 전에 당신은 정복당하는 것이 얼마나 좋은지, 설득당하는 것이 얼마나 기분 좋은지 계속 말했잖아요. 제 힘을 한번 시험해 보기 위해 그 고백을 이용해서 설득하고 간청하는 것, 필요하다면 울고 심술을 부리기도 하는 것이 더 낫다고 생각하지 않아요?」

「그런 시험을 하기만 해봐요. 내게 덤벼들고 주제넘게 나서면 만사가 끝일 테니까.」

「그런가요? 빨리도 항복하는군요. 당신 얼굴이 지금 얼마나 험상궂은지 알아요? 눈썹이 제 손가락만큼 굵어졌네요. 당신 이마는 제가 언젠가 훌륭한 시에서 읽은 〈푸른 구름을 쌓아 올린 천둥의 다락〉[77]을 닮았어요. 그게 결혼 후의 당신 표정이 될 것 같은데요?」

「만약 그게 결혼 후 *당신의* 표정이라면 나는 기독교인으로서 요정이나 불의 요정과 부부가 된다는 생각을 곧 포기하게 될 것이오. 그런데 뭘 물어보려고 했지, 요것아? 빨리 말해 보라고.」

「봐요, 이제는 당신이 전혀 상냥하지 않잖아요. 저는 아첨보다 무례함이 훨씬 더 좋아요. 천사보다는 요것이 될래요. 제가 여쭤 보려던 것은 이거예요. 왜 잉그램 양하고 결혼하고 싶은 것처럼 절 믿게 만들려고 그렇게 애를 썼어요?」

「그게 전부요? 다행이군. 별것 아니네!」 그제야 그가 찌푸렸던 검은 이맛살을 폈다. 위험을 모면한 데에 기분이 무척

---

77 토머스 에어드Thomas Aird(1802~1876)의 『미치광이』 제2장 10연에서 미리엄이 그리스도에게 말한다. 〈푸른 구름을 쌓아 올린 천둥의 다락처럼 그의 높은 이마가 검게 변했다.〉

좋아진 듯 그가 나를 내려다보고 미소를 지으며 내 머리를 쓰다듬었다. 「고백할 수 있을 것 같소.」 그가 말을 이었다. 「설사 당신을 조금 성나게 만든다 해도 말이오, 제인. 당신이 화를 내면 얼마나 불같은 성미로 바뀌는지 본 적이 있소. 어젯밤 당신이 운명에 반기를 들고 당신의 신분이 나와 동등하다고 주장했을 때 차가운 달빛 속에서 당신은 붉게 타올랐소. 재닛, 그런데 나로 하여금 청혼하게 만든 것은 당신이었소.」

「물론 그랬어요. 그런데 제발 요점을 말해 주세요. 잉그램 양은요?.」

「그러니까 내가 당신을 열렬히 사랑하는 것처럼 당신도 나를 그렇게 열렬히 사랑하도록 만들고 싶었기 때문에 나는 잉그램 양에게 구애하는 것처럼 가장했소. 그 목적을 추진하기 위해 내가 끌어들일 수 있는 최고의 협력자가 질투라고 생각했소.」

「훌륭해요! 지금 당신은 작아졌어요. 제 새끼손가락 끝부분보다 조금도 더 크지 않아요. 그런 식으로 행동하다니 지독한 수치이자 수치스러운 불명예군요. 당신은 잉그램 양의 감정은 조금도 고려하지 않았어요?」

「그녀의 감정은 하나로, 곧 오만함으로 집중되어 있소. 그리고 그런 오만함에는 겸손함이 필요하오. 당신이 질투를 하기는 했소, 제인?」

「신경 쓰지 말아요, 로체스터 씨. 그걸 알면 당신에게 전혀 재미있지 않을 테니까요. 한 번 더 사실대로 대답해 줘요. 잉그램 양이 당신의 진실하지 못한 농락으로 상처받지 않을 거라고 생각해요? 그녀가 버림받았다고 느끼지 않을까요?」

「그런 일은 절대 없소! 그와 반대로 그녀가 날 버렸다고 당신에게 알려 주었을 텐데. 내가 파산했다는 생각에 그녀의 불꽃이 한순간에 식어 버렸소. 아니, 꺼져 버렸소.」

「당신은 흉계를 잘 꾸미는, 기묘한 마음을 지녔어요, 로체스터 씨. 몇 가지 문제들에 대한 당신의 원칙은 괴상한 것 같아요.」

「내 원칙들은 전혀 훈련을 받지 않았소, 제인. 제대로 관심을 기울이지 않아서 약간 비뚤어졌을 수도 있소.」

「다시 한 번 진지하게 생각해 보세요. 얼마 전까지만 해도 저 자신이 느꼈던 심한 고통을 다른 누군가가 겪고 있을지도 모른다는 우려 없이 당신이 제게 허용해 준 큰 행복을 누려도 될까요?」

「그래도 돼요, 내 착한 꼬마 아가씨. 당신처럼 나에 대해 순수한 사랑을 가진 사람은 이 세상에 아무도 없소. 그 기분 좋은 향유[78]를, 제인, 당신의 애정에 대한 믿음을 내 영혼에 뿌렸기 때문이오.」

나는 내 어깨 위에 놓여 있던 그의 손에 입을 맞췄다. 나는 그를 무척 사랑했다. 뭐라고 해야 할지 나 자신도 모를 만큼, 도저히 말로 표현할 수 없을 만큼 그를 무척 사랑했다.

「다른 것도 부탁해 봐요.」 그가 곧 다시 말했다. 「부탁을 받고 굴복하는 것이 내 기쁨이오.」

내게는 이미 부탁할 것이 준비되어 있었다. 「당신의 의도를 페어팩스 부인에게 알려 줘요. 어젯밤 홀에서 당신과 제가 함께 있는 것을 보고 그녀가 충격을 받았어요. 제가 부인을 다시 만나기 전에 설명을 좀 해줘요. 그렇게 착한 부인한테 오해를 받으면 마음이 아파요.」

「당신 방으로 가서 보닛을 써요.」 그가 대답했다. 「당신과 함께 오늘 오전 밀코트에 갈 예정이오. 당신이 마차 탈 준비를 하는 동안 내가 노부인을 납득시키도록 하겠소. 재닛, 당

78 「햄릿」, 제3막 제4장 145행.

신이 사랑을 위해 세상을 포기했고 그런 손해를 보고도 후회
하지 않는다고 그녀가 생각했을 것 같소?」

「제 신분과 당신의 신분을 망각했다고 생각했을 거예요.」

「신분이라! 신분이라! 당신의 신분은 내 마음속에 있소.
그리고 지금부터 당신을 모욕하는 사람들은 가만두지 않겠
소. 갑시다.」

나는 곧 옷을 갈아입었다. 그리고 로체스터 씨가 페어팩스
부인의 응접실에서 나오는 소리를 들었을 때 재빨리 그곳으
로 내려갔다. 노부인은 그날의 가르침으로 삼을 성서 부분을
읽고 있었다. 성서가 그녀 앞에 펼쳐져 있었고 안경이 그 위에
놓여 있었다. 로체스터 씨의 발표로 인해 정지된 그녀의 일과
가 지금은 까맣게 잊힌 것 같았다. 맞은편의 텅 빈 벽에 고정
된 그녀의 눈은 익숙지 않은 소식에 동요를 일으켜서 조용한
마음이 놀랐다는 것을 보여 주고 있었다. 나를 보자 그녀가
정신을 차렸다. 그녀가 애써 미소를 지으며 축하의 말을 몇
마디 지어냈다. 그러나 미소는 곧 사라졌고 말은 도중에 끊어
지고 말았다. 그녀가 안경을 들어 올리고 성서를 덮은 다음
탁자에서 의자를 뒤로 밀어냈다.

「너무 놀랐어요.」 그녀가 말하기 시작했다. 「무슨 말을 해
야 할지 잘 모르겠어요, 에어 선생님. 내가 분명히 꿈을 꾸고
있는 것은 아니죠? 반쯤 잠이 들었다가 혼자 일어나 앉아서
전혀 일어나지 않았던 일들을 상상하는 때가 있어요. 내가 졸
고 있을 때 15년 전 세상을 떠난 남편이 들어와서 내 곁에 앉
는 일이 여러 번 있었던 것 같아요. 남편이 예전에 그랬던 것
처럼 앨리스, 하며 내 이름을 부르는 소리를 듣기까지 했어
요. 자, 로체스터 씨가 선생님한테 청혼했다는 얘기가 정말
사실인지 알려 줄 수 있어요? 날 보고 웃지 말아요. 사실 로
체스터 씨가 5분 전에 여기 들어와서 한 달 후 당신과 결혼할

거라고 말한 것 같아서요.」

「저한테도 똑같은 말을 했어요.」 내가 대답했다.

「그랬군요! 그의 말을 믿어요? 청혼을 받아들였어요?」

「네.」

그녀가 당혹스러운 표정으로 나를 바라보았다. 「나는 그런 일이 있으리라고는 꿈에도 생각을 못 했어요. 그는 자존심이 대단한 사람이에요. 로체스터 가문 사람들은 모두 자존심이 대단해요. 그리고 적어도 그의 부친은 돈을 좋아했어요. 그 역시 항상 신중한 사람으로 간주되었고요. 그가 선생님과 결혼할 작정이라고요?」

「제게 그렇게 말했어요.」

그녀가 나를 머리끝부터 발끝까지 훑어보았다. 그녀의 두 눈으로부터 나는 그녀가 내 외모에서 수수께끼를 풀 만큼 충분히 강력한 매력을 발견하지 못했다는 것을 읽어 냈다.

「나는 이해할 수가 없어요!」 그녀가 말을 계속했다. 「그러나 당신이 그렇게 말하니 의심할 여지 없이 그 얘기가 사실인가 보군요. 어떻게 될지는 나도 알 수가 없군요. 이런 경우에는 신분과 재산 정도가 비슷하면 좋을 텐데요. 나이차도 20년이나 나고요. 그는 거의 당신 아버지뻘이에요.」

「아니에요. 정말로요, 페어팩스 부인!」 내가 초조해져서 소리쳤다. 「그는 전혀 아버지 같지 않아요. 우리가 함께 있는 것을 본 이들 중에서 한순간이라도 그렇게 생각하는 사람은 아무도 없을 거예요. 로체스터 씨는 스물다섯 살 난 남자만큼 젊어 보이고 실제로도 젊어요.」

「로체스터 씨가 선생님과 결혼하려는 것이 정말로 사랑 때문일까요?」 그녀가 물었다.

그녀의 냉담함과 의심에 너무 마음이 상한 나머지 내 눈에서 눈물이 솟았다.

「선생님을 속상하게 해서 미안해요.」미망인이 말을 계속했다. 「그렇지만 선생님은 너무 어리고 남자를 사귀어 본 적이 거의 없잖아요. 선생님에게 조심하라고 주의를 주는 거예요. 〈반짝인다고 모두 금은 아니다〉라는 오랜 속담이 있어요. 이 경우에는 선생님이나 내가 기대하는 바와는 다른 결과가 나타나지 않을까 우려되는군요.」

「왜요? 제가 괴물인가요?」내가 물었다. 「로체스터 씨가 저에 대해 진지한 애정을 갖는 것이 있을 수 없는 일인가요?」

「아니요. 선생님은 매우 건강해요. 최근에 많이 좋아졌어요. 그리고 로체스터 씨가 선생님을 좋아한다고 생각해요. 그가 선생님을 마음에 들어 한다는 것을 쭉 느껴 왔었어요. 그가 두드러지게 선생님을 좋아하는 데에 마음이 편치 않아서 선생님을 위해 주의를 주고 싶었던 적이 있었어요. 그러나 남의 과실에 대해서는 그 가능성조차 암시하는 것이 싫었어요. 그런 생각이 선생님에게 충격을 줄 수 있고 선생님을 기분 나쁘게 할 수도 있다는 점을 알고 있었으니까요. 그리고 선생님은 사리에 밝고 너무나 완벽하게 겸손하고 지각 있는 사람이니까 스스로 자신을 잘 지킬 수 있으리라고 믿어 보기로 했죠. 어젯밤 집 안 곳곳을 뒤져도 선생님뿐만 아니라 주인님을 어디에서도 찾을 수 없었을 때 내가 얼마나 애가 탔는지 몰라요. 그러다가 12시에 선생님이 그와 함께 들어오는 것을 보았어요.」

「자, 이제는 그 일에 대해 걱정하지 마세요.」내가 성급하게 끼어들었다. 「모든 일이 잘된 것으로 충분하잖아요.」

「끝까지 모든 일이 잘되면 좋겠는데.」그녀가 말했다. 「그러나 내 말을 믿어요. 아무리 조심해도 손해 보는 법은 없으니까요. 로체스터 씨와 거리를 두고 지켜봐요. 로체스터 씨뿐만 아니라 선생님 자신을 믿지 말아요. 그와 같은 신분의 신사들이 가정 교사와 결혼하는 일은 흔치 않으니까요.」

나는 정말로 화가 나기 시작했다. 다행히 아델이 뛰어 들어 왔다.

「저도 가게 해줘요. 저도 밀코트에 데려가 주세요!」그녀가 소리쳤다. 「로체스터 씨는 절 안 데리고 가시겠대요. 새 마차에 자리가 그렇게 충분한데도 말이에요. 제발 그분에게 저도 데려가게 해달라고 간청해 주세요, 선생님.」

「그렇게 하마, 아델.」기분 나쁜 훈계자로부터 벗어나게 된 것이 기뻐서 나는 서둘러 아델과 함께 그곳을 나왔다. 마차가 준비되어 있었다. 마부들이 마차를 돌려서 저택 정면으로 오고 있었다. 주인은 포장도로 위에 서 있었고 파일럿은 앞뒤로 그를 따라다니고 있었다.

「아델도 데려가면 안 되나요?」

「그 애한테 안 된다고 했소. 개구쟁이들은 안 데리고 가겠소! 당신만 데리고 갈 거요.」

「제발 저 애도 데리고 가요, 로체스터 씨. 그러는 편이 더 좋을 거예요.」

「안 돼요. 성가실 거요.」

그의 표정과 목소리 모두 단호했다. 페어팩스 부인이 해준 경고의 냉기와 의심의 습기가 내게 덮쳐 왔다. 실체도 없고 불확실한 뭔가가 내 희망을 에워쌌다. 그를 지배할 수 있다는 느낌이 반쯤 사라졌다. 나는 더 이상 따지지 않고 기계적으로 그의 말에 따르려고 했다. 그러나 내가 마차에 타는 것을 도와주며 그가 내 얼굴을 바라보았다.

「무슨 일이오?」그가 물었다. 「햇살이 전부 사라져 버렸소. 정말로 그 애를 데려가고 싶소? 그 애를 남겨 두고 가면 마음이 불편할 것 같소?」

「같이 가는 게 좋을 거 같아요.」

「그렇다면 가서 보닛을 가져오렴. 번개처럼 돌아오너라!」

그가 아델에게 소리쳤다.

아델이 있는 힘껏 재빨리 달려가면서 그의 말에 따랐다.

「어쨌든 하루 아침 정도 방해를 받는 거야 별 문제될 건 없소.」 그가 말했다. 「곧 당신을, 당신의 생각과 대화, 당신과의 동반을 평생 동안 내 것이라고 주장할 테니까 말이오.」

번쩍 들어 올려져 마차 안에 탔을 때 아델은 중재해 준 데 대한 감사의 표시로 내게 키스를 퍼붓기 시작했다. 그러나 곧 로체스터 씨 옆의 구석자리로 밀려났다. 아델이 내가 앉아 있는 곳으로 몰래 눈길을 보냈다. 그렇게 엄격한 옆 사람은 너무 갑갑했다. 잔뜩 화가 나 있는 그에게 아델은 감히 무슨 말을 속삭이거나 뭘 물어보지도 못했다.

「그 애를 내 곁으로 오게 해줘요.」 내가 간청했다. 「당신을 귀찮게 할지도 몰라요. 이쪽에도 자리가 충분해요.」

그가 강아지를 건네주듯이 아델을 넘겨주었다. 「저 애를 조만간 학교에 보낼 것이오.」 그가 말은 그렇게 했지만 지금은 미소를 짓고 있었다.

아델이 그의 말을 듣고 〈선생님 없이〉 학교에 가는 것이냐고 프랑스어로 물었다.

「그렇다.」 그가 대답했다. 「당연히 선생님 없이 가는 거지. 내가 선생님을 달나라에 데려갈 예정이니까. 그리고 그곳의 화산 봉우리들 사이 하얀 골짜기에서 동굴을 찾은 다음 거기서 선생님이 나와 함께 살 거야. 나하고만 말이야.」

「먹을 게 없을 텐데요. 선생님을 굶겨 죽일 거예요.」 아델이 말했다.

「선생님에게 아침저녁으로 만나[79]를 따다 줄 거야. 달나라의 평원과 산기슭에는 만나가 하얗게 깔려 있단다, 아델.」

79 옛날 이스라엘 사람이 광야를 헤맬 때 신이 내려 준 음식. 「출애굽기」 14장 14~36절.

「선생님이 불을 쬐고 싶어 할 텐데요. 불을 지피려면 어떻게 해요?」

「달에 있는 산에서는 불길이 솟아오르고 있어. 선생님이 추워하면 산꼭대기로 데려가서 분화구 가장자리에 앉혀 놓으면 돼.」

「아, 그건 선생님한테 별로 안 좋을 것 같아요. 편하지도 않고요! 그리고 선생님 옷이 닳아 없어질 거예요. 새 옷을 어떻게 구해요?」

로체스터 씨가 난감한 표정을 지었다.「에헴.」그가 말했다.「너라면 어떻게 할 거니, 아델? 머리를 짜내서 방법을 생각해 보렴. 하얀 구름이나 분홍색 구름으로 드레스를 만들면 안 될까? 어떻게 생각하니? 그리고 무지개를 오려서 예쁜 스카프를 만들 수 있을 거야.」

「선생님은 지금이 훨씬 더 좋은 거 같은데요.」아델이 잠깐 동안 곰곰이 생각해 본 후에 결론을 내렸다.「거기다가 선생님은 달나라에서 아저씨하고만 사는 게 싫증날 거예요. 제가 선생님이라면 아저씨랑 함께 가는 데에 절대 동의하지 않을 거예요.」

「그런데 선생님이 동의를 했단다. 선생님이 약속했어.」

「그래도 선생님을 거기로 데려갈 수 없어요. 달에 가는 길이 없잖아요. 전부 공기뿐인데 아저씨도 선생님도 날 수가 없잖아요.」

「아델, 들판을 보아라.」우리는 지금 손필드의 대문 밖으로 나와서 평탄한 길을 따라 밀코트로 가볍게 달리고 있었다. 폭풍우로 먼지가 가라앉아 있었고 길옆의 낮은 산울타리와 키 큰 관목들은 비를 맞은 후 상큼하게 녹색으로 반짝였다.

「아델, 한 보름 전 저 들판에서 저녁 늦게까지 산책을 하고 있었다. 네가 과수원 목초지에서 건초 만드는 걸 도와주었던 날 저녁 말이다. 나는 건초를 갈퀴로 긁어모으느라 지쳐서 좀 쉬려고 계단에 앉았다. 거기서 종이와 연필을 꺼내 오래전에 내게 일어났던 불행한 일과 앞으로 행복한 날을 보내고 싶다는 내 소원을 적기 시작했단다. 햇빛이 책장에서 엷어지고 있었지만 나는 계속 매우 빠르게 글을 적었다. 그때 길에 뭔가가 나타나더니 내게서 2야드쯤 떨어진 곳에 멈춰 섰다. 머리에 거미줄처럼 얇은 천으로 된 베일을 쓴 작은 녀석이었지. 내가 그 녀석에게 가까이 다가오라고 손짓을 했더니 곧 내 무릎 가까이에 다가와 서더구나. 나는 그 녀석에게 아무 말도 하지 않았고 그 녀석도 내게 아무 말도 하지 않았다. 그러나 나는 그 녀석의 눈빛을 읽었고 그 녀석도 내 눈빛을 읽었다. 우리가 말없이 나눈 대화는 이런 내용이었다.

자기는 요정이고 요정의 나라에서 왔다고 하더구나. 자기의 임무는 날 행복하게 해주는 거래. 내가 자기와 함께 속세를 떠나서 외딴 곳으로 가야 한다고 하더구나. 예를 들어, 달나라 같은 곳으로 말이야. 그것은 헤이 산 너머로 떠오르는 초승달을 향해 고개를 끄덕이더구나. 우리가 살게 될 설화 석고 동굴과 은빛 골짜기에 대해 이야기해 주기에 내가 가고 싶다고 했다. 그러나 네가 그랬던 것처럼 내게 날 수 있는 날개가 없다고 일깨워 줬다.

〈아.〉 요정이 말했지. 〈그건 별로 중요하지 않아요! 여기 모든 어려움을 없애 줄 부적이 있어요.〉 그러고는 예쁜 금반지를 꺼내 주더구나. 〈그걸 끼워 줘요.〉 그녀가 말했다. 〈내 왼손 네 번째 손가락에요. 그러면 나는 당신 것이고 당신은 내 것이에요. 함께 지상을 떠나 저기에 우리만의 천국을 만들어요.〉 그녀가 다시 달을 보고 고개를 끄덕였다. 아델, 그 반지가 내 바지 호주머니 안에 1파운드짜리 금화로 변장한 채 들어 있단다. 그렇지만 나는 그것을 곧 다시 반지로 바꾸려고 한단다.」

「그런데 그것하고 선생님하고 무슨 상관이 있어요? 저는 요정 같은 것은 상관없어요. 아저씨가 달나라로 데려갈 사람은 선생님이라면서요.」

「선생님이 요정이야.」 그가 의미심장하게 속삭이며 말했다. 그래서 나는 아델에게 로체스터 씨의 농담에 신경 쓰지 말라고 일러 주었다. 아델은 나름대로 진정 프랑스인다운 의심을 발휘하며 로체스터 씨를 〈진짜 거짓말쟁이〉라고 불렀고, 그의 〈요정 이야기〉를 전혀 믿지 않으며 〈요정 같은 것은 절대 없고 설사 있다 해도〉 요정들이 그 앞에 절대 나타나지 않을 뿐더러 그에게 반지를 주지도, 달나라에 가서 살자고 제안하지도 않을 거라고 확신했다.

밀코트에서 보낸 시간은 내게는 괴로운 시간이었다. 로체스터 씨가 어떤 비단 가게로 나를 억지로 데리고 갔다. 그곳에서 나는 여섯 벌의 드레스를 고르라는 명령을 받았다. 나는 그 일이 싫어서 나중으로 미뤄 달라고 간청했다. 안 되는 일이었다. 지금 당장 해치워야 했다. 작은 목소리로 간절히 청한 결과 여섯 벌을 두 벌로 줄일 수 있었다. 그러나 그는 이 두 벌을 자기가 직접 고르겠다고 고집했다. 나는 초조한 마음으로 그의 눈이 화려한 가게 안을 두리번거리는 것을 바라보았다. 그의 눈길이 가장 화려한 자수정 색 실크 드레스와 최고급 분홍 새틴 드레스 위에 멈췄다. 나는 다시 속삭이는 목소리로 차라리 내게 금 드레스와 은 보닛을 동시에 사주었으면 좋겠다고 말했다. 그가 고른 옷은 절대 입을 엄두를 못 낼 것이라고 내가 말했다. 황소처럼 고집 센 그를 간신히 설득해서 수수한 검은색 새틴과 진주 빛 회색 실크 드레스로 바꿀 수가 있었다. 「우선 당장은 그렇게 넘어갑시다.」 그가 말했다. 「그러나 머지않아 기필코 화단처럼 화려하게 옷을 입혀 놓고 말겠소.」

나는 비단 가게에서 그를 데리고 나왔을 때 기뻤고, 다음에는 보석 가게에서 그를 데리고 나오면서 기뻤다. 그가 나에게 무언가를 많이 사주면 사줄수록 내 뺨은 불쾌감과 상한 자존심으로 더욱더 달아올랐다. 마차에 다시 탔을 때 나는 열이 잔뜩 난 채 기진맥진해서 뒤로 기대앉았다. 그때 어둡고 밝은 사건들의 야단법석 속에서 나를 입양해 유산 상속자로 삼겠다는 의향이 담긴, 존 에어 삼촌이 리드 부인에게 보낸 편지를 내가 까맣게 잊고 있었다는 사실이 기억났다. 〈내가 조금이라도 자립할 수 있는 상태가 된다면 로체스터 씨에 의해 인형처럼 옷이 입혀지거나 날마다 온몸에 황금 소나기를 맞으며 제2의 다나에[80]처럼 앉아 있진 않아도 될 거야. 집에 도착하자마자 마데이라에 편지를 써서 존 삼촌에게 내가 결혼한다는 것과 누구와 결혼할 것인지 알려 드려야겠어. 언젠가 로체스터 씨에게 상속받은 재산을 가져다줄 수 있다는 가능성만 있어도 지금 그에게 보살핌을 받고 있는 상황을 더 잘 견딜 수 있을 거야.〉 이 생각에 (그날 이 계획을 어김없이 실천에 옮겼다) 조금 마음이 풀어졌기 때문에 나는 너무나 집요하게 내 눈을 찾는 주인이자 연인의 눈길을 다시 마주할 수 있었다. 사실 나는 그의 얼굴과 시선을 모두 피하고 있었다. 그가 미소를 지었다. 나는 그의 미소가 황금과 보석으로 장식시켜 놓은 여자 노예를 흐뭇하고 즐거운 기분으로 바라보며 웃는 술탄의 미소 같다고 생각했다. 나는 계속 내 손을 열렬히

80 공주는 있으나 왕자가 없어 걱정하던 아크리시우스는 예언자를 찾아 갔다가 자신이 땅끝에서 외손자에게 살해당할 것이라는 신탁을 들었다. 겁이 난 아크리시우스는 아직 처녀인 딸이 아이를 낳지 못하도록 청동 탑에 가두어 두었다. 그러나 제우스는 금빛 비로 모습을 바꾸어 방으로 스며든 뒤 다나에를 임신시켰다. 다나에는 곧 영웅 페르세우스를 낳았다.

찾고 있던 그의 손을 꽉 쥐고 벌겋게 되도록 힘을 주었다가 밀쳐 냈다.

「그렇게 바라볼 거 없어요.」 내가 말했다 「당신이 그러면 계속해서 로우드 시절의 드레스만 입을 거예요. 결혼식 때는 이 라일락 색의 체크무늬 옷을 입을 거고요. 진주 빛 회색 실크로는 당신 실내복을 만들고 검은색 실크로는 당신 조끼를 무한하게 만들 수 있을 거예요.」

그가 킥킥대고 웃으며 양손을 비볐다. 「아, 그녀를 보고 그녀의 말을 듣는 것이 무척 재미있군.」 그가 소리쳤다. 「그녀가 별나지 않소? 신랄하지 않소? 아프리카의 영양 같은 눈을 가진 극락의 천녀(天女)들인 터키 제국의 후궁 전부를 준다 해도 이 자그마한 영국 아가씨와 바꾸지 않을 거요!」

터키 후궁에 대한 비유에 내가 다시 약이 올랐다. 「절대 터키의 후궁을 대신하지는 않을 거예요.」 내가 말했다. 「그러니 저를 그 비슷한 존재로 간주하지 말아요. 그런 종류의 여자를 좋아한다면 조금도 지체하지 말고 이스탄불의 노예 시장으로 가세요. 오늘 여기서 시원하게 쓰지 못해 안달했던 그 돈으로 대대적으로 노예를 사들이도록 해요.」

「그러면 내가 그렇게 많은 육체들과 가지각색의 검은 눈들을 바리바리 사기 위해 흥정하는 동안 재닛, 당신은 무엇을 할 작정이오?」

「저는 속박되어 있는 그들에게, 무엇보다 당신의 후궁 여자들에게 자유를 설교하는 선교사로 나설 준비를 하고 있을 거예요. 그곳에 들어가서 반란을 일으킬 거예요. 그러면 파샤[81]를 세 개 다는 지체 높은 당신은 순식간에 우리 손에 사로잡힐 거예요. 저는 당신이 헌장에, 지금까지 그 어떤 전제 군주

81 터키의 문무 고관을 칭하는 말로 군기에 매단 말꼬리 수.

가 수여한 것보다 더 관대한 헌장에 서명할 때까지 구속을 풀어 주지 않을 거예요.」

「당신의 자비심에 나를 맡기겠소, 제인.」

「그런 눈으로 청한다면 절대 자비를 베풀지 않을 거예요, 로체스터 씨. 그렇게 바라보는 한, 강요에 의해 어떤 헌장을 수여하건 당신은 풀려나자마자 틀림없이 제일 먼저 하는 일이 헌장의 조항들을 어기는 일일 테니까요.」

「저런, 제인. 도대체 무엇을 어떻게 해달라는 말이오? 혹시 교회에서 거행하는 결혼식 말고 비밀 결혼식을 올리자고 하는 것이오? 이상한 조건들을 제시하려나 본데 도대체 어떤 것들이오?」

「저는 그저 마음이 편안하고 싶을 뿐이에요. 갚아야 할 의무로 짓눌리지 않은 채로요. 셀린 바렝에 대해 한 말을 기억해요? 당신이 그녀에게 준 다이아몬드와 캐시미어에 대해서요? 저는 당신의 영국판 셀린 바렝이 되진 않을 거예요. 저는 아델의 가정 교사로 계속 일할 거예요. 그렇게 하면 제가 먹고 자는 문제는 해결되고 게다가 1년에 30파운드도 버는 거죠. 그 돈으로 제 옷장을 채울 거예요. 당신이 제게 줄 것은 오로지…….」

「자, 그게 뭐요?」

「날 존중하는 마음이에요. 제가 당신을 존중하는 마음을 되돌려 주면 그 빚은 청산되는 거죠.」

「저런. 타고난 그 냉정한 건방진 태도와 순수한 그 선천적인 자존심에 대해서는 당신을 따를 사람이 없을 것이오.」 그가 말했다. 우리는 이제 손필드에 가까이 다가가고 있었다. 「오늘 나와 함께 식사를 해주겠소?」 대문 안으로 들어설 때 그가 물었다.

「아니요, 고맙지만 사양할래요.」

「그런데 왜 고맙지만 사양한다고 말하는 건지 물어봐도 되겠소?」

「당신과 한 번도 식사를 해본 적이 없어요. 지금은 왜 그래야 하는지 모르겠어요. 그때까지……」

「어떤 때까지 말이오? 당신은 말을 중간에 끊는 것을 좋아한다니까.」

「어쩔 수 없을 때까지요.」

「당신은 내가 괴물이나 귀신처럼 밥을 먹을 거라고 생각해서 나와 함께 식사하기를 두려워하는 것이오?」

「그런 식으로 생각해 본 적 없어요. 그저 평소대로 한 달을 더 보내고 싶어요.」

「즉시 가정 교사 일을 그만두시오.」

「미안하지만 그러지 않을 거예요. 평소처럼 그대로 그 일을 계속할 거예요. 항상 그래 왔듯이 하루 종일 당신을 방해하지 않도록 할게요. 절 보고 싶으면 저녁에 부르세요. 그럼 갈게요. 그렇지만 다른 시간에는 안 돼요.」

「아델이 프랑스어로 말하곤 하듯이 〈평정을 되찾기 위해〉, 이 모든 일을 겪고 있는 날 달래기 위해 담배를 피우고 싶소. 아니면 코담배라도 한번 맡아야겠소. 그런데 불행히도 담뱃갑이 없구려. 코담뱃갑조차도 가지고 있질 않소. 그렇지만 잘 들어요. 작은 소리로 말하겠소. 지금은 당신의 시간이오, 귀여운 폭군. 그러나 곧 내 전성시대가 될 것이오. 일단 당신을 완전히 사로잡아서 차지하게 된다면, 나는 당신을 (회중시계의 끈을 만지며) 이런 사슬에, 이를테면 묶어 놓을 것이오. 맞아요, 귀여운 꼬마. 내 보석을 잃어버리지 않도록 〈당신을 가슴에 넣어 가지고 다니리라.〉[82]」 마차에서 내리는 날 도와주며

82 로버트 번스의 연애시의 한 구절.

그가 이렇게 말했다. 다음에 그가 아델을 들어 내리는 동안 나는 집 안으로 들어가서 위층으로 물러가 버렸다.

저녁이 되자 그는 지체 없이 나를 자기 앞으로 불렀다. 나는 그가 해야 할 일을 마련해 두었다. 단둘이 마주 앉아 이야기를 나누며 시간을 보내지 말자고 작정했기 때문이다. 나는 그의 훌륭한 목소리를 기억하고 있었고, 그가 노래 부르기를 좋아한다는 것을 알고 있었다. 노래를 잘하는 사람들은 일반적으로 그렇다. 나는 절대 노래를 잘하지 못했고 그의 까다로운 판단에 의하면 결코 좋은 연주자도 아니었다. 그러나 나는 훌륭한 연주를 들으면 즐거웠다. 로맨스의 시간인 석양이 격자창에 푸르스름하고 별이 반짝이는 깃발을 드리우기 시작하자마자 나는 일어서서 피아노를 열고 그에게 제발 노래를 불러 달라고 간청했다. 그는 내게 변덕스러운 마녀 같다고 말하면서 다른 때에 노래를 불러 주겠다고 대답했다. 그러나 나는 지금이 가장 좋은 때라고 단언했다.

「내 목소리가 마음에 들었소?」 그가 물었다.

「무척이요.」 나는 그의 그 민감한 허영심을 채워 주고 싶지 않았다. 그러나 딱 한 번만 하나의 방편으로서 그의 허영심을 어르고 자극해 주기로 했다.

「그럼, 제인. 당신이 반주를 해줘야 하오.」

「물론이에요. 노력해 볼게요.」

나는 정말 노력했지만 곧 의자에서 밀려났고 〈솜씨 없는 꼬마〉로 명명되었다. 그가 한쪽으로 날 난폭하게 밀쳐 내고서 ─ 딱 내가 바랐던 대로 ─ 내 자리를 차지하고는 손수 반주를 하기 시작했다. 그는 노래뿐만 아니라 피아노도 잘 연주했다. 나는 얼른 창가 구석진 곳으로 갔다. 그곳에 앉아 조용한 나무들과 희미한 잔디밭을 내다보고 있는 동안 그가 감미로운 목소리로 아름다운 가락에 맞춰 노래를 불렀다.

타오르는 가슴 가장 깊은 곳에서
가장 진실한 사랑이
모든 혈관을 통해 빠르게 뿜어 나와
생명의 조수를 쏟아 냈다.

그녀가 찾아오는 것은 매일의 내 희망,
그녀와 헤어지는 것은 내 고통,
그녀의 발걸음이 더디어지면
모든 혈관이 얼어붙었다.

사랑하고 사랑받는 것이
형언할 수 없는 행복이라고 꿈꿨다.
나는 이 목적을 위해
열심히 맹목적으로 밀고 나갔다.

그러나 우리의 삶 사이에 놓여 있는 공간은
길도 없이 광막하고
바다의 푸른 파도가
거품을 내며 몰려오듯 위험했다.

그리고 황야나 숲 속의 산적 떼가 출몰하는
길처럼 무시무시했다.
우리의 영혼 사이에 권세와 정의,
비애와 분노가 가로막고 서 있었기 때문이다.

나는 위험이 무섭지 않았고 장애를 경멸했으며
전조에 도전했다.
어떤 위협과 괴롭힘과 경고에도

나는 태연히 지나쳤다.

내 무지개가 빛처럼 빠르게 걸렸고
나는 꿈속에서처럼 날았다.
소나기와 빛의 후예가
내 시야에 멋지게 솟아올랐다.

그 부드럽고 엄숙한 기쁨이
검은 고통의 구름 위에서 아직도 밝게 빛난다.
재앙이 가까이에서 아무리 짙고 우울하게 모여들어도
나는 이제 상관하지 않는다.

내가 돌파한 모든 것이
지독한 복수를 천명하며
강하고 빠르게 날개를 타고
몰려온다 해도.

거만한 증오가 나를 내려치고
도의의 장애가 내게 다가와도
권세가 이를 갈고 성이 나서
얼굴을 찡그리며 끝없는 증오를 맹세한다 해도.

내 사랑은 숭고한 믿음을 가지고
내 손에 그녀의 작은 손을 올려놓았다.
그리고 혼인의 신성한 끈으로
서로의 천성을 하나로 엮자고 맹세했다.

확인의 입맞춤으로 내 사랑이 맹세했다.

나와 함께 살고 죽겠다고.
나는 마침내 형언할 수 없는 행복을 얻었다.
사랑하고 사랑받으면서.

그가 일어서서 내게 다가왔다. 그의 얼굴이 환하게 빛났고 매 같은 눈 전체가 빛을 발했으며 이목구비 하나하나에 부드러움과 열정이 넘쳤다. 나는 순간적으로 주춤했지만 곧 정신을 차렸다. 부드러운 장면과 과감한 애정 표현을 나는 원치 않았다. 나는 두 가지 모두의 위험 속에 서 있었다. 방어할 수 있는 무기를 마련해야 했다. 나는 혀를 가다듬었다. 그가 내 곁으로 다가오자 나는 퉁명스럽게 물었다. 「지금 누구와 결혼하려는 건데요?」

「내 사랑하는 제인이 묻기에는 이상한 질문이군.」

「설마요! 저는 그 질문이 매우 당연하고 필연적이라고 여기는데요. 미래의 아내와 함께 죽어 가는 것에 대해 이야기했잖아요. 그런 이교도적인 생각으로 무슨 말을 하려는 건데요? 저는 당신과 함께 죽을 의향이 전혀 없는데요. 그건 확실해요.」

「아, 내가 갈망하고 기도했던 모든 것은 당신이 나와 함께 사는 것이오. 죽음은 당신 같은 사람에게는 가당치 않소.」

「사실은 해당이 되죠. 제게도 당신과 마찬가지로 때가 되면 죽을 수 있는 권리가 있어요. 그러나 그 때를 기다려야 해요. 죽은 남편을 따라 급하게 이 세상에서 사라지는 것이 아니고요.」

「그런 이기적인 생각을 한 데 대해 날 용서해 주시오. 용서한다는 표시로 화해의 키스를 해주겠소?」

「아니요. 그러지 않겠어요.」

이때 나는 〈무정한 꼬마 아가씨〉라는 소리를 들었다. 그다음에는 〈다른 여자들 같으면 자신을 찬미하는 노래를 듣고 뼛속까지 흐물흐물 녹아내렸을 것이오〉라는 말이 덧붙여졌다.

나는 그에게 내가 천성적으로 무정하다고 말해 주었다. 매우 냉혹해서 앞으로도 자주 그런 점을 보게 될 것이며 게다가 앞으로 사 주가 지나기 전에 내 성격상의 여러 가지 모난 점들을 그에게 보여 줄 작정이라고 다짐했다. 또한 그가 어떤 종류의 계약을 했는지 충분히 알게 될 것이며 아직은 그것을 취소할 수 있는 시간이 있다고 알려 주었다.

「조용히 이성적으로 이야기를 해봅시다.」

「원하신다면 조용히 있을게요. 그리고 이성적으로 이야기하는 부분에 있어서는 지금 제가 그렇게 하고 있다고 생각하는데요.」

그가 화가 나서 콧방귀를 뀌고 코웃음을 쳤다. 〈됐어.〉 나는 생각했다. 〈실컷 화를 내고 안달해도 괜찮아요. 그러나 이것이 당신과 함께 추구해야 할 가장 좋은 계획이라고 확신해요. 말로 표현할 수 없을 정도로 당신을 사랑해요. 그러나 나는 감정의 진부함에 빠지고 싶지 않아요. 그리고 이 재치 있는 즉답의 바늘로 심연의 가장자리에서 당신도 벗어나게 해줄 거예요. 게다가 그 바늘의 통렬한 도움을 받아서 우리 서로에게 진짜로 유익할 수 있도록 당신과 나 사이의 거리를 유지할 거예요.」

서서히 정도를 높여 가면서 나는 그가 상당히 노할 정도까지 그의 화를 돋우었다. 그런 다음 그가 화가 나서 방의 다른 쪽 끝으로 가버리자 나는 일어서서 타고난 평소의 공손한 태도로 그에게 〈안녕히 주무세요〉라고 말한 뒤 옆문으로 빠져나왔다.

그렇게 시작된 이 방법을 나는 약혼 기간 내내 대성공을 거두며 계속했다. 그는 확실하게 계속 심술궂고 무뚝뚝한 상태를 유지했다. 그러나 대체로 그가 매우 재미있어 하는 것을 알 수 있었다. 양 같은 순종과 멧비둘기의 감수성은 그의 횡포를 더 부추겼겠지만 그의 판단을 덜 즐겁게 해주고 그의 상식을 덜 만족시키고 심지어는 그의 취향에 덜 맞았을 것이다.

다른 사람들이 있는 자리에서는 나는 이전과 마찬가지로 경의를 표하고 조용했다. 다른 행동 방침이 필요하지가 않았다. 내가 그렇게 그를 좌절시키고 괴롭힌 것은 오로지 저녁 만남에서뿐이었다. 그는 시계가 7시를 치자마자 정확하게 나를 부르는 일을 계속했다. 이제는 내가 그 앞에 나타나면 〈내 사랑〉이라든가 〈귀여운 사람〉 같은 달콤한 호칭을 입에 올리지 않았다. 내가 원하는 최상의 호칭은 〈약 올리는 꼭두각시〉, 〈사악한 요정〉, 〈도깨비〉, 〈요정이 바꿔치기한 아이〉 등이었다. 애무 대신 이제는 찡그린 얼굴을 보게 되었다. 악수 대신 팔을 꼬집혔고 뺨에 키스를 받는 대신 귀가 잡아당겨졌다. 이런 거친 애정 표현이 더 부드러운 다른 것들보다 단연코 좋았다. 페어팩스 부인도 내게 찬성한다는 것을 알았다. 나에 대한 그녀의 걱정이 사라졌다. 그래서 나는 내가 잘하고 있다고 확신했다. 그동안 로체스터 씨는 내가 자기를 피골이 상접하게 말리고 있다고 주장하면서 머지않아 때가 오면 내 현재의 행동에 대해 끔찍하게 복수를 하겠다고 위협했다. 그의 협박에 나는 가만히 웃었다. 〈지금은 당신을 적당히 제어하는 상태로 유지할 수 있어요.〉 나는 생각했다. 〈나중에도 그렇게 할 수 있을지는 잘 모르겠어요. 한 가지 방편의 효과가 떨어지면 다른 방편을 강구해야죠.〉

그럼에도 불구하고 내 일이 결코 쉬운 것은 아니었다. 그를 놀리느니 그를 즐겁게 해주고 싶은 적이 많았다. 내 미래의 남편은 내게 온 세상이 되어 가고 있었다. 아니, 그 이상으로 거의 천국의 희망이 되었다. 일식이 인간과 넓은 태양 사이에 끼어들듯 나와 내 모든 종교관 사이에 그가 서 있었다. 그 시절에는 하느님이 만들어 낸 한 사람 때문에 하느님을 볼 수가 없었다. 그 사람이 내게는 우상이 되었다.

제10장

한 달의 구혼 기간이 지나가고 그 나머지 시간이 얼마 남지 않았다. 다가온 그날, 결혼식 날을 연기하는 것은 불가능했다. 그날이 다가오는 것에 대해 모든 준비가 끝났다. 적어도 나는 더 이상 할 일이 없었다. 꾸려져서 자물쇠가 채워지고 끈으로 묶인 짐 가방들이 내 작은 방의 벽을 따라 한 줄로 줄지어 세워져 있었다. 내일 이맘때쯤이면 그 가방들은 런던으로 가고 있을 것이고 (신의 뜻이 그렇다면) 나도 그럴 것이다. 아니, 내가 아니라 나도 아직 모르는 사람인 제인 로체스터가 그럴 것이다. 이제는 주소 카드만 붙이면 끝이었다. 작은 사각형 카드 넉 장이 서랍 속에 들어 있었다. 로체스터 씨 자신이 각 카드에 〈런던, ○○○○○○ 호텔, 로체스터 부인〉이라고 주소를 적었다. 나는 직접 그것을 붙이고 싶은 생각도 없었고, 그렇다고 다른 사람들을 시켜서 하고 싶지도 않았다. 로체스터 부인이라니! 그녀는 존재하지 않았다. 그녀는 내일 아침 8시가 지나야 태어날 것이다. 그래서 나는 그녀에게 그 모든 특성을 부여하기 전에 먼저 그녀가 세상에 존재하게 되었다는 확신이 들 때까지 기다릴 작정이었다. 화장대 맞은편의 저쪽 옷장 안에서 그녀의 것이라 일컬어지는 옷들이 이미

로우드에서 입었던 내 검은 모직 외투와 밀짚 보닛을 대체한 것으로 충분했다. 다른 옷을 내쫓고 옷걸이에 걸려 있는 혼례 의상, 그 진주 빛 회색 드레스와 공기처럼 가벼운 베일은 나와는 상관없는 것 같았다. 나는 옷장 문을 닫아서 그 안에 들어 있는 이상하고 생령(生靈) 같은 의상을 감췄다. 분명히 저녁 9시가 된 이 시간에는 그 의상이 어두운 내 방에 유령 같은 빛을 강력하게 발산하고 있었다. 〈잠시 널 혼자 남겨 둘게, 하얀 환영이여.〉 나는 속으로 혼잣말을 했다. 〈열이 난다. 바람 부는 소리도 들리고. 문밖으로 나가서 바람을 쐬어야지.〉

바쁘게 출발 준비를 했기 때문에 열이 난 것은 아니었다. 큰 변화, 내일 시작될 새로운 삶에 대한 기대 때문만도 아니었다. 나로 하여금 이 늦은 시간에 어두워지고 있는 마당으로 서둘러 나가게 만든 그 들뜨고 흥분된 기분을 조성하는 데 이 두 가지 모두 일조했다. 그러나 세 번째 원인이 그보다 더 내 마음에 영향을 미쳤다.

마음속에 이상하고 불안한 생각이 들었다. 내가 이해할 수 없었던 뭔가가 일어났다. 나 말고는 그 사건에 대해 어느 누구도 알지 못했고 그것을 보지 못했다. 그 일은 그 전날 밤에 일어났다. 그날 밤 로체스터 씨는 집에 없었다. 그는 아직 돌아오지 않은 상태였다. 그는 30마일 떨어진 곳에 있는 두세 군데의 농장에 볼일이 있어서 그곳에 갔다. 영국을 출발하기 전에 반드시 직접 해결해야 할 일이었다. 지금 나는 그가 돌아오길 기다리고 있었다. 마음의 짐을 벗고 그에게서 나를 괴롭히고 있는 수수께끼의 답을 찾고 싶었다. 그가 올 때까지 기다려 달라, 독자여. 내가 그에게 비밀을 털어놓으면 독자도 그 비밀을 공유하게 될 것이다.

나는 바람에 쫓겨서 과수원쪽으로 피했다. 비 한 방울 몰고 오지 않은 채 하루 종일 남쪽에서 바람이 세차고 빠르게 불어

왔다. 밤이 다가오면서 바람이 잦아질 기미는 보이지 않고 오히려 더 세졌으며 윙윙거리는 소리가 더 깊어졌다. 나무들은 이리저리 몸을 비틀지도 못하고 한 시간에 한 번도 머리를 들지 못한 채 줄곧 한쪽 방향으로 바람에 날렸다. 비바람의 힘이 너무 지속적이어서 나무의 가지 끝이 북쪽으로 휘어지고 있었다. 구름이 남쪽 하늘 끝에서 북쪽 하늘 끝으로 한 덩어리씩 뒤를 이어 빠르게 흘러가고 있었다. 7월의 그날에는 파란 하늘이 티끌만큼도 보이지 않았다.

우레와 같은 소리를 내며 허공을 지나는 헤아릴 수 없는 강풍에 내 마음속 근심을 맡기고 바람을 피해 달려갈 때 어떤 맹렬한 즐거움이 없었던 것은 아니었다. 월계수 길을 내려가다가 나는 벼락 맞은 마로니에 잔해와 마주쳤다. 그것은 시커멓게 갈라진 채 서 있었다. 한가운데가 쫙 갈라진 나무줄기가 무시무시하게 입을 벌리고 있었다. 갈라진 반쪽들은 서로에게서 완전히 떨어지지 않은 상태였다. 튼튼한 밑동과 강한 뿌리 덕에 아랫부분에서는 갈라지지 않은 채 붙어 있었다. 비록 생명력의 공동체는 파괴되고 — 수액이 더 이상 흐를 수 없었다 — 양쪽의 큰 가지들이 죽어서 다음 겨울에 태풍이 불어오면 틀림없이 한쪽이나 양쪽 모두 땅 위로 쓰러지겠지만, 잔해라 할지라도 온전한 잔해로서 아직은 하나의 나무를 이루고 있다고 할 수 있었다.

「서로 꼭 붙들고 있다니 잘했어.」 괴물같이 갈라진 나무 조각들이 살아 있어서 말을 알아들을 수 있기라도 하듯 내가 말했다. 「너희들이 상처 입고 시커멓게 타고 그을렸어도 충실하고 믿음직한 뿌리에 그렇게 붙어 있음으로 해서 솟아나는 살아 있다는 느낌이 틀림없이 아직 조금은 남아 있을 거야. 더 이상 푸른 잎이 나진 않겠지. 새들이 너희들 가지에 둥지를 틀거나 목가를 노래하는 일도 볼 수 없을 거야. 즐거움과 사랑의 시간은 너희들에게 끝났어. 그러나 그렇다고 쓸쓸하지는 않을 거야. 너희 각자 썩어 가면서 서로 동정할 수 있는 동지가 되어 줄 테니 말이야.」 내가 그것들을 바라보고 있을 때 나무가 갈라진 틈으로 보이던 하늘에 달이 순간적으로 나타났다. 달은 피처럼 붉었고 반쯤 구름으로 덮여 있었다. 달이 내게 황망하게 음산한 시선을 던지고는 깊은 구름더미 속으로 곧 다시 몸을 숨겼다. 잠깐 동안 손필드 주변에서 바람이 멎었다. 그러나 멀리 숲과 시냇물 위로 거칠고 우울한 울부짖음이 쏟아져 나왔다. 그 구슬픈 소리에 나는 다시 서둘러 그곳으로부터 뛰어나왔다.

나는 과수원 이곳저곳을 돌아다니며 나무뿌리 주변의 풀밭을 온통 뒤덮고 있는 사과를 주웠다. 그리고 익은 사과와 안 익은 것을 나누어 집 안으로 옮겨서 저장실에 쌓아 두었다. 그 후에는 난로에 불이 지펴져 있는지 확인하기 위해 서재로 갔다. 여름이라 해도 이런 음산한 밤에는 로체스터 씨가 들어왔을 때 밝은 난롯불을 보고 싶어 하리란 걸 알았기 때문이다. 그랬다. 난롯불이 조금 전에 지펴져서 잘 타고 있는 것 같았다. 나는 벽난로 옆에 그의 안락의자를 가져다 놓고 그 옆에 탁자를 끌어다 놓았다. 커튼을 내리고 곧 불을 켤 수 있도록 초를 가져오라고 시켰다. 이런 준비를 마쳤을 때 그 어느 때보다 마음이 안정되지 않아서 가만히 앉아 있을 수가 없었고 집 안에 머물러 있을 수도 없었다. 방 안에 있던 작은 시계와 홀에 있는 오래된 시계가 동시에 10시를 쳤다.

〈정말 시간이 늦어지고 있네!〉 나는 혼자 중얼거렸다. 〈대문까지 뛰어 내려가야겠어. 가끔 달빛이 나오니까 길이 멀리까지 보일 거야. 어쩌면 그가 지금 오고 있을지 몰라. 마중을 나가면 걱정하는 시간을 몇 분이라도 줄일 수 있을 거야.〉

대문을 둘러싸고 있는 큰 나무들에서 세찬 바람 소리가 났다. 좌우로 최대한 멀리 둘러보아도 길은 사방이 고요하고 적막했다. 달이 구름 사이로 내다볼 때 가로질러 가는 그림자를 제외하고 길은 움직이는 점 하나 없이 변치 않는 그저 길고 희끄무레한 선에 불과했다.

바라보고 있는 동안 철없는 눈물이 내 눈을 흐리게 했다. 그것은 실망과 조급함의 눈물이었다. 부끄러워서 나는 재빨리 눈물을 닦고 서성거렸다. 달님은 완전히 자기 방에 들어가서 두꺼운 구름의 커튼을 쳤다. 밤이 점점 더 어두워졌다. 비가 돌풍에 실려 빠르게 다가오고 있었다.

「그가 오면 좋으련만! 그가 오면 좋을 텐데!」 나는 불길한 예감에 사로잡혀서 소리쳤다. 그가 차 마시는 시간 전에는 돌아오리라고 예상했었다. 그러나 지금은 깜깜했다. 무엇 때문에 안 오는 걸까? 사고가 일어났나? 어젯밤에 일어난 사건이 다시 떠올랐다. 나는 그 일을 재앙의 경고로 해석했다. 내 희망이 너무 밝아서 실현될 수 없는 것이 아닌가 하는 우려가 생겼다. 그리고 최근 너무 많은 행복을 누렸기 때문에 내 행운이 절정을 지나 이제 기울고 있는 것이 틀림없다고 상상했다.

〈어쨌든 집으로 돌아갈 수 없어.〉 나는 생각했다. 〈그가 궂은 날씨에 출타 중인데 나만 난롯불 가에 앉아 있을 수는 없어. 가슴을 졸이느니 내 팔다리를 힘들게 하는 편이 낫지. 그를 마중하러 나가 봐야겠어.〉

나는 곧 출발했다. 빨리 걸었지만 멀리 가진 않았다. 4분의 1마일 정도도 걷지 않아서 말발굽 소리가 들려왔다. 말을 타고 한 사람이 전속력으로 달려오고 있었다. 개가 그 옆에서 뛰어왔다. 불길한 예감은 사라져라! 그였다. 메스루어에 올라타고 파일럿을 뒤에 대동한 채 그가 나타났다. 그가 나를 보았다. 달이 하늘에 푸른 평원을 펼쳐 놓고 그 안에 물기 어린 광채를 띠며 떠 있었다. 그가 모자를 벗어서 머리 위로 동

그렇게 흔들었다. 나는 이제 그를 맞으러 달려갔다.

「저런!」 그가 손을 내밀고 안장에서 몸을 구부리며 소리쳤다. 「당신은 나 없으면 안 되겠군. 그건 분명하오. 내 장화 등을 밟고 올라서요. 양손을 나한테 주고 올라타요!」

나는 그의 말을 따랐다. 기쁨에 몸이 날래졌다. 내가 그의 앞으로 튀어 올라탔다. 환영 인사로 나는 애정 어린 입맞춤을 받았고 약간의 자랑스러운 승리감에 도취된 모습을 보았지만 그것은 최대한 참아 주기로 했다. 그는 크게 기뻐하면서도 자신을 억제하며 물었다. 「그런데 재닛, 이런 시간에 나를 마중 나오다니 무슨 일이 있소? 잘못된 일이라도 있소?」

「아니요. 당신이 영영 안 오는 줄 알았어요. 특히 이렇게 비가 내리고 바람이 부는데 집에서 당신을 기다리는 걸 참을 수가 없었어요.」

「비와 바람이라, 정말이오! 맞소. 당신이 인어처럼 물을 뚝뚝 떨어뜨리고 있소. 내 망토를 끌어당겨서 몸을 감싸요. 그런데 당신 몸에서 열이 나는 것 같소. 뺨과 손이 불처럼 뜨겁소. 다시 묻는데 무슨 일이 있소?」

「지금은 없어요. 저는 두렵지도 불행하지도 않아요.」

「그렇다면 지금까지는 두렵고 불행했다는 말이오?」

「정말로 그랬어요. 그것에 대해서는 차차 알려 줄게요. 그런데 아마 제가 그렇게 마음을 졸인 데 대해 당신이 비웃을 것 같아요.」

「내일이 지나면 당신을 마음껏 비웃을 거요. 그때까지는 감히 그러지 못할 것이오. 아직은 내 전리품이 확실하지 않소. 지난 한 달 동안 미꾸라지처럼 미끄럽고 찔레꽃 가시같이 군 사람이 바로 당신이오. 손가락을 댈 때마다 항상 찔렸소. 그런데 지금은 길 잃은 양을 내 품 안으로 거둬들인 것 같소. 양치기를 찾아 우리를 나와 방황하고 다녔소, 제인?」

「당신이 필요했어요. 그러나 그렇게 뻐기지 말아요. 이제 손필드에 다 왔어요. 절 내려 줘요.」

그가 나를 포장도로에 내려 주었다. 존이 그의 말을 붙잡고 있었고 그가 나를 따라 홀로 들어와서는 서둘러서 마른 옷으로 갈아입은 다음 서재로 오라고 말했다. 내가 계단을 향해 가고 있을 때 그가 나를 불러 세우고는 너무 오래 걸리지 않겠다는 약속을 하게 했다. 물론 나는 오래 걸리지 않았다. 5분 후에 나는 그에게 다시 갔다. 그가 저녁 식사를 하고 있었다.

「앉아서 내 친구 노릇을 해줘요, 제인. 제발 부탁이오. 손필드 저택에서 당신이 하게 될 마지막에서 두 번째 식사요. 한동안은 말이오.」

나는 그 옆에 앉았지만 먹을 수가 없다고 말했다.

「앞으로 하게 될 여행 때문이오? 런던에 갈 생각 때문에 식욕이 사라졌소?」

「오늘 밤에는 제 앞일을 명확하게 볼 수가 없어요. 제가 머릿속으로 무슨 생각을 하는지 잘 모르겠어요. 세상의 모든 것이 비현실적으로 느껴져요.」

「나를 제외하고. 나는 꿈이 아니오. 만져 봐요.」

「당신이 제일 환영 같은데요. 당신은 꼭 꿈 같아요.」

그가 웃으며 손을 내밀었다. 「이게 꿈이오?」 그가 손을 내 눈 가까이에 대며 물었다. 그는 팔도 길고 튼튼했지만 손도 통통하고 근육질에다 강건했다.

「그래요. 손을 만져 보아도 꿈이에요.」 내 얼굴 앞에서 그의 손을 치우며 내가 말했다. 「저녁 식사를 다 마친 거예요?」

「그렇소, 제인.」

나는 종을 울려서 상을 치우라고 시켰다. 다시 우리 둘만 있게 되었을 때 나는 난롯불을 휘저은 다음 주인의 무릎 근처에 있는 낮은 의자에 앉았다.

「거의 자정이 다 되었어요.」 내가 말했다.

「그래요. 그런데 제인, 내 결혼식 전날 밤에 나와 함께 밤을 새우겠다고 한 약속을 기억하고 있소?」

「그렇게 약속했었죠. 약속을 지킬 거예요. 적어도 한두 시간 정도는요. 잠자리에 들고 싶은 생각은 전혀 없어요.」

「준비는 전부 끝났소?」

「전부요.」

「나도 마찬가지요.」 그가 대답했다. 「모든 것을 다 처리했소. 내일 교회에서 돌아온 후 반 시간 이내에 손필드를 떠날 것이오.」

「좋아요.」

「당신이 〈좋아요〉라고 말하면서 지은 미소가 상당히 이상하군, 제인. 당신 양 볼이 붉게 달아올랐소! 그리고 눈에서 이상하게 빛이 나는데, 괜찮소?」

「괜찮다고 생각해요.」

「생각하다니! 무슨 일이오? 기분이 어떤지 말해 봐요.」

「그럴 수가 없어요. 어떤 기분인지 어떤 말로도 당신에게 표현할 수가 없어요. 지금 이 시간이 절대 끝나지 않으면 좋겠어요. 앞으로 어떤 운명이 다가올지 누가 알겠어요?」

「이것은 우울증이오, 제인. 당신이 그동안 너무 흥분해 있었거나 너무 피곤해 있었소.」

「당신은 평온하고 행복한가요?」

「평온하다고? 아니오. 그러나 행복하오. 마음속 깊은 곳까지 말이오.」

나는 그의 얼굴에서 행복의 표시를 읽어 내려고 고개를 들고 그를 바라보았다. 그의 얼굴은 뜨겁게 상기되어 있었다.

「비밀을 털어놓아요, 제인.」 그가 말했다. 「당신의 마음을 짓누르고 있는 것을 내게 털어놓고 마음의 짐을 내려놓도록 해요. 무엇이 두려운 거요? 내가 좋은 남편이 되지 못할 것 같아서 그렇소?」

「그것은 제 생각과 가장 동떨어진 생각이에요.」

「이제 들어가려고 하는 새로운 신분에 대해, 그러니까 당신이 막 나아가려고 하는 새로운 삶에 대해 걱정하는 것이오?」

「아니요.」

「당신이 날 당혹스럽게 하고 있소, 제인. 슬픔에 젖은 대담한 표정과 어조 때문에 내가 난감하고 괴롭소. 설명이 필요하오.」

「그러면 잘 들으세요. 당신은 어젯밤 집에 안 계셨어요.」

「그랬소. 그건 알고 있소. 내가 없는 동안 무슨 일이 있었다고 당신이 방금 전에 암시를 주었소. 어쩌면 전혀 중요하지 않은 일일지도 모르오. 그러나 간단히 말해서 그것이 당신 마음을 어지럽혔소. 그게 뭔지 들어 봅시다. 페어팩스 부인이 뭐라고 했소? 아니면 하인들이 하는 말을 우연히 들었소? 당신의 민감한 자존심이 상처를 받았소?」

「아니요.」 시계가 12시를 쳤다. 나는 탁상시계가 은방울처럼 맑은 소리로, 괘종시계가 거칠게 울리는 소리로 종을 다 칠 때까지 기다렸다가 말을 시작했다.

「어제 하루 종일 무척 바빴고 끝없이 야단법석을 떠는 와중에도 무척 행복했어요. 당신이 생각하는 것처럼 저는 새로운 신분 등등에 대한 마음속의 두려움 때문에 고민하지는 않으니까요. 당신을 사랑하기 때문에 당신과 함께 산다는 희망을 갖는 것은 멋진 일이라고 생각해요. 안 돼요. 지금은 애무하지 말아요. 방해받지 않고 말할 수 있게 해줘요. 어제는 하느님에 대한 믿음이 컸어요. 그리고 당신과 저 모두를 위하는 쪽으로 일이 잘 진행되고 있다고 믿었어요. 당신도 기억나겠지만 날씨가 화창했어요. 바람이 잔잔하고 하늘도 고요했기 때문에 당신의 안전이나 여행 중의 편안함에 대해 걱정하지 않아도 됐죠. 차를 마신 후에 당신을 생각하며 포장도로 위로 잠깐 동안 산책을 나갔어요. 상상 속에서 저와 너무나 가까이 있는 당신을 보았기 때문에 당신의 실제 존재를 거의 그리워하지 않았어요. 제 앞에 펼쳐진 삶, *당신의 삶*, 그러니까 저 자신의 삶보다 더 광범위하고 활동적인 생활에 대해 생각했어요. 좁은 시냇물의 얕은 바닥과 그 시냇물이 흘러 들어가는 바다의 깊이를 비교하는 것보다 그 차이가 훨씬 더 클 거예요. 저는 왜 도덕가들이 이 세상을 〈메마른 땅과 사막〉[83]이라고 부르는지 모르겠어요. 제게는 세상이 장미처럼 활짝 피어 있으니까요. 딱 해 질 무렵에 날씨가 추워지고 하늘이 흐려졌어요. 집 안으로 들어갔더니 소피가 절 위층으로 부르면서 방금 전에 사람들이 가져온 제 웨딩드레스를 보라고 하더군요. 상자 속에서 웨딩드레스 밑에 들어 있는 당신의 선물을 발견했어요. 당신이 왕자처럼 사치를 부려서 런던에서 가져오게 한 면사포가 들어 있더군요. 제가 보석을 받으려 하지 않으니까 저를 속여서 똑같이 비싼 다른 것을 주기로 작정했나 보더군요. 그것을 펼쳐 보면서 미소를 지었어요. 그러고는 당신의 귀족적인 취향을 어떻게 놀려 줄까, 평민 출신의 신부를 귀족 부인의 특성으로 감추려고 애쓰는 당신을 어떻게 놀려 줄까 궁리했어요. 미천한 태생의 이마를 덮기 위해 제가 손수 마련해 놓은, 아무 수도 놓이지 않은 네모난 비단 레이스를 들고 내려가서 남편에게 재산도 미모도 연고도 가져오지 못하는 여자한테는 그것으로 충분하지 않겠느냐고 물어볼 생각을 했어요. 당신이 어떤 표정을 지을지 눈에 선히 보

---

83 「이사야」 35장 1절.

이는 듯했고, 성급하게 공화주의자처럼 대답하는 당신의 말소리와 돈 많은 여자나 귀족과 결혼함으로써 재산을 늘린다든가 지위를 높일 필요가 없다고 거만하게 부정하는 당신의 말소리가 들리는 듯했어요.」

「당신은 나를 정말 잘 읽어 내는군, 마녀 같은 아가씨!」로체스터 씨가 끼어들었다. 「그런데 면사포에서 자수 말고 또 뭘 찾아냈소? 독이나 단도를 찾아내서 지금 그렇게 슬퍼 보이는 것이오?」

「아니요, 아니에요. 천의 부드러움과 고급스러움 외에 페어팩스 로체스터의 자존심 말고는 아무것도 발견하지 못했어요. 로체스터 씨의 자존심이라는 악마를 보는 데 익숙해져 있기 때문에 그런 걸로 무서워하지는 않아요. 그런데 날이 어두워지면서 바람이 불기 시작했어요. 어제 저녁에는 바람이 지금처럼 거칠고 심하게 불지 않고 훨씬 더 섬뜩하게 〈음침하고 구슬픈 소리를 내며〉[84] 불었어요. 당신이 집에 있으면 좋겠다는 생각이 들었어요. 이 방에 들어와 보았다가 빈 의자와 불이 지펴지지 않은 벽난로 광경에 낙담했죠. 얼마 후 잠자리에 들었지만 잠을 잘 수가 없었어요. 불안하게 흥분된 느낌 때문에 마음이 괴로웠어요. 여전히 격해지고 있던 돌풍이 애처롭게 들리는 낮은 소리를 누르고 있는 것 같았어요. 집 안에서인지 아니면 밖에서인지 처음에는 잘 분간할 수 없었는데 그 소리가 바람이 잔잔해질 때마다 모호하지만 음울하게 되살아났어요. 나중에는 멀리서 개가 짖는 소리일 거라고 믿었어요. 그 소리가 멈췄을 때 마음이 놓였어요. 잠이 들자마자 꿈속에서도 바람 부는 깜깜한 밤에 대한 생각을 이어 갔어요. 또한 당신과 함께 있으면 좋겠다는 생각을 계속하면서 우리

84 월터 스콧Walter Scott(1771~1832)의 『마지막 음유시인의 노래』, I권, xiii연, 1행.

사이에 어떤 장벽이 가로막고 있는 것 같은 이상하고도 서운한 감정을 느꼈어요. 막 잠이 들었을 때는 꿈속에서 구불거리는 낯선 길을 따라가고 있었어요. 칠흑 같은 어둠이 저를 에워싸고 있었고 억수같이 비가 내렸어요. 어린아이를 하나 데리고 있었는데 정말 작은 아이였어요. 너무 어리고 약해서 걸을 수가 없었는데 차가운 제 품에서 온몸을 떨며 애처롭게 울어 댔어요. 당신이 저보다 한참 앞서서 길을 가고 있다는 생각이 들었어요. 당신을 따라잡으려고 갖은 애를 쓰면서 당신의 이름을 부르고 기다려 달라고 하려고 애를 썼어요. 그런데 몸을 꼼짝도 할 수가 없었고 목소리는 말이 되어 나오지 않고 사라져 버렸어요. 그동안에 당신은 점점 더 멀어지는 듯 느껴졌고요.」

「그러면 내가 당신 곁에 있는 지금도 그 꿈이 당신 마음을 짓누르고 있는 것이오, 제인? 예민한 귀염둥이 아가씨! 꿈속의 슬픔은 잊어버리고 진짜 행복만 생각해요. 당신이 날 사랑한다고 했소, 재닛. 그래요, 그걸 잊지 않겠소. 그리고 당신도 그것을 부정할 수 없소. 그 말은 입 밖으로 새어 나오지 않은 채 사라진 게 아니오. 나는 그 말을 명확하고 부드럽게 들었소. 어쩌면 너무 엄숙한 생각일지 모르지만 음악처럼 달콤하오. 〈당신을 사랑하기 때문에 당신과 함께 산다는 희망을 갖는 것은 멋진 일이라고 생각해요, 에드워드.〉 나를 사랑하오, 제인? 그 말을 다시 해줘요.」

「그럼요, 사랑해요. 온 마음으로요.」

「그런데 이상하오.」 그가 몇 분 동안 침묵을 지키다가 말했다. 「그런데 그 문장이 내 가슴을 아프게 꿰뚫었소. 왜 그럴까? 당신이 그 말을 너무나 진지하고 경건할 정도로 힘 있게 했기 때문이오. 지금 나를 올려다보는 당신의 시선이 믿음과 진실과 헌신의 극치였기 때문이오. 마치 어떤 정령이 내 곁에 있는 것처럼 너무 벅차오. 짓궂은 표정을 지어요, 제인. 어떤 표정을 지어야 하는지 잘 알잖소. 당신이 잘하는 거칠고 수줍어하며 자극하는 미소를 지어 봐요. 날 미워한다고 말해 봐요. 날 놀리고 짜증 나게 만들어요. 절대 날 감동시키지 말고. 슬퍼지느니 차라리 성내는 편이 나을 것 같소.」

「제 이야기가 끝나면 당신이 만족할 때까지 당신을 놀리고 짜증 나게 해줄게요. 지금은 제 말을 끝까지 들어 줘요.」

「전부 다 얘기한 게 아니었소? 당신이 우울해 하는 원인을 꿈에서 찾았다고 생각했는데.」

나는 고개를 저었다.

「저런! 더 있다는 말이오? 그러나 중요한 얘기는 아니라고 믿소. 당신 말을 쉽게 믿지 않겠다고 미리 경고해 두는 거요. 계속해요.」

불안해 하거나 뭔가 걱정하며 초조해 하는 그의 태도에 놀랐지만 나는 다시 말을 잇기 시작했다.

「다른 꿈을 꾸었어요. 손필드 홀이 황량한 폐허가 되어서 박쥐와 올빼미의 은신처가 되어 있는 꿈을요. 웅장한 정면 중에서 붙어 있는 것이라고는 매우 높고 곧 부서져 내릴 것 같은 뼈대만 남은 벽뿐이었어요. 저는 달 밝은 밤에 잡초가 무성한 집 안을 헤매고 다녔어요. 여기서는 대리석 벽난로에 걸려 넘어지고 저기서는 무너진 처마 장식 조각 위로 걸려 넘어졌어요. 숄로 몸을 감싸고 그때까지도 누군지 모르는 아이를 안고 있었어요. 아무리 팔이 아파도 아이를 내려놓아서는 안 되었고, 아이가 무거워서 걸음에 방해가 되어도 아이를 안고 있어야 했어요. 멀리 길에서 말발굽 소리가 들려왔어요. 저는 틀림없이 당신일 거라고 생각했죠. 당신은 여러 해 동안 먼 나라에 가 있기 위해 떠나려는 중이었어요. 저는 당신 모습을 한 번이라도 보고 싶어서 미친 듯이 위험하게 서둘러서 얇은 담을 기어올랐어요. 발밑에서 돌이 무너져 내렸고 붙잡고 있던 담쟁이덩굴은 끊어졌어요. 아이가 공포에 질려서 제 목을 꽉 끌어안는 바람에 목이 졸릴 뻔했어요. 마침내 꼭대기에 올라갔어요. 희끄무레한 길 위에서 작은 점처럼 당신 모습이 보였어요. 그 모습이 매순간 조금씩 작아졌어요. 돌풍이 너무 세게 불어서 그곳에 서 있을 수가 없었어요. 저는 좁은 벽의 가장자리에 앉아서 겁에 질린 아이를 무릎에 앉히고 달랬어요. 당신은 길모퉁이를 돌아갔어요. 당신을 마지막으로 한 번 더 보기 위해 몸을 앞으로 기울인 순간 벽이 무너지면서 몸이 흔들렸어요. 아이가 제 무릎에서 굴러 떨어졌어요. 저는 균형을 잃고 떨어졌어요. 그리고 깨어났어요.」

「이제 그게 전부요, 제인?」

「전부 서론에 불과해요. 이야기는 이제부터예요. 깨어나자마자 환한 빛에 눈이 부셨어요. 그래서 아, 날이 밝았구나! 하고 생각했어요. 그런데 잘못 안 거였어요. 그 빛은 촛불일 뿐이었어요. 소피가 들어왔다 간 것 같았어요. 화장대 위에 촛대가 놓여 있었고 잠자리에 들기 전 제가 웨딩드레스와 베일을 걸어 두었던 옷장 문이 활짝 열려 있었어요. 그곳에서 바스락거리는 소리가 들렸어요. 〈소피, 뭐 하는 거예요?〉라고 물었더니 아무 대답이 없었어요. 그런데 한 형체가 옷장에서 모습을 드러냈어요. 촛불을 들고 그것을 높이 쳐든 다음 옷걸이에 걸려 있는 옷들을 죽 살펴보고 있었어요. 〈소피! 소피!〉 하고 제가 다시 소리쳤어요. 그런데 여전히 조용했어요. 저는 침대에서 일어나 앞으로 몸을 구부렸어요. 처음에는 놀라움이, 다음에는 당황스러움이 밀려왔어요. 그러다가 혈관 속에서 피가 얼어붙는 것만 같았어요. 로체스터 씨, 그건 소피도 아니고 리아도 아니었어요. 페어팩스 부인도 아니었어요. 아니, 확실하지 않았어요. 지금도 확실하지 않아요. 그 이상한 여자 그레이스 풀도 아니었어요.」
「그들 중 한 사람이었겠지.」 주인이 끼어들었다.
「아니에요. 그렇지 않다고 확실하게 말할 수 있어요. 제 앞에 서 있었던 형체는 제가 손필드 저택 주변에서 한 번도 본 적이 없는 모습이었어요. 키와 윤곽이 매우 낯설었어요.」
「자세히 말해 봐요.」
「여자처럼 보였어요. 키가 크고 체격이 큰 데다 숱이 많은 검은 머리를 등 뒤로 길게 늘어뜨리고 있었어요. 그녀가 무슨 옷을 입고 있었는지는 모르겠어요. 하얗고 일직선으로 된 옷이었어요. 그러나 드레스였는지 시트였는지 수의였는지 알 수가 없어요.」
「그 여자의 얼굴을 보았소?」
「처음에는 못 봤어요. 그런데 곧 그 여자가 걸려 있던 베일을 집어 들더니 높이 쳐들고 한참 바라보다가 자기 머리에 쓰고는 거울 쪽으로 몸을 돌렸어요. 그 순간 저는 어두운 타원형 거울 속에 매우 선명하게 비친 얼굴과 생김새를 보았어요.」
「어떻게 생겼소?」
「무시무시하고 소름이 끼쳤어요. 아, 그런 얼굴을 본 적이 없어요. 변색된 얼굴이었어요. 야만적인 얼굴이었고요. 핏발 선 눈을 굴리던 모습과 무시무시하도록 검게 부풀어 오른 얼굴을 잊을 수가 없어요!」
「귀신들은 대개 창백하오, 제인.」
「푸르죽죽했어요. 입술은 부풀어 올랐고 거무스름했어요. 이마에는 주름이 졌고요. 검은 눈썹은 핏발 선 눈 위로 높게 치켜 올라가 있었어요. 그걸 보고 무슨 생각이 떠올랐는지 알려 드릴까요?」
「그래요.」
「못된 독일의 유령인 흡혈귀요.」

「아! 그것이 무슨 짓을 했소?」

「무시무시한 머리에서 베일을 벗더니 그것을 두 갈래로 찢어서 바닥에 내동댕이치고는 발로 짓밟았어요.」

「그 후에는?」

「창문 커튼을 옆으로 젖히고 밖을 내다보았어요. 어쩌면 새벽이 다가오고 있는 것을 보았겠죠. 촛불을 들고는 문간으로 물러났으니까요. 바로 제 침대 옆에서 그 형체가 멈춰 섰어요. 타는 듯한 눈으로 저를 쳐다보았어요. 제 얼굴 가까이 촛불을 들이밀더니 그것을 제 눈 앞에서 꺼버렸어요. 그녀의 무시무시한 얼굴이 제 얼굴 위에서 불타오르는 것이 느껴졌어요. 그리고 저는 기절해 버렸어요. 지금까지 살면서 두 번째로요. 딱 두 번째예요. 저는 공포로 의식을 잃었어요.」

「깨어났을 때 당신 옆에 누가 있었소?」

「아무도 없었어요. 환한 대낮이었어요. 일어나서 머리를 감고 세수를 한 다음 물을 많이 마셨어요. 기운이 없긴 해도 아프지는 않았어요. 저는 당신 말고는 어느 누구에게도 이 환영에 대해 이야기하지 않기로 결심했어요. 자, 그 여자가 누구이고 어떤 존재인지 제게 알려 주세요.」

「머릿속이 너무 흥분해서 만들어 낸 환영이오. 그것이 확실하오. 당신을 조심스럽게 다뤄야 할 것 같소, 내 소중한 보물. 당신 같은 신경을 가진 사람은 절대 거칠게 다루어서는 안 될 것 같소.」

「걱정 말아요. 제 신경이 잘못된 것은 아니니까요. 그것은 진짜였어요. 정말로 일어난 일이었어요.」

「그러면 당신이 그 전에 꾼 꿈도 진짜였소? 손필드 저택이 폐허가 되었소? 극복할 수 없는 장애물 때문에 내가 당신과 헤어졌소? 내가 눈물도 흘리지 않은 채 입맞춤도 없이, 한마디 말도 없이 당신을 떠났소?」

「아직은 아니에요.」

「그러면 앞으로는 내가 그렇게 할 거란 말이오? 저런, 우리를 확고하게 묶어 줄 날이 이미 시작되었소. 우리가 일단 결합하고 나면 이런 악몽은 다시 꾸지 않을 것이오. 내가 그것을 보증하오.」

「악몽이라니요! 저도 단지 그런 거라면 좋겠어요. 그 어느 때보다 더 그래요. 당신조차도 그 끔찍한 방문객의 비밀을 속 시원히 설명해 주지 못하니까요.」

「내가 그렇게 할 수 없는 걸 보니, 제인, 그것은 진짜가 아닌 게 분명하오.」

「하지만 오늘 아침 일어나자마자 저 자신에게 그렇게 말했을 때, 그리고 완전히 환해진 햇빛 속에서 친숙한 물건들의 기분 좋은 모습과 함께 용기와 위안을 얻기 위해 방 안을 둘러보았을 때, 거기 양탄자 위에 제 가정이 분명히 잘못된 것임을 입증하는 물건이 놓여 있었어요! 바로 위에서부터 아래까지 두 쪽으로 쭉 찢긴 면사포가요.」

나는 로체스터 씨가 놀라서 몸서리를 치는 걸 느꼈다. 그가 서둘러 양팔로 날 감싸 안았다. 「하느님 감사합니다!」 그가 소리쳤다. 「어젯밤에 무서운 어떤 것이 정말로 당신 가까이 다가갔다 해도 다친 게 면사포뿐이었다니 얼마나 다행이오. 아, 무슨 일이 일어났을지 생각만 해도 끔찍하오!」

그가 가쁘게 숨을 쉬며 너무 꼭 끌어안는 바람에 나는 헐떡거릴 수조차 없었다. 몇 분 동안 아무 말도 하지 않던 그가 쾌활하게 말을 이었다.

「자, 재닛. 내가 그 일에 대해 다 설명해 주겠소. 그것은 반은 꿈이고 반은 사실이오. 어떤 여자가 당신 방에 분명히 들어왔소. 그녀는 그레이스 풀이었소. 그 여자가 틀림없소. 당신도 그녀를 이상한 사람이라고 하지 않았소? 당신이 알고 있는 대로 판단했을 때 그러는 것이 당연하오. 그 여자가 내게 무슨 짓을 했소? 메이슨에게는 또 어떻게 했고? 당신이 비몽사몽 상태에서 그 여자가 들어와 한 행동을 본 것이오. 그러나 당신이 열이 나고 거의 제정신이 아니었기 때문에 그 여자의 모습과는 다르게 악귀를 보았다고 생각한 거요. 길게 풀어 헤친 머리와 부풀어 오른 검은 얼굴, 과장된 키는 상상의 산물이오. 악몽의 결과요. 베일을 악랄하게 찢은 것은 진짜요. 그것은 그 여자다운 짓이오. 왜 그런 여자를 내 집에 두고 있는지 당신이 묻고 싶어 한다는 것을 알고 있소. 우리가 결혼하고 나서 1년이 지나면 말해 주겠소. 그러나 지금은 안 되오. 이제 만족했소, 제인? 그 비밀에 대한 내 답을 받아들이는 것이오?」

나는 곰곰이 생각해 보았다. 사실 내게는 그것이 가능성 있어 보이는 유일한 답 같았다. 만족스럽지는 않았지만 그를 기쁘게 해주기 위해 그런 것처럼 보이려고 애썼다. 분명 안도감을 느끼기는 했다. 그래서 나는 그에게 만족스러운 미소를 지으며 대답했다. 그리고 이제는 1시가 넘었기 때문에 그의 곁을 떠날 채비를 했다.

「소피가 아이 방에서 아델과 같이 자지 않소?」 내가 촛불을 켜고 있을 때 그가 물었다.

「네.」

「그럼 아델의 작은 침대에 당신이 끼어 자도 될 만큼 자리가 있소? 오늘 밤에는 그 애와 침대를 같이 써요, 제인. 당신이 말해 준 사건으로 틀림없이 긴장해 있을 텐데 혼자 자지 않는 편이 좋을 듯하오. 아이 방으로 가겠다고 약속해 줘요.」

「기꺼이 그렇게 할게요.」

「그리고 안에서 방문을 잘 잠그도록 해요. 위층으로 올라가서는 내일 아침 시간에 맞춰 깨워 달라고 부탁하는 척하고 소피를 깨워요. 당신이 8시 이전에 옷을 입고 아침 식사를 마쳐야 하니까 말이오. 그리고 지금은 더 이상 우울한 생각은 하지 말아요. 쓸데없는 근심 걱정은 몰아내 버려요, 재닛. 바람이 얼마나 부드럽게 속삭이는 소리를 내는지 들리지 않소? 비가 더 이상 유리창을 두드리지 않을 것이오. 여길 봐요.」(그가 커튼을 들어올렸다.) 「아름다운 밤이지 않소?」

정말 그랬다. 하늘의 반은 맑게 개어서 티끌 하나 없었다. 서쪽으로 방향을 바꾼 바람 앞에 떼 지어 모여 있는 구름이 긴 은빛 행렬을 하고서 동쪽으로 나아가고 있었다. 달이 평화롭게 빛나고 있었다.

「그런데 지금 내 재닛의 기분은 어떻소?」 로체스터 씨가 캐묻듯이 내 눈을 바라보며 물었다.

「밤이 고요하네요. 저도 그래요.」

「그러면 오늘 밤에는 이별과 슬픔에 대해 꿈꾸지 말고 행복한 사랑과 행복한 결합에 대해 꿈꿔요.」

이 예언은 반만 이루어졌다. 나는 사실 슬픈 꿈도 꾸지 않았고 기쁜 꿈도 꾸지 않았다. 한숨도 자지 않고 밤을 새웠기 때문이다. 나는 어린 아델을 품에 안고, 아이가 너무나 평온하고 조용하고 순진하게 자는 모습을 지켜보며 날이 밝기를 기다렸다. 내 모든 생명이 깨어나 몸 안에서 법석댔다. 해가 뜨자마자 나도 일어났다. 아델을 두고 나오려 하자 그녀가 내 몸에 달라붙었던 기억이 난다. 내 목을 감고 있던 아델의 작은 손을 풀면서 그녀에게 입을 맞춘 것도 기억난다. 나는 이상한 감정이 복받쳐서 그녀를 보고 울었다. 우는 소리에 아직도 깊은 잠에 빠져 있는 아델을 깨우지 않도록 나는 그녀를 두고 나왔다. 아델이 내 과거 생활의 상징처럼 보였다. 그리고 이제 내가 단장하고 만나게 될 로체스터 씨는 두려우면서도 동경의 대상인, 미지의 내 앞날에 대한 상징이었다.

제11장

7시에 소피가 드레스를 입혀 주러 왔다. 그 일에 사실 그녀는 무척 꾸물거렸다. 시간이 너무 오래 걸리자 조바심이 난 로체스터 씨가 왜 빨리 내려오지 않느냐며 사람을 보냈다. 소피는 이제 막 브로치로 내 머리에 베일(결국에는 아무 수도 놓이지 않은 네모난 비단 레이스)을 달아 주고 있었다. 나는 최대한 빨리 서둘러 그녀의 손길에서 빠져나왔다.

「잠깐만요!」 그녀가 프랑스어로 소리쳤다. 「거울 속에 모습을 한번 비춰 봐요. 거울도 한번 들여다보지 않았잖아요.」

그래서 나는 문간에서 돌아섰다. 드레스를 입고 베일을 쓴 형체가 보였다. 평소의 내 모습과 너무나 달라 거의 낯선 사람처럼 보였다. 〈제인!〉 하고 부르는 소리가 들려서 나는 서둘러 내려갔다. 계단 밑에서 로체스터 씨가 나를 맞아 주었다.

「꾸물대기 대장!」 그가 말했다. 「조바심이 나서 머릿속에 불이 나는 줄 알았소. 당신이 너무 오래 꾸물거렸소.」

그가 나를 식당으로 데려가서는 꼼꼼하게 살펴보더니 〈백합처럼 아름답소, 내 인생의 자랑일 뿐만 아니라 내 눈의 기쁨이오〉라고 말했다. 그가 아침 식사를 할 수 있도록 10분만 시간을 주겠다고 한 다음 종을 울렸다. 최근에 고용한 하인

중 한 사람이 달려왔다.

「존이 마차를 준비하고 있겠지?」

「네.」

「짐은 다 내려다 놓았나?」

「지금 내려오고 있습니다.」

「자네는 교회로 가서 우드 목사님과 서기가 그곳에 와 있는지 보고 나한테 알려 주게.」

독자들도 이미 알고 있듯이 교회는 대문 바로 너머에 있었다. 하인이 곧 돌아왔다.

「우드 목사님은 법의실에서 법의를 입고 계십니다.」

「그럼 마차는?」

「말에 마구를 채우고 있습니다.」

「교회에 갈 때는 마차가 필요하지 않지만 우리가 돌아오는 순간 떠날 수 있도록 준비를 갖추고 있어야 하네. 상자와 짐을 전부 정리해서 끈으로 묶어 놓고 마부는 자기 자리에 대령시켜 놓게.」

「알겠습니다.」

「제인, 준비됐소?」

나는 일어섰다. 신랑 들러리도, 신부 들러리도, 기다리거나 안내할 친척도 없었다. 로체스터 씨와 나밖에 없었다. 우리가 지나갈 때 페어팩스 부인이 홀에 서 있었다. 나는 그녀에게 말을 걸고 싶었지만 내 손은 쇠처럼 강한 손아귀에 붙잡혀 있었다. 나는 도저히 따라가기 힘들 정도로 성큼성큼 걸어가는 그에게 질질 끌려갔다. 로체스터 씨의 얼굴을 보니 어떤 이유에서건 단 1초의 지체도 허용하지 않겠다는 의지가 느껴졌다. 도대체 어떤 다른 신랑이 그와 같이 한 가지 목적에 열중해 있는, 그처럼 완강하고 단호한 표정을 지을까 하는 생각이 들었다. 아니면 누가 그처럼 확고부동한 눈썹 아래 그토록 불타며 번쩍이는 눈빛을 보여 줄까 하는 생각이 들었다.

〈그날 날이 좋았는지 궂었는지 기억나지 않는다.〉[85] 마찻길을 내려가면서 나는 하늘도 땅도 쳐다보지 않았다. 내 마음은 내 눈과 합일되었고 그 둘 다 로체스터 씨의 몸 안으로 옮겨 간 것 같았다. 나는 그의 곁을 걸어가면서 그의 강렬한 시선이 멈춰 머무는 듯한, 눈에 보이지 않는 것을 보고 싶었다. 그가 나란히 서서 겨루고 있는 것처럼 보이는 강력한 생각을 나도 느끼고 싶었다.

교회 경내로 들어가는 쪽문 앞에서 그가 멈춰 섰다. 그는 내가 숨이 차서 헐떡이는 것을 알아차렸다. 「내가 사랑하는 방법이 너무 잔인하오?」 그가 물었다. 「잠깐 쉽시다. 나한테 기대요, 제인.」

내 앞에 솟아 있던 오래된 회색 교회와, 첨탑 주변을 선회하던 까마귀, 불그스름한 아침 하늘이 지금도 눈에 선하다. 그리고 낮은 무덤들 사이를 서성이며 걷다가 몇 개의 이끼 긴 묘비에 새겨진 묘비명을 읽고 있던 낯선 두 사람의 모습도 잊히지 않는다. 그들이 우리를 보고 교회 뒤로 돌아갔기 때문에 나는 그들의 존재를 알아차렸다. 나는 그들이 교회 옆 통로의 문으로 들어가서 결혼식을 볼 것이라고 믿었다. 로체스터 씨는 그들의 모습을 보지 못했다. 그는 잠깐 동안 핏기가 사라진 내 얼굴을 진지하게 바라보고 있었던 것 같다. 이마에 땀방울이 맺히고 뺨과 입술이 차가워진 것을 나 자신도 느꼈기 때문이다. 내가 곧 기운을 차리자 그는 나를 데리고 천천히 현관으로 가는 길을 따라 걸어갔다.

우리는 조용하고 소박한 교회 안으로 들어갔다. 목사는 낮은 성단에서 하얀 법의를 입고 서기와 함께 나란히 서서 기다

---

85 맥베스가 마녀들을 만나기 직전에 한 말. 「맥베스」, 제1막 제3장 38행.

리고 있었다. 사방이 고요했다. 두 개의 그림자가 외진 구석에서 움직일 뿐이었다. 내 추측이 옳았다. 낯선 사람들이 우리보다 먼저 교회 안에 들어와 우리를 등지고 로체스터가의 납골당 옆에 서서 난간들 사이로 오랜 세월에 거무스름해진 대리석 묘비를 바라보고 있었다. 묘비에는 무릎을 꿇은 천사가 내전[86] 중 마스턴 무어에서 전사한 데이머 드 로체스터[87]의 유해와 그의 부인인 엘리자베스의 유해를 지키고 있었다.

우리는 성찬대 앞의 난간에 자리를 잡았다. 나는 뒤에서 들려오는 조심스러운 발소리에 어깨 너머로 시선을 돌렸다. 낯선 사람들 중 한 명이 — 신사가 분명했다 — 제단 쪽으로 다가오고 있었다. 예식이 시작되었다. 결혼의 의도에 대한 설명이 진행된 다음 곧 목사가 한 걸음 앞으로 나와서 로체스터 씨 쪽으로 살짝 몸을 구부리고 말을 계속했다.

「두 사람 모두에게 요구하고 명하노라. (만인의 마음속 비밀이 폭로될 무서운 심판의 날에 대답하듯이) 둘 중 어느 누구라도 두 사람이 합법적으로 결혼에 의해 결합될 수 없는 장애가 있음을 알고 있다면 지금 고백할지어다. 하느님의 말씀을 거역하고 맺어진 인연은 하느님에 의해 결합된 것이 아니므로 그 결혼은 합법적이지 않다는 것을 알지어다.」

그가 관례에 따라 말을 멈췄다. 그 말 다음에 이어지는 침묵이 대답에 의해 깨어진 적이 있었던가? 아마 백 년에 한 번도 안 될 것이다. 기도서에서 눈을 들지 않고 잠깐 동안 숨을 죽였던 목사가 다시 계속했다. 그가 입을 열고 〈이 여인을 그대의 아내로 맞이하겠는가?〉라고 물을 때 그의 손은 이미 로체스터 씨를 향해 뻗어 있었다. 바로 그때 가까이에서 분명한

86 찰스 1세와 의회와의 분쟁(1642~1646, 1648~1652).
87 마스턴 무어는 요크 근처에 있으며 내전에서 크롬웰이 큰 승리를 거둔 곳이다. 데이머 드 로체스터는 찰스 1세를 지지한 왕당원이었다.

목소리가 말했다.

「이 결혼식은 계속될 수 없습니다. 장애가 있음을 선언합니다.」

목사가 고개를 들고 말한 사람을 바라보고는 아무 말도 없이 서 있었다. 서기도 마찬가지였다. 발밑에서 지진이라도 일어난 것처럼 로체스터 씨의 몸이 살짝 흔들렸다. 그가 더 단단하게 자리를 잡고 서서 고개도 시선도 돌리지 않은 채 말했다.「계속해 주십시오.」

그가 깊지만 낮은 어조로 그 말을 하고 나자 깊은 침묵이 흘렀다. 곧 우드 목사가 말했다.

「무슨 주장인지, 그것이 사실인지 거짓인지 증언을 들어 보기 전에는 식을 계속할 수 없습니다.」

「예식은 완전히 취소되었습니다.」 우리 뒤에서 그 목소리가 덧붙였다.「저는 제 주장을 증명할 수 있는 입장입니다. 이 결혼에 극복할 수 없는 장애가 존재합니다.」

로체스터 씨는 그 말을 들었지만 그것을 무시했다. 그는 완고하고 확고하게 서서 전혀 움직이지 않은 채 내 손을 잡았을 뿐이었다. 그가 얼마나 뜨겁고 힘차게 내 손을 잡았던가! 그리고 그 순간 창백하고 단단하고 넓은 그의 이마는 어쩌면 그렇게 대리석을 깎아 놓은 것 같았을까! 조용히 경계하는 빛을 띠면서도 그 밑으로 얼마나 광포하게 반짝였던가!

우드 목사가 난감해 하는 것 같았다. 「장애의 본질이 무엇입니까?」 그가 물었다. 「혹시 극복할 수 있는 것입니까? 설명으로 해소될 수 있는 것입니까?」

「전혀 아닙니다.」 그 목소리가 대답했다.「극복할 수 없는 장애라고 말씀드렸습니다. 저는 신중하게 말씀드리고 있습니다.」

말하는 사람이 앞으로 나와서 난간에 기댔다. 그는 한마디 한마디를 분명하고 차분하고 착실하게, 그러나 크지 않은 목소리로 말을 이었다.

「장애란 이전의 결혼이 존재한다는 사실입니다. 로체스터 씨에게는 지금 살아 있는 아내가 있습니다.」

천둥에도 그렇게 떨어 본 적이 없었던 내 신경들이 나지막한 그 말에 떨렸다. 서리나 불꽃에도 그렇게 느껴 본 적이 없었던 내 피가 그 말의 미묘한 격렬함을 느꼈다. 그러나 나는 정신을 가다듬었고 기절할 염려는 없었다. 나는 로체스터 씨를 바라보면서 그가 나를 보도록 했다. 그의 얼굴 전체가 핏기 하나 없는 바위 같았다. 그의 눈은 번쩍이면서도 냉정했다. 그는 아무것도 부인하지 않았다. 그는 모든 것을 무시하는 듯 보였다. 아무 말 없이, 미소도 짓지 않고, 내가 인간이라는 사실을 인식하지 못하는 것처럼 그는 그저 한 팔로 내 허리를 감싸서 나를 자기 옆으로 끌어안았다.

「당신은 누구요?」 로체스터 씨가 훼방꾼에게 물었다.

「내 이름은 브릭스입니다. 런던의 ○○○ 가에서 변호사로 일하고 있습니다.」

「그런데 당신은 내게 아내 하나를 억지로 떠맡기고 싶소?」

「부인의 존재를 상기시켜 드리려는 것입니다. 선생은 인정하지 않을지 모르지만 법률은 부인의 존재를 인정합니다.」

「그녀에 대해 설명을 부탁드리겠소. 그녀의 이름과 부모와 살고 있는 곳 등을 말이오.」

「물론이죠.」 브릭스 씨가 조용히 호주머니에서 서류를 한 장 꺼내 다소 사무적으로, 콧소리를 내며 읽었다.

「서기 ××××년(15년 전) 10월 20일 ○○○ 주에 있는 손필드 저택과 영국 ○○○ 주에 있는 펀딘 영지의 에드워드 페어팩스 로체스터가 제 누이이자 상인 조너스 메이슨과 서인도 제도 크리올 사람인 그의 처 앙투아네트의 딸, 버사 앙투아네트 메이슨과 자메이카 섬 스페니시 타운 ○○○ 교회에서 결혼했음을 확인하고 그것을 증명할 수 있습니다. 결혼 기록은 그 교회의 등록부에 보존되어 있습니다. 그 사본은 제가 지금 가지고 있습니다. 리처드 메이슨 서명.」

「그 서류가 진짜라 해도 그것이 내가 결혼했다는 것을 증명할 수는 있겠지만 거기서 내 처로 언급된 여자가 아직도 살아 있다는 것은 증명이 안 되오.」

「그녀는 석 달 전에도 살아 있었습니다.」 변호사가 대답했다.

「당신이 어떻게 아시오?」

「사실에 대한 증인이 있습니다. 그의 증언에 대해서는 선생도 이의를 제기할 수 없을 것입니다.」

「그를 데려오시오. 아니면 지옥에나 떨어지든지.」

「먼저 그를 데려오겠습니다. 바로 지금 이곳에 와 있습니다. 메이슨 씨, 앞으로 나와 주세요.」

로체스터 씨는 그 이름을 듣자마자 이를 갈았다. 그는 또한 발작적으로 강한 경련을 일으켰다. 내가 곁에 있었기 때문에 분노 혹은 절망이 경련을 일으키며 그의 몸을 훑고 지나가는 것을 느낄 수 있었다. 지금까지 뒤쪽에 남아 있던 두 번째 낯선 사람이 가까이 다가왔다. 창백한 얼굴이 변호사 어깨 너머로 보였다. 맞았다. 그 사람은 메이슨 씨였다. 로체스터 씨가 몸을 돌려 그를 노려보았다. 내가 여러 번 말했듯이 그의 눈은 검었다. 그러나 지금은 그 검은 눈이 황갈색, 아니, 핏발 선 빛을 띠었다. 그의 얼굴이 붉어졌다. 올리브색 뺨과 창백한 이마가 점점 타오르며 위로 퍼져 올라오는 마음속 불길을 받은 것 같았다. 그가 몸을 움직이며 억센 팔을 치켜들었다. 그는 메이슨을 내려쳐서 교회 바닥에 내동댕이치고 가차 없이 일격을 가해서 숨통을 끊어 놓을 수도 있었을 것이다. 그러나 메이슨이 몸을 피하며 희미하게 소리쳤다. 「아이고, 하느님!」 경멸감이 로체스터 씨를 사로잡았다. 잎마름병에 걸린 것처럼 그의 격노가 사그라졌다. 그는 단지 〈너 같은 인간한테 무슨 할 말이 있다는 거냐?〉라고 물었다.

하얗게 질린 메이슨의 입에서 희미한 대답 소리가 새어 나왔다.

「분명하게 대답하지 못하면 악마한테나 잡아먹혀 버려라. 다시 묻겠다. *너 같은 인간한테 무슨 할 말이 있다는 거냐?*」

「선생…… 선생.」 목사가 끼어들었다. 「지금 신성한 곳에 있다는 점을 명심하십시오.」 그리고 메이슨을 향해 부드럽게 물었다. 「이 신사분의 부인이 아직도 살아 있는지 아닌지 알고 있습니까?」

「용기를 내요.」 변호사가 재촉했다. 「어서 말해요.」

「부인은 지금 손필드 저택에 살고 있습니다.」 메이슨이 아까보다 더 분명하게 말했다. 「제가 그곳에서 지난 4월에 부인을 보았습니다. 제가 그녀의 오빠입니다.」

「손필드 저택에서라니요!」 목사가 소리쳤다. 「그럴 리가 없습니다! 나는 이 근처에서 오래 살았지만 손필드 저택에 로체스터 부인이 있다는 말을 들어 본 적이 없습니다.」

나는 로체스터 씨가 입술을 비틀며 잔인하게 미소 짓는 모습을 보았다. 그가 중얼거렸다.

「그럼, 맹세코 그랬을 거요. 어느 누구도 그런 말을 들어 보지 못하도록, 그런 이름으로 그 여자에 대한 말을 듣지 못하도록 주의를 기울였으니 말이오.」 그가 깊은 생각에 잠겼다. 10분 정도 그는 자기 자신과 협의를 한 다음 결심을 하고 그것을 선언했다.

「됐소! 총신에서 총알이 튀어나오듯 모든 것을 털어놓겠소. 우드 목사님, 기도서를 덮고 법의를 벗으세요. (서기에게)

존 그린, 교회에서 나가시오. 오늘 결혼식은 없소.」서기가 그의 말에 따랐다.

로체스터 씨는 대담하고 거리낌 없이 말을 계속했다.「중혼은 흉측한 말이오! 그러나 나는 중혼자가 되려고 했소. 그러나 운명이 내 계획을 망쳤거나 하느님이 날 저지하셨소. 아마 후자가 맞을 것이오. 이 순간 나는 악마나 다를 바가 없소. 그리고 저기 있는 목사님이 내게 자주 말씀하시곤 했듯이 하느님의 가장 혹독한 심판을 받아서 〈꺼지지 않는 불길과 죽지 않는 벌레〉[88]가 들끓는 지옥에 떨어지는 벌을 받아 마땅하오. 신사 여러분, 내 계획은 깨졌소. 이 변호사와 그 의뢰인이 한 말은 사실이오. 나는 결혼했었고 내가 결혼한 여자는 살아 있소. 저기 위쪽 집에 로체스터 부인이 살고 있다는 말을 들어 본 적이 없다고 말씀하셨죠, 우드 목사님? 그러나 그곳에서 감시와 보호를 받고 있는 이상한 광인에 대한 소문은 많이 들어 보았을 것입니다. 그 여자가 배다른 내 여동생이라고 소곤거리는 사람들도 있고 나한테 버림받은 정부라고 말하는 사람들도 있었을 것입니다. 이제 그 여자가 15년 전 결혼한 제 아내라는 사실을 알려 드리겠습니다. 이름은 버사 메이슨으로, 떨리는 사지와 창백한 빰을 통해 사람들이 얼마나 굳센 심장을 지닐 수 있는지를 보여 주고 있는 이 결연한 사람의 누이동생이오. 기운 내게, 딕! 절대 날 두려워하지 말게! 자네를 때리느니 차라리 여자를 때리는 편이 더 나으니까. 버사 메이슨은 미쳤소. 그녀는 미친 가문 출신이오. 삼대에 걸쳐 천치와 미친 사람들이 나왔소. 크리올 사람인 그녀의 어머니는 미친 여자인 동시에 술주정꾼이었소. 그 딸과 결혼하고 나서야 그 사실을 알게 되었소. 그 전에는 그들이 집안의 비

88 「이사야」 66장 24절. 〈그들을 갉아먹는 구더기는 죽지 아니하고 그들을 사르는 불도 꺼지지 않으리니 모든 사람이 보고 역겨워하리라.〉

밀에 대해 입을 다물고 있었소. 버사는 말 잘 듣는 아이처럼 두 가지 모두 어머니를 빼닮았소. 나는 매력적인 배우자를 얻었소. 순수하고 현명하고 얌전했으니까. 내가 얼마나 행복한 사람이었는지 상상할 수 있을 것이오. 나는 참 많은 소동을 겪었소. 아, 알고 보면 내가 겪은 일은 이 세상 일이라고 할 수 없는 성스러운 경험이었소. 내가 여러분에게 더 이상 설명할 필요가 없소. 집으로 올라가서 풀 부인의 환자인 *내 아내*를 만나 보도록 브릭스, 우드 목사님, 메이슨, 당신들 모두를 초대하겠소. 내가 속아서 어떤 인간과 결혼하게 되었는지 보게 될 것이오. 그리고 혼인이라는 약속을 깨고 적어도 인간다운 것에서 이해를 구할 권리가 내게 있는지 없는지 판단해 주시오. 이 아가씨는…….」 그가 나를 바라보며 말을 계속했다. 「우드 목사님 당신과 마찬가지로 혐오스러운 비밀에 대해 아무것도 모르고 있었습니다. 그녀는 모든 것이 공정하고 합법적이라 생각했고, 미쳐서 짐승이 된 못된 배우자에게 이미 묶여 있는 기만당한 불쌍한 사나이와의 허위 결혼에 끌려 들어가고 있다는 사실을 꿈에도 모르고 있었습니다. 자, 모두 갑시다. 따라오십시오!」

그는 여전히 나를 꽉 끌어안은 채 교회에서 나왔다. 세 신사가 뒤따라왔다. 저택의 정문에 마차가 서 있었다.

「마차를 마부 집으로 도로 가져다 두게, 존.」 로체스터 씨가 냉담하게 말했다. 「오늘은 쓸 일이 없을 걸세.」

우리가 들어가자 페어팩스 부인과 아델, 소피, 리아가 환영하며 축하 인사를 하러 다가왔다.

「돌아가. 전부!」 주인이 소리쳤다. 「축하 인사 따위는 집어치워! 누가 그런 걸 원한다고? 나는 아니야! 그 인사는 15년이나 늦었어!」

그가 여전히 내 손을 붙잡고 걸음을 계속하면서 신사들에게 자기 뒤를 따라오라고 손짓하며 계단을 올랐다. 신사들은 그가 시키는 대로 했다. 우리는 첫 번째 계단을 올라 이층으로 가서 복도를 지나 삼층으로 올라갔다. 낮고 검은 문이 로체스터 씨의 곁쇠로 열렸고 우리는 큰 침대와 그림이 그려진 장롱이 있고 태피스트리가 걸려 있는 방으로 들어갔다.

「이곳을 알겠지, 메이슨?」 우리의 안내인이 말했다. 「그녀가 여기서 자네를 물어뜯고 칼로 찔렀으니까.」

그가 벽에 걸린 커튼을 젖히자 두 번째 문이 나타났다. 그가 이 방문도 열었다. 창문 없는 방에 높고 튼튼한 철망이 둘러진 벽난로에서 불이 타고 있었고 천장에 쇠사슬로 매어 놓은 등잔불이 매달려 있었다. 그레이스 풀이 난롯불 위로 몸을 구부리고 냄비에다 무언가를 요리하고 있는 것처럼 보였다. 방 안쪽 끝의 짙은 어둠 속에서 한 형체가 앞뒤로 뛰어다니고 있었다. 짐승인지 인간인지 처음에는 분간할 수가 없었다. 네 발로 기어다니는 것처럼 보였다. 무슨 괴상한 야수처럼 잡아채기도 하고 으르렁댔다. 그러나 옷을 입고 있었고 말갈기처럼 흐트러진 텁수룩한 반백의 검은 머리카락에 머리와 얼굴이 가려져 있었다.

「안녕하시오, 풀 부인!」 로체스터 씨가 말했다. 「어떻소? 당신 환자는 오늘 어떻소?」

「참을 만해요. 감사드려요.」 그레이스가 끓고 있는 음식을 시렁 위로 올려놓으면서 대답했다. 「조금 퉁명스럽긴 해도 난폭하지는 않아요.」

사나운 고함 소리는 그녀의 호의적인 보고가 거짓이라고 나무라는 것처럼 보였다. 옷을 입은 하이에나가 일어서서 뒷발로 우뚝 섰다.

「아! 그녀가 당신을 보았어요!」 그레이스가 소리쳤다. 「나가시는 게 좋겠어요.」

「몇 분만요, 그레이스. 내게 잠깐만 시간을 줘요.」

「그럼 조심하세요! 제발, 조심하세요!」

미치광이가 으르렁댔다. 그녀가 텁수룩한 머리털을 얼굴에서 젖히고 방문객들을 사납게 쏘아보았다. 나는 그 푸르죽죽하고 부풀어 오른 얼굴을 알아볼 수 있었다. 풀 부인이 앞으로 나섰다.

「비켜 있어요.」 로체스터 씨가 그녀를 옆으로 밀치며 말했다. 「지금은 칼을 들고 있진 않은 것 같소. 내가 조심하겠소.」

「무엇을 가지고 있는지 아무도 알 수 없어요. 너무 영리해요. 어떤 꾀를 부릴지 사람의 분별력으로는 알아맞힐 수가 없어요.」

「그녀를 두고 나가는 게 좋겠어요.」 메이슨이 속삭였다.

「꺼져 버리게!」 그의 매부가 말했다.

「조심하세요!」 그레이스가 소리쳤다. 세 신사가 동시에 물러섰다. 로체스터 씨가 나를 자기 몸 뒤로 재빨리 숨겼다. 미치광이가 갑자기 튀어와 그의 목덜미를 세게 붙잡고 뺨을 물어뜯었다. 두 사람이 버둥거렸다. 그녀는 체격이 크고 키가 남편과 거의 비슷한 데다 비대했다. 그녀는 몸싸움에서 남자 못지않은 기력을 보여 주었다. 체력이 강함에도 불구하고 그는 여러 번 그녀에게 목을 졸릴 뻔했다. 그는 그녀에게 강타를 가할 수도 있었지만 그녀를 치지 않았다. 그저 몸싸움을 벌일 뿐이었다. 마침내 그가 그녀의 양팔을 붙잡았다. 그레이스 풀이 끈을 주자 그가 그녀의 양팔을 몸 뒤로 묶고 가까이 있던 밧줄로 그녀를 의자에 묶었다. 그 일은 가장 격렬한 고함 소리와 가장 발작적인 요동 속에서 이루어졌다. 그러고 나서 로체스터 씨가 자신을 바라보고 있던 사람들을 향해 몸을 돌렸다. 그가 그들에게 신랄하고 쓸쓸한 미소를 지어 보였다.

「저게 내 아내요.」 그가 말했다. 「그것이 내가 알고 있는 유일한 부부간의 포옹이오. 그것이 내 여가 시간을 달래 주는 애정의 표시요! 그리고 *이 사람이 내가 갖고 싶은 사람이오.*」 (그가 한 손을 내 어깨에 얹었다.)「지옥 어귀에서 너무나 진지하고 조용하게 서서 악마의 난동을 침착하게 바라보고 있는 이 아가씨를 말이오. 저 격렬한 뒤죽박죽 뒤에 변화를 가지고 싶어서 이 아가씨를 원했소. 우드 목사님과 브리스, 차이를 보시오! 이 맑은 눈과 저쪽의 핏발 선 눈알을 비교해 보시오. 이 얼굴과 저 가면을, 이 모습과 저 덩치를 말이오. 그런 다음 복음을 전하는 목사와 법을 전하는 사람으로서 나를 심판하시오. 그리고 〈남을 판단하는 대로 너희도 하느님의 심판을 받을 것〉[89]이라는 점을 명심하시오. 이제 나가시오! 내 소중한 보물을 가둬야겠소.」

우리 모두 물러나왔다. 로체스터 씨는 뒤에 잠깐 더 남아서 그레이스 풀에게 몇 가지 지시를 내렸다. 변호사가 계단을 내려가면서 내게 말을 걸었다.

「아가씨는 모든 비난으로부터 결백한 것으로 입증되었습니다. 메이슨 씨가 마데이라로 돌아가서 그 소식을 전하면 삼촌이 기뻐하실 겁니다. 그분이 그때까지 살아 계신다면 말입니다.」

「제 삼촌이라니요! 그분이 어떻게 되었는데요? 그분을 아세요?」

「메이슨 씨가 알아요. 에어 씨는 메이슨 씨가 경영하는 상사의 푼샬 거래처를 여러 해 맡아서 하고 계셨습니다. 아가씨가 로체스터 씨와 결혼할 예정이라는 편지를 아가씨 삼촌이 받았을 때, 자메이카로 돌아가는 길에 마침 건강을 회복하기 위해 마데이라에 머물고 있던 메이슨 씨가 함께 있었답니다.

[89]「마태오의 복음서」 7장 1~2절.

에어 씨가 그 사실을 언급했고요. 여기 있는 제 의뢰인이 로체스터라는 이름을 가진 신사와 아는 사이라는 걸 아가씨 삼촌이 알고 계셨으니까요. 아가씨도 쉽게 추측하겠지만 놀라고 비탄에 빠진 메이슨 씨가 진짜 상황을 폭로했습니다. 이런 말씀 드리기 유감이지만 아가씨 삼촌께서는 병석에 누워 계십니다. 그분 병세 — 폐병 — 의 특성과 병이 도달한 단계를 고려해 보면 재기하실 가능성은 없을 것 같습니다. 당시에 그분은 직접 영국으로 서둘러 와서 아가씨를 함정에서 빼낼 수가 없었습니다. 그래서 메이슨 씨에게 지체하지 말고 거짓된 결혼을 막아 줄 조치를 취해 달라고 간청했습니다. 그분은 메이슨 씨를 제게 보내 도움을 받게 했습니다. 저는 모든 신속한 조치를 다 취했고 너무 늦지 않아서 다행이라고 생각합니다. 의심할 여지 없이 아가씨도 그럴 것이라 생각합니다. 아가씨가 마데이라에 도착하기 전에 삼촌이 세상을 떠나지 않으리라는 확신만 있다면 메이슨 씨와 함께 돌아가라고 충고해 주고 싶군요. 그러나 상황이 이러니 에어 씨로부터, 혹은 에어 씨에 대한 소식을 들을 때까지 영국에 계시는 편이 나을 것 같습니다. 더 머물러 있어야 할 이유가 또 있습니까?」 그가 메이슨 씨에게 물었다.

「아니요, 아닙니다. 갑시다.」 그가 초조하게 대답했다. 그리고 로체스터 씨의 허락도 받지 않은 채 그들은 홀의 문으로 나갔다. 목사는 남아서 자신의 거만한 교구민과 훈계인지 비난인지 몇 마디 말을 나눴다. 이 의무를 다하고 그 역시 떠났다.

나는 내 방으로 들어가서 반쯤 열린 문 앞에 서 있다가 목사가 가는 소리를 들었다. 모두 떠난 후 나는 방문을 닫고 아무도 들어오지 못하도록 빗장을 걸었다. 아직은 평정을 잃지 않았기 때문에 울거나 슬퍼하기 위해서 그런 것은 아니었다.

나는 웨딩드레스를 벗고 어제 마지막이라 생각하고 입었던 모직 드레스로 갈아입었다. 그런 다음 앉았다. 기운이 없고 피곤했다. 나는 탁자 위에 팔을 괴고 그 위에 머리를 댔다. 그리고 이제는 생각했다. 지금까지 나는 그저 듣고 보고 움직이면서, 말하자면 인도되거나 이끌리는 대로 위아래로 따라다니면서 연속적으로 벌어진 사건들과 계속 드러나는 비밀을 바라보았다. 그러나 이제는 *생각했다.*

오전은 상당히 조용했었다. 미치광이와의 짧은 소동을 제외하고는 말이다. 교회에서의 사건은 시끄럽지 않게 처리되었다. 감정의 폭발도, 시끄러운 언쟁도, 분쟁도, 저항이나 항의도, 눈물도, 흐느낌도 없었다. 몇 마디 말이 오갔고 결혼 반대가 조용히 천명되었으며 로체스터 씨에 의해 몇 가지 짧은 질문이 제기되고 설명이 이루어지고 증거가 제시되었다. 주인에 의해 사실에 대한 솔직한 인정이 이루어졌고 살아 있는 증거가 목격되었다. 훼방꾼들은 떠났고 모든 것이 끝났다.

나는 평소처럼 내 방에 있었다. 명백한 변화 없이 그저 나 혼자 있었다. 나를 강타하거나 해치거나 불구로 만든 것은 전혀 없었다. 그러나 어제의 제인 에어는 어디로 갔는가? 그녀의 삶은 어디로 갔는가? 그녀의 미래는 어디로 갔는가?

열정에 가득 차고 기대에 부풀었던 여자, 거의 신부가 될 뻔했던 제인 에어는 다시 춥고 고독한 처녀가 되었다. 그녀의 삶은 창백해졌고 그녀의 전도는 쓸쓸해졌다. 한여름에 크리스마스의 서리가 내렸다. 6월에 12월의 눈 폭풍우가 몰아닥쳤다. 익은 사과 표면에 얼음 막이 생겼고 편류에 막 부풀어 오른 장미꽃이 꺾였다. 건초 밭과 옥수수 밭에는 서리 수의가 내렸다. 어젯밤에는 꽃으로 가득했던 오솔길이 오늘은 인적 미답의 눈으로 길이 없어졌다. 열두 시간 전만 해도 열대의 숲처럼 무성한 잎을 현란하게 흔들어 대던 숲이 지금은 겨울

노르웨이의 소나무 숲처럼 황폐하고 거칠고 하얗게 펼쳐져 있었다. 내 희망은 완전히 사라졌다. 하룻밤 사이 이집트의 장자들에게 닥친 일[90]처럼 비밀스러운 운명에 부딪혔다. 어제만 해도 그렇게 활짝 피고 환하게 빛났던 내 소중한 소망들을 바라보았다. 그것들이 다시는 살아나지 못할 뻣뻣한 납빛의 시체로 누워 있었다. 나는 내 사랑을 바라보았다. 내 주인의 것이었던 감정, 그가 만들어 냈던 감정을 바라보았다. 차가운 요람 속의 병든 아이처럼 내 마음속에서 그것이 몸을 떨었다. 질병과 고통이 그것을 사로잡았다. 그것은 로체스터 씨의 품을 찾을 수가 없었다. 그것은 그의 가슴에서 온기를 끌어낼 수 없었다. 아, 다시는 내 사랑이 그를 향할 수 없었다. 믿음이 말라 버렸고 신뢰가 파괴되었기 때문이다. 로체스터 씨는 내게 더 이상 옛날의 그가 아니었다. 그는 내가 생각했던 사람이 아니었기 때문이다. 나는 그를 나쁜 사람이라고 생각하고 싶지 않았다. 그가 나를 배신했다고 말하고 싶지 않았다. 그러나 그에 대한 생각에서 티 하나 없이 진실하다는 특성은 사라졌다. 그가 있는 곳에서 나는 벗어나야 했다. 그것을 나는 잘 알고 있었다. 언제, 어떻게, 어디로 가야 할지 아직은 알 수 없었다. 그러나 그 자신이 나를 손필드에서 하루빨리 내보내리라는 데 대해서는 의심의 여지가 없었다. 그는 내게 진짜 애정을 가질 수가 없었다. 그것은 단지 변덕스러운 열정에 불과했었다. 그것이 저지당한 지금 그는 더 이상 나를 원하지 않으리라. 이제는 그와 마주치는 일조차 삼가야 한다. 그는 나를 보기조차 싫어할 것이다. 아, 내 눈은 어쩌면 그렇게 맹

90 유월절 밤에 이집트인 장남들이 모두 살해된 일. 「출애굽기」 12장 29절 참조. 〈한밤중에 야훼께서 이집트 땅에 있는 모든 맏이들을 모조리 쳐죽이셨다. 왕위에 오를 파라오의 맏아들을 비롯하여 땅굴에 갇힌 포로의 맏아들과 짐승의 맏배에 이르기까지 다 쳐죽이셨다.〉

목적이었던가! 내 행동은 어쩌면 그렇게 무력했던가!

　나는 두 눈을 감싸고 눈을 감았다. 소용돌이치는 어둠이 내 주변에서 넘실대는 것 같았고 반성이 밀물처럼 검푸르고 소란스럽게 밀려 들어왔다. 자포자기 상태로 늘어져서 아무 노력도 기울이지 않은 채 큰 강의 말라 버린 바닥에 몸을 눕히고 있는 것 같았다. 먼 산에서 홍수가 일어나는 소리가 들렸고 급류가 다가오는 것이 느껴졌다. 그러나 내게는 일어날 의지도, 도망칠 기운도 없었다. 나는 죽기를 갈망하며 힘없이 누워 있었다. 오직 한 가지 생각, 하느님에 대한 기억만이 여전히 내 안에서 생생하게 고동치고 있었다. 그것은 무언의 기도를 낳았다. 말들이 빛 없는 내 마음속에서 오락가락하고 있었다. 그 말을 반드시 속삭여야 했지만 이를 말로 표현할 기운이 없었다.

　〈멀리하지 마옵소서. 어려움이 닥쳤는데 도와줄 자 없사옵니다.〉[91]

　그것이 가까이 있었다. 그것을 피할 수 있도록 하늘에 아무 탄원도 하지 않았기에, 양손을 모으지도 않고 무릎을 구부리지도 않고 입술을 움직이지도 않았기에 그것이 닥쳐왔다. 도도하게 소용돌이치며 격류가 내 몸 위로 쏟아졌다. 버려진 내 인생, 잃어버린 내 사랑, 꺼진 내 희망, 죽어 버린 내 믿음. 이 모든 것에 대한 자각이 육중한 한 덩어리의 파도가 되어 내 몸을 가득 채우며 엄청난 힘으로 흔들렸다. 그 비통한 시간은 말로 표현할 수 없다. 실제로 〈목에까지 물이 올라왔사옵니다. 깊은 수렁에 빠졌습니다. 발붙일 것 하나도 없사옵니다. 물 속 깊은 곳에 빠져 물결에 휩쓸렸습니다.〉[92]

91 「시편」 22편 11절.
92 「시편」 69편 1~2절.

제3권

제1장

오후의 언제쯤인지 고개를 들고 주변을 둘러보자 서쪽으로 기운 해가 벽에 금빛으로 표시를 해놓은 것이 보였다. 〈어떻게 해야 할까?〉

그러나 내 마음이 준 답, 〈즉시 손필드를 떠나라〉는 이 답이 너무 신속하고 무서워서 나는 귀를 막았다. 나는 지금은 그런 말을 견딜 수 없다고 스스로에게 말했다. 〈내가 에드워드 로체스터의 신부가 아니라는 것은 내 슬픔의 가장 작은 부분일 뿐이야.〉 나는 단언했다. 〈가장 멋진 꿈에서 깨어나 그것이 모두 공허하고 헛된 꿈이었음을 알게 된 것은 참고 극복할 수 있는 공포야. 그러나 그를 단호하게, 즉시, 완전히 떠나야 한다는 것은 참을 수가 없어. 난 그럴 수 없어.〉

그러나 곧 마음속의 목소리는 내가 그렇게 할 수 있다고 단언했고 그렇게 해야 한다고 예언했다. 나는 나 자신의 결심과 씨름했다. 내 마음은 내 앞에 펼쳐져 있는, 더 많은 고통이 수반되는 끔찍한 길을 피할 수 있도록 약해지고 싶었다. 독재자가 된 양심이 열정의 목덜미를 붙잡고 열정이 아직 그 우아한 발을 진창길에만 담갔을 뿐이라고 조롱하듯이 말했다. 양심은 쇠처럼 강한 팔로 깊이를 잴 수 없는 깊은 고통 속으로 열정을 던져 버리겠다고 맹세했다.

〈그럼 날 떼어 내 줘요.〉 내가 속으로 외쳤다. 〈다른 사람의 도움을 받게 해줘요.〉

〈안 돼. 스스로 떼어 내도록 해. 아무도 널 안 도와줄 거야. 스스로 오른쪽 눈을 뽑아내고 스스로 네 오른팔을 잘라 내라. 네 심장을 제물로 삼고 네가 사제가 되어 그것에 못을 박아라.〉[93]

나는 그렇게 잔혹한 심판관이 출몰하는 적막함에, 너무나 끔찍한 목소리가 가득 채우고 있는 침묵에 두려움을 느끼고 벌떡 일어섰다. 똑바로 서자 현기증이 났다. 흥분과 배고픔으로 쓰러질 것 같았다. 아침 식사를 하지 않았기 때문에 그날 나는 고기 한 점도 물 한 모금도 삼키지 않았다. 내가 이곳에 이처럼 오래 처박혀 있어도 내가 어떻게 하고 있는지 알아보러 오거나 내려오라고 전갈도 보내지 않는다는 생각에 마음이 이상하게 아팠다. 어린 아델조차도 방문을 두드리지 않았다. 페어팩스 부인조차도 나를 찾지 않았다. 〈친구들은 운명이 버린 사람들을 항상 잊어버린다.〉[94] 이렇게 중얼거리면서 빗장을 열고 밖으로 나가다가 나는 장애물에 걸려 넘어졌다. 머리가 아직도 어지러웠고 시야가 흐렸고 팔다리에 기운이

93 「마태오의 복음서」 5장 27~32절에 대한 언급. 《간음하지 마라》 하신 말씀을 너희는 들었다. 그러나 나는 너희에게 이렇게 말한다. 누구든지 여자를 보고 음란한 생각을 품는 사람은 벌써 마음으로 그 여자를 범했다. 오른눈이 죄를 짓게 하거든 그 눈을 빼어 던져 버려라. 몸의 한 부분을 잃는 것이 온몸이 지옥에 던져지는 것보다 낫다. 또 오른손이 죄를 짓게 하거든 그 손을 찍어 던져 버려라. 몸의 한 부분을 잃는 것이 온몸이 지옥에 던져지는 것보다 낫다. 또한 《누구든지 아내를 버리려면 그에게 이혼장을 써주어라》 하신 말씀이 있다. 그러나 나는 이렇게 말한다. 누구든지 음행한 경우를 제외하고 아내를 버리면, 이것은 그 여자를 간음하게 하는 것이다. 또 그 버림받은 여자와 결혼하면 그것도 간음하는 것이다.〉

94 속담.

없었다. 금세 정신을 차릴 수가 없었다. 나는 쓰러졌지만 바닥으로 넘어지지는 않았다. 누군가가 팔을 뻗어서 나를 붙잡았다. 고개를 들었다. 내 방 문간 앞에 의자를 놓고 앉아 있던 로체스터 씨가 나를 붙잡아 주었다.

「드디어 나왔군.」 그가 말했다. 「자, 한참 당신을 기다리고 있었소. 무슨 소리가 들리는지 귀 기울이면서 말이오. 그런데 한 번의 움직임도, 한 번의 흐느낌도 없었소. 5분만 더 그런 죽음과 같은 정적이 계속되었다면 아마 내가 도둑처럼 문을 부수고 들어갔을 것이오. 그렇게 날 피하는 것이오? 방 안에 틀어박혀 혼자 슬퍼하면서 말이오! 당신이 와서 격렬하게 날 비난하는 편이 더 나을 것 같소. 당신은 격정적인 사람이오. 나는 그런 일이 벌어질 거라고 예상했었소. 빗발치듯 흐르는 뜨거운 눈물을 각오하고 있었소. 단지 그 눈물이 내 가슴 위에 뿌려지기를 바랄 뿐이었소. 그런데 무감각한 바닥이나 흠뻑 젖은 당신의 손수건이 그 눈물을 다 받아 버렸소. 아니, 내가 잘못 생각한 것 같소. 당신은 전혀 울지 않았구려! 창백한 뺨과 흐려진 눈은 보이지만 눈물의 흔적은 찾아볼 수가 없소. 그렇다면 마음속에서 피눈물을 흘렸소?

자, 제인! 한마디 비난의 말도 안 하는 것이오? 신랄한 말도, 통렬한 말도? 내 마음에 상처를 주고 화를 부추길 말을 전혀 안 하는 것이오? 당신은 내가 앉혀 놓은 곳에 조용히 앉아서 지치고 아무 반응 없는 표정으로 나를 바라보기만 하는구려.

제인, 당신에게 이렇듯 상처를 주고 싶지 않았소. 자기 빵을 먹이고 자기 잔으로 물을 먹이고 자기 품에 품고 자며 딸처럼 귀엽게 키운 어린 양을 도살장에서 실수로 죽인 남자가 아무리 자신의 피비린내 나는 실수를 후회한다 해도 지금 나보다는 덜할 것이오. 날 용서해 주겠소?」

　독자여, 나는 그 순간 바로 그 자리에서 그를 용서했다. 그의 눈에는 너무나 깊은 회한이 서려 있었고 그의 어조에는 너무나 진실하게 유감스러워하는 마음이 담겨 있었으며 그의 태도에는 너무나 남자다운 패기가 들어 있었다. 게다가 그의 모습과 태도에는 전혀 변함없는 사랑이 담겨 있었다. 나는 그를 전부 용서했다. 그러나 말로나 겉으로는 그것을 표현하지 않았다. 단지 내 마음속 깊은 곳에서만 그를 용서했다.
　「당신은 나를 악당이라고 생각하겠지, 제인?」 곧 그가 생각에 잠겨서 물었다. 그는 내가 계속 침묵을 지키고 유순하게 있는 데 대해 의아해 하는 것 같았다. 그러나 그것은 의지에 의해서라기보다 기운이 없어서 그런 것이었다.
　「네.」
　「그러면 그렇다고 가차 없이, 날카롭게 말해요. 날 용서하지 말아요.」
　「용서할 수 없어요. 피곤하고 몸이 안 좋아요. 물을 마시고 싶어요.」 그가 몸을 떨며 한숨을 쉬더니 나를 양팔로 안아 올려서 아래층으로 데리고 갔다. 처음에는 그가 나를 어디로 데려가는지 알 수 없었다. 흐려진 내 눈에는 모든 것이 부옇게 보였다. 곧 기운을 북돋아 주는 난롯불의 온기가 느껴졌다. 여름이었지만 방에 있는 동안 몸이 얼음장처럼 차가워져 있었기 때문이다. 그가 내 입술에 와인을 대주었다. 나는 그것을 마시고 기운을 차렸다. 그리고 그가 떠 넣어 주는 것을 먹은 다음 곧 정신이 들었다. 나는 서재에 있는 그의 의자에 앉아 있었다. 그가 바로 내 곁에 있었다. 〈심한 고통 없이 이 순간 죽어 버리면 좋을 텐데.〉 나는 생각했다. 〈그러면 로체스터 씨의 마음에서 내 마음의 줄을 끊어 내느라 가슴 아프게 애쓸 필요도 없을 거야. 그와 헤어져야 하는데 헤어지고 싶지가 않아. 그럴 수 없어.〉

「이제 좀 어떻소, 제인?」

「훨씬 나아졌어요. 곧 괜찮아질 거예요.」

「와인을 좀 더 마셔요, 제인.」

나는 그의 말에 따랐다. 그러자 그가 잔을 탁자 위에 올려 놓고 내 앞에 서서 나를 찬찬히 쳐다보았다. 갑자기 그가 어떤 격렬한 감정에 휩싸여 무슨 말인지 불분명한 소리를 외치면서 몸을 돌렸다. 그가 방 안을 빠르게 걷다가 돌아와서 내게 키스하려는 듯 몸을 구부렸다. 그러나 이제는 애무를 해서는 안 된다는 생각이 들어 나는 얼굴을 돌리고 그의 얼굴을 옆으로 밀쳐 냈다.

「아니! 왜 이러는 거요?」 그가 성급하게 소리쳤다. 「아, 알겠소! 버사 메이슨의 남편에게는 키스하지 않겠다는 것이오? 내 품이 이미 채워졌고 내 포옹이 이미 남의 것이라고 생각하는 것이오?」

「어쨌든 제겐 그럴 여지도, 그런 요구를 할 자격도 없어요.」

「왜 그렇소, 제인? 당신에게서 말을 많이 할 수고를 덜어 주겠소. 내가 당신 대신 대답하겠소. 내게 이미 아내가 있기 때문이라고 당신은 말하고 싶은 거요. 내 추측이 맞소?」

「네.」

「그렇게 생각한다면 당신이 나를 오해하고 있는 것이 틀림없소. 당신이 날 흉계나 꾸미는 난봉꾼 정도로 간주하는 것이 틀림없소. 고의적으로 놓은 덫에 당신을 끌어들여서 명예를 뺏고 자존심을 훔치기 위해 순수한 사랑을 가장하는 비열하고 저속한 난봉꾼으로 말이오. 그것에 대해 뭐라고 말하겠소? 아마 아무 말도 할 수 없을 것이오. 첫째, 당신은 여전히 쓰러질 것 같고 숨 쉬는 것조차 힘들어 하고 있소. 둘째, 당신은 나를 비난하고 욕하는 데에 아직 익숙하지 않소. 게다가 말을 많이 하면 눈물의 수문이 열려서 눈물이 터져 나올 것이

오. 그리고 훈계하고 비판하고 소동을 벌일 생각이 당신에게
는 전혀 없소. 당신은 지금 어떻게 행동할까 생각 중이오. 당
신은 *말해 봐야* 아무 소용없다고 생각하고 있소. 나는 당신
을 잘 아오. 그래서 지금 경계하고 있소.」

「당신에게 맞서서 행동하고 싶지 않아요.」 내가 말했다. 내
불안정한 목소리가 내게 말을 짧게 하라고 경고를 보냈다.

「당신은 그렇지 않다고 하지만 내가 볼 때는 당신이 나를
파멸시킬 계획을 세우고 있소. 당신은 내가 결혼한 사람이라
고, 〈결혼한 사람으로서 날 피하고 내 앞에서 사라져 달라〉고
말한 것이나 다름없소. 방금 전에 당신은 내게 키스하기를 거
부했소. 당신은 나와 완전히 남남이 되기로 작정한 거요. 이
지붕 밑에서 단지 아델의 가정 교사로서만 살 작정인 것이오.
내가 당신한테 상냥하게 말이라도 건네면, 혹시라도 친근한
감정이 일어나 당신 마음이 다시 내게 기운다 해도 아마 당신
은 그럴 것이오. 〈저 남자는 나를 자기 정부로 만들 뻔했어.
나는 그에게 얼음장처럼, 돌덩이처럼 대해야 해.〉 그리고 그
에 따라 당신은 얼음장처럼, 돌덩이처럼 굴 것이오.」

나는 목청을 가다듬고 대답했다. 「제 주변의 모든 것이 바
뀌었어요. 저도 바뀌어야 해요. 그 점에 대해서는 의심의 여지
가 없어요. 감정의 동요를 막고 추억과 연상에 맞서 계속 싸
우는 것을 피하려면 한 가지 길밖에 없어요. 아델에게 새로운
가정 교사가 필요해요.」

「아, 아델은 학교에 갈 것이오. 그 문제는 이미 해결해 두었
소. 손필드 저택, 이 저주받은 곳, 이 아간[95]의 천막, 확 트인
하늘의 빛에 살아 있는 죽음의 창백함을 제공하는 이 거만한
지하 납골당, 우리가 상상할 수 있는 마귀의 군단보다 더 끔

---

95 여리고 점령으로 얻은 전리품을 자기 천막에 감춤으로써 이스라엘 군
대가 아이에게 패하게 만든 사람(「여호수아」 7장).

찍한 진짜 악귀가 살고 있는 이 좁은 돌 지옥에 대한 무시무
시한 연상과 기억으로 당신을 고문할 생각도 없소. 제인, 당
신을 여기서 살게 하지 않겠소. 나도 여기 있지 않을 것이오.
손필드 저택에 어떻게 유령이 출몰하는지 알고 있으면서도
당신을 이곳으로 데려온 것이 애당초 잘못이었소. 내가 직접
당신을 만나 보기 전에는 이곳에 내린 저주에 대해 모든 사실
을 당신에게 감추라고 사람들에게 지시했었소. 자신이 어떤
사람과 같은 집에서 살게 될지 안다면 아델을 위해 남아 있을
가정 교사가 하나도 없으리라 우려했기 때문이오. 그리고 여
러 가지 생각 때문에 미치광이를 다른 곳으로 보내 버릴 수가
없었소. 여기보다 더 외지고 은밀한 곳에 오래된 펀딘 영지가
있음에도 불구하고 말이오. 숲 한가운데라 건강에 안 좋은
환경이라는 양심의 가책 때문에 그런 조치를 취하기를 주저
하지만 않았다면 그곳에 그녀를 안전하게 숨길 수도 있었을
것이오. 아마 집의 그 습한 기운 때문에 그녀를 떠맡는 책임
에서 빨리 벗어날 수 있었을지도 모르오. 그러나 모든 악당에
게는 나름대로 좋아하는 악행이 있는 법이오. 아무리 싫어하
는 것이라 해도 그것을 간접적으로라도 죽이고자 하는 성향
은 내게 없소.

　그러나 미친 여자가 가까이 있다는 사실을 당신에게 감춘
일은 아이에게 망토를 씌워서 유파스 나무[96] 밑에 눕혀 놓은
것과 같았소. 그 악마가 있는 곳 근처에는 독이 퍼져 있고 전
에도 항상 그랬소. 그러나 이제는 손필드 저택을 폐쇄할 것이
오. 현관문에 못질을 하고 낮은 창문은 판자로 막아 버릴 것
이오. 풀 부인에게 1년에 2백 파운드씩 주어서 당신이 *내 아
내*라 부르는 그 무시무시한 마녀와 함께 여기서 살게 할 것이

96 자바 및 그 근처 섬에서 나는 무화과나무 과의 독 있는 나무.

오. 그레이스는 돈을 위해서라면 그보다 더한 일도 할 것이오. 그림스비 정신 병원에서 간호사로 일하는 아들을 데려다 같이 지내면 말벗도 되고, 마귀의 조종을 받아 *내 아내가* 밤에 잠자고 있는 사람들을 태우거나 찌르거나 살을 물어뜯거나 하는 등등의 발작을 일으키면 도움을 받을 수도 있을 것이오.」

「당신은…….」 내가 그의 말에 끼어들었다. 「불쌍한 부인에게 가혹하군요. 당신은 그녀에 대해 증오심을 가지고, 원한에 가득 찬 반감을 가지고 이야기하고 있어요. 잔인해요. 그녀가 미치지 않을 수가 없겠네요.」

「제인, 내 귀여운 사람. (나는 그렇게 당신을 부를 거요. 당신이 정말로 그런 사람이니까) 당신은 지금 무슨 말을 하는지 제대로 모르고 있소. 당신은 또다시 나를 잘못 판단했소. 그녀가 미쳤기 때문에 그녀를 미워하는 것이 아니오. 당신이 미치면 내가 당신을 미워할 거라고 생각하오?」

「그럴 거라고 생각해요.」

「그러면 당신 생각이 틀렸소. 그리고 당신은 나에 대해 아무것도 모르는 것이오. 내가 어떤 사랑을 할 수 있는지 아무것도 모르오. 당신 몸을 이루고 있는 원자 하나하나가 내게는 내 것처럼 소중하오. 아플 때나 병들 때나 그것은 여전히 소중할 것이오. 당신의 마음은 내 보물이오. 설사 그것이 엉망이 된다 해도 그것은 여전히 내 보물일 것이오. 당신이 날뛰면 광인용 좁은 조끼가 아니라 내 품으로 당신을 가둘 것이오. 당신이 격분해서 날 붙잡는다 해도 내게는 매력적으로 여겨질 것이오. 당신이 오늘 아침 그 여자처럼 거칠게 달려든다 해도 나는 당신을 포옹으로 맞을 것이오. 적어도 당신을 억제하려고 하는 정도로 다정하게 말이오. 그 여자에게 그랬던 것처럼 혐오하면서 당신을 피하지 않을 것이오. 당신이 조용해지는 순간에는 감시자나 간호인 없이 내가 당신 곁에 있을 것이오. 당신이 내게 미소로 답하지 않는다 해도 나는 지치지 않고 다정하게 당신 곁에 남아 있겠소. 설사 당신의 두 눈에 더 이상 나를 알아보는 빛이 없다 해도 싫증 내지 않고 당신의 눈을 바라볼 것이오. 그런데 내가 왜 이런 생각들을 하고 있는 거지? 당신을 손필드 저택에서 떠나도록 하는 문제에 대해 말하던 중이었는데. 당장 떠날 준비가 모두 갖춰져 있소. 내일 아침에 가게 해주겠소. 하룻밤만 더 이 지붕 밑에서 견뎌 주기를 부탁할 뿐이오, 제인. 그런 다음 이 비참함과 공포에 영원히 작별을 고하시오! 갈 데가 있소. 그곳이 지겨운 기억으로부터, 반갑지 않은 침입으로부터, 허위와 비방으로부터 안전한 피난처가 되어 줄 것이오.」

「그럼 아델을 데려가세요.」 내가 끼어들었다. 「그 애가 당신의 말동무가 되어 줄 거예요.」

「그게 무슨 말이오, 제인? 아델을 학교에 보내겠다고 말하지 않았소. 그리고 어린애를 무엇 하려고 말동무를 삼겠소? 더구나 내 친자식도 아닌 프랑스 무희의 사생아를 데리고 말이오? 왜 당신은 그 애 일로 나를 조르는 것이오? 내 말은 왜 당신이 아델을 내게 말동무로 삼으라고 정해 주는 것이오?」

「당신이 은거하겠다고 말했잖아요. 은거와 고독은 지루해요. 당신에게는 너무 따분해요.」

「고독이라! 고독이라!」 그가 조급하게 이 말을 되풀이했다. 「내가 설명을 해줘야 할 것 같군. 당신이 왜 스핑크스같이 알 수 없는 표정을 짓는지 모르겠소. 당신이 내 고독을 함께 할 것이오. 알겠소?」

나는 고개를 저었다. 그가 점점 더 흥분하고 있었기 때문에 소리 없이 반대 의사를 나타내는 표시를 하는 데에도 상당한 용기가 필요했다. 그는 방 안을 이리저리 빠르게 걸어다니다가 갑자기 한 곳에 박힌 듯 멈춰 섰다. 그가 나를 오랫동안 뚫어져라 바라보았다. 나는 그의 시선을 피해 난롯불을 주시하며 조용하고 침착한 체하면서 그 모습을 유지하려고 애썼다.

「이제는 제인의 성격이 어떻게 얽혀 있는지에 대해 말하겠소.」 그의 표정을 통해 예상했던 것보다 훨씬 더 차분한 어조로 그가 마침내 입을 열었다. 「비단 물레가 지금까지는 매우 매끄럽게 돌아갔소. 그러나 분규와 난제에 봉착하게 되리라는 것을 항상 알고 있었소. 그리고 그런 일이 벌어졌소. 안달과 격분과 끝없는 문제에 대해 말하겠소! 맹세코 나는 삼손이 가진 힘의 일부라도 발휘해서 거친 삼을 끊듯이 엉켜 있는 것을 끊어 내고 싶소!」[97]

그가 다시 걷기 시작했지만 곧 다시 발을 멈췄다. 이번에는 바로 내 코앞에서 그가 멈춰 섰다.

「제인! 이성에 귀를 기울이겠소?」 (그가 몸을 숙이고 내 귀 가까이 입술을 댔다.) 「당신이 안 들으면 폭력을 쓰겠소.」 그의 목소리가 쉬어 있었다. 그는 참을 수 없는 속박을 끊어 버리고 나와서 곧장 무모한 분방함 속으로 뛰어들려는 사람의 얼굴 표정을 짓고 있었다. 다음 어느 순간에라도 한 번만 더 그를 격앙시킬 자극이 가해진다면 내가 그를 어떻게 해볼 도리가 없어질 것 같다는 생각이 들었다. 현재가, 지금 지나가고 있는 1초의 시간이 그를 통제하고 억제할 수 있는, 내가 가진 시간의 전부였다. 내가 혐오하고 도망치려 하고 두려워하는 모습을 보이면 내 운명이 그리고 그의 운명이 결정 나버릴 것이다. 그러나 나는 두렵지 않았다. 조금도 두렵지 않았다. 나는 마음속의 힘을 느꼈다. 그를 좌우할 수 있다는 느낌이 나를 뒷받침해 주었다. 위기 상황이었다. 그러나 나름대로의

97 삼손이 〈밧줄을 불에 탄 삼 오라기처럼 끊어 버리는〉 이야기가 나오는 「판관기」 16장 9절.

494

매력이 없는 것은 아니었다. 인디언들이 카누를 타고 급류 위로 미끄러져 내려갈 때 느끼는 기분이 그럴 것이다. 나는 그의 주먹 쥔 손을 잡고 비틀린 손가락들을 풀어 주며 달래듯이 그에게 말했다.

「앉아요. 당신이 원하는 만큼 오랫동안 당신과 이야기를 나누면서 조리 있는 말이건 아니건 당신이 하는 말을 전부 들을게요.」

그가 앉았다. 그러나 즉시 말을 시작할 수 있는 상황이 되지 않았다. 나는 한참 동안 울음을 참느라 애써 왔다. 내가 우는 모습을 그가 좋아하지 않으리라는 것을 알고 있었기 때문에 나는 눈물을 억누르려고 노력했다. 그러나 지금은 마음껏 얼마라도 눈물이 흐르도록 내버려 두는 편이 좋겠다는 생각이 들었다. 그가 내 눈물에 괴로워하면 그만큼 더 좋을 것 같았다. 그래서 나는 더 이상 참지 않고 실컷 울었다.

곧 진지하게 진정하라고 달래는 소리가 들렸다. 나는 그가 그렇게 격노해 있는 동안에는 그럴 수가 없다고 말했다.

「지금 성을 내고 있는 것이 아니오, 제인. 나는 당신을 너무 사랑할 뿐이오. 조그맣고 창백한 당신의 얼굴이 그토록 단호하고 냉담한 표정으로 딱딱하게 굳는 것을 참을 수가 없었소. 진정해요. 자, 눈물을 닦아요.」

부드러워진 목소리를 통해 그가 진정되었음을 알 수 있었다. 이어서 나도 진정되었다. 그가 내 어깨에 머리를 기대려 했다. 그러나 나는 그것을 절대 허용하지 않았다. 다음에는 그가 나를 끌어안으려고 했다. 그 또한 허용할 수 없는 일이었다.

「제인! 제인!」 그가 너무나 슬픈 어조로 말했기 때문에 그 슬픔이 내 모든 신경을 따라 온몸에 퍼졌다. 「그렇다면 당신은 날 사랑하지 않는 거요? 당신이 중요하게 여겼던 것은 단지 내 지위와 내 아내라는 신분뿐이었소? 이제 내가 당신의 남편이 될 자격이 없다는 생각이 드니까 내가 두꺼비나 원숭이라도 되는 듯 내 손길을 피하는 것이오?」

이 말에 마음이 에이는 것같이 아팠다. 그러나 내가 어떻게 할 수 있으며 뭐라고 말할 수 있을까? 차라리 아무 행동도 말도 하지 않았어야 했다. 그러나 나는 그처럼 그의 마음을 아프게 한 데 대한 자책감으로 너무 괴로워서 내가 상처를 입힌 곳에 향유를 뿌려 주고 싶은 소망을 억누를 수가 없었다.

「당신을 정말 사랑해요.」 내가 말했다. 「그 어느 때보다 더욱더 사랑해요. 그러나 그런 감정을 보여서도, 그런 감정에 빠져서도 안 돼요. 그런 감정을 표현하는 것은 이번이 마지막이에요.」

「마지막이라니, 제인! 세상에! 당신이 나를 여전히 사랑한다면 나와 함께 살고 날마다 나를 보면서 항상 차갑고 냉담하게 대할 수 있다고 생각하오?」

「아니요. 그럴 수 없다는 걸 분명히 알아요. 그래서 한 가지 방법밖에 없어요. 그러나 제가 그 말을 하면 당신이 불같이 화를 낼 거예요.」

「아, 말해 봐요! 내가 길길이 날뛴다 해도 당신에게는 우는 재주가 있잖소.」

「로체스터 씨, 당신을 떠나야 해요.」

「얼마나 오랫동안 말이오, 제인? 당신이 머리를 매만지는 동안, 그 몇 분 동안 말이오? 당신 머리가 상당히 헝클어져 있소. 세수를 하고 와요. 열이 있어 보이는구려.」

「아델과 손필드를 두고 떠나야 해요. 평생 동안 당신과 헤어져야 해요. 낯선 얼굴들과 낯선 환경 속에서 새로운 삶을 시작해야 해요.」

「물론이오. 그래야 한다고 내가 말했소. 나와 헤어지겠다는 정신 나간 소리는 안 들은 걸로 하겠소. 내 말은 당신이 내 일부가 되어야 한다는 뜻이오. 새로운 생활에 대해서는 찬성하오. 당신은 머지않아 내 아내가 될 것이오. 나는 결혼하지 않았소. 당신이 로체스터 부인이 될 것이오. 실제로도 명목상으로도 말이오. 당신과 내가 살아 있는 한 나는 당신만 지키겠소. 남프랑스에 있는 내 집으로 갑시다. 지중해 연안에 있는, 하얗게 회칠이 된 별장이오. 그곳에서 행복하고 안전하고 깨끗하게 삽시다. 내가 당신을 잘못된 길로 이끌고 싶어 할 거라는, 이를테면 당신을 내 정부로 삼고 싶어 할 거라는 우려는 하지 마요. 왜 고개를 젓는 것이오? 제인, 분별 있게 처신해야 하오. 그렇지 않으면 내가 다시 미친 듯이 날뛸 것이오.」

그의 목소리와 손이 떨렸고 큰 콧구멍이 벌름거렸다. 그의 눈이 번쩍였지만 나는 용감하게 말하기 시작했다.

「당신의 아내가 살아 있어요. 그것은 당신 자신이 오늘 아침에 인정한 사실이잖아요. 제가 당신이 원하는 대로 당신과 함께 산다면 그건 당신의 정부가 되는 거예요. 그걸 다르게 표현하는 것은 궤변이고, 틀린 거예요.」

「제인, 나는 부드러운 성격의 사람이 아니오. 그 점을 잊지 마시오. 나는 오래 참질 못하오. 나는 냉정하지도 침착하지도 않소. 나와 당신 자신을 불쌍히 여기는 마음에서 내 손목에 손가락을 대고 맥박이 어떻게 뛰고 있는지 느껴 봐요. 그리고, 조심해요!」

그가 손목을 걷어 올리고 내게 내밀었다. 그의 뺨과 입술에서 핏기가 사라져 창백해지고 있었다. 나는 이러지도 저러지도 못하고 곤혹스러웠다. 그가 그렇게 싫어하는 저항을 해서 그를 그토록 심하게 동요시키는 것은 잔인한 일이었다. 그러나 굴복은 있을 수 없었다. 나는 극한 상황에 내몰릴 때 사람들이 본능적으로 하는 행동을 했다. 인간보다 더 높은 존재에

게 도움을 청했다. 〈하느님, 도와주세요!〉라는 말이 나도 모
르게 입에서 튀어나왔다.

「내가 바보지!」 로체스터 씨가 갑자기 소리쳤다. 「내가 결
혼하지 않았다는 말만 계속하면서 제인에게 이유는 설명해
주지 않다니. 그 여자의 성격이나 그 여자와의 지옥 같은 결
합에 수반된 상황에 대해 제인이 아무것도 모른다는 사실을
잊고 있었어. 내가 알고 있는 것을 제인이 알게 되면 내 의견
에 동의해 줄 거라고 확신해. 손을 잡게 해줘요, 재닛. 당신이
내 곁에 있다는 것을 눈으로 볼 뿐만 아니라 만져서 확인하는
증거로 삼을 수 있도록 말이오. 내가 몇 마디로 이 일의 진짜
상황을 알려 주겠소. 내 말을 들어 주겠소?」

「네. 원하신다면 몇 시간이라도요.」

「몇 분이면 되오, 제인. 당신은 내가 우리 집안의 장남이 아
니었다는 사실을 알고 있소? 들은 적이 있소? 형이 있었다는
것을 말이오.」

「페어팩스 부인이 전에 그렇게 말해 준 기억이 나요.」

「그러면 내 아버지가 탐욕스럽고 욕심 많은 사람이었다는
말도 들었소?」

「그런 취지로 들은 것 같아요.」

「자, 제인. 그런 분이라 아버지는 재산을 한데 모아 두려고
작정하셨소. 재산을 분배해서 내게도 공평한 몫을 불려주어
야 한다는 생각을 할 수 없는 분이셨소. 그래서 모든 재산을
내 형인 로랜드에게 물려주어야 한다고 결심했소. 그러나 자
기 아들이 가난하게 사는 것 또한 견딜 수 없는 일이었소. 내
게는 부잣집 딸과의 결혼으로 생활을 보장받도록 해줘야 했
소. 아버지는 곧 내 배우자를 찾아냈소. 서인도 제도의 대농
장주이자 상인인 메이슨 씨는 아버지의 오랜 지인이었소. 아
버지는 그의 재산이 확실하고 막대하다고 확신했소. 그래서

498

조사를 해본 결과 메이슨 씨에게 아들과 딸이 있다는 사실을 알아냈소. 그리고 그로부터 딸에게 3만 파운드의 재산을 줄 수 있고 또 기꺼이 줄 의향이 있음을 알아냈소. 그것으로 충분했소. 대학을 졸업하고 나자 나는 이미 나를 위해 구혼이 되어 있는 신부와 결혼하기 위해 자메이카로 보내졌소. 아버지는 그 여자의 지참금에 대해 아무 말도 해주지 않았소. 메이슨 양이 미모로 스페니시 타운의 자랑거리라는 말만 해주었소. 그리고 그 말은 거짓이 아니었소. 그녀는 블랑쉬 잉그램 스타일의 멋진 여성이었소. 키가 크고 피부가 가무잡잡하고 당당했소. 그녀의 가족은 내가 좋은 집안 출신이었기 때문에 나를 잡고 싶어 했고 그녀도 그랬소. 그들은 그녀를 멋지게 치장해 여러 파티에서 내게 보여 주었소. 나는 그녀를 단둘이 만난 적이 거의 없었고 그녀와 단둘이 이야기를 나눈 적도 거의 없었소. 그녀는 내게 아양을 떨고 내 환심을 사기 위해 자신의 매력과 재주를 아낌없이 보여 주었소. 그녀 주변의 남자들 모두 그녀를 찬미하고 나를 부러워하는 것처럼 보였소. 나는 현혹되었고 자극받았소. 내 모든 감각이 흥분되었지. 무지하고 미숙하고 경험이 없었기 때문에 나는 내가 그녀를 사랑한다고 생각했소. 그렇듯 정신을 못 가누게 될 정도로 어리석음에 빠져 있으면 사교계의 바보 같은 경쟁, 음란함, 경솔함, 젊음의 맹목성이 가해져 남자는 금세 못난 행동을 저지르는 법이오. 그녀의 친척들이 나를 부추겼고 경쟁자들이 나를 자극했고 그녀가 나를 유혹했소. 내가 어떤 상태인지 깨닫기도 전에 결혼이 이루어졌소. 그 행동을 생각하면 나 자신을 존중하는 마음이 사라져 버린다오! 마음속으로 경멸하는 고통이 나를 지배하오. 나는 그녀를 사랑한 적도, 소중하게 여긴 적도 없었소. 나는 그녀를 알지도 못했소. 그녀의 천성 중에 한 가지 미덕이라도 존재하는지 확실히 알지 못했소. 그녀의 마음이나 태도에서 겸손함이나 호의나 솔직함이나 세련됨을 느껴 보지 못했소. 그런데도 나는 그녀와 결혼했소. 나는 혐오스럽고 천박하고 눈이 먼 얼간이였소. 죄를 덜 지었을지도 모르오. 만약 내가…… 그러나 내 얘기를 듣고 있는 사람을 생각해서 그런 말은 하지 않겠소.

나는 한 번도 신부의 어머니를 만난 적이 없었소. 장모가 세상을 떠났다고 생각했소. 신혼여행에서 돌아오고 나서야 내가 실수를 저질렀다는 것을 깨달았소. 그녀는 미쳐서 정신병원에 갇혀 있었소. 남동생도 하나 있었소. 완전히 말도 못하는 천치였소. 당신도 본 적이 있는 오빠도 언젠가는 같은 상태가 될 것이오. (그의 피붙이를 모두 혐오하지만 그는 미워할 수가 없소. 불쌍한 누이동생에 대해 지속적으로 관심을 보여 주고 이전에 나를 개처럼 충실하게 따랐던 데서 나타나듯이 그의 연약한 마음속에 따뜻한 애정이 조금은 남아 있기 때문이오.) 내 아버지와 형 로랜드는 이 모든 것을 다 알고 있었소. 그러나 그들은 오로지 3만 파운드에만 눈이 멀어서 나를 해칠 음모에 가담했소.

이런 정황들을 알게 되니 혐오스러웠소. 사실을 감춘 배신행위를 제외하고는 이러한 점들을 아내에 대한 비난의 구실로 삼지 않았을 것이오. 천성이 나와는 완전히 다르고 취향이 혐오스러우며, 성격이 저속하고 비열하고 편협하고 더 고상한 것으로 이끌리거나 더 큰 어떤 것으로 발전될 가능성이 그녀에게 전혀 없다는 것을 알았을 때도, 하룻저녁 혹은 하루 중 한 시간도 그녀와 편안하게 지낼 수 없다는 것을 알았을 때도, 내가 무슨 말을 시작하건 즉시 그녀가 조잡하고 진부하고 심술궂고 어리석은 대꾸를 해서 우리 사이에 다정한 대화가 이루어질 수 없다는 것을 알았을 때도, 끊임없이 지독하고 말도 안 되게 짜증을 부리거나 터무니없고 앞뒤 안 맞고 혹독한 명령을 내리며 안달하는 것을 견뎌 낼 하인이 하나도 없었기에 조용하고 안정된 가정생활을 절대 할 수 없게 되리라는 것을 깨달았을 때도, 그런 때조차도 나는 참았소. 나는 비난을 하지 않았소. 항의도 하지 않았소. 몰래 후회와 혐오를 삼키려고 애썼소. 내가 느끼는 강한 반감을 억눌렀소.

제인, 혐오스러운 시시콜콜한 이야기로 당신을 귀찮게 하진 않겠소. 내가 말하려는 바를 몇 마디 강렬한 말로 표현하겠소. 나는 위층에 있는 저 여자와 4년 동안 살았소. 그리고 그동안에 그녀는 나를 정말 힘들게 했소. 그녀의 성격이 무시무시한 속도로 무르익으며 발전해 나갔소. 그녀의 악덕이 빠르게 싹이 터서 무성해졌소. 그리고 그 세력이 너무 강해져서 잔혹한 대응만이 그것을 억제할 수 있었지만 나는 그런 잔인한 방법을 쓰고 싶지가 않았소. 지성은 난쟁이만큼 가지고 있으면서 성벽은 거인만큼 가지고 있었소. 그런 성벽으로 내게 얼마나 끔찍한 악담을 퍼부었는지 모르오. 악명 높은 어머니의 진정한 딸인 버사 메이슨은 술고래에다 부정한 아내에게 매여 사는 남편이 겪어야 하는 온갖 끔찍하고 비열한 고통 속으로 나를 끌고 다녔소.

그동안 형이 죽었고 그 여자와 산 4년 후에는 아버지도 세상을 떠났소. 나는 부자가 되었소. 그러나 여전히 끔찍할 정도로 불행해서 마음은 가난했소. 내가 지금까지 본 것 중에서 가장 혐오스럽고 불순하고 타락한 천성을 지닌 존재가 내 존재와 법과 사회에 의해 내 일부라고 불렸소. 그리고 어떤 법률적인 소송을 통해서도 그것을 제거할 수가 없었소. 의사들이 이제는 *내 아내*가 미쳤다는 것을 알아냈기 때문이오. 그녀의 부절제가 정신 이상의 싹을 일찌감치 싹트게 했소. 제인, 내 이야기가 듣기 싫은 거요? 무척 헬쑥해 보이는데 나머지 이야기는 다른 날로 미루는 게 어떻겠소?」

「아니요, 지금 다 하세요. 당신을 동정해요. 진심으로 당신을 동정해요.」

「제인, 어떤 사람들에게서 받는 동정은 혐오스럽고 모욕적이어서 설사 동정을 보내 준 사람의 면전에 다시 던져 버린다 해도 괜찮을 정도요. 그것은 무정하고 이기적인 마음에서 나오는 동정이오. 고통스러운 이야기를 들을 때 생겨나는, 고통을 견뎌 낸 사람들에 대한 무례한 모욕이 섞여 있는 순수하지 못한 자기중심적인 고통일 뿐이오. 그러나 당신의 동정은 그런 것이 아니오, 제인. 이 순간 당신의 얼굴에 가득 차 있고, 당신의 두 눈에 지금 넘쳐흐르고 있고, 당신의 가슴속에 차오르고 있고, 내 손 안에서 당신의 손을 떨게 하는 감정은 그런 것이 아니오. 내 사랑, 당신의 동정은 고통을 겪고 있는 사랑의 어머니요. 그 고통은 신성한 열정을 낳으려는 출산의 격통이오. 나는 그것을 받아들이겠소, 제인. 딸이 자유롭게 태어나게 해줘요. 내 두 팔은 그녀를 받으려고 기다리고 있소.」

「자, 이야기를 계속하세요. 그녀가 미쳤다는 사실을 알았을 때 어떻게 했어요?」

「제인, 나는 절망의 끝에 다가갔소. 자존심의 찌꺼기가 나와 심연 사이를 가로막고 있었을 뿐이오. 세상 사람들의 눈으로 보면 나는 의심할 여지 없이 더러워진 불명예로 덮여 있었소. 그러나 나는 나 자신이 보기에 깨끗하기로 결심했소. 그래서 마지막까지 그녀의 죄악에 오염되기를 거부했고 나 자신과 그녀의 정신적 결함을 분리시켰소. 그럼에도 불구하고 사회는 내 이름과 나라는 인간을 그녀와 연결시켰소. 나는 아직 날마다 그녀를 보고 그녀의 말을 들었소. 그녀의 숨 쉬는 공기 중 일부가 (흥!) 내가 숨 쉬는 공기와 섞여 있었소. 나는 내가 한때 그녀의 남편이었다는 사실을 기억했소. 그런 기억은 그때도 그랬고 지금도 그렇고 내게 말로 표현할 수 없을 정도로 불쾌했소. 게다가 나는 그녀가 살아 있는 한 다른 아내나 더 나은 아내의 남편이 절대 될 수 없음을 알고 있었소. 그리고 비록 그녀가 나보다 다섯 살이나 연상이었지만 (그녀의 아버지와 다른 가족들은 그녀의 나이도 속였소) 내가 살아 있는 동안 그녀도 살아 있을 것 같았소. 정신이 이상한 것과 같은 정도로 체력은 강건했기 때문이오. 그렇게 스물여섯 살의 나이에 나는 희망을 잃었소.

어느 날 밤 나는 그녀의 고함 소리에 잠에서 깼소. (의사들이 그녀가 미쳤다고 선언한 이후 그녀는 당연히 갇혀 지냈소) 불같이 뜨거운 서인도 제도의 밤이었소. 그런 기후에서는 폭풍우가 불기 전에 자주 나타나는 형태의 밤이었소. 누워서 잠을 잘 수 없었기 때문에 나는 일어서서 창문을 열었소. 공기가 유황 증기 같았소. 어디에서도 기분을 상쾌하게 해줄 만한 것을 찾을 수 없었소. 모기들이 시끄럽게 안으로 들어와 방 안을 음울하게 윙윙거리며 돌아다녔소. 방까지 들려오는 바다 소리는 지진처럼 둔탁하게 우르르 소리를 냈소. 검은 구름이 그 위로 끼기 시작했소. 달은 뜨거운 대포알처럼 크고 붉게 파도 속으로 가라앉고 있었소. 달이 태풍의 소란스러움으로 떨고 있는 세상 위로 마지막 핏발 선 눈길을 던졌소. 나는 그런 분위기와 광경에 육체적으로 영향을 받았고 내 귀는 미치광이가 아직도 비명을 지르며 퍼붓고 있는 저주로 가득 차 있었소. 그 저주 속에 그녀가 순간적으로 악마처럼 증오하는 어조로 내 이름을 끼워 넣었소! 어떤 직업적인 매춘부도 그녀보다 더 불결한 어휘를 사용하지는 않을 것이오. 방이 두 칸이나 떨어져 있었지만 나는 한마디 한마디를 다 들을 수 있었소. 서인도 제도의 집에 설치된 얇은 칸막이들이 그녀의 늑대 같은 울부짖음을 막아 주고는 있었지만 그것을 제대로 차단해 주지는 못했소.

〈이런 삶은 지옥이야.〉 마침내 내가 말했소. 〈이것은 지옥의 공기야. 저것들은 끝없는 구렁텅이에서 나오는 소리야! 할 수만 있다면 거기서 나를 구할 권리가 내게는 있어. 인간 세상의 괴로움은 내 영혼을 괴롭히는 무거운 육체와 함께 사라질 거야. 광신자들이 말하는 영원히 불타는 지옥 불구덩이는 두렵지 않아. 지금과 같은 상태보다 더 끔찍한 미래의 상태는 없어. 여기서 벗어나 하느님 곁으로 돌아가자!〉

나는 무릎을 꿇고 장전된 권총 한 쌍이 들어 있는 짐 가방을 열면서 이렇게 말했소. 총으로 자살할 작정이었소. 그러나 그 생각이 든 것은 잠깐뿐이었소. 미친 것이 아니었기 때문에 자살을 바라고 꾀하게 만든 격렬하고 순수한 절망의 위기는 1초 후에 사라졌소.

바다를 건너 유럽에서 불어오는 상쾌한 바람이 열려 있는 창문 안으로 밀려 들어왔소. 폭풍우가 일고 천둥 번개가 치고 비가 내리고 공기가 깨끗해졌소. 그때 나는 결심을 굳혔소. 젖은 정원에서 물방울 떨어지는 오렌지 나무 밑과 비에 젖은 석류와 파인애플 사이를 걸으면서, 열대 지방의 찬란한 새벽이 내 주변을 환히 밝혀 주고 있을 때 나는 그렇게 판단을 내렸소. 제인, 자, 들어 봐요. 그때 나를 위로해 주고 따라가야 할 올바른 길을 보여 주었던 것은 바로 참된 지혜였소.

유럽에서 불어오는 달콤한 바람이 신선해진 나뭇잎들 사이에서 여전히 속삭이고 있었소. 대서양은 마음껏 소리를 지르고 있었소. 오랫동안 말라 비틀어졌던 내 마음이 그 소리에 맞춰 부풀어 올랐고 활기찬 피로 채워졌소. 내 존재는 재생을 갈망했고 내 영혼은 깨끗한 한 모금의 물을 마시고 싶어 했소. 나는 희망이 다시 살아나는 것을 보았고 재생이 가능하다고 느꼈소. 정원 아래쪽에 있는 꽃 아치에서 나는 바다를, 하늘보다 더 푸른 바다를 내려다보았소. 낡은 세상은 저만치 멀어지고 맑은 앞길이 그렇게 열렸소.

〈가라.〉 희망이 말했소. 〈유럽에 가서 살아라. 네가 어떤 더러워진 이름을 지니고 있는지 그곳에는 알려져 있지 않다. 네가 어떤 더러운 짐을 지고 있는지 아무도 모른다. 미치광이를 영국으로 데려가라. 그녀를 적절하게 돌봐 주고 감시할 사람을 붙여서 손필드에 가둬라. 그런 다음 어느 곳이든 가고 싶은 나라로 가서 마음에 드는 새로운 인연을 맺어라. 그렇게 네 인내심을 악용하고, 네 이름을 더럽히고, 네 명예를 손상시키고, 네 청춘을 시들게 한 저 여자는 네 아내가 아니다. 너 또한 그 여자의 남편이 아니다. 그 여자는 상태에 따라 적절한 보살핌을 받도록 하라. 너는 하느님과 인간의 도리가 네게 요구하는 모든 것을 다 했다. 그녀의 존재와, 너와 그녀의 관계는 망각 속에 묻어 둬라. 살아 있는 어떤 존재에게도 그것을 알려서는 안 된다. 그녀를 안전하고 편안하게 지내도록 해라. 그녀의 타락을 비밀로 감추고 그녀를 떠나라.〉

나는 이 제안에 따라 그대로 행동했소. 아버지와 형은 내 결혼을 지인들에게 전혀 알리지 않았소. 내가 결혼을 알리는 첫 번째 편지에서 그 일을 비밀로 해달라고 간곡하게 부탁해 놓았기 때문이오. 이미 결혼의 결과에 대해 극단적인 혐오감을 느끼고 있었고 그 여자의 가족들 성격과 체질을 통해 내게 끔찍한 미래가 펼쳐져 있다는 것을 알았으니까. 그리고 나를 위해 골라 준 아내의 불미스러운 행동이 너무 지나쳤기 때문에 아버지는 곧 그녀를 자기 며느리로 인정하는 것을 창피하게 여기게 되었소. 결혼 소식을 널리 알리고 싶어 하기는커녕 나만큼 감추고 싶어 안달하게 되었소.

나는 그 여자를 영국으로 데려왔소. 나는 배 안에서 그런 괴물과 함께 끔찍한 여행을 했소. 마침내 그 여자를 손필드로 데려와서 삼층 방에 안전하게 들여놓았을 때 나는 기뻤소. 그녀는 삼층 방 안쪽에 있는 밀실을 10년 동안 야수의 우리, 바로 그 악귀의 무덤으로 삼았소. 신뢰할 수 있을 만큼 충실한 사람을 골라야 했기 때문에 그녀를 돌볼 사람을 찾느라 상당한 어려움을 겪었소. 그녀가 미쳐 날뛰다 보면 결국에는 내 비밀이 탄로 날 것이기 때문이었소. 게다가 그녀는 며칠씩, 때로는 몇 주씩 정신이 맑아지기도 했소. 그 시간을 그녀는 내 욕을 하면서 때웠소. 마침내 나는 그림스비 정신 병원에서 그레이스 풀을 구했소. 그녀와 (메이슨이 칼에 찔리고 물어뜯겼던 날 밤 그의 상처를 치료해 준) 외과 의사인 카터 두 사람에게만 나는 지금까지의 비밀을 털어놓았소. 페어팩스 부인도 어쩌면 뭔가를 눈치는 챘겠지만 정확한 사실은 모르고 있을 것이오. 그레이스는 전반적으로 훌륭하게 간호사 역할을 했소. 비록 부분적으로는 그 어떤 것으로도 치유될 수 없는 듯 보이고 힘든 일에 부수적으로 생기기 쉬운 그녀 자신의 잘못 때문에 불침번을 제대로 서지 못하는 경우가 여러 번 있었지만 말이오. 미치광이는 교활할 뿐만 아니라 악의적이오. 그녀는 자기를 지키는 간호사의 순간적인 실수도 절대 넘어가지 않고 이용한다오. 한번은 칼을 몰래 숨겨 놓았다가 자기 오빠를 찔렀고 자기 방의 열쇠를 손에 넣은 다음 밤중에 거기서 빠져나온 적이 두 번 있었소. 첫 번째 경우에는 잠자고 있는 나를 태워 죽이려고 했고, 두 번째에는 당신 방으로 그 무시무시한 방문을 했던 것이오. 그녀가 그때 자신의 분노를 당신의 혼례 예복에 쏟아부은 데 대해 당신을 보살펴 주신 하느님께 감사드리오. 아마도 당신의 혼례 예복이 그녀의 신혼 시절에 대해 희미한 기억을 불러일으켰던 것 같소. 그러나 자칫 일어났을 수도 있었던 일에 대해서는 생각하고 싶지도 않소. 오늘 아침에 내 목덜미를 잡으려 달려들었던 그것이 내 비둘기 둥지 위로 그 거무죽죽한 보기 흉한 얼굴을 들이민 일을 생각하면 피가 얼어붙는 것 같소.」

「그런데 그녀를 이곳에 데려다 놓은 다음에 어떻게 했어요? 당신은 어디로 갔어요?」 그가 잠시 말을 멈췄을 때 내가 물었다.

「내가 어떻게 했느냐고, 제인? 나는 나 자신을 신출귀몰하는 사람으로 바꿨소. 어디로 갔느냐고 물었소? 나는 4월의 바람처럼 미친 듯이 방랑하고 다녔소. 유럽 대륙으로 건너가서 온갖 나라를 헤매고 다녔소. 내 확고한 소망은 내가 사랑할 수 있는 착하고 지적인 여성을 찾는 것이었소. 손필드에 두고 온 표독한 여자와는 다른 사람을 말이오.」

「그러나 당신이 결혼할 수는 없잖아요.」

「나는 결혼하기로 결심했고 결혼할 수 있고 결혼해야 한다고 확신했소. 당신을 속인 셈이 되었지만, 속이려는 게 내 원래의 의도는 아니었소. 나는 내 이야기를 솔직하게 털어놓고 공개적으로 구혼하려고 했었소. 자유롭게 사랑하고 사랑받을 수 있다고 생각하는 것은 내게 너무나 당연한 일로 여겨졌소. 내가 짊어지고 있는 저주에도 불구하고 기꺼이 내 상황을 이해하고 날 받아주고 또 그럴 수 있는 여성을 찾을 수 있다는 걸 의심해 본 적이 없었소.」

「그래서요?」

「제인, 당신이 캐물을 때면 날 항상 미소 짓게 만드오. 당신은 진지한 새처럼 눈을 뜨고서 이따금씩 불안하게 몸을 움직이오. 마치 말로는 대답이 빨리 흘러나오지 않으니까 상대방의 마음속을 읽어 내고 싶은 것처럼 말이오. 그런데 이야기를 계속하기 전에 〈그래서요?〉가 무슨 뜻인지 알려 주시오. 그것은 당신이 매우 자주 사용하는 작은 어구요. 그 말에 이끌려서 쉬지 않고 이야기를 계속한 적이 많소. 왜 그런지 잘 모르겠소.」

「제 말은…… 그다음에 무슨 일이 있었어요? 당신이 계속해서 어떻게 했는데요? 그 일로 어떤 결과가 있었는데요? 이런 뜻이에요.」

「알겠소! 그런데 당신이 지금 알고 싶은 것이 무엇이오?」

「당신 마음에 드는 사람을 찾았는지, 그녀에게 청혼했는지, 그리고 그녀는 뭐라고 했는지에 대해서요.」

「마음에 드는 사람을 찾았는지, 그녀에게 청혼했는지에 대해서는 알려 줄 수 있지만 그녀가 뭐라고 했는지는 앞으로 내 운명의 장부에 기록되어야 할 거요. 10년 동안 나는 이리저리 떠돌아다니며 이 나라 저 나라의 수도에서 살았소. 때로는 상트페테르부르크에서 살았고, 파리에 종종 머무르기도 했으며, 가끔 로마와 나폴리와 플로렌스에서 지내기도 했소. 충분한 돈과 오랜 가문이라는 여권이 있었기 때문에 나는 사귀고 싶은 사람을 마음대로 고를 수 있었소. 어떤 사교계도 내게 문을 닫지 않았소. 영국 숙녀들과 프랑스 백작 부인, 이탈리아 귀부인, 독일의 백작 부인들 속에서 이상형의 여성을 찾아보았지만 찾을 수가 없었소. 가끔 아주 잠깐 동안 내 꿈이 실현되었음을 알려 주는 모습을 보거나 또 그런 목소리를 들어 본 적도 있었소. 그러나 곧 나한테는 적합하지 않은 것으로 드러났소. 내가 마음이건 몸이건 완벽함을 바란다고 가정하지는 않길 비리오. 나는 단지 나에게 적합한 여성만을 갈망했소. 그 크리올 여자와 정반대인 사람을 원했소. 그러나 그렇게 갈망해 봐야 소용이 없었소. 설사 내가 자유로운 몸이었다 해도 그들 중에서는 청혼할 만한 사람이 하나도 없었소. 어울리지 않는 결혼의 위험과 공포와 혐오에 대해 이미 알고 있었기 때문이오. 실망감에 나는 무모해졌소. 그래서 기분 전환을 시도했소. 그렇다고 절대 방탕해지지는 않았소. 그런 부류는 내가 끔찍하게 싫어했고 지금도 싫어하는 것이오. 그것은 인도인으로서[98] 내가 가진 메살리나[99]적인 특성이었소. 방탕함과 그 여자에 대한 뿌리 깊은 혐오 때문에 즐거움을 느끼고 있을 때조차도 나는 많이 자제했소. 방탕에 가까운 어떤 쾌락도 나를 그녀와 그녀의 결점들에 다가가게 만드는 것 같아서 나는 그것을 삼갔소.

그럼에도 불구하고 나는 혼자 살 수 없었소. 그래서 정부들과 사귀는 것을 시도해 보았소. 내가 맨 처음 고른 상대는 셀린 바렝이었소. 남자가 그런 일을 떠올릴 때면 스스로를 경멸하게 되는 형태들 중 하나였지. 그녀가 어떤 사람인지, 그녀와의 관계가 어떻게 끝났는지는 당신이 이미 알고 있을 것이오. 그녀 다음에 두 사람이 더 있었소. 이탈리아인 지아친타와 독일인 클라라였소. 두 사람 모두 굉장한 미인으로 알려졌었소. 몇 주 후에는 그들의 아름다움이 내게 무슨 의미가 있었겠소? 지아친타는 방종하고 사나웠소. 나는 석 달 만에 그녀한테 질렸소. 클라라는 정직하고 조용했소. 그러나 둔하고 어리석고 냉담했소. 눈곱만큼도 내 취향에 맞지 않았소. 괜찮은 장사를 시작할 수 있도록 그녀에게 충분한 액수의 돈을 주고 깔끔하게 그녀를 떼어 버릴 수 있어서 기뻤소. 그러나 제인, 당신의 얼굴 표정으로 당신이 방금 전 나에 대해 별로 호의적인 생각을 갖지 않고 있다는 것을 알고 있소. 당신은 나를 무정하고 지조 없는 난봉꾼으로 생각하고 있소, 그렇지 않소?」

「사실 전처럼 당신이 그렇게 썩 마음에 들지는 않아요. 여러 정부들을 바꿔 가며 그런 식으로 사는 게 당신한테는 조금도 잘못된 일처럼 보이지 않던가요? 당신은 그것이 당연하다는 식으로 말하는군요.」

98 로체스터가 서인도 제도 출신임을 나타내는 것으로 해석될 수 있다.
99 로마 황제 클로디어스의 아내로, 방탕함으로 악명이 높았다.

「나한테는 그랬소. 그러나 나도 그것이 싫었소. 그것은 천박한 생활 방식이었소. 그런 생활로 되돌아가고 싶지 않소. 정부를 두는 것은 노예를 사는 것 다음으로 끔찍한 일이오. 정부든 노예든 모두 본질적으로나 지위로나 열등한 경우가 많소. 그리고 열등한 사람들과 친밀하게 사는 것은 자신의 품위를 낮추는 일이오. 지금은 셀린과 지아친타, 클라라와 보낸 시간을 기억하기도 싫소.」

나는 이 말이 진실임을 느꼈다. 그리고 그 말에서 어떤 추론을 끌어냈다. 만약 내가 그동안 받은 모든 가르침과 나 자신을 망각하고 어떤 구실을 대거나 어떤 정당화를 통해서건, 혹은 어떤 유혹을 통해서건 이 불쌍한 여자들 뒤를 잇는다면 언젠가는 그가 지금 마음속에서 그들에 대한 기억을 모독하는 것과 똑같은 감정으로 나를 간주하게 되리다. 나는 이런 확신을 입 밖에 내지는 않았다. 느낌만으로도 충분했다. 시련이 닥쳤을 때 내게 도움을 줄 수 있도록 나는 그것을 마음에 새겨 두었다.

「그런데 제인, 왜 〈그래서요?〉라고 말하지 않소? 내 얘기가 아직 안 끝났소. 당신 표정이 엄숙하오. 당신이 아직도 내게 찬성하지 않는다는 걸 알겠소. 그러나 요점을 말하게 해주시오. 지난 1월, 정부들을 모두 떼어 버리고서 무익하고 방랑하고 외로운 생활 끝에 거칠고 비통한 마음으로, 그러니까 실망으로 마음이 상하고 인류 전체에 대해 특히 여자라는 족속에 대해 불쾌한 기분을 안고 (지적이고 충실하고 자애로운 여성이 있으리란 생각을 그저 꿈으로 여기기 시작했기 때문에) 처리해야 할 업무가 있어 나는 영국으로 돌아왔소.

어느 쌀쌀한 겨울 오후에 말을 타고 오다 보니 손필드 저택이 보였소. 끔찍하게 싫은 곳! 나는 그곳에서 어떤 평화도, 어떤 즐거움도 기대하지 않았소. 헤이 오솔길의 층계에 조용히 작은 형체가 혼자 앉아 있는 모습이 보였소. 그 형체의 맞은 편에 있는 가지 자른 버드나무를 지날 때처럼 나는 무심히 그 것을 지나쳤소. 그것이 내게 어떤 의미를 갖게 될지 아무런 예감 같은 것을 느끼지 못했소. 내 인생의 중재자, 선인지 악 인지 모르지만 내 수호신이 그곳에 수수하게 변장을 하고 기 다리고 있으리라는 마음속의 경고가 없었소. 메스루어가 사 고를 당했을 때 그것이 다가와서 진지하게 도움을 자청했을 때에도 나는 모르고 있었소. 어린애 같고 가녀린 사람이! 홍 방울새가 내 발 위로 깡충 뛰어와서는 그 작은 날개에 날 태 워 주겠다고 제안하는 것처럼 보였소. 내가 퉁명스럽게 굴었 는데도 그 녀석은 떠나질 않았소. 이상하게 끈질기게 내 옆에 서서 상당히 권위 있는 표정으로 나를 보고 말했소. 도움을 받아야 한다고, 그것도 자기 손에 의해 도움을 받아야 한다 고 했소. 그리고 나는 그 도움을 받았소.

일단 내가 그 연약한 어깨에 기대자 새로운 뭔가가, 신선한 활기와 느낌이 내 몸속으로 엄습해 왔소. 이 요정이 내게로 틀림없이 돌아오리라는 것, 즉 그 요정이 아래쪽에 보이는 내 집에 소속된 사람이라는 사실을 알아서 다행이었소. 그렇지 않았다면 나는 그것이 내 손 밑에서 빠져나가는 모습을 느꼈 을 때, 그것이 흐릿한 산울타리 뒤로 사라지는 것을 보았을 때 엄청나게 섭섭했을 게요. 제인, 내가 당신 생각을 했다거 나 당신을 기다렸다는 사실을 아마 모르고 있었겠지만 나는 그날 밤에 당신이 집으로 돌아오는 소리를 들었소. 다음 날 당신이 복도에서 아델과 놀고 있을 때 나는 숨어서 반 시간 동안 당신을 지켜보았소. 내 기억으로는 눈이 내린 날이어서 당신이 집 밖으로 나갈 수가 없었소. 나는 내 방에 있었소. 방 문이 모두 활짝 열려 있어서 소리도 듣고 모습도 볼 수가 있 었소. 겉으로는 당신이 아델에게 잠깐 동안 관심을 기울였지만 나는 당신의 생각이 다른 곳에 가 있다고 여겼소. 그러나 당신은 아델에게 매우 참을성 있게 대했소, 귀여운 제인. 당신은 오랫동안 아델과 이야기를 나누고 그 애를 즐겁게 해주었소. 마침내 아델이 당신 곁을 떠나자 당신은 즉시 깊은 생각에 빠져들었소. 당신은 천천히 복도를 서성거리기 시작했소. 이따금씩 창문을 지날 때 당신은 짙게 내리고 있는 눈발을 바라보았소. 당신은 흐느끼는 바람 소리를 듣고 다시 조용히 걸으면서 꿈을 꾸었소. 당신이 낮에 본 그 환상들이 어두운 것은 아니었으리라 생각하오. 이따금씩 당신의 눈이 기분 좋게 반짝였고 얼굴이 부드럽게 흥분하는 표정을 띠고 있었기 때문에 나는 그것들이 고통스럽고 불쾌하고 우울한 생각이 아니라는 것을 알 수 있었소. 오히려 당신의 표정은 젊은 혼이 자발적으로 날개를 펴고 희망의 뒤를 좇아 높이높이 이상적인 천국을 향해 날아가는, 청춘의 달콤한 명상을 보여 주었소. 홀에서 하인과 이야기를 나누는 페어팩스 부인의 목소리에 당신은 그 꿈에서 깨어났소. 당신은 얼마나 이상하게 혼자 미소를 지었는지 모르오, 재닛! 당신의 미소에는 많은 의미가 있었소. 그 미소는 매우 기민해서 당신 자신이 넋을 잃고 있었다는 사실을 무시하는 것처럼 보였소. 마치 〈멋진 꿈을 꾸는 것은 괜찮아. 그러나 그것이 완전히 비현실적이라는 점을 잊지 말아야 해. 내 머릿속에는 장밋빛 하늘과 꽃으로 가득 찬 푸른 에덴동산이 있어. 그러나 밖에는 험난한 길이 발아래 놓여 있고 검은 태풍이 몰려들고 있다는 것을 잘 알고 있어.〉 하고 말하는 것 같았소. 당신은 아래층으로 뛰어 내려가서 페어팩스 부인에게 무슨 할 일이 없느냐고 물었소. 내 생각에는 매주 해야 하는 가계부 정리거나 그 비슷한 일인 것 같았소. 당신이 내 눈앞에서 사라지자 애가 탔소.

　나는 당신을 내가 있는 곳으로 부를 수 있는 저녁이 오기를 초조하게 기다렸소. 당신의 성격은 내게는 특이하고, 완전히 새로워 보였소. 나는 그것을 더 깊이 알아보고 더 잘 이해하고 싶었소. 당신은 수줍어하면서 동시에 고집 센 표정으로 방에 들어왔소. 당신은 기이하게 옷을 입고 있었소. 지금과 거의 비슷하게 말이오. 나는 당신에게 말을 시켰소. 곧 나는 당신이 이상한 대조로 가득 찬 사람이라는 것을 알았소. 당신의 옷과 태도는 규칙에 의해 제약을 받았소. 당신은 수줍어하는 경우가 많았고 천성적으로 고상했지만 사람들과 교제하는 데에 전혀 익숙하지 않았고 결례나 실수로 남의 눈에 띄어서 자신이 불편해지는 것을 무척 꺼려하는 태도를 지니고 있었소. 그러나 말을 건네면 당신은 날카롭고 대담하고 반짝이는 눈으로 상대방의 얼굴을 바라보았소. 당신의 시선에는 꿰뚫을 것 같은 통찰력과 힘이 있었소. 주도면밀하게 자꾸 질문을 해대면 당신은 즉시 솔직한 대답을 했소. 곧 당신은 내게 익숙해진 듯했소. 나는 당신과 당신의 험상궂고 심술궂은 주인 사이에 공감이 존재한다는 것을 당신이 느꼈다고 믿고 있소, 제인. 어떤 기분 좋은 편안함이 당신의 태도를 너무나 빠르게 진정시켜 주는 것을 보는 건 놀라운 일이었기 때문이오. 내가 아무리 으르렁대도 당신은 내 까다로움에 놀라움이나 두려움, 불쾌감이나 성가심을 전혀 보이지 않았소. 당신은 나를 바라보며 이따금씩 말로 표현할 수 없는 단순하면서도 지혜로운 우아함이 담긴 미소를 지었소. 나는 내가 본 것에 만족해 하면서 자극을 받았소. 그럼에도 불구하고 오랫동안 나는 당신을 쌀쌀하게 대했고 어쩌다 한 번씩만 당신과 시간을 같이 보냈소. 나는 지적인 미식가였고, 이 신선하고 신랄한 사람과 교제하는 기쁨을 연장하고 싶었소. 게다가 한동안 나는 그 꽃을 마음대로 다루었다가는 꽃봉오리가 곧 시들어 버릴지도 모른다는, 신선함의 달콤한 매력이 꽃에서 사라져 버

릴지도 모른다는 우려에 시달렸소. 그때는 그것이 잠깐만 피
는 꽃이 아니라 불멸의 보석에 조각된, 찬란한 꽃의 재현이라
는 걸 모르고 있었소. 게다가 내가 당신을 피하면 당신이 나
를 찾는지 보고 싶었소. 그러나 당신은 그러지 않았소. 당신
은 당신의 책상과 이젤처럼 가만히 교실에 머물러 있었소. 우
연히 마주치기라도 하면 당신은 재빨리, 경의와 일치할 만큼
만 날 알아보았다는 표시를 하고는 지나갔소. 그 당시 당신
의 평소 표정은…… 제인, 아픈 것은 아니었으니 맥이 없지는
않았지만 생각에 잠긴 표정이었소. 그러나 당신에게 희망이
거의 없었고 실제적인 즐거움이 전혀 없었기 때문에 명랑한
표정은 아니었소. 나는 당신이 나를 어떻게 생각하는지, 당신
이 내 생각을 하기는 하는지 궁금했고 이것을 알아내기로 결
심했소.

　나는 당신을 다시 살펴보기 시작했소. 당신이 나와 이야기
를 나눌 때면 눈길에 즐거운 빛이 어렸고 당신의 태도에 다정
한 면이 있었소. 나는 당신이 사교적인 사람이라는 것을 알았
소. 당신을 음울하게 만드는 것은 조용한 교실과 당신의 지
루한 생활이었소. 나는 당신에게 친절하게 대하는 기쁨을 나
자신에게 허용했소. 친절함은 곧 감정을 움직였소. 당신의 얼
굴 표정이 부드러워졌고 어조가 상냥해졌소. 기분 좋은 행복
한 어조로 당신이 내 이름을 불러 주는 것이 좋았소. 이때는
당신을 우연히 만나는 것을 즐겼소, 제인. 당신의 태도에는
이상하게 주저하는 듯한 점이 있었소. 당신은 살짝 고민스러
운 표정으로 나를 바라보았소. 사라지지 않고 맴도는 의심이
엿보였소. 당신은 내가 어떻게 변덕을 부릴지 알 수가 없었던
것이오. 내가 주인 행세를 할지 아니면 친구처럼 다정하게 굴
지 말이오. 이때는 당신이 너무 좋아져서 내가 주인 행세를
자주 할 수가 없게 되었소. 그리고 내가 상냥하게 손을 내밀

면 생각에 잠긴 당신의 젊은 얼굴이 활짝 피어나고 환해지고 행복해졌소. 그러면 그 자리에서 당신을 가슴에 끌어안고 싶은 충동을 피하느라 자주 애를 먹어야 했소.」

「그 시절에 대해서는 더 이상 말하지 말아요.」 나는 몰래 급하게 눈물을 훔쳐 내며 끼어들었다. 그의 말은 내게 고문과 같았다. 나는 내가 해야만 하는 일, 곧 무슨 일을 해야만 하는지 잘 알고 있었기 때문에 그가 이처럼 추억을 되살리고 감정을 드러내 보여 주는 것은 내가 하려는 일을 더 어렵게 만들 뿐이었다.

「아니오, 제인..」 그가 대꾸했다. 「현재가 이렇게 확실하고 미래가 더더욱 밝은데 과거에 머물 필요가 어디 있겠소?」

나는 그의 분별 잃은 주장을 듣고 몸을 떨었다.

「이제 어떤 상황이었는지 알겠소, 모르겠소?」 그가 말을 계속했다. 「말로 표현할 수 없을 만큼의 비참함과 끔찍한 고독 속에서 청춘과 성년기의 절반을 보낸 뒤 처음으로 나도 진정한 사랑을 할 수 있다는 것을 알았소. 바로 당신을 발견한 거요. 당신은 나와 공감하는 사람이자 더 나은 내 자신이며 내 착한 천사요. 나는 강한 애정으로 당신에게 묶여 있소. 나는 당신이 착하고 재능 있고 사랑스럽다고 생각하오. 마음속에서 열렬하고 진지한 열정이 느껴지오. 그것이 당신에게 기울어져서 당신을 내 삶의 중심이자 원천으로 끌어당기고 있으며, 내 존재로 당신을 감싸고 순수하고 강렬한 불꽃으로 타올라 당신과 나를 하나로 융합시켜 주고 있소.

내가 이것을 느끼고 알았기 때문에 당신과 결혼하기로 결심했던 거요. 내게 이미 아내가 있다고 말하는 것은 공허한 조롱일 뿐이라고 말해 줘요. 당신은 내가 가진 것이 아내가 아니라 끔찍한 악마라는 사실을 알고 있소. 당신을 속이려고 한 것은 잘못이오. 그러나 나는 당신의 성격에 들어 있는 그

고집스러움이 두려웠소. 편견이 일찍부터 당신 마음속에 주입되는 것이 두려웠소. 나는 사실을 털어놓는 모험을 하기 전에 당신 마음을 확고하게 얻고 싶었소. 이것은 비겁했소. 나는 지금처럼 애초부터 당신의 고상함과 아량에 호소했어야 했소. 당신에게 고뇌에 가득 찬 내 삶을 솔직하게 털어놓아야 했소. 더 고상하고 가치 있는 삶에 대한 내 허기와 갈망을 당신에게 묘사했어야 했소. 충실하고 완전한 사랑으로 내 사랑에 응해 주는 사람을 충실하고 완전하게 사랑하겠다는 결심이 아니라 (이 말로는 약하오) 거역할 수 없는 내 성향을 보여주어야 했소. 그런 다음 당신에게 내 충성의 맹세를 받아 주고 내게 당신의 충성을 맹세해 달라고 청했어야 했소. 제인, 지금 내게 그것을 주시오.」

잠시 침묵이 흘렀다.

「왜 아무 말도 하지 않는 거요, 제인?」

나는 시련을 겪고 있었다. 불에 담근 쇠손이 내 급소를 움켜쥐고 있었다. 앞이 깜깜해지고 살이 타들어 가고 몸부림쳐지는 끔찍한 순간이었다. 동서고금을 막론하고 어느 누구도 내가 받은 사랑보다 더 큰 사랑을 기대할 수 없을 것이다. 그리고 나를 그토록 사랑한 그를 나는 절대적으로 숭배했다. 그러나 나는 사랑과 숭배를 포기해야 한다. 쓸쓸한 한마디 말이 견딜 수 없는 내 의무를 잘 표현해 주었다. 〈떠나라!〉

「제인, 내가 당신에게 무엇을 원하는지 알고 있지 않소? 그냥 이 약속만 해줘요. 〈저는 당신의 것이에요, 로체스터 씨.〉」

「로체스터 씨, 저는 당신의 것이 되지 않을 거예요.」

다시 긴 정적이 흘렀다.

「제인!」 그가 나를 슬픔으로 부숴 버리고 — 이 목소리는 막 일어서고 있는 사자의 헐떡임이었기 때문에 — 불길한 공포로 나를 돌처럼 차갑게 만들어 버릴 정도로 상냥하게 다시 말하기 시작했다.「제인, 당신과 내가 각자 다른 길을 가자는 말이오?」
　「네.」
　「제인.」(그가 몸을 굽혀 나를 포옹하며)「지금 그렇게 할 작정이오?」
　「네.」
　「지금 말이오?」그가 내 이마와 뺨에 부드럽게 키스를 했다.
　「네.」나는 재빨리 완전하게 그의 구속에서 몸을 빼냈다.
　「아, 제인. 너무도 가혹하오! 이건…… 이건 너무하오. 나를 사랑하는 것이 나쁜 일은 아닐 텐데.」
　「당신 말을 따르는 것이 옳지 않아요.」
　광포한 표정이 그의 얼굴을 스쳐 지나갔고 눈썹이 치켜 올라갔다. 그가 일어섰다. 그러나 아직은 참고 있었다. 나는 몸을 지탱하기 위해 한 손으로 의자 등받이를 짚었다. 몸이 떨리고 무서웠지만 결심은 굳었다.
　「잠깐만, 제인. 당신이 떠났을 때 내 삶이 얼마나 끔찍할지 한번 생각해 봐요. 당신과 함께 모든 행복은 찢겨 나가 버릴 것이오. 그러면 무엇이 남겠소? 위층의 미치광이만 내 아내로 남게 될 것이오. 차라리 나를 저기 묘지에 있는 시체라고 부르는 편이 나을 것이오. 내가 어떻게 해야 할까, 제인? 반려가 필요할 때, 약간의 희망이 필요할 때 어디에서 그것을 찾으란 말이오?」
　「저처럼 하세요. 하느님과 당신 자신을 믿어요. 천국을 믿어요. 그곳에서 다시 만날 희망을 가져요.」
　「그러면 당신이 굴복하지 않겠다는 것이오?」
　「네.」
　「그러면 나더러 비참하게 살다가 저주받은 채 죽으라는 말이오?」

「죄 없이 살라고 당신에게 충고하는 거예요. 그리고 당신이 평온하게 죽기를 빌게요.」

「그러면 내게서 사랑과 순수함을 떼어 가겠다는 말이오? 당신은 열정 대신 육욕에 의지하고, 일 대신 악에 의지하는 생활로 나를 다시 던져 버리는 것이오?」

「로체스터 씨. 제가 그런 운명을 스스로 택하지 않는 것과 마찬가지로 당신에게도 그 운명을 떠맡기지 않아요. 우리는 노력하고 참도록 태어났어요. 저뿐만 아니라 당신도요. 그렇게 하도록 하세요. 제가 당신을 잊기 전에 당신이 먼저 저를 잊을 거예요.」

「당신은 그런 말로 날 거짓말쟁이로 만들고 있소. 당신이 내 명예를 더럽혔소. 나는 절대 변할 수 없다고 선언했소. 그런데 당신은 내 면전에서 내가 곧 변할 거라고 말하고 있소. 당신의 판단이 얼마나 비뚤어졌는지, 당신의 생각이 얼마나 잘못된 것인지 당신의 행동으로 증명되고 있소. 설사 지키지 않는다 해도 그로 인해 어느 누구에게도 해가 되지 않을 텐데 인간이 만든 법 하나를 지키지 않는 것보다 동료 인간을 절망으로 몰아넣는 쪽이 더 낫소? 나와 같이 산다 해도 노여워할 친척도 친지도 없지 않소?」

이것은 사실이었다. 그가 말하는 동안 내 양심과 이성이 나를 배신하고, 그에게 저항하는 것이 잘못이라고 나를 비난했다. 양심과 이성이 감정과 거의 똑같은 소리로 떠들어 댔다. 감정이 거칠게 아우성을 쳐댔다. 〈아, 그냥 따르도록 해! 그의 불행에 대해 생각해 봐. 그가 처한 위험에 대해 생각해 봐. 혼자 남겨졌을 때 그가 어떤 상태일지 생각해 봐. 그의 무모한 성격을 기억해. 절망 뒤에 따라올 무분별함에 대해 생각해 봐. 그를 달래 줘. 그를 구해 줘. 그를 사랑해 줘. 그를 사랑하고 그의 것이 되겠다고 말해 줘. 도대체 네 걱정을 해줄 사람

이 누가 있겠어? 네가 하는 행동에 해를 입을 사람이 누가 있겠어?〉

그러나 그것에 대한 답은 여전히 굽히지 않았다. 〈나는 나 자신을 사랑해. 외로우면 외로울수록, 친구가 없으면 없을수록, 오점이 없으면 없을수록 나는 나 자신을 더욱더 사랑해. 나는 하느님이 주시고 인간이 인정한 법을 지킬 거야. 지금 내가 그러는 것처럼, 내가 미치지 않고 온전한 정신이었을 때 받아들였던 원칙들을 고수할 거야. 법과 원칙은 유혹이 없는 때를 위해 존재하는 게 아니야. 그것들은 몸과 영혼이 그 준엄함에 대항에서 반란을 일으킨 지금과 같은 그런 때를 위해 존재하는 거야. 그것들은 준엄해. 그것들은 절대 더럽혀져서는 안 돼. 내가 개인적인 편의를 위해 법과 원칙을 어긴다면 그것들의 가치가 어떻게 되겠어? 그것들은 가치가 있어. 나는 항상 그렇게 믿어 왔어. 지금 그것을 믿을 수 없다면 그건 내가 제정신이 아니기 때문이야. 피가 불처럼 뜨겁게 흐르고 심장이 맥박을 잴 수 없을 정도로 빠르게 뛰고 있어서 완전히 제정신이 아니기 때문이야. 이전부터 믿어 왔던 의견들과 이전의 결심들만이 이 순간 나를 지탱해 줄 거야. 그곳에 나는 발을 굳게 딛고 있을 거야.〉

나는 결심을 굳혔다. 로체스터 씨는 내 안색을 통해 내 결심이 굳음을 알았다. 그의 격노는 절정에 이르렀다. 무슨 결과가 벌어지건 그는 잠깐 동안 거기에 굴복해야 했다. 그가 마루를 가로질러 와서 내 팔을 잡고 허리를 껴안았다. 그가 불타는 시선으로 나를 삼켜 버릴 듯이 바라보았다. 그 순간 나는 내 몸이 용광로에서 나오는 바람과 불길에 노출된 나무 그루터기처럼 무기력하다고 느꼈다. 나는 정신을 잃지 않으려고 애썼고, 정신을 차리고 있으면 궁극적으로 안전하리라고 확신했다. 다행히 정신은 두 눈 속에, 가끔은 무의식적이지만 여전히 충실한 통역자를 지니고 있었다. 나는 고개를 들어 그의 눈을 바라보았다. 그의 험상궂은 얼굴을 바라보면서 나도 모르게 한숨을 쉬었다. 그가 나를 아프게 붙잡고 있었고 나는 과도한 부담으로 기운이 다 빠져 버린 상태였다.

「이렇게 연약하면서도 고집 센 사람을 본 적이 없소. 내 손 안에서 당신은 갈대처럼 느껴지오!」(그리고 그가 세차게 내 몸을 흔들었다.)「내 검지와 엄지손가락만으로도 당신을 구부릴 수 있을 것이오. 그런데 내가 구부린다 한들 그게 무슨 소용이 있겠소? 당신을 갈기갈기 찢고 부순다고 무슨 소용이 있겠소? 저 눈을 보시오. 단호하고 격렬하고 자유로운 것이 용기 이상의 것, 바로 그 준엄한 승리감을 가지고 밖을 내다보면서 내게 도전하는 것을 보시오. 내가 그것을 담고 있는 새장을 어떻게 하건 절대 거기에, 야성적이고 아름다운 그 존재에게 다가갈 수 없을 것이오. 내가 그 작은 감옥을 찢고 비틀어 버리면 오히려 내 난폭함으로 결국 갇혀 있던 포로를 놓쳐 버릴 뿐이오. 나는 집을 정복할 수는 있지만 나 자신을 그 진흙 집의 주인이라고 부르기도 전에 그 집에 살던 사람은 천국으로 탈출해 버릴 것이오. 내가 원하는 것은 당신의 정신이오. 의지와 힘, 미덕과 순수함을 지닌 당신의 정신 말이오. 당신의 연약한 몸만을 원하는 것이 아니오. 원한다면 당신은 스스로 부드럽게 날아와 내 가슴에 둥지를 틀 것이오. 당신의 의지에 반해서 붙잡으면 당신은 향수처럼 붙잡으려는 손길을 빠져나갈 것이오. 당신의 향기를 들이마시기도 전에 당신은 사라져 버릴 것이오. 아! 이리 와요, 제인. 이리 와요!」

이렇게 말하면서 그가 나를 쥐고 있던 손을 풀고 그저 바라보기만 했다. 그 표정은 미친 듯이 잡아당기는 행위보다 오히려 저항하기가 훨씬 더 힘들었다. 그러나 지금 굴복한다면 바보 같은 짓이 되리라. 나는 그의 분노에 맞서 그 분노를 좌절시켰다. 그러나 이제는 그의 슬픔에서 도망쳐야 했다. 나는 문 쪽으로 갔다.

「가는 것이오, 제인?」

「네, 가요.」

「날 두고 떠나는 것이오?」

「네.」

「나한테 오지 않을 작정이오? 날 위로하고, 구원해 주지 않겠소? 내 깊은 사랑과 격렬한 비애와 필사적인 기도가 당신에게는 전혀 아무것도 아니란 말이오?」

그의 목소리에 얼마나 크고 형언할 수 없는 비애가 담겨 있었던가! 〈네, 가요〉라고 다시 한 번 단호하게 말하기가 얼마나 힘들었던가!

「제인!」

「로체스터 씨!」

「그렇다면 좋소, 가시오. 그러나 기억하시오. 당신이 나를 이곳에, 고통 속에 두고 떠나갔다는 것을 말이오. 당신 방으로 올라가서 내가 했던 말을 전부 다시 생각해 보고, 제인, 내 고통에 대해서도 눈길을 돌려 줘요. 날 생각해 줘요.」

그가 몸을 돌렸다. 그는 소파에 몸을 던지고 얼굴을 묻었다. 「오, 제인! 내 희망, 내 사랑, 내 생명!」 그의 입술에서 고뇌에 찬 말소리가 흘러나왔다. 그런 다음 나지막하지만 격렬한 흐느낌이 들려왔다.

나는 이미 문에 다가가 있었다. 그러나 독자여, 나는 되돌아갔다. 문 쪽으로 물러날 때만큼 단호하게 되돌아 걸어갔다. 나는 그 옆에 무릎을 꿇었다. 그리고 쿠션에 대고 있는 그의 얼굴을 내게로 돌렸다. 나는 그의 뺨에 키스하고 손으로 그의 머리를 쓰다듬었다.

「하느님의 축복이 있기를, 사랑하는 주인님!」 내가 말했다.

「하느님이 당신을 해악과 잘못으로부터 지켜 주시길, 당신을 인도하시고 위로해 주시길, 그리고 당신이 내게 보여 준 친절에 대해 잘 보답해 주시길.」

「귀여운 제인의 사랑이 최고의 보답이었을 것이오.」 그가 대답했다.「그것이 없으면 내 마음은 부서지오. 그러나 제인은 내게 사랑을 줄 것이오. 그래요, 고귀하고 아낌없이.」

그의 얼굴로 핏기가 몰려들었다. 그의 눈에서 불꽃이 터져 나왔다. 그가 벌떡 일어섰다. 그가 양팔을 앞으로 내밀었다. 그러나 나는 그의 포옹에서 빠져나와 즉시 방을 떠났다.

〈안녕!〉 그의 곁을 떠나면서 나는 마음속으로 그렇게 외쳤다. 절망이 덧붙였다. 〈영원히 안녕!〉

그날 밤 나는 잠을 자려는 생각이 없었지만 침대에 눕자마자 곯아떨어졌다. 나는 게이츠헤드의 붉은 방에 누워 있는 꿈을 꿨다. 깜깜한 밤이었고 마음속에는 이상한 두려움이 강렬하게 자리 잡고 있었다. 오래전에 내게 충격을 주어서 기절하게 만들었던 불빛이 이 환상 속에서 되살아나 미끄러지듯 벽을 타고 오르다가 흐릿해진 천장의 한가운데서 떨며 멈춰 서 있는 것처럼 보였다. 나는 고개를 들고 바라보았다. 천장이 높고 어슴푸레한 구름으로 바뀌었다. 은은한 빛은 달이 막 갈라놓으려는 구름에 던지는 빛과 같은 것이었다. 나는 달이 나오는 것을 보았다. 달 표면에 운명의 말이 적혀 있기라도 한 것처럼 매우 이상한 기대를 하면서 그것을 보았다. 달이 지금까지 한 번도 보지 못한 식으로 구름 속에서 나타났다. 한 손이 먼저 검은 구름층 속으로 쓱 뚫고 들어가더니 구름을 흩어서 몰아냈다. 그다음에는 달이 아니라 하얀 사람의 형상이 빛나는 이마를 땅 쪽으로 기울이며 쪽빛 하늘에서 빛났다. 그 형상이 나를 계속 바라보다가 내 마음을 향해 말을 건넸다. 측량할 길 없는 아득한 소리였지만 무척 가깝게 내 마음에 속삭이는 것 같았다.

「내 딸이여, 유혹에서 도망쳐라.」

「어머니, 그렇게 할게요.」

혼수상태 같은 꿈에서 깨어나며 내가 그렇게 대답했다. 아직 밤이었지만 7월의 밤은 짧았다. 자정이 지나자마자 새벽이 다가온다. 〈할 일은 아무리 이른 시간에 시작한다 해도 지나치지 않아.〉 나는 그렇게 생각하고 일어났다. 신발만 벗고 있었기 때문에 옷은 이미 입은 상태였다. 나는 서랍장 안 어디에 내의와 로켓,[100] 반지를 넣어 두었는지 알고 있었다. 그것들을 찾다가 며칠 전에 로체스터 씨가 내게 억지로 안겨 준 진주 목걸이를 발견했다. 나는 그것을 그냥 두었다. 그것은 내 것이 아니었다. 그것은 공중으로 사라진 환상 속 신부의 것이었다. 다른 물건들은 보따리 한 개로 꾸렸다. 20실링(그것이 내가 가진 전부였다)이 들어 있는 지갑은 호주머니 속에 넣었다. 나는 밀짚 보닛을 쓰고 숄을 두르고 보따리와 아직 신지 않은 슬리퍼를 들고 살그머니 방에서 나왔다.

「안녕히 계세요, 친절한 페어팩스 부인!」 나는 그녀의 방문 앞을 미끄러지듯 지나가며 속삭였다. 그리고 아이 방 쪽으로 시선을 돌리며 말했다. 「안녕, 사랑하는 아델!」 들어가서 그녀를 안아 주겠다는 생각이 비집고 들어갈 틈이 없었다. 나는 예민한 귀를 속여야만 했다. 그 귀가 지금 듣고 있을지도 모르는 일이었다.

나는 멈추지 않고 그대로 로체스터 씨의 방 앞을 지나치려 했다. 그러나 그 문간에서 내 심장은 잠시 박동을 멈추었고 발걸음 또한 어쩔 수 없이 멈춰 섰다. 그곳에서는 잠자는 기

100 사진, 머리털, 기념품 등을 넣어 목걸이 등에 다는 작은 금합.

색이 없었다. 주인이 방 안을 이리저리 불안하게 걸어다니고 있었다. 내가 듣고 있는 동안 그가 계속 한숨을 쉬었다. 내가 원하기만 하면 이 방 안에 천국이, 일시적인 천국이 있었다. 나는 그저 들어가서 말하기만 하면 되었다.

〈로체스터 씨, 죽을 때까지 평생 당신을 사랑하고 당신과 함께 살게요.〉 그러면 기쁨의 샘이 내 입술로 솟아오를 것이다. 나는 이에 대해 생각해 보았다.

지금 잠들지 못하고 있는 저 친절한 주인은 날이 밝아 오기를 초조하게 기다리고 있었다. 그는 아침에 나를 부를 것이다. 나는 떠나야 했다. 그가 날 찾겠지만 소용없는 일이 될 것이다. 그는 자신이 버림받았다고 느낄 것이다. 자신의 사랑이 거절당했다고 느낄 것이다. 그는 괴로워하면서 아마 자포자기할 것이다. 나는 이에 대해서도 생각했다. 내 손이 자물쇠를 향해 움직였다. 나는 그것을 제지하고 계속 미끄러지듯 나아갔다.

서글픈 마음으로 나는 아래층으로 내려갔다. 나는 무엇을 해야 하는지 알고 있었고 기계적으로 행동했다. 부엌에서 옆문의 열쇠를 찾았다. 기름병과 깃털도 찾아서 열쇠와 자물쇠에 기름칠을 했다. 오래 걸어야 할지 모르기 때문에 약간의 물과 빵을 챙겼다. 최근 심하게 약해진 체력을 완전히 소진해서는 안 되었다. 이 모든 일을 나는 소리 없이 해냈다. 나는 문을 열고 나가서 조용히 닫았다. 마당에 희미하게 새벽이 밝아 오고 있었다. 큰 대문들은 닫힌 채 잠겨 있었다. 그러나 그중 한 대문 옆의 쪽문에는 빗장만 걸려 있었다. 나는 쪽문으로 나간 뒤 문을 다시 닫았다. 이제 나는 손필드 밖으로 나왔다.

들판 너머 1마일 떨어진 곳에 밀코트와 반대 방향으로 길이 뻗어 있었다. 그 길을 한 번도 가본 적이 없었지만 가끔 보면서 어디로 향하는 길인지 궁금해 했었다. 그곳으로 나는 발걸음을 옮겼다. 지금은 생각할 겨를이 없었다. 한 번이라도 뒤를 바라보지 말아야 했다. 앞을 바라보지도 말아야 했다. 과거에 대해서도, 미래에 대해서도 어떤 생각도 하지 말아야 했다. 과거는 천국처럼 너무 달콤하고 죽음처럼 너무 슬픈 페이지이기도 해서 한 줄이라도 읽게 되면 용기가 점점 사라지고 기운이 빠질 것 같았다. 미래는 대홍수가 훑고 지나간 세상처럼 끔찍한 공백이었다.

해가 뜬 후에도 나는 들판과 산울타리와 오솔길을 따라 걸어갔다. 아름다운 여름 아침이었다. 집을 나설 때 신었던 신발이 이슬로 곧 젖어 버렸다. 그러나 솟아오르는 해도, 미소 짓는 하늘도, 깨어나고 있는 자연도 눈에 들어오지 않았다. 아름다운 경치 속 단두대로 끌려가는 사람은 길에서 미소 짓고 있는 꽃들에 대해 생각하지 않고 단두대와 도끼날에 대해 생각한다. 뼈와 혈관의 절단에 대해, 결국 입을 벌리고 있는 무덤에 대해 생각한다. 나는 처량한 도피와 집 없는 방랑에 대해 생각했다. 아! 나는 두고 온 것을 생각하며 가슴 아파했다. 어쩔 수가 없었다. 나는 이제 그를 생각했다. 방에서 해가 뜨는 것을 보고 있을 그를 생각했다. 곧 내가 와서 자신과 함께 지내며 자신의 것이 되겠다고 말해 주기를 기다리고 있으리라. 나는 그의 것이 되고 싶었다. 나는 돌아가기를 열망했다. 아직 늦지 않았다. 그에게서 이별의 지독한 고통을 덜어 줄 수 있었다. 아직까지는 내가 도망 나온 일이 발각되지 않았으리라고 나는 확신했다. 돌아가서 그를 위로해 주는 사람이 되고, 그의 자랑이 되고, 불행과 어쩌면 파멸로부터 그를 구해 주는 사람이 될 수 있었다. 아, 그가 자포자기할지도 모른다는 두려움이 내가 자포자기할지도 모른다는 두려움보다 더 컸다. 그것이 나를 얼마나 괴롭혔던가! 그것은 내 가슴에 꽂혀 있는 미늘 달린 화살촉이었다. 뽑으려 하면 내게 상처를 냈고 추억으로 그것을 안으로 밀어 넣으면 나를 아프게 했다. 새들이 덤불과 관목 숲에서 지저귀기 시작했다. 새들은 자신의 짝에게 충실했다. 새들은 사랑의 상징이었다. 나는 어땠는가? 고통스러운 마음과 원칙을 지키려는 필사적인 노력의 한가운데에서 나는 나 자신이 싫었다. 스스로 잘했다고 다독여 봐도 위안을 얻을 수 없었다. 자존심으로부터도 전혀 위안을 얻을 수 없었다. 나는 내 주인에게 상처를 주고 그를 떠났다. 나 자신의 눈에도 내가 미웠다. 그럼에도 불구하고 나는 몸을 돌릴 수도, 한 걸음이라도 되돌아갈 수도 없었다. 하느님이 나를 앞으로 계속 이끌어 주었음에 틀림없다. 나 자신의 의지나 양심으로 말하자면 강렬한 슬픔이 의지를 짓밟아 버렸고 양심을 목 졸라 버렸다. 혼자 고독하게 걸어가면서 나는 미친 듯이 울었다. 정신 착란에 걸린 사람처럼 점점 더 빨리 걸었다. 마음속에서 시작된 허약함이 사지로 퍼져 나를 사로잡았고 이윽고 나는 쓰러졌다. 나는 얼굴을 젖은 잔디에 댄 채 몇 분 동안 땅바닥에 누워 있었다. 여기서 내가 죽을지도 모른다는 두려움이, 아니, 희망이 느껴졌다. 그러나 나는 곧 일어섰다. 길가에 다다르기 위해 그 어느 때보다 열성껏 양손과 무릎을 딛고 앞으로 기어가다가 단호하게 다시 두 발로 일어섰다.

길가로 접어들었을 때 나는 산울타리 밑에 앉아 쉬어야만 했다. 앉아 있는 동안 마차 바퀴 소리가 들렸고 마차가 다가오는 모습이 보였다. 나는 일어서서 손을 들었다. 마차가 멈췄다. 내가 어디로 가느냐고 묻자 마부는 멀리 떨어져 로체스터 씨와는 전혀 연고가 없을 것 같은 고장의 이름을 댔다. 나는 그에게 얼마면 그곳까지 갈 수 있느냐고 물었고 그는 30실링이라고 대답했다. 내가 20실링밖에 없다고 하자 그는 그렇게라도 태워 주겠다고 했다. 게다가 마차가 텅 비어 있었기 때문에 마차 안으로 들어가 있도록 해주었다. 내가 안으로 들어가자 문이 닫히고 마차는 다시 길을 따라 굴러갔다.

친애하는 독자여, 그때 내가 어떤 기분이었는지 절대 잊지 말기를! 그대의 눈에서는 내 눈에서 쏟아진 것처럼 그렇게 폭풍 같고 뜨겁고 가슴을 쥐어짜는 눈물이 절대 흐르지 말기를! 그 순간 내 입술에서 나온 것처럼 그렇게 절망적이고 고뇌에 찬 기도를 드리며 하느님에게 간구하게 되지 않기를! 나처럼 진심으로 사랑하는 사람에게 악의 도구가 되지 않을까 두려워하는 일은 절대 일어나지 말기를!

제2장

이틀이 지났다. 여름 저녁이었다. 마부가 윗크로스라는 곳에 나를 내려 주었다. 그는 내가 준 돈으로는 더 이상 멀리 데려다 줄 수가 없다고 했다. 내게는 이 세상에서 그것 말고 1실링도 더 가진 돈이 없었다. 이때쯤 마차는 1마일 정도 멀리 가버린 상태였고 나는 혼자였다. 순간 나는 안전하게 둔다고 짐칸에 넣어 두었던 보따리를 꺼내 오는 것을 잊어버렸음을 깨달았다. 보따리는 분명 마차 안에 아직 그대로 있을 터였다. 이제 나는 완전히 빈털터리가 되었다.

윗크로스는 도시도 아니었고 작은 마을도 아니었다. 그것은 네 길이 교차하는 곳에 세워진 돌기둥에 불과했다. 돌기둥은 깜깜할 때 먼 곳에서도 잘 보이도록 하얀 칠이 되어 있었다. 꼭대기에 네 개의 팔이 뻗어 나와 있었다. 거기 새겨진 글에 의하면 그것들이 가리키고 있는 가장 가까운 마을이 10마일 떨어져 있었고 가장 먼 마을은 20마일 이상 떨어져 있었다. 잘 알려진 지명들을 통해 내가 어느 주에 내렸는지 알았다. 북쪽 중부 지방으로, 산으로 둘러싸인 황야에 석양이 지고 있는 모습이 보였다. 뒤쪽과 내 양쪽 옆으로 넓게 황야가 자리 잡고 있었다. 발치에는 깊은 골짜기 너머로 멀리 굽이치는 산들이 보였다. 이곳의 인구는 틀림없이 많지 않을 것 같았다. 길을 지나기는 사람이 전혀 보이지 않았다. 길은 동서남북으로 하얗고 넓게 외로이 뻗어 있었는데 이들은 하나같이 황야를 가로질러 나 있었고 길 양옆 가장자리까지 히스가 무성하게 자라고 있었다. 그러나 우연히 길손이 이곳을 지나갈지도 모른다. 지금은 어느 누구의 눈에도 띄고 싶지 않았다. 정처 없이 길을 잃은 듯 도로 푯말 앞에서 이렇게 서성거리고 있는 내 모습을 보면 낯선 사람들이 내가 뭘 하고 있는지 이상하게 여길 것이다. 누군가 질문을 할지도 모른다. 그러면 나는 신빙성 없게 들리고 의심만 불러일으킬 말밖에는 달리 대답할 길이 없으리라. 이 순간에는 나를 인간 세상과 묶어 주는 끈이 하나도 없었다. 나와 같은 인간들이 있는 곳으로 나를 불러 주는 매력도 희망도 없었다. 나를 보고 어느 누구도 내게 친절한 생각이나 호의를 갖지 않을 것이다. 내게는 만물의 어머니인 자연 외에는 친척이 하나도 없었다. 나는 자연의 품을 찾아서 안식을 달라고 간청할 것이다.

나는 곧장 히스 속으로 들어가기 시작했다. 갈색 황야 옆에 깊게 고랑이 파인 도랑이 보여서 무릎까지 무성하게 자라고 있는 히스를 헤치고 그곳으로 향했다. 모퉁이를 돌자 구석진 곳에 이끼로 거무스름해진 화강암 바위가 나와서 나는 그 아래에 앉았다. 황야가 높은 둑처럼 내 주변을 둘러싸고 있었다. 바위가 머리 위를 막아 주었고 하늘이 그 위로 펼쳐져 있었다.

이곳에서도 마음이 진정되기까지 한참 시간이 흘렀다. 혹시 들소 떼가 가까이 있을지도 모르고 사냥꾼이나 밀렵꾼이 나를 발견할지도 모른다는 막연한 두려움이 느껴졌다. 돌풍이 황부지를 스치고 지나면 혹시 황소가 달려오는 것은 아닌지 무서워서 고개를 들었다. 물떼새가 휘파람 소리를 내면 나는 그것이 사람일 거라고 상상했다. 그러나 이런 우려가 근거 없음을 알게 되고 해 질 녘 날이 저물어 가면서 사방이 쥐 죽은 듯 조용해지자 걱정하던 마음이 진정되는 가운데 자신감이 생겼다. 아직까지는 생각할 겨를이 없었다. 나는 그저 듣고, 보고, 두려워했다. 이제 나는 생각할 수 있는 능력을 되찾았다.

어떻게 해야 할까? 어디로 가야 할까? 아, 아무것도 할 수 없고 아무 데도 갈 곳이 없을 때, 사람들이 살고 있는 곳에 이르기 위해 지치고 떨리는 다리로 먼 길을 가야만 할 때, 잠자리를 얻기 위해 차가운 인정에 호소해야 할 때, 사정 이야기를 하면서 내게 필요한 것들 중 한 가지를 해결하기 위해 내켜 하지 않는 동정심에 호소하고 거절당할 것이 거의 확실할 때, 이 무슨 참을 수 없는 질문들인가!

히스를 만져 보니 말라 있었고 여름날의 연속적인 햇빛을 받아 아직도 따뜻했다. 나는 하늘을 바라보았다. 하늘은 맑았다. 상냥한 별 하나가 바위의 갈라진 틈새 바로 위에서 반짝이고 있었다. 이슬이 적당히 부드럽게 내렸다. 미풍의 속삭임은 전혀 없었다. 자연이 내게 호의적이고 친절하게 보였다. 비록 내가 의지할 곳 없는 신세이긴 하지만 자연이 나를 사랑한다는 생각이 들었다. 사람들한테서 불신과 거절과 모욕밖에 기대할 수 없었던 나는 마치 자식처럼 다정하게 자연에 매달렸다. 나는 자연의 자식이기 때문에 적어도 오늘 밤에는 자연의 손님이 될 것이다. 내 어머니는 돈이나 대가를 바라지 않고 나를 재워 주리라. 나는 아직 빵 한 조각 먹지 않았다. 한낮에 지나갔던 마을에서, 주머니 속에서 우연히 발견하게 된 1페니짜리 동전으로 산 빵이 한 조각 남아 있었다. 내가 가진 마지막 동전으로 산 것이었다. 히스 속의 흑석 구슬처럼 여기저기에 익은 월귤나무 열매가 반짝이고 있는 모습이 보였다. 나는 그것을 한줌 따서 빵과 함께 먹었다. 심했던 허기가 완전히 채워지지는 않았지만 이 수행자식 식사로 어느 정도는 가셨다. 식사를 마치자 나는 저녁 기도를 올리고 잘 곳을 골랐다.

바위 옆의 히스는 매우 무성했다. 거기 눕자 발이 그 속에 묻혔다. 양쪽으로 히스가 높이 솟아올라서 밤바람이 들어올 틈이 별로 없었다. 나는 숄을 반으로 접어서 그것을 이불 삼아 몸 위에 덮었다. 이끼 긴 바위 둔덕이 베개가 되어 주었다. 그렇게 눕자 밤이 시작되었음에도, 조금도 춥지 않았다.

슬픈 마음이 깨뜨리지만 않았다면 내 휴식은 충분히 행복했을 것이다. 슬픈 마음이 쩍 벌어진 상처와 마음속의 출혈에 대해, 잡아 뜯긴 심금에 대해 불평했다. 그것은 로체스터 씨와 그의 운명 때문에 떨었고 견디기 힘든 연민으로 그를 불쌍히 여겼다. 마음은 끊임없는 갈망으로 그를 요구했다. 그리고 양 날개가 모두 부서진 새처럼 무력했음에도 불구하고 그 슬픈 마음은 그를 찾아가기 위해 헛된 노력을 기울이며 산산이 부서진 날개 끝을 여전히 떨고 있었다.

이런 생각의 고문에 지쳐서 나는 일어나 앉아 무릎을 꿇었다. 밤이 되었고 별이 떴다. 안전하고 고요한 밤이었다. 너무 평온해서 두려움이 느껴지지 않았다. 우리는 하느님이 사방에 계시다는 것을 알고 있다. 그러나 분명히 우리는 하느님의 역사가 가장 장대한 규모로 우리 앞에 펼쳐질 때 하느님의 존재를 실감한다. 하느님이 창조하신 천체들이 조용히 궤도를 따라 움직이는 구름 한 점 없는 밤하늘에서 우리는 가장 명확하게 하느님의 무한함과 전능함과 편재를 읽어 낸다. 나는 무릎을 꿇고 앉아서 로체스터 씨를 위해 기도를 드렸다. 하늘을 올려다보면서 나는 눈물로 흐려진 눈으로 거대한 은하수를 보았다. 은하수가 무엇인지 기억하면서, 얼마나 무수한 천체들이 부드러운 빛의 흔적처럼 그곳에서 우주를 스쳐 지나가는지 기억하면서 나는 하느님의 권능과 힘을 느꼈다. 나는 하느님에게 자신이 만들어 낸 것을 구원할 수 있는 능력이 있다고 확신했다. 이 세상이 멸망하지 않을 것이며 세상이 소중하게 품고 있는 영혼들 중 어느 하나도 멸망하지 않으리라고 확신하게 되었다. 나는 기도를 하고 감사를 드렸다. 생명의 창조주는 또한 영혼의 구원자이기도 했다. 로체스터 씨는 안전했다. 그는 하느님의 자식이며 하느님의 보호를 받을 것이다. 나는 다시 언덕의 품으로 파고들었다. 곧 잠 속에서 슬픔을 잊었다.

그러나 다음 날 궁핍이 내게 창백하고 벌거벗은 모습으로 나타났다. 작은 새들이 둥지를 떠난 지 한참이 지나고 벌들이 이슬이 마르기 전 히스 꿀을 따러 하루 중 가장 달콤한 시간에 찾아온 지 한참이 지나서야, 그리고 아침의 긴 그림자가 짧아지고 태양이 땅과 하늘을 가득 채울 무렵 나는 일어나서 주변을 둘러보았다.

얼마나 고요하고 따뜻하고 완벽한 날이었던가! 한없이 펼쳐져 있는 황야는 너무나 멋진 황금빛 사막이었다. 사방이 햇살이었다. 나는 그 속에서, 그 위에서 살고 싶었다. 바위 위로 도마뱀이 달려가는 모습이 보였다. 벌 한 마리가 달콤한 월귤나무 열매 속에서 바쁘게 일하고 있는 모습이 보였다. 나는 그 순간 여기서 적당한 양분과 영원한 안식처를 찾을 수 있도록 벌이나 도마뱀이 되고 싶었다. 그러나 나는 인간이었고 인간의 욕구를 지니고 있었다. 그 욕구를 충족시켜 줄 수 있는 것이 전혀 없는 곳에서 서성거려서는 안 되는 일이었다. 나는 일어섰다. 내가 막 벗어난 잠자리를 뒤돌아보았다. 미래에 대해 절망적이었지만 나는 이것만을 바랐다. 나를 만들어 낸 창조주가 그날 밤 내가 자는 동안 내게서 영혼을 되돌려 받아갈 방법을 잘 생각해 보셨기만을. 죽음에 의해 운명과 더 이상 싸우지 않도록 이 지친 몸이 이제는 조용히 썩어서 평화롭게 이 황야의 흙과 섞이기만을 바랐다. 그러나 목숨은 그 모든 욕구와 고통과 책임과 함께 아직도 내게 남아 있었다. 짐은 반드시 옮겨야 했고 욕구는 충족시켜야 했으며 고통은 참아야 했고 책임은 다해야 했다. 나는 출발했다.

나는 다시 윗크로스로 가서 이제는 뜨겁게 높이 떠 있는 해를 등지고 갈 수 있는 길을 따라갔다. 해를 등진다는 것 외엔 다른 조건을 따져서 길을 선택할 의사가 없었다. 나는 오랫동안 걸었다. 그리고 거의 충분히 걸었다는 생각이 들어서 나를 억누르는 피로에 양심적으로 굴복하려는 순간, 이 강요된 행동을 늦추고 가까이 보이는 돌 위에 앉아서 마음과 다리를 무겁게 만드는 무감각함에 저항 없이 굴복하려는 찰나 종소리가, 교회 종소리가 들려왔다.

소리가 나는 쪽으로 몸을 돌리자 한 시간 전부터는 그 변화와 풍경에 더 이상 주목하지 않게 된 낭만적인 언덕들 사이에 작은 마을과 첨탑이 보였다. 오른쪽에 있는 골짜기 전체가 온통 목초지와 옥수수 밭과 숲이었다. 그리고 반짝이는 시냇물이 다양한 색조의 녹색과 익어 가는 곡식, 음침한 숲, 맑고 햇살 가득한 목초지 사이로 꼬불꼬불 흐르고 있었다. 내 앞에 놓인 길로 다가오는 마차 바퀴의 덜거덕거리는 소리에 정신을 차려 보니 무겁게 짐을 실은 짐마차가 힘겹게 언덕을 올라오고 있었고 저만치 그리 멀리 않은 곳에 두 마리의 소와 소를 몰고 가는 사람이 보였다. 사람들의 삶과 노동이 가까이 있었다. 나는 계속 싸워 나가야 했다. 나머지 다른 사람들과 마찬가지로 나도 살기 위해 애쓰고 열심히 일해야 했다.

오후 2시쯤 나는 마을에 들어갔다. 하나밖에 없는 길 맨 끝쪽으로, 창문에 빵 덩어리들을 진열해 놓은 작은 가게가 있었다. 나는 그 빵이 탐이 났다. 그걸 먹으면 어느 정도 기운을 차릴 수 있을 것 같았다. 그 빵을 먹지 않으면 더 이상 길을 계속 가기가 힘들 것 같았다. 나와 같은 인간들 속에 들어가자마자 기운과 원기를 얻고자 하는 소망이 생겨났다. 마을의 길바닥에서 굶주림으로 기절하면 창피스러울 거라고 생각했다. 저 빵과 바꿀 만한 것이 내게 하나도 없을까? 나는 곰곰이 생각해 보았다. 내 목에는 작은 실크 손수건이 묶여 있었다. 장갑도 있었다. 빈곤의 극한 상황에서 사람들이 어떻게 하는지 알 수가 없었다. 이 물건들 가운데 어느 것 하나라도 받아 줄지 알 수 없었다. 어쩌면 받아 주지 않을지도 모른다. 그러나 시도는 해봐야 했다.

나는 가게로 들어갔다. 한 여자가 있었다. 차림새가 괜찮은 나를 보고 숙녀라고 생각한 그녀가 공손하게 내게 다가왔다. 「뭘 드릴까요?」 나는 부끄러움에 사로잡혔다. 준비해 두었던 부탁의 말을 하려는데 입이 떨어지질 않았다. 반쯤 닳은 장갑과 구겨진 손수건을 차마 내놓을 수가 없었다. 게다가 그러는 게 우스꽝스러울 것 같다고 느껴졌다. 나는 피곤해서 그러니 잠깐만 앉아 있어도 되느냐고 물었다. 손님인 줄 알았다가 실망한 그녀가 차갑게 내 부탁에 응했다. 그녀가 의자를 가리켰다. 나는 그곳에 털썩 주저앉았다. 눈물이 나오려고 했다. 그러나 눈물을 흘리는 것이 얼마나 우스꽝스럽게 보일지 알고 있었기 때문에 나는 눈물을 참았다. 그리고 곧 그녀에게 물었다. 「마을에 재봉사나 보통 바느질을 하는 사람이 있나요?」

「네, 두세 사람 정도요. 일감에 비해 딱 적당하죠.」

나는 생각에 잠겼다. 이제는 궁지에 몰렸다. 궁핍과 대면해야만 하는 상황에 이르렀다. 나는 방책도, 친구도, 동전 한 푼도 없는 입장이었다. 무엇이든 해야만 했다. 무엇을 할까? 어디서든 일자리를 구해야 했다. 그렇다면 어디에서?

「혹시 근처에 하녀가 필요한 집을 알고 있어요?」

「아니요, 몰라요.」

「이곳에서는 사람들이 주로 어떤 직업을 가지고 있나요? 주로 무슨 일들을 하죠?」

「몇 사람은 농장 일꾼이고 대부분은 올리버 씨의 바늘 공장과 주물 공장에서 일해요.」

「올리버 씨가 여자들도 고용하나요?」

「아니요, 그건 남자들 일이에요.」

「그러면 여자들은 무슨 일을 하나요?」

「몰라요.」 그녀가 대답했다. 「이런저런 일을 해요. 가난한 사람들은 닥치는 대로 일해서 먹고살아요.」

그녀는 내 질문에 지겨워진 것 같았다. 사실 내가 무슨 권리로 그녀를 귀찮게 하겠는가? 이웃이 한두 사람 들어왔다. 내가 앉아 있는 의자가 필요할 것 같았다. 나는 그곳을 나왔다.

나는 길을 따라 걸어 올라가며 좌우에 있는 집들을 전부 살펴보았다. 그러나 어떤 집에도 들어갈 구실이나 동기를 찾아낼 수가 없었다. 조금 걸어갔다가 되돌아왔다 하면서 한 시간 이상 마을을 빙빙 돌아다녔다. 너무 지쳤고 이제는 배가 너무 고파서 옆 샛길로 들어가 산울타리 밑에 앉았다. 시간이 얼마 지나지 않아 나는 다시 일어서서 또다시 뭔가를, 살아갈 방책이나 적어도 정보 제공자를 찾기 시작했다. 오솔길 맨 위쪽으로, 앞에 정원이 딸린 조그맣고 아담한 집이 있었다. 정원은 매우 깨끗했고 꽃이 만발해 있었다. 나는 그 앞에서 멈췄다. 무슨 볼일로 내가 그 하얀 현관문에 다가가거나 반짝이는 노커를 두드릴 수 있을까? 나를 도와주는 것이 그 집에 사는 사람들에게 어떤 식으로 이익이 될 수 있을까? 그럼에도 불구하고 나는 가까이 다가가서 문을 두드렸다. 착해 보이는 얼굴에 깔끔하게 옷을 입은 젊은 여인이 문을 열었다. 절망적인 마음과 쓰러질 것 같은 몸에서나 나올 수 있는 몹시 낮고 머뭇거리는 목소리로 혹시 하녀가 필요하지 않느냐고 물었다.

「아니요.」 그녀가 말했다. 「우리는 하녀를 두지 않아요.」

「혹시 무슨 일이건 제가 일할 만한 곳을 좀 알려 주실 수 있나요?」 내가 말을 이었다. 「이곳이 처음이라 아는 사람이 전혀 없어요. 무엇이든 일자리가 필요해서요.」

그러나 나를 위해 생각해 보거나 나를 위해 일자리를 찾아 주는 것은 그녀와 상관없는 일이었다. 게다가 그녀가 보기에 내 인품이나 신분이나 이야기가 틀림없이 대단히 의심스럽게 보였을 것이다. 그녀는 고개를 저으며 〈아무것도 알려 드리지 못해 죄송해요〉라고 말했다. 하얀 문이 매우 부드럽고 정중하게 닫혔다. 그녀가 조금만 더 문을 열고 있었다면 나는 틀림없이 빵 한 조각을 구걸했을 것이다. 이제는 내가 바닥까지 내려왔기 때문이다.

나는 지저분한 마을로 돌아가고 싶지 않았다. 게다가 거기서는 도움을 받을 가망이 전혀 보이지 않았다. 나는 멀지 않은 곳에 보이는 숲으로 들어가고 싶었다. 짙은 그늘이 기분 좋은 은신처를 제공해 줄 수 있을 것 같았다. 그러나 굶주림으로 너무 아프고 기운 없고 괴로웠기 때문에 나는 본능적으로 먹을 것을 얻을 수 있는 가능성이 있는 인가 근처를 계속 헤매고 다녔다. 허기라는 독수리가 그렇게 내 옆구리에 부리와 발톱을 박고 있는 동안에는 고독이 고독이 아니었고 휴식이 휴식이 아니었다.

나는 인가로 다가갔다가 되돌아오고 다시 다가갔다가 되돌아왔다. 무엇을 부탁할 권리, 내 고립된 운명에 대해 관심을 기대할 권리조차도 없다는 생각 때문에 계속 물러났다. 내

가 그렇게 길 잃은 배고픈 개처럼 서성이는 동안 오후가 지나
갔다. 들판을 가로질러 가다 보니 앞에 교회 첨탑이 보였다.
나는 서둘러 그곳으로 갔다. 묘지 근처의 정원 한가운데에 작
지만 잘 지어진 집이 있었다. 나는 그 집이 틀림없이 목사관
일 거라고 생각했다. 친구 하나 없는 낯선 고장에 도착해서
일자리가 필요한 사람들이 목사에게 소개와 도움을 청한다
는 사실이 기억났다. 스스로 돕고자 하는 사람들을 적어도
조언으로라도 도와주는 것이 목사의 의무였다. 이곳에서는
내게 도움을 청할 권리 같은 것이 생긴 듯했다. 그래서 다시
용기를 내어 얼마 남지 않은 기운을 모아 걸음을 옮겼다. 그
집에 도착해서 나는 부엌문을 두드렸다. 나이 든 여자가 문을
열었다. 나는 이곳이 목사관이냐고 물었다.
　「그런데요.」
　「목사님이 안에 계신가요?」
　「아니요.」
　「곧 돌아오실 건가요?」
　「아니요. 댁에 가셨어요.」
　「댁이 먼가요?」
　「그렇게 멀진 않아요. 3마일 정도 돼요. 부친이 갑작스럽게
돌아가셔서 가셨어요. 목사님은 지금 마시 엔드에 계세요. 한
이 주일 정도 계실 거예요.」
　「부인께서는 안 계신가요?」
　「아니요. 제가 가정부인데 저 말고는 없어요.」 독자여, 나는
도움을 얻지 못해 쓰러질 지경이었지만 그녀에게 차마 도와
달라고 부탁할 수가 없었다. 아직은 구걸할 수가 없었다. 다
시 나는 그곳을 기다시피 해서 빠져나왔다.
　또다시 나는 손수건을 풀었고, 다시 한 번 그 작은 가게의
빵을 생각했다. 아, 껍질 한 조각만이라도 얻을 수 있다면!

굶주림의 고통을 달랠 빵 한 입만이라도 얻을 수 있다면! 본능적으로 나는 얼굴을 마을 쪽으로 돌렸다. 그리고 다시 그 가게를 찾아서 안으로 들어갔다. 그 여자 옆에 다른 사람들이 있었음에도 불구하고 용기를 내서 부탁을 했다. 「이 손수건을 받고 빵 한 덩어리만 주실 수 있어요?」

그녀가 의심이 가득한 표정으로 나를 바라보았다. 「안 돼요. 그런 식으로는 팔아 본 적이 없어요.」

거의 필사적으로 나는 반쪽이라도 달라고 부탁했다. 그녀가 다시 거절했다. 「그 손수건이 어디서 났는지 어떻게 알겠어요?」 그녀가 물었다.

「이 장갑을 받아 주시겠어요?」

「아니요! 그걸 뭐에 쓰게요?」

독자여, 이런 세부적인 사실들을 길게 쓰는 것은 기분 좋은 일이 아니다. 과거에 고생했던 경험을 회상하는 일이 즐겁다고 말하는 사람도 있다. 그러나 아직까지도 나는 내가 지금 이야기하고 있는 시기를 되돌아볼 엄두가 나지 않는다. 육체적인 고통이 섞인 정신적인 타락은 기꺼이 그때를 회상해 보기에는 너무 비참한 추억이 되었다. 나를 박대한 사람들 중 어느 누구도 비난하지 않는다. 당연히 예상되었던 일이고 어쩔 수 없는 일이었다고 여길 뿐이다. 보통의 걸인도 자주 의심의 대상이 된다. 옷을 잘 차려입은 거지는 불가피하게 의심을 받는다. 분명히 내가 간청했던 것은 일자리였다. 그러나 내게 일자리를 구해 줄 의무가 누구에게 있겠는가? 그때 처음으로 날 보고 내 인품에 대해 아무것도 모르는 사람들의 의무는 분명 아니었다. 손수건을 받고 빵을 주려고 하지 않았던 그 여자에게 내 제안이 수상하게 보였거나 그런 거래가 손해나는 것처럼 보였다면 그것은 당연한 일이었다. 이제 간단히 요약해야겠다. 이 이야기에 진저리가 난다.

어두워지기 조금 전에 내가 농가 앞을 지나고 있을 때 농부가 문을 열어 놓고 앉아서 저녁 식사로 빵과 치즈를 먹고 있었다. 나는 발길을 멈추고 말했다.

「배가 너무 고파서 그러는데 빵 한 조각만 주시겠어요?」 그는 놀란 눈으로 나를 바라보았다. 그러나 아무 말도 없이 빵을 한 조각 두툼하게 잘라서 내게 주었다. 그는 나를 거지로 생각한 게 아니라 자기 갈색 빵을 먹고 싶어 하는 괴상한 숙녀로만 생각하는 것 같았다. 농부의 집이 더 이상 보이지 않는 곳으로 오자마자 나는 앉아서 빵을 먹었다.

지붕 밑에서 잠자리를 얻겠다는 희망을 가질 수 없었으므로 나는 앞에서 말했던 숲에서 자기로 했다. 그러나 비참한 밤이었고 휴식을 취할 수 없었다. 땅바닥은 축축했고 공기는 차가웠다. 게다가 침입자들이 여러 번 내 곁을 지나갔다. 나는 계속해서 잠자리를 바꿔야만 했다. 안전하거나 평온한 느낌이 들지 않았다. 아침이 다가올 무렵에는 비가 내리기 시작했다. 이후 하루 종일 비가 내렸다. 독자여, 내게 그날에 대해 자세한 설명을 해달라고 요청하지 말라. 전날처럼 나는 일자리를 찾았지만 전날처럼 퇴짜를 당했다. 전날처럼 나는 배가 고팠지만 음식이 내 입으로 들어간 것은 딱 한 번이었다. 오두막집 문간에서 여자아이가 차가운 포리지를 돼지 구유에 막 쏟아부으려는 것이 보였다. 「그걸 나한테 줄 수 있니?」 내가 물었다.

그녀가 나를 빤히 쳐다보았다. 「엄마!」 그녀가 소리쳤다. 「어떤 여자가 포리지를 달래요.」

「그렇다면 애야.」 안에서 한 목소리가 대답했다. 「거지면 그걸 주렴. 돼지도 잘 안 먹는 거니까.」

여자아이가 내 손에 굳은 죽 덩어리를 부어 주었고 나는 그것을 게걸스럽게 먹어 치웠다.

비 내리는 석양에 어둠이 짙어지자 나는 한 시간 이상 동안 따라 걷고 있던 한적한 마찻길에서 발길을 멈췄다.

〈이제는 정말 기운이 빠져 버렸어.〉 내가 속으로 말했다. 〈더 멀리 갈 수 없을 것 같아. 오늘 밤에도 다시 집 밖에서 지내야 하는 건가? 이렇게 비가 내리는데 차갑고 젖은 땅바닥에 머리를 기대야 하는 건가? 그렇게 말고 달리 어떻게 해볼 수도 없겠지. 누가 날 받아 주겠어? 그렇지만 너무 끔찍할 것 같아. 이렇게 굶주림과 쇠약함과 한기를 느끼는 상태로, 이런 처량한 몰골을 하고 희망이 완전히 사라진 상태로는 말이야. 십중팔구 아침이 오기 전에 죽을 것 같아. 그런데 나는 왜 죽을 것이라는 가망을 체념하고 받아들이지 못할까? 왜 가치 없는 목숨을 유지하기 위해 발버둥을 칠까? 바로 로체스터 씨가 여전히 살아 있다는 것을 내가 알고 있고 또 그렇게 믿기 때문이야. 그리고 허기와 추위로 죽는다는 것은 인간의 천성이 수동적으로 굴복할 수 없는 운명이기 때문이야. 아, 하느님! 저를 조금만 더 살게 해주세요! 도와주세요! 저를 인도해 주세요!〉

나는 흐리멍덩한 눈으로 흐릿하고 안개 낀 풍경을 이리저리 살펴보았다. 마을에서 멀리 벗어나 있다는 느낌이 들었다. 마을이 시야에서 완전히 사라졌다. 마을을 둘러싸고 있는 경작지가 사라져 버렸다. 갈림길과 샛길을 따라 내가 다시 황야 근처로 다가와 있었다. 개간은 되었지만 경작되지 않아서 히스나 다름없는 황폐한 밭 몇 떼기가 나와 황혼 녘의 언덕 사이에 놓여 있었다.

〈거리나 사람이 자주 다니는 길바닥에서 죽느니 저기서 죽는 게 나을 텐데.〉 나는 곰곰이 생각했다. 〈구빈원 관에 갇혀 극빈자 무덤 속에서 썩어 가느니 까마귀들과 — 이 지역에 갈까마귀들이 있다면 — 갈까마귀 떼들에게 살을 뜯어 먹히

는 편이 훨씬 더 나아.〉

그래서 나는 언덕으로 몸을 돌려 그곳에 이르렀다. 이제는 안전하지는 않다 하더라도 누워서 적어도 남의 눈에 띄지 않을 것 같은 구덩이를 찾는 일만 남았다. 그러나 황야의 모든 표면이 평평해 보였다. 색깔의 변화 이외에는 아무런 변화도 보이지 않았다. 골풀과 이끼가 무성하게 자란 습지는 녹색이었고 히스만 자라는 건조한 땅은 검은색이었다. 점점 더 어두워지고 있었지만 나는 이런 변화를 아직 볼 수 있었다. 물론 그 변화는 햇빛과 함께 색깔이 이미 희미해졌기 때문에 명암의 변화에 불과했다.

내 시선은 여전히 음울한 둔덕 위를 헤맸고 가장 황량한 풍경 속에서 사라지고 있는 황야의 가장자리를 따라 헤맸다. 그때 멀리 늪과 산마루 사이의 어렴풋한 지점에 불빛 하나가 갑자기 솟아났다. 〈저건 도깨비불이야.〉 맨 처음 떠오른 생각이었다. 나는 그 불빛이 곧 사라질 것이라고 예상했다. 그러나 불빛은 멀어지지도 가까이 다가오지도 않은 채 매우 한결같이 빛나고 있었다. 〈그렇다면 방금 피워 놓은 모닥불인가?〉 나는 자문하면서 불이 번지는지 살펴보았다. 그러나 아니었다. 줄어들지도 않았지만 커지지도 않았다. 〈집에 켜놓은 촛불일지 몰라.〉 나는 그렇게 추측했다. 〈설사 그렇다 해도 거기까지 갈 수 없을 거야. 여기서 너무 멀어. 1야드밖에 안 된다 해도 무슨 소용이 있겠어? 문을 두드려 봐야 결국에는 내 면전에서 닫힐 텐데.〉

그래서 나는 그 자리에 주저앉아 바닥에 얼굴을 대고 한동안 꼼짝 않고 누워 있었다. 밤바람이 언덕과 내 몸 위로 휘몰고 지나가 멀리서 신음하며 사라졌다. 비가 쏟아져서 다시 몸을 흠뻑 적셨다. 고요히 얼어붙는 추위에 온몸이 꽁꽁 얼어버릴 수 있었다면, 죽음의 그 쾌적한 무감각 상태가 되었다면, 비가 억수같이 쏟아진다 해도 그것을 느끼지 못했으리라. 그러나 아직 살아 있는 내 육체는 비의 차가운 영향에 몸을 떨었다. 나는 곧 일어섰다.

불빛이 아직도 거기에서 희미하지만 변함없이 빗속에서 반짝이고 있었다. 나는 다시 걸어 보기로 했다. 나는 불빛을 향해 천천히 지친 다리를 끌었다. 불빛은 내가 지친 다리로 언덕을 비스듬히 오르고 겨울에는 도저히 지나갈 수 없었을 큰 늪을 지나도록 이끌었다. 한여름인데도 그곳은 질퍽거리고 미끄러웠다. 여기서 나는 두 번 넘어졌다. 그러나 넘어질 때마다 기운을 다시 불러 모았다. 이 불빛이 하나밖에 없는 내 희망이었고 나는 반드시 그 불빛이 있는 곳에 다다라야 했다.

늪을 건너고 나자 황야 위로 뿌연 선 같은 것이 보였다. 그쪽으로 다가가자 도로인지 샛길인지가 나타났다. 그 길은 불빛으로 곧장 이어졌다. 불빛은 이제 나무 숲 — 어둠 속에서 형체와 잎의 특성으로 분간해 보건대 전나무들이 분명했다 — 사이의 둥그런 언덕 같은 곳에서 빛나고 있었다. 가까이 다가가자 내 별이 사라졌다. 나와 불빛 사이에 어떤 장애물이 끼어들었다. 손을 내밀어서 내 앞에 있는 검은 덩어리를 더듬어 보았다. 그것은 낮은 담에 쌓여 있는 거친 돌멩이들이었다. 담 위로는 울타리 같은 것이 있었고 담 안으로는 높고 가시투성이인 산울타리가 있었다. 나는 손으로 더듬으며 앞으로 나아갔다. 다시 희끄무레한 물체가 내 앞에서 빛났다. 그것은 대문, 쪽문이었다. 문에 손을 대자 경첩 쪽으로 움직였다. 양쪽에는 검은 관목이, 호랑가시나무인지 주목인지가 서 있었다.

대문으로 들어가서 관목 숲을 지나자 검고 낮고 상당히 긴 집의 윤곽이 눈앞에 나타났다. 그러나 나를 이끌어 준 등대는 어디에서도 빛나지 않았다. 모든 것이 깜깜했다. 이 집에 사는 사람들이 모두 잠자리에 든 것일까? 나는 틀림없이 그럴까 봐 우려했다. 문을 찾으며 모퉁이를 돌자 지면으로부터 30센티미터 높이에 있는 아주 작은 격자창의 마름모꼴 창문에서 친근한 불빛이 다시 반짝이고 있었다. 담쟁이넝쿨이나 그 비슷한 다른 넝쿨 식물이 건물의 그쪽 벽면을 온통 뒤덮고 있어서 창이 더 작아 보였다. 창문으로 생긴 구멍이 나뭇잎으로 덮인 데다 좁아서 커튼이나 덧문이 필요 없을 것 같았다. 몸을 구부려서 창문 위로 자란 작은 가지를 옆으로 젖히자 안이 훤히 들여다보였다. 사포로 깨끗하게 닦인 마루가 깔린 방이 선명하게 보였다. 백랍 접시들이 가지런히 얹힌 호두나무 찬장에 환하게 타고 있는 토탄 난롯불의 붉은 불빛이 반사되고 있었다. 시계와 하얀 제재목 식탁과 몇 개의 의자가 보였다. 내게 봉화 역할을 해주었던 촛불은 식탁 위에서 타오르고 있었다. 그 불빛에 약간은 거칠어 보이지만 주변의 모든 것과 마찬가지로 빈틈없이 깔끔해 보이는 나이 지긋한 여인이 양말을 뜨고 있었다.

나는 이런 것들을 그저 대충 살펴보았다. 그것들에 특별한 점은 하나도 없었다. 난롯가 근처에는 더 흥미를 끄는 사람들이 모여 있었다. 그들은 장밋빛 평화로움과 따뜻함에 둘러싸여 조용히 앉아 있었다. 모든 면에서 숙녀들처럼 보이는 두 명의 젊고 우아한 여성들이 한 사람은 낮은 흔들의자에, 다른 한 사람은 더 낮은 스툴에 앉아 있었다. 두 사람 모두 크레이프와 능직[101]으로 된 상복을 입고 있었는데 검은 옷이 하얀 목과 얼굴을 더욱 돋보이게 해주고 있었다. 커다란 늙은 사냥개 한 마리가 그 큰 머리를 한 숙녀의 무릎에 올려놓고 있었고 다른 숙녀의 무릎 위에는 검은 고양이가 앉혀 있었다.

101 주로 여자의 상복지로 쓰인다.

이 허름한 부엌은 그런 사람들이 있기에는 생소해 보이는 곳이었다. 그들은 누구일까? 식탁에 앉아 있는 노부인의 딸일 리가 없었다. 그녀는 촌스럽게 생겼지만 그들은 우아하고 교양이 있어 보였다. 어느 곳에서도 그런 얼굴을 본 적이 없었다. 그러나 자세히 들여다보다 보니 이목구비가 전부 친근하게 느껴졌다. 그들이 미인이라고 할 수는 없었다. 그 말을 쓰기에는 너무 창백하고 엄숙했다. 책 위로 고개를 숙이고 있을 때 그들의 모습은 거의 엄격하게 느껴질 정도로 심각해 보였다. 그들 사이에 놓인 탁자 위에 또 하나의 촛불과 두 권의 큰 책이 놓여 있었고, 번역할 때 사전을 찾아 가며 도움을 받는 사람들처럼 그들은 자주 이 책들을 찾아보고 손에 들고 있는 작은 책들과 대조했다. 이 광경은 사람들이 전부 그림자이고 불을 밝힌 방은 한 폭의 그림이라도 되는 듯 조용했다. 너무 조용해서 타다 남은 석탄재가 쇠살대에서 떨어지는 소리까지도 들렸다. 시계가 어두운 구석에서 똑딱댔다. 노부인의 뜨개질바늘에서 나는 찰칵찰칵 소리도 분간할 수 있을 것 같은 착각이 들 정도였다. 그래서 마침내 어떤 목소리에 의해 이 묘한 정적이 깨졌을 때 나는 그 소리를 매우 선명하게 들을 수 있었다.

「잘 들어 봐, 다이애나.」 공부에 몰두하고 있는 학생들 중 한 사람이 말했다. 「프란츠와 늙은 다니엘이 밤에 함께 있다가 프란츠가 놀라 깬 꿈에 대해 말하고 있는 거야. 들어 봐!」 그런 다음 그녀가 낮은 목소리로 뭔가를 읽었지만 내게는 한 마디도 들리지 않았다. 내가 전혀 모르는 외국어로 — 프랑스어도 아니었고 라틴어도 아니었다 — 되어 있었기 때문이다. 그리스어인지 독일어인지 알 수가 없었다.

「감동적이야.」 그녀가 읽기를 마치면서 말했다. 「마음에 들어.」 고개를 들고 상대방의 말을 듣고 있던 다른 한 여자가 난롯불을 응시하면서 방금 전에 들은 구절을 되풀이했다. 나중에 나는 그것이 어느 나라 말이고 무슨 책이었는지 알게 되었다. 여기서 그 구절을 인용해 보겠다. 그러나 내가 처음 들었을 때는 아무 의미도 전해 주지 않는, 징을 울리는 소리 같았다.

「〈그러자 별빛 총총한 하늘 같은 모습으로 한 사람이 앞으로 걸어 나왔다.〉[102] 좋아! 정말 좋아!」 그녀가 검고 깊은 눈을 반짝이며 소리쳤다. 「거기서 바로 코앞에 놓인 위대한 대천사의 어렴풋한 모습을 보는 것 같잖아. 이 행은 백 페이지 분량의 과장만큼 가치가 있어. 〈나는 내 분노의 저울에 생각을 재보았고 내 분노의 저울로 행동을 재보았다!〉[103] 마음에 들어!」

두 사람 모두 다시 조용해졌다.

「그런 식으로 말하는 나라가 정말 있어요?」 뜨개질을 하다 고개를 들고 노부인이 물었다.

「그럼요, 한나. 영국보다 훨씬 더 큰 나라예요. 그곳에서는 이런 식으로만 말해요.」

「그렇지만 어떻게 사람들이 서로 알아듣는지 모르겠군요. 만약 아가씨들 중 한 사람이 그곳에 가면 사람들 말을 알아들을 수 있겠네요?」

「아마 조금은 알아들을 거예요. 다는 아니고요. 당신이 생각하는 것만큼 우리가 그렇게 똑똑하지는 않아요, 한나. 우리는 독일어로 말할 줄 몰라요. 사전의 도움 없이는 독일어를 읽을 수도 없어요.」

102 원문은 독일어로 되어 있다. *Da trat hervor Einer, anzusehen wie die Sternen Nacht.*

103 *Ich wäge die Gedanken in der Schale meines Zornes und die Werke mit dem Gewichte meines Grimms.* 프리드리히 쉴러Friedrich Schiller(1759~1805)의 『도적 떼』 제5막 제1장으로, 브론테가 원문을 약간 부정확하게 인용하고 있다.

「그럼 그게 아가씨들한테 무슨 소용이 있어요?」

「언젠가 그것을 가르치려고요. 적어도 기본적인 것들만이라도 말이에요. 그러면 지금보다 돈을 더 많이 벌 수 있을 거예요.」

「그렇겠네요. 그러나 공부는 그만해요. 오늘 밤에는 충분히 했어요.」

「나도 그렇게 생각해요. 어쨌든 나는 피곤한데, 메리, 너는 어때?」

「몹시 피곤해. 어쨌든 선생님도 없이 사전만 가지고 외국어를 공부한다는 건 힘든 일이야.」

「그래. 특히 이렇게 난해하지만 멋진 독일어 같은 언어는 더 그렇지. 세인트존이 언제 집에 올지 모르겠네.」

「분명히 곧 올 거야. (그녀가 허리띠에서 꺼낸 작은 금시계를 바라보며) 이제 겨우 10시인데 뭐. 비가 많이 오네요, 한나. 거실에 있는 난롯불 좀 살펴봐 줄래요?」

노부인이 일어섰다. 그녀가 방문을 열자 그곳을 통해 복도가 희미하게 보였다. 곧 그녀가 안쪽 방에서 난롯불을 휘젓는 소리가 들려왔다. 그녀는 곧 다시 돌아왔다.

「아, 아가씨들!」 그녀가 말했다. 「이제는 저 방에 들어가기가 괴로워요. 의자가 텅 빈 채 구석에 놓여 있는 게 너무 쓸쓸해 보여요.」

그녀가 앞치마로 눈가를 닦았다. 방금 전까지만 해도 엄숙해 보였던 두 아가씨들이 이제는 슬퍼 보였다.

「그래도 주인님이 이제는 더 좋은 곳에 계시잖아요.」 한나가 말을 계속했다. 「여기로 다시 오시길 바라면 안 되죠. 그리고 어느 누구도 주인님보다 더 조용한 죽음을 맞지 못할 거예요.」

「우리에 대해서는 아무 말씀도 안 하셨다고 했죠?」 두 숙녀 중 한 사람이 물었다.

「그럴 겨를이 없었어요, 아가씨. 졸지에 돌아가셨어요. 아버님은 그 전날처럼 약간 아프셨지만 그렇게 심각하진 않았어요. 그리고 세인트존 도련님이 아가씨들 중 누구에게라도 기별을 해서 불러오길 바라시느냐 물으니까 주인님은 그 말에 웃으시기만 했어요. 다음 날 아침에 머리가 다시 약간 무겁다고 하셨어요. 보름 전부터 그랬거든요. 그러고는 잠이 드셨는데 다시는 깨어나지 못하신 거예요. 도련님이 방에 들어가서 돌아가신 걸 알았을 때는 주인님 몸이 거의 뻣뻣해져 있었어요. 아, 아가씨들 아버님은 오랜 혈통의 마지막 분이나 다름없어요. 아가씨들과 세인트존 도련님은 돌아가신 아버님과는 달랐으니까요. 아가씨들 어머님은 꼭 아가씨들 같았어요. 책을 읽으며 공부한 것도요. 아가씨는 어머니를 쏙 빼닮았어요, 메리 아가씨. 다이애나 아가씨는 아버님을 더 닮았고요.」

내게는 그 두 사람이 너무 닮아 보였기 때문에 늙은 하인이(나는 이제 그녀가 하인이라고 결론을 내렸다) 무엇이 다르다고 하는지 알 수 없었다. 두 사람 모두 흰 피부에 호리호리한 체격이었다. 두 사람의 얼굴 모두 기품 있고 지적이었다. 한 사람의 머리 색깔이 다른 사람보다 분명히 더 진했고 머리 모양이 달랐다. 메리의 연한 갈색 머리채는 양 갈래로 땋아 늘어뜨린 반면 다이애나의 검은 머리는 굵은 고수머리로, 목덜미를 덮고 있었다.

「아가씨들은 분명 저녁 식사를 하고 싶을 거예요.」 한나가 말했다. 「세인트존 도련님도 돌아오면 그럴 거예요.」

그녀가 식사 준비를 하기 시작했다. 숙녀들이 일어섰다. 거실로 가려는 것 같았다. 이 순간까지 나는 그들을 정신없이 바라보고, 그들의 모습과 대화에 강한 호기심을 느꼈으므로 나 자신의 비참한 처지를 거의 잊어버리고 있었다. 내 처지를 돌아보자 비교가 되어서인지 그 어느 때보다 나 자신이 더 처량하고 절망적으로 느껴졌다. 이 집 사람들에게 사정 이야기를 해서 내가 얼마나 배가 고프고 힘든지 믿게끔 하여…… 떠돌아다니는 내 몸을 쉬게 할 잠자리를 얻는다는 것이 얼마나 불가능한 일처럼 보였던가! 문을 더듬어 주저하며 노크를 하면서도 잠자리를 얻는다는 생각이 단순한 망상으로 끝나게 되리라고 느꼈다. 한나가 문을 열었다.

「무슨 일이죠?」 그녀가 들고 있던 촛불로 나를 훑어보며 놀란 목소리로 물었다.

「주인 아가씨들께 드릴 말씀이 있는데요.」 내가 말했다.

「아가씨들에게 할 말이 있으면 나한테 하는 편이 더 나을 거요. 어디서 왔소?」

「이곳에 처음 왔어요.」

「이 시간에 여기서 무슨 볼일이 있다는 거요?」

「헛간이건 어디건 하룻밤 쉴 곳하고 빵 한 조각이 필요해요.」

내가 두려워했던 바로 그 감정인 의심이 한나의 얼굴에 나타났다. 「빵 한 조각은 주겠소.」 그녀가 잠깐 말을 멈췄다가 말했다. 「그런데 떠돌아다니는 사람을 재워 줄 수는 없소. 그건 당치도 않은 일이지.」

「주인 아가씨들과 이야기를 할 수 있게 해줘요.」

「안 돼요, 안 돼. 아가씨들이 당신을 위해 뭘 해줄 수 있겠소? 그리고 이런 시간에 헤매고 다니면 안 돼요. 보기 좋지 않아요.」

「그렇지만 절 몰아내시면 제가 어디로 가겠어요? 어쩌면 좋을까요?」

「아, 어디로 가고 어떻게 해야 할지는 당신이 알 것 아니오.

나쁜 일만 안 하도록 조심해요. 그게 전부요. 여기, 1페니를 줄 테니까 어서 가요.」

「1페니로는 뭘 제대로 사 먹지도 못해요. 더 이상 갈 기운도 없고요. 문을 닫지 마세요. 아, 그러지 마세요. 제발!」

「닫아야겠소. 비가 들이치고 있으니.」

「아가씨들한테 말해 줘요. 그들을 만나게 해줘요.」

「정말 안 된다니까. 아무래도 제정신이 아니군. 그렇지 않다면 이렇게 시끄럽게 굴지 않을 거요. 어서 꺼져요.」

「그렇지만 여기서 쫓겨나면 저는 틀림없이 죽을 거예요.」

「안 그럴 거요. 나쁜 계획을 품고서 이 야심한 시각에 인가를 돌아다니는 것 아니오? 만약 같이 온 일행, 이를테면 강도라든가 그 비슷한 패거리들이 근처 어딘가에 있다면 우리만 집에 있는 게 아니라는 걸 일러 주시오. 장정도 한 분 같이 있고 개랑 총도 있다고.」 이렇게 말한 다음 성실하지만 고집 센 하녀는 문을 꽝 닫고 안에서 빗장을 걸었다.

이것이 절정이었다. 격렬한 고통, 진짜 절망의 고통에 내 가슴은 찢어지는 듯했고 울렁거렸다. 너무 지쳐서 한 발자국도 움직일 수가 없었다. 나는 신음하는 가운데 양손을 비틀며 극도의 괴로움에 울음을 터뜨렸다. 아, 죽음의 망령이여! 아, 이 마지막 시간이 그렇게 무시무시하게 다가오고 있었다. 아, 이렇게 고립되고, 나와 같은 인간으로부터 이렇게 추방당하다니! 희망의 닻과 인내의 발판이 사라졌다. 적어도 한순간은……. 그러나 마침내 나는 곧 그것을 되찾도록 노력했다.

「죽음이 있을 뿐이야.」 나는 말했다. 「나는 하느님을 믿어. 조용히 하느님의 뜻을 기다려 보도록 하자.」

나는 이 말을 생각만 한 것이 아니라 입 밖으로 소리 내어 말했다. 내 모든 고통을 마음속에 다시 밀어 넣고 그것을 억지로 그곳에 잠자코 가만히 가둬 두도록 노력했다.

「인간은 누구나 죽게 되어 있소.」아주 가까이에서 한 목소리가 말했다.「그러나 모든 사람이 어린 나이에 서서히 죽을 운명을 타고나지는 않소. 만약 당신이 여기서 굶주림으로 죽는다면 당신의 운명은 그런 것이겠지만.」

「그렇게 말하는 게 사람인가요? 아니면 뭔가요?」나는 예상치 못했던 목소리에 놀라서 물었다. 이제는 어떤 일이 벌어진다 해도 도움을 받으리라는 희망을 끌어낼 수 없었다. 한 형체가 가까이 있었다. 칠흑 같은 밤인 데다 내 흐릿한 시야 때문에 어떤 형체인지 분간할 수가 없었다. 새로 온 사람이 문을 요란하게 오랫동안 두드렸다.

「세인트존 도련님이세요?」한나가 소리쳤다.

「그래요. 맞아요. 빨리 문 열어요.」

「저런, 이렇게 궂은 밤에 얼마나 축축하게 젖고 추웠을까! 들어와요. 아가씨들이 얼마나 도련님 걱정을 하고 있는지 몰라요. 주변에 나쁜 사람들이 돌아다니나 봐요. 걸인 여자가 왔다 갔어요. 아직도 안 갔네! 저기 누워 있군요. 일어나! 꼴도 보기 싫으니 어서 가요!」

「쉿, 한나! 저 여자에게 할 말이 있소. 당신은 쫓아내는 임무를 다했으니 이제는 저 여자를 집 안으로 들여놓는 내 임무를 다하게 해줘요. 가까이에서 당신과 그녀가 나누는 말을 다 들었소. 특별한 사정이 있는 것 같아요. 적어도 그 사정이 무엇인지 알아봅시다. 아가씨, 일어나서 먼저 안으로 들어가요.」나는 간신히 그의 말에 따랐다. 나는 곧 그 깨끗하고 환한 부엌의 난롯가에 몸을 떨면서 토할 것 같은 기분을 느끼며 극도로 창백하고 흐트러진 채 비바람에 시달린 내 모습을 의식하면서 서 있었다. 두 아가씨와 오빠인 세인트존, 늙은 하녀가 모두 나를 주시하고 있었다.

「세인트존, 누구예요?」한 사람이 묻는 소리가 들렸다.

「나도 몰라. 문 앞에서 발견했어.」그가 그렇게 대답했다.

「저 여자 얼굴이 진짜 백지장 같아요.」한나가 말했다.

「점토나 송장처럼 창백해.」한 사람이 말했다. 「곧 쓰러질 거 같아. 앉혀야겠어.」

실제로 머리가 어지러워서 쓰러졌지만 의자가 나를 받쳐 주었다. 나는 당장 말을 할 수는 없었지만 아직 의식을 지니고 있었다.

「물을 먹이면 정신을 차릴지 모르겠어. 한나, 물 좀 가져와요. 그런데 완전히 지친 것 같아. 얼마나 여위고 창백한지!」

「유령 같아요!」

「아픈 걸까, 아니면 그냥 배가 고픈 걸까?」

「배가 고픈 것 같아요. 한나, 그거 우유예요? 그것하고 빵 한 조각만 줘요.」

다이애나가 (그녀가 내게로 몸을 구부릴 때 나와 난롯불 사이에 늘어진 긴 곱슬머리를 보고 나는 그녀가 다이애나라는 것을 알았다) 빵을 뜯어서 우유에 적신 다음 내 입술에 대 주었다. 그녀의 얼굴이 내 얼굴 가까이에 있었다. 그 얼굴에서 나는 연민의 빛을 보았고 그녀의 가쁜 숨에서도 동정심을 느꼈다. 그녀의 간단한 말에도 향유 같은 감정이 담겨 있었다. 「먹어 봐요.」

「그래요, 어서 먹어 봐요.」메리가 부드럽게 되풀이했다. 그리고 메리의 손이 내 젖은 보닛을 벗기고 머리를 들어 올려 주었다. 나는 그들이 내게 주는 것을 처음에는 기운 없이, 그러나 곧 정신없이 먹었다.

「처음에는 너무 많이 주면 안 돼. 그만 먹게 해.」오빠가 말했다. 「그걸로 충분해.」그가 우유 잔과 빵 접시를 뒤로 뺐다.

「조금만 더요, 세인트존. 그녀의 눈에 먹고 싶어 하는 빛이 가득하잖아요.」

「지금 더 먹어선 안 돼. 이제 말을 할 수 있는지 시켜 봐. 이름을 물어봐.」

나는 말을 할 수 있을 것 같아서 대답했다. 「제 이름은 제인 엘리엇입니다.」 신원이 발각될까 두려워서 전부터 나는 가명을 쓰기로 결심했었다.

「그럼 어디 살아요? 친구들은 어디에 있어요?」

나는 아무 말도 하지 않았다.

「아는 사람을 불러 줄까요?」

나는 고개를 저었다.

「어떻게 된 일인지 이야기해 줄 수 있어요?」

어쨌든 이제는 이 집의 문지방을 일단 넘어서 집주인들과 얼굴을 맞대고 이야기를 나눌 수 있었기 때문에 쫓겨나 방랑하고 다니며 넓은 세상으로부터 버림받았다는 느낌이 더 이상 들지 않았다. 나는 내 본래의 태도와 성격을 되찾기 위해 용감하게 구걸하는 것을 연기시켰다. 그리고 다시 한 번 나 자신을 기억해 내기 시작했다. 그런 다음 세인트존 씨가 설명을 요구했을 때, 당장은 너무 기운이 없어서 말을 할 수 없었기에 잠깐 침묵을 지키다가 입을 열었다.

「오늘 밤에는 자세하게 말씀드릴 수가 없어요.」

「그럼 내가 어떻게 해주길 바라오?」

「아무것도 없어요.」 내가 대답했다. 기운이 없어서 대답을 짧게 할 수밖에 없었다. 다이애나가 그 말에 대꾸했다.

「그럼 우리가 지금 당신에게 필요한 도움을 다 주었다는 말인가요?」 그녀가 물었다. 「우리가 당신을 비 내리는 밤에 황야로 내쫓아도 된다는 말이에요?」

내가 그녀를 바라보았다. 그녀의 얼굴이 힘과 선의로 가득 찬 잘생긴 얼굴이라고 생각했다. 나는 돌연 용기가 생겼다. 그녀의 자비로운 시선에 미소를 지으며 내가 말했다. 「당신을 믿을게요. 주인 없는 길 잃은 개라 해도 저를 오늘 밤 난롯가에서 쫓아내지 않으리라는 걸 알고 있어요. 이렇게 대해 주시니 사실 두렵지 않아요. 편하신 대로, 마음대로 하세요. 그런데 너무 많은 이야기를 하지 못해도 용서해 줘요. 숨이 가빠서요. 말을 하면 발작이 일어나는 것 같아요.」 세 사람 모두 나를 살펴보고는 아무 말도 하지 않았다.

「한나.」 마침내 세인트존 씨가 말했다. 「저곳에 그녀를 잠깐 동안 앉혀 놓고 아무 질문도 하지 말아요. 10분 후에 저기 있는 나머지 우유와 빵을 줘요. 메리와 다이애나는 거실로 들어가서 이 문제를 상의해 보자.」

그들이 나갔다. 곧 숙녀들 중 한 사람이 돌아왔다. 누군지 알 수가 없었다. 따뜻한 난롯불 옆에 앉아 있자 일종의 기분 좋은 혼수상태가 엄습해 왔다. 낮은 목소리로 그녀가 한나에게 뭔가 지시를 내렸다. 곧 나는 하녀의 부축을 받으며 간신히 계단을 올라갔다. 물이 뚝뚝 떨어지는 옷이 벗겨지고 곧 따뜻하고 보송보송한 침대가 나를 맞아 주었다. 나는 하느님에게 감사드렸다. 말로 표현할 수 없는 피로 속에서 넘치는 상쾌한 즐거움을 경험했다. 나는 잠이 들었다.

제3장

이후 사흘 밤낮에 대한 기억은 내 마음속에서 매우 희미하다. 그 기간 동안 느낀 몇 가지 느낌은 기억할 수 있다. 그러나 거의 생각을 하지 않았고 어떤 행동도 하지 않았다. 내가 작은 방의 좁은 침대에 누워 있었다는 것은 알았다. 그 침대에 내가 뿌리라도 내린 것 같았다. 나는 돌처럼 꼼짝도 하지 않고 침대에 누워 있었다. 그것으로부터 날 떼어 내는 것은 날 죽이는 것이나 다름없었다. 나는 시간의 흐름을, 아침에서 정오로 정오에서 저녁으로의 변화를 전혀 의식하지 못했다. 누가 방에 들어오거나 나가는 것을 바라보았고 그들이 누구인지 알 수도 있었다. 말하는 사람이 내 옆에 서 있으면 무슨 말인지도 알아들었다. 그러나 대답을 할 수는 없었다. 입을 열거나 사지를 움직이는 일이 똑같이 불가능했다. 하녀인 한나가 나를 가장 자주 찾아왔다. 그녀가 찾아오는 것이 나는 싫었다. 그녀가 날 쫓아내고 싶어 한다는 느낌이 들었다. 그녀가 나나 내 처지를 이해하지 못하고 나에 대해 안 좋은 편견을 가지고 있다는 느낌이 들었다. 다이애나와 메리는 하루에 한두 번 방에 들어왔다. 그들은 내 침대 옆에서 이런 말들을 속삭였다.

「그녀를 안으로 받아들이길 정말 잘했어.」

「맞아. 밤새 밖에 내버려 뒀더라면 틀림없이 아침에 현관 앞에 죽은 채로 발견되었을 거야. 그녀가 무슨 일을 겪었는지 궁금해.」

「우리가 듣지도 보지도 못한 고생을 했을 거야. 가엽게 바싹 여위고 창백한 얼굴로 방랑을 하고 다닌 것 같아.」

「말하는 태도로 보면 교육을 못 받은 사람 같지는 않아. 말씨에 사투리도 없고. 그리고 벗어 놓은 옷도 흙탕물이 튀고 젖긴 했지만 낡지도 않았고 괜찮아.」

「독특한 얼굴이야. 살이 없고 마른 얼굴이긴 하지만 마음에 들어. 건강 상태가 좋아지고 활기가 돌아오면 괜찮은 얼굴일 것 같아.」

그들의 대화 중 내게 베푼 환대를 후회하거나 나를 의심하거나 싫어하는 말을 한마디라도 들어 본 적이 단 한 번도 없었다. 나는 안심했다.

세인트존 씨는 딱 한 번 왔다. 그는 나를 바라보고 내 혼수 상태가 오랫동안의 과도한 피로에서 생겨난 반응의 결과라고 말했다. 그는 의사를 부를 필요는 없다고 단언하면서 내버려 두면 자연이 알아서 잘 치유해 주리라고 확신했다. 모든 신경이 어떤 식으로든 무리를 하고 나면 한동안은 몸 전체가 잠을 자야 한다고 말했다. 병에 걸린 것은 아니기 때문에 일단 회복 단계에 접어들면 금방 회복될 거라고 추측했다. 그는 이런 의견을 조용하고 낮은 목소리로 전했다. 그리고 잠시 말을 멈췄다가 거리낌 없이 의견을 말하는 데에 익숙하지 않은 남자의 어조로 덧붙였다. 「상당히 특이한 인상이야. 저속하거나 타락해 보이는 인상은 분명히 아니고.」

「정반대죠.」 다이애나가 대답했다. 「사실대로 말하자면, 세인트존. 내 마음은 불쌍한 저 작은 사람에게 상당히 끌리고 있어요. 우리가 그녀를 계속 돌보아 줄 수 있으면 좋겠어요.」
「그럴 가능성은 거의 없어 보이는데.」 그가 대답했다.「친구들과 오해가 생겨서 분별력을 잃고 집을 나온 양갓집 아가씨일지도 모르잖아. 어쩌면 우리가 그녀를 그들에게 돌려보낼 수도 있을 거야. 그녀가 고집만 부리지 않으면 말이야. 그런데 그녀의 강한 얼굴 모습을 보면 유순할 것 같지는 않아.」 그가 몇 분 동안 서서 나를 찬찬히 살펴보았다.「똑똑해 보이긴 한데 전혀 예쁜 얼굴은 아니야.」
「너무 아파서 그래요, 세인트존.」
「아프건 건강하건 수수한 얼굴이야. 우아함과 아름다움의 조화가 부족한 얼굴이야.」
사흘째 되는 날 나는 나아졌다. 나흘째에는 말도 하고 움직이게 되어 침대에서 일어나거나 돌아누울 수도 있었다. 한나가 점심때쯤 내게 오트밀과 버터를 바르지 않은 토스트를 가져다주었다. 나는 그것을 맛있게 먹었다. 음식은 맛있었다. 지금까지는 열에 들떠서 무얼 먹어도 맛을 느낄 수 없었는데 그런 증상이 사라졌다. 한나가 방에서 나간 후 상당히 기운이 나고 몸이 회복된 것 같은 느낌이 들었다. 곧 쉬는 데에 싫증이 나고 마음속에서 움직이고 싶다는 욕구가 일었다. 나는 일어나고 싶었다. 그러나 무엇을 걸쳐야 할까? 내게는 젖은 흙투성이 옷밖에 없었다. 그 옷을 입고 땅바닥에 누워 잤고 늪지에서 넘어지기도 했다. 나는 그 옷을 입고 은인들 앞에 나타나기가 부끄러웠다. 그러나 그런 굴욕을 당하지 않아도 되었다.
침대 옆의 의자 위에 내 옷들이 전부 깨끗하게 빨려서 마른 상태로 놓여 있었다. 내 검은색 실크 외투는 벽에 걸려 있었고 늪의 흔적은 말끔히 지워져 있었다. 젖어서 생긴 주름은 매끈하게 펴져 있었다. 이제는 외투가 상당히 괜찮아 보였다. 신발과 양말도 깨끗하게 세탁이 되어서 보기 흉하지 않았다. 방 안에 세수할 수 있는 도구와 머리를 매만질 수 있는 빗이 있었다. 5분마다 쉬어 가면서 나는 힘겹게 옷을 입었다. 살이 빠져서 옷이 헐렁했지만 솔로 빠진 살을 가리고 나자 다시 말끔하고 모양새가 나쁘지 않은 상태가 되었다. 내가 너무나 싫어했고 나를 품위 없어 보이게 했던 흙 얼룩이나 더러움의 흔적이 하나도 남아 있지 않았다. 난간에 의지해서 돌계단을 기다시피 내려가 좁고 낮은 복도에 이르자 곧 부엌으로 가는 길을 찾을 수 있었다.

부엌은 새로 구운 빵 냄새와 따뜻한 난롯불의 온기로 가득했다. 한나는 빵을 굽고 있었다. 교육이라는 비료로 완화되거나 비옥해진 적이 없는 마음의 토양에서는 편견을 근절시키기 힘들다는 것은 잘 알려진 사실이다. 그런 마음속에서는 편견이 돌 틈에서 자란 잡초처럼 질기게 자란다. 사실 처음에 한나는 냉담하고 딱딱했지만 나중에는 조금씩 누그러지기 시작했다. 그녀는 내가 단정하게 차려입고 들어오는 모습을 보고 미소를 짓기까지 했다.

「저런, 일어났네!」 그녀가 말했다. 「그렇다면 좋아진 거군요. 원한다면 난롯가의 내 의자에 앉아요.」

그녀가 흔들의자를 가리켰다. 나는 그곳에 앉았다. 그녀가 이리저리 부산하게 돌아다니며 곁눈질로 이따금씩 나를 살펴보았다. 오븐에서 빵을 꺼내다가 그녀가 내게 몸을 돌리고 퉁명스럽게 물었다.

「여기 오기 전에 혹시 구걸하고 다녔소?」

나는 잠깐 동안 분개했다. 그러나 화를 내는 것은 있을 수도 없는 일이며 실제로 내가 그녀에게는 거지처럼 보였으리라는 사실을 기억하고 조용히 그러나 조금 단호하게 대답했다.

「날 거지로 생각했다니 틀렸어요. 나는 거지가 아니에요.

당신이나 주인 아가씨들과 마찬가지로요.」

잠깐 침묵을 지키던 그녀가 말했다. 「그건 이해가 안 되네요. 당신은 집도 없고 놋쇠도 없잖수.」

「집이나 놋쇠라……. 돈을 의미하시나 본데, 그런 것이 없다고 해서 당신이 말하는 의미의 거지가 되지는 않아요.」

「공부는 많이 했소?」 그녀가 곧 물었다.

「네, 많이요.」

「그렇지만 학교에 간 적은 없겠죠?」

「8년 동안 다녔어요.」

그녀가 눈을 크게 떴다. 「그렇다면 왜 혼자 벌어서 살질 못했소?」

「그동안 그렇게 했어요. 다시 그렇게 할 거라 믿어요. 이 구스베리로 뭘 하실 거예요?」 그녀가 과일 바구니를 안으로 들고 왔을 때 내가 물었다.

「파이를 만들려고요.」

「이리 주세요. 골라 드릴게요.」

「아니오. 아무것도 하지 말아요.」

「그렇지만 나도 뭔가 해야 해요. 하게 해줘요.」

그녀가 동의하고는 깨끗한 수건을 가져와서 내 무릎 위에 펼쳐 주었다. 「혹시 옷을 더럽힐지 모르니까.」

「부엌일에 익숙하지 않은 것 같구먼. 당신 손을 보면 알아요.」 그녀가 말했다. 「혹시 재봉사였소?」

「아니요, 틀렸어요. 내가 어떤 사람이었는지 신경 쓰지 마세요. 나 때문에 더 이상 골치 아프게 생각하지 마세요. 그런데 이 집의 이름을 알려 줘요.」

「어떤 사람들은 마시 엔드라고 부르고 어떤 사람들은 무어 하우스라 부른다오.」

「그리고 여기 사는 신사분 이름은 세인트존 씨고요?」

「아니오. 여기 살지 않고 잠깐 동안만 머물고 있는 거라오.
그의 집은 모턴에 있는 교구에 있어요.」
「여기서 몇 마일 떨어진 마을이요?」
「그래요.」
「그럼 무슨 일을 하는데요?」
「교구 목사요.」
나는 목사를 만나게 해달라고 했을 때 목사관의 늙은 가정
부가 했던 대답이 기억났다.「그렇다면 이곳이 그분 아버님
댁인가요?」
「네. 선친 리버스 씨가 여기 사셨고 그분의 아버지와 할아
버지, 증조부가 여기 사셨죠.」
「그렇다면 그 신사분 이름이 세인트존 리버스 씨인가요?」
「맞소. 세인트존은 그의 세례명이오.」
「그리고 그의 누이들은 다이애나 리버스와 메리 리버스고
요?」
「그래요.」
「아버님은 돌아가셨나요?」
「뇌졸중으로 삼 주 전에요.」
「어머님은 안 계시나요?」
「마님은 오래전에 돌아가셨어요.」
「여기 가족과 오래 사셨어요?」
「여기서 30년 살았소. 삼남매를 내가 다 키웠다오.」
「그렇다면 당신이 정직하고 충실한 하인이었던 게 틀림없
군요. 비록 나를 거지라고 부르는 무례를 범했다 해도 그 점
을 인정할 수밖에 없겠네요.」
그녀가 나를 놀란 눈빛으로 다시 바라보았다.「내가 아가
씨를 정말 잘못 본 것 같소.」그녀가 말했다.「그렇지만 하도
사기꾼들이 많아서 그랬소. 날 용서해 줘요.」

「그리고 개라도 내치지 말아야 할 밤에 나를 문전 박대하려고 했지만 말이에요.」 내가 상당히 엄격하게 말을 이었다.

「글쎄 그러기가 힘들었소. 그렇지만 어떻게 해요? 나 자신보다 아가씨들 생각을 더 많이 했으니까. 불쌍한 아가씨들, 나 말고는 돌봐 줄 사람이 아무도 없으니 말이오. 나는 항상 경계를 늦추면 안 돼요.」

나는 몇 분 동안 엄숙하게 침묵을 지켰다.

「날 너무 나쁘게 생각하지 말아요.」 그녀가 다시 말했다.

「그러나 나는 당신을 나쁘게 생각해요.」 내가 말했다. 「그리고 그 이유를 알려 줄게요. 내게 비바람 피할 곳을 주기 거절했다거나 나를 사기꾼으로 간주했기 때문이라기보다는, 방금 전에 〈놋쇠〉도 집도 없는 사람이라고 날 비난했기 때문이에요. 동서고금의 가장 훌륭한 사람들 중에는 나만큼 가난한 사람들이 있었어요. 당신이 기독교인이라면 가난을 죄악으로 간주해서는 안 돼요.」

「앞으로는 절대 안 그러겠소.」 그녀가 말했다. 「세인트존 도련님도 내게 그렇게 말한다오. 내가 잘못했다는 거 알아요. 이제는 아가씨에 대해 예전과 완전히 다른 생각을 가지고 있다오. 아가씨가 몸집은 작지만 매우 품위 있는 사람으로 보여요.」

「그러면 됐어요. 이제 당신을 용서해 줄게요. 악수해요.」

그녀가 밀가루가 잔뜩 묻은 뿔처럼 단단한 손으로 내 손을 잡았다. 다시 한 번 진심에서 우러나오는 미소가 그녀의 거친 얼굴을 환하게 밝혀 주었다. 그리고 그 순간부터 우리는 친구가 되었다.

한나는 이야기하기를 좋아하는 게 분명했다. 과일을 고르고 파이를 구울 반죽을 만드는 동안 그녀는 내게 작고한 주인과 마님에 대해, 그녀가 젊은 주인들을 부르는 호칭인 〈아이들〉에 대해 잡다한 이야기를 들려주었다.

선친 리버스 씨는 매우 평범한 사람이었지만 신사였고 어느 가문 못지않게 오래된 가문 출신이었다. 마시 엔드는 처음 지어졌을 때부터 리버스 가문 소유였다. 그리고 그녀는 그것이 〈아래쪽 모턴 골짜기에 있는 올리버 씨의 대저택과 비교하면 작고 소박하게 보이지만 2백 년이나 된 집〉이라고 단언했다. 그러나 그녀는 빌 올리버 씨의 아버지가 바늘을 만드는 날품팔이 일꾼이었던 반면, 리버스가는 모턴 교회 교구회의 기록부를 살펴보면 누구나 알 수 있듯이 헨리 왕조 시절에 신사 계급이었다고 기억했다. 그럼에도 불구하고 그녀는 〈돌아가신 주인님도 다른 사람들하고 비슷했어요. 보통 사람들하고 조금도 다르지 않았다오. 사냥과 농사일 등에 열중했거든요〉라며 인정했다. 그러나 마님은 달랐다. 그녀는 책을 많이 읽었고 공부를 많이 했다. 〈아이들〉은 어머니를 닮았다. 이런 점에서는 역대 그들 같은 아이들이 없었다고 해도 과언이 아니었다. 그들 셋 모두 말을 할 수 있게 되면서부터 공부하는 것을 좋아했고 항상 〈독학〉을 했다. 세인트존 씨는 커서 대학을 졸업하고 목사가 되었다. 아가씨들은 학교를 졸업하자마자 가정 교사 일자리를 구했다. 그들이 그녀에게 말해 준 바에 따르면, 몇 년 전 리버스 씨가 돈을 맡겨 둔 사람이 파산하면서 많은 돈을 잃었기 때문에 자식들한테 물려줄 수 있을 만큼 재산이 넉넉하지 않았다. 그래서 그들 스스로 돈을 벌어야 했다. 그들은 오랫동안 집을 떠나 있다가 이번에 아버지의 죽음으로 몇 주 동안 집에 와서 머물렀다. 그들은 마시 엔드와 모턴, 이 황야와 주변의 언덕들을 무척 좋아했다. 또한 그들은 런던과 여러 대도시에서 지냈지만 집처럼 좋은 곳은 없다고 항상 말했다. 그들은 서로 너무 사이가 좋아서 한 번도 싸우거나 〈다툰 적이〉 없었다. 그녀는 그렇게 화목한 가족을 본 적이 없다고 말했다.

구스베리 고르는 일을 마친 후 나는 두 숙녀와 그녀들의 오빠가 지금 어디에 있느냐고 물었다.

「산책하러 모턴에 갔어요. 반 시간 후면 차를 마시러 돌아올 거요.」

그들은 한나가 말한 시간 안에 돌아와 부엌문으로 들어왔다. 세인트존 씨는 나를 보고 인사를 한 다음 그냥 지나갔지만 두 숙녀는 발길을 멈췄다. 메리는 내가 아래층에 내려올 수 있을 만큼 나은 것을 보니 기쁘다며 친절하고 차분하게 몇 마디 건넸다. 다이애나는 내 손을 잡고 머리를 저었다.

「아래층에 내려와도 되는지 내 허락을 받을 때까지 기다렸어야죠.」 그녀가 말했다. 「아직도 너무 창백하고 야위었어요! 불쌍한 아가씨! 불쌍한 아가씨!」

다이애나의 목소리가 구구거리는 비둘기 소리처럼 바뀌었다. 그녀의 눈은 내가 기분 좋게 시선을 맞출 수 있는 눈이었다. 그녀의 얼굴 전체가 내게는 매력으로 가득했다. 메리의 얼굴도 똑같이 지적으로 보였고 그 생김새도 똑같이 예뻤다. 그러나 그녀의 표정은 더 내성적이었고 태도는 부드럽기는 하지만 더 냉담했다. 다이애나는 상당히 권위 있어 보였고 권위 있게 말하기도 했다. 그녀에게는 분명히 의지가 있었다. 천성적으로 나는 그녀가 지니고 있는 것과 같은 권위에 따르고, 내 양심과 자존심이 허용하는 한에서 적극적인 의지에 따르는 데 기쁨을 느꼈다.

「그런데 여기 무슨 일로 내려왔어요?」 그녀가 말을 계속했다. 「여기는 당신이 있을 곳이 못 돼요. 메리와 나는 집에서는 제멋대로 보일 정도로 자유롭고 싶어서 때때로 부엌에 앉아 있곤 하지만 당신은 손님이니까 거실로 가야 해요.」

「여기 있으니까 무척 좋은데요.」

「안 돼요. 한나가 소란스럽게 이리저리 움직이면서 당신을 밀가루로 덮어씌우잖아요.」

「게다가 불이 당신에게는 너무 뜨거워요.」 메리가 끼어들었다.

「그렇고말고요.」 그녀의 동생이 덧붙였다. 「어서요, 우리 말 들어요.」 그리고 여전히 내 손을 잡은 채 그녀가 나를 일으켜서 안쪽 방으로 데리고 갔다.

「저기 앉아 있어요.」 그녀가 나를 소파에 앉히면서 말했다. 「우리가 옷 좀 벗고 차 준비를 하는 동안에요. 마음이 내킬 때, 혹은 한나가 빵을 굽거나 차를 끓이고 빨래를 하거나 다림질을 할 때 우리 손으로 식사 준비를 하는 것이 이 작은 황야의 집에서 우리가 누릴 수 있는 또 하나의 특권이에요.」

그녀가 문을 닫고 나를 세인트존 씨와 단둘이 있게 남겨 두고 갔다. 그는 맞은편에서 책인지 신문인지를 손에 들고 앉아 있었다. 나는 먼저 거실을 둘러본 다음 그곳에 있는 사람을 살펴보았다.

거실은 무척 소박하게 꾸며진 상당히 작은 방이었지만 깨끗하고 정돈이 잘 돼 있어서 편안했다. 구식 의자들은 매우 반짝거렸고 호두나무 탁자는 거울 같았다. 다른 시대의 남녀를 그린 몇 점의 기이하고도 오래된 초상화들이 얼룩진 벽에 걸려 있었다. 유리문이 달린 장에는 몇 권의 책과 옛 도자기한 쌍이 들어 있었다. 방에는 불필요한 장식은 하나도 없었다. 사이드 테이블 위에 놓인 한 쌍의 바느질함과 자단으로 만든 숙녀용 책상을 제외하고는 현대적인 가구는 한 점도 없었다. 양탄자와 커튼을 포함한 모든 것이 제대로 낡은 동시에 잘 보존된 것처럼 보였다.

벽에 걸린 희미한 그림들처럼 가만히 앉아서 읽고 있는 지면에 시선을 고정시킨 채 입을 다물고 있는 세인트존 씨는 살펴보기가 매우 쉬웠다. 그가 사람이 아니라 조각상이었다 해도 더 쉽게 살펴볼 수 없었을 것이다. 그는 젊었고 ― 스물여덟에서 서른 정도일 것이다 ― 키가 크고 호리호리했다. 그의 얼굴은 시선을 집중시켰다. 윤곽이 매우 분명한 그리스인 같은 얼굴이었다. 코는 매우 곧고 고전적이었으며 입과 턱은 아테네인 같았다. 사실 그만큼 고대의 전형에 그렇게 가까이 다가간 영국인의 얼굴은 거의 찾아보기 힘들 것이다. 그의 얼굴이 너무 조화로웠기 때문에 내 가지런하지 못한 얼굴에 그가 충격을 받은 것은 당연한 일 같았다. 그의 눈은 크고 푸르렀으며 속눈썹은 갈색이었다. 상아처럼 창백한 그의 넓은 이마를 흐트러져 내려온 금발 머리 가닥이 살짝 덮고 있었다.

　이는 부드러운 묘사처럼 들릴 것이다. 그렇지 않은가? 그러나 그 묘사의 대상이 되고 있는 사람은 절대 부드럽거나 온순하거나 다감하거나 심지어는 침착한 성격을 지니고 있다는 인상을 주지 못했다. 비록 그가 지금 조용히 앉아 있다 해도 내가 보기에 그의 콧구멍과 입과 이마 주변에는 불안하고 냉혹하고 열렬한 마음속의 요소들을 나타내는 것이 있었다. 그는 누이동생들이 돌아올 때까지 내게 한마디도 말을 걸지 않았고 내게 시선 한번 던지지 않았다. 다이애나가 차를 준비하느라 들락거리며 오븐 맨 위에서 구운 작은 케이크를 내게 가져다주었다.

　「지금 그걸 먹어요.」 그녀가 말했다. 「틀림없이 배가 고플 거예요. 한나 말로는 당신이 아침부터 묽은 죽 조금밖에는 아무것도 안 먹었다 그러더군요.」

　식욕이 깨어나서 왕성했기 때문에 나는 그것을 거절하지 않았다. 리버스 씨는 이제 책을 덮고 탁자로 다가왔다. 그가 자리에 앉으면서 그림 같은 파란 눈으로 나를 똑바로 바라보았다. 그의 시선에는 무례할 정도의 솔직함과, 무언가를 찾아

내려는 듯한 확고한 고집이 담겨 있었다. 그것은 지금까지 그가 수줍음 때문이 아니라 일부러 낯선 사람과 시선을 마주치기를 피했다는 것을 증명해 보였다.

「배가 무척 고팠군요.」그가 말했다.

「네.」간단한 말에는 간단하게, 솔직한 말에는 솔직하게 대답하는 것이 내 방식, 그러니까 예전부터의 본능적인 내 방식이었다.

「지난 사흘 동안 미열이 있었기 때문에 음식을 멀리한 것이 당신에게는 오히려 잘된 일이었소. 처음에 식욕이 탐하는 대로 먹었다면 위험했을 거요. 이제는 먹어도 괜찮을 것이오. 그래도 아직은 너무 많이 먹으면 안 됩니다.」

「당신에게 폐를 끼치면서 오랫동안 먹을 것을 축내지는 않을게요.」내가 너무 재치 없고 세련되지 못하게 대답했다.

「그래야죠.」그가 냉정하게 말했다. 「친구들 주소를 알려 주면 우리가 편지를 써서 당신을 집으로 돌려보내 주겠소.」

「솔직하게 말씀드리자면 그렇게는 할 수 없어요. 집도 없고 친구도 없으니까요.」

세 사람이 나를 바라보았지만 의심스럽다는 눈빛은 아니었다. 그들의 시선에 의심의 빛이 들어 있다는 느낌은 없고 오히려 호기심이 더 많이 깃들어 있는 것 같았다. 특히 젊은 숙녀들이 그랬다. 세인트존의 눈은 문자 그대로 매우 맑았지만 어떤 의미에서는 헤아리기 힘들었다. 그는 자기 자신의 생각을 드러내는 대행자의 차원이 아니라 다른 사람의 생각을 읽어 내는 도구로서 눈을 사용하는 것처럼 보였다. 날카로움과 자제력이 결합된 시선은 상대방을 격려해 주기 보다는 당혹스럽게 만드는 데 더 적합했다.

「모든 연고로부터 완전히 단절되어 있다는 말이오?」그가 물었다.

「네. 살아 있는 존재와 저를 연결해 주는 끈이 하나도 없어요. 영국에는 절 받아들여 달라고 요구할 수 있는 집이 전혀 없어요.」

「당신 나이치고는 굉장히 특이한 상황이군요!」

이때 그의 시선이 앞쪽 탁자 위에 포개서 올려놓은 내 손으로 향하는 것이 보였다. 그가 내 손에서 무엇을 찾아냈는지 궁금했다. 곧 그의 말을 통해 그가 무엇을 찾아냈는지가 밝혀졌다.

「결혼한 적은 없어요? 독신인가요?」

다이애나가 웃었다. 「저런, 열일곱이나 열여덟을 넘었을 리가 없어요, 세인트존.」

「열아홉 살이 거의 다 되었어요. 하지만 결혼은 안 했어요, 결단코.」

얼굴이 화끈 달아오르는 것이 느껴졌다. 결혼이라는 말을 듣자 마음을 동요시키는 슬픈 기억이 깨어났기 때문이다. 그들 모두 내가 당혹해 하며 동요하는 것을 보았다. 다이애나와 메리는 새빨개진 내 얼굴 대신 다른 곳을 향해 시선을 돌리는 것으로 나를 한시름 놓게 해주었다. 그러나 더 냉정하고 엄격한 그들의 오빠는 계속 날 쳐다보았고 결국, 그가 불러일으킨 고통에 나는 얼굴이 빨개졌을 뿐만 아니라 울음을 터뜨렸다.

「당신이 마지막으로 살았던 곳이 어디요?」 그가 물었다.

「너무 꼬치꼬치 캐묻고 있어요, 세인트존.」 메리가 낮은 목소리로 중얼거렸다. 그러나 그는 탁자 위로 몸을 기울이며 다시 한 번 단호하고 꿰뚫을 것 같은 표정으로 내게 대답을 요구했다.

「제가 살았던 곳의 이름과 함께 살았던 사람들의 이름은 제 비밀입니다.」 내가 간결하게 대답했다.

「그 비밀은 당신이 원한다면 세인트존뿐만 아니라 다른 모든 사람들에게 말하지 않아도 될 권리가 있다고 생각해요.」 다이애나가 말했다.

「그러나 당신이나 당신의 과거에 대해 아무것도 모르면 내가 당신을 도와줄 수가 없소.」 그가 말했다. 「그런데 당신은 도움이 필요하지 않소?」

「필요해요. 어떤 진정한 박애주의자가 나서서 제가 할 수 있는 일을 찾아 주고 그 보수로 살아가는 데 최소 필요한 것들만이라도 스스로 부양할 수 있게 해주길 바라고 있어요.」

「내가 진정한 박애주의자인지 아닌지는 모르겠소. 그러나 나는 정직한 목적에 대해서는 최선을 다해 기꺼이 당신을 도울 마음이 있소. 그렇다면 먼저 당신이 무슨 일을 해왔고 무엇을 할 수 있는지 말해 줘요.」

나는 이제 차를 마셨다. 차를 마시고 나자 거인이 술을 마시고 기운을 차리는 것처럼 기운이 샘솟았다. 차가 느슨해진 내 신경에 새로운 긴장감을 부여했고 이 날카로운 젊은 재판관에게 차분히 말을 할 수 있도록 해주었다.

「리버스 씨.」 나는 그에게 몸을 돌리고서 그가 나를 바라보듯 솔직하지만 주저하지 않는 태도로 그를 바라보며 말했다. 「당신과 당신의 누이동생들께서 제게 큰 도움을 주셨어요. 사람이 사람에게 베풀 수 있는 가장 큰 도움을요. 당신은 숭고한 환대로 절 죽음에서 구해 주셨어요. 이런 도움을 베풀어 주었기 때문에 당신은 저에게서 감사를 받을 무한한 권리를 갖게 되었고 제 비밀을 알아야 하는 권리도 어느 정도 갖게 되었어요. 당신이 재워 주신 방랑자의 과거에 대해서는 제 마음의 평화와 제 자신의 정신적, 육체적 안전 그리고 다른 사람들의 안전을 깨지 않는 한도 내에서만 말씀드릴게요.

저는 목사의 딸로 고아입니다. 부모님은 제가 그분들을 알아볼 나이가 되기도 전에 돌아가셨어요. 저는 다른 집에 얹혀서 자랐고 자선 학교에서 교육을 받았어요. 6년을 학생으로 보내고 2년 동안은 교사로 지낸 그 학교의 이름을 말씀드릴 수는 있어요. 그곳은 ○○○ 주에 있는 로우드 고아원이에요. 아마 들어 보셨을 텐데요, 리버스 씨? 로버트 브로클허스트 씨가 회계 담당자였어요.」

「브로클허스트 씨에 대해 들어 보았소. 그리고 그 학교도 가본 적이 있소.」

「저는 1년 전에 로우드를 나와서 가정 교사가 되었어요. 좋은 일자리를 구해서 행복했었죠. 제가 여기 오기 나흘 전에 어쩔 수 없이 그곳을 떠나야만 했어요. 그 이유는 설명할 수도, 설명해서도 안 돼요. 그래 봐야 소용없고 위험하고 신빙성 없는 이야기로 들릴 테니까요. 제 잘못은 아니었어요. 여러분 세 분들 중 누구 못지않게 저는 죄가 없어요. 저는 지금 불행하고, 틀림없이 한동안 그럴 거예요. 제게 천국으로 느껴졌던 집으로부터 절 몰아낸 재앙이 기괴하고 무서운 특성을 지녔기 때문이에요. 떠나기를 계획하면서 염두에 두었던 것은 딱 두 가지, 신속함과 은밀함이었어요. 이 두 가지를 확보하려다 보니 가진 모든 것을 남겨 두고 작은 보따리 하나만 들고 나와야 했어요. 그런데 마음이 허둥대고 복잡하다 보니 윗크로스까지 타고 온 마차에서 보따리를 들고 내리는 것을 잊어버렸어요. 그래서 정말 빈 몸으로 이 근처에 오게 된 거예요. 저는 한데서 이틀 밤을 잤고 문지방을 넘어가 보지도 못한 채 이틀 동안 헤매고 돌아다녔어요. 그동안 두 번 음식을 맛보았어요. 허기와 피로와 절망 때문에 거의 숨을 거둘 지경이 되었을 때 리버스 씨, 당신이 저를 당신의 문간에서 굶주림으로 죽지 않게 해주셨고 저를 당신 지붕 밑으로 받아주셨어요. 그 후 당신의 누이동생들께서 제게 해주신 일을 모두 잘 알고 있어요. 혼수상태에 빠져 있는 것처럼 보인 동안에도 의식을 완전히 잃지는 않았으니까요. 당신의 복음주의적인 자선에 대해서만큼 두 분의 자발적이고 진정하며 따뜻한 동정에 대해서도 큰 빚을 지고 있어요.」

「이제 더 이상 그녀에게 말을 시키지 말아요, 세인트존.」내가 말을 멈추자 다이애나가 말했다. 「흥분하면 아직은 그녀에게 안 좋을 것 같아요. 소파로 와서 앉아요, 엘리엇 양.」

가명을 듣고 나도 모르게 약간 놀라 움찔했다. 어느 것 하나 놓치지 않는 리버스 씨가 이를 즉시 알아차렸다.

「이름이 제인 엘리엇이라고 하지 않았소?」그가 말했다.

「그랬어요. 현재로서는 그렇게 불리는 쪽이 편리할 것 같아서요. 그런데 그것이 제 본명은 아니에요. 그래서 그 이름을 부르니까 제게도 낯설게 들려요.」

「본명을 알려 주지 않을 작정이오?」

「네. 다른 무엇보다 발각될까 봐 두려워요. 그리고 그렇게 만들 수 있는 상황이라면 무엇이든지 피할 거예요.」

「당신 말이 모두 옳다고 생각해요.」다이애나가 말했다. 「자, 오빠. 잠깐 동안 그녀를 쉬게 해줘요.」

그러나 세인트존은 잠시 곰곰이 생각하다가 그 어느 때 못지않게 태연하고 날카롭게 말하기 시작했다.

「당신은 우리의 호의에 오랫동안 의지하고 싶지 않겠죠? 내 누이들의 동정과 무엇보다도 내 *자선*(그렇게 구분이 지어졌음을 깨달았지만 나는 이에 대해 분개하지 않았다. 그러는 것이 당연했다)에서 최대한 빨리 벗어나고 싶겠죠? 우리에게서 독립하고 싶죠?」

「그래요. 이미 그렇다고 말씀드렸는데요. 어떻게 하면 일할 수 있는지, 아니면 어떻게 일자리를 구할 수 있는지 알려 주세요. 그것이 제가 지금 부탁드리는 전부예요. 그런 다음 설사 가장 초라한 오두막집이라 하더라도 그곳으로 절 보내 주세요. 그러나 그때까지는 여기 머물러 있게 해주세요. 집도 없이 궁핍하게 지내야 하는 두려움을 다시 겪는 일은 끔찍해요.」

「물론 여기 머무르도록 해요.」 다이애나가 내 머리 위에 하얀 손을 얹으며 말했다. 「그러도록 해요.」 메리가 감정을 드러내지 않는 진지한 어조로 말했다. 그것은 그녀의 타고난 성격처럼 보였다.

「당신도 보다시피 내 누이동생들은 당신을 데리고 있는 것을 기쁘게 생각하오.」 세인트존 씨가 말했다. 「그들은 겨울 바람에 창문으로 휩쓸려 들어온 반쯤 언 새라도 기꺼이 데리고 있으면서 소중하게 여길 것이오. 나는 당신 스스로 부양할 수 있도록 만들어 주고 싶고 그렇게 하도록 노력할 것이오. 그러나 알아 둬요. 내 활동 범위는 제한되어 있소. 나는 가난한 시골 교구의 목사에 불과하오. 정말 변변치 않은 도움밖에 줄 수 없을 것이오. 그리고 당신이 〈일이 자잘하게 시작되어〉[104] 경멸하는 경향이 있다면 나보다 더 유력한 구원자를 찾으시오.」

「할 수 있는 정직한 일이면 뭐든지 다 하겠다고 그녀가 이미 말했잖아요.」 다이애나가 나 대신 대답했다. 「그리고 오빠도 알다시피 그녀에게는 도와줄 사람을 선택할 여지가 없어요, 세인트존. 오빠처럼 그렇게 무뚝뚝한 사람이라도 어쩔 수 없이 참고 견뎌 내야 한다고요.」

「재봉사도 될 수 있고 일반 여공으로 일할 수도 있어요. 더 나은 일을 구할 수 없으면 하녀나 보모도 될 수 있어요.」 내가 대답했다.

「좋아요.」 세인트존 씨가 매우 냉정하게 말했다. 「그런 정

104 「즈가리야」 4장 10절.

신이라면 당신을 돕겠다고 약속하겠소. 내게 편한 시간과 편한 방식으로 말이오.」

그는 차를 마시기 전에 몰두해 있던 책을 다시 읽기 시작했다. 나는 기운이 허용하는 한 최대한 많이 말하고 최대한 오래 앉아 있었기 때문에 이제 그만 그곳을 물러났다.

제4장

　무어 하우스에 사는 사람들을 알면 알수록 그들이 더욱더 좋아졌다. 며칠 후에 나는 건강을 상당히 많이 회복해서 하루 종일 앉아 있고 가끔 산책을 하러 나갈 수 있게 되었다. 나는 다이애나와 메리가 하는 모든 일을 그들과 함께 할 수 있었다. 그들이 원하는 만큼 그들과 이야기를 나누고 허락하는 한 시간과 장소를 가리지 않고 그들을 도왔다. 그들과 이렇게 알아 가는 데에는 기운을 되찾게 해주는 기쁨이 있었다. 그것은 내가 처음으로 느껴 보는 종류의 기쁨, 취향과 정서와 원칙이 완벽하게 일치하는 데서 생겨나는 기쁨이었다.

　나는 그들이 좋아하는 책을 읽는 것이 좋았고 그들이 즐기는 것은 나도 즐겼다. 그들이 인정하는 것을 나도 숭배했다. 그들은 자신들의 외딴 집을 사랑했다. 나 역시 낮은 지붕과 격자창, 무너지고 있는 벽, 산바람의 압력 때문에 모두 비스듬하게 자란 오래된 전나무 가로수길, 주목과 호랑가시나무들로 우거져서 어두침침하고 가장 내한성이 뛰어난 꽃들을 제외하고는 꽃이 전혀 피지 않는 정원이 딸린 회색의 작고 오래된 집에서 강력하고 지속적인 매력을 발견했다. 그들은 집 뒤와 주변의 보랏빛 황야를 사랑했다. 그리고 자갈이 깔린 마찻길이 나 있는 우묵한 골짜기를 사랑했다. 마찻길은 대문에서 아래로 이어져 이끼 낀 비탈 사이를 돌아 황량한 히스를 둘러싸고 황무지에 사는 양 떼와 이끼 낀 작은 새끼 양들에게 먹을거리를 제공해 주는, 전혀 돌보지 않은 몇 개의 작은 목초지 사이를 굽이치며 지났다. 그들은 이런 풍경을 너무나 열렬히 사랑했다. 나는 그런 감정을 이해할 수 있었고 또한 그런 강렬하고 진실한 감정을 그들과 공유했다. 나는 그곳의 매력을 알게 되었고 그곳의 고적함에서 신성함을 느꼈다. 내 시선은 구릉과 굽이진 모습들 그리고 이끼와 히스 꽃, 점점이 꽃이 피어 있는 잔디밭, 반짝이는 고사리, 부드러운 화강암 바위가 산마루와 골짜기까지 펼쳐 보이는 자연의 색채를 마음껏 즐겼다. 이런 세부적인 것들은 그들과 마찬가지로 내게도 똑같이 순수하고 달콤한 기쁨의 원천이었다. 이 지역의 강한 돌풍과 부드러운 미풍, 거친 날과 평화로운 날, 일출과 일몰 시간, 달빛과 구름 낀 밤은 그들과 마찬가지로 내게도 똑같이 매력적이었고 그들의 마음을 사로잡은 것과 똑같은 주문을 내 마음에도 걸었다.

집 안에서도 똑같이 우리는 죽이 잘 맞았다. 그들 모두 나보다 더 재능이 있었고 더 박식했다. 나는 그들이 나보다 앞서 걸어간 학문의 길을 열심히 따라갔다. 나는 그들이 빌려준 책들을 탐독했다. 낮에 읽은 내용을 저녁에 그들과 토론하는 것은 큰 기쁨이었다. 생각이 서로 잘 맞았고 의견이 일치했다. 간단히 말해서 우리는 완벽하게 일치했다.

우리 삼인조 중에 좀 더 뛰어난 지도자가 있었다면 단연 다이애나였다. 신체적으로 그녀는 나를 훨씬 능가했다. 그녀는 아름다웠고 생기가 넘쳤다. 그녀의 마음에는 활력이 가득 차서 항상 흘러넘쳤다. 그것은 나로 하여금 감탄을 불러일으키게 하는 동시에 도저히 내가 이해할 수 없는 것이었다. 저녁이 되면 나는 잠깐 동안은 말을 이어 나갈 수 있었다. 그러나 처음 얼마 동안 활기차고 유창하게 말을 쏟고 난 다음에는 기꺼이 다이애나의 발치에 놓인 스툴에 앉아서 그녀의 무릎에 머리를 기대고 그녀와 메리가 번갈아 하는 말을 들었다. 그들은 내가 겨우 건드린 주제에 대해 완벽하게 통달하고 있는 것 같았다. 다이애나는 내게 독일어를 가르쳐 주겠다고 제안했다. 나는 그녀에게 배우는 것이 좋았다. 나는 그녀가 교사의 역할을 좋아하고 그것이 그녀에게 잘 맞는다는 것을 알았다. 학생으로서의 역할도 그에 못지않게 나를 기쁘게 하고 내게 잘 맞았다. 우리의 성격은 잘 맞았다. 서로에 대해 가장 강한 애정이 생겨났다. 그들은 내가 그림을 그릴 줄 안다는 것을 알고 자신들의 연필과 그림물감 통을 내 마음대로 쓸 수 있게 해주었다. 딱 이 한 가지 점에서만 그들보다 더 나은 내 재주에 대해 그들은 놀라워하며 그것에 반했다. 메리는 몇 시간씩 함께 앉아서 나를 바라보다가 그림 그리는 법을 배우고 싶어 했다. 그녀는 유순하고 똑똑하고 열성적인 학생이 되었다. 그렇게 몰두해서 서로 즐거이 보내다 보면 하루가 한 시간처럼, 한 주가 하루처럼 지나갔다.

세인트존 씨로 말하자면, 나와 그의 누이동생들 사이에서 너무나 자연스럽고 빠르게 생겨난 친밀감이 그에게까지 미치지는 않았다. 우리 사이에 여전히 거리감이 있게 된 한 가지 이유는 그가 거의 집에 머물러 있지 않는다는 점이었다. 그는 대부분의 시간을 여기저기에 흩어져 있는 아프고 가난한 교구민들을 방문하면서 보내는 것 같았다.

어떤 날씨도 그의 이런 목사로서의 방문을 막지 못하는 모양이었다. 비가 오건 날씨가 맑건 그는 아침 공부 시간이 끝나면 모자를 집어 들고 아버지의 늙은 사냥개인 카를로와 함께 사랑인지 의무인지 ─ 사실 나는 그가 어느 쪽으로 생각하는지 전혀 알 수가 없었다 — 자기 임무를 다하기 위해 집을 나섰다. 때로 날씨가 매우 궂으면 그의 누이동생들이 말리곤 했다. 그러면 그는 명랑하다기보다는 엄숙한 특유의 미소를 지으며 말하곤 했다.

「바람이 좀 불거나 비가 좀 뿌렸다고 이 쉬운 임무를 밀쳐둔다면 장래의 계획에 무슨 준비가 되겠니?」

이 질문에 대한 다이애나와 메리의 대답은 대개 한숨을 쉬고 몇 분 동안 슬픈 얼굴로 깊은 생각에 잠기는 것이었다.

그러나 그의 잦은 출타 이외에도 그와 친해지는 것을 방해하는 또 다른 장애물이 있었다. 그는 내성적이었고 뭔가에 마음을 빼앗긴 듯 멍했으며 항상 깊은 생각에 잠겨 있는 것처럼 보였다. 그는 목사로서의 직무에 열성적이었고 일상생활이나 습관 면에서 흠잡을 데 없이 완벽했지만 모든 성실한 기독교인과 실천적인 박애주의자에 대한 보상이라 할 수 있는 정신적인 평온함과 내적인 만족감을 즐기지 않는 듯했다. 가끔 저녁이면 그는 책을 읽거나 글 쓰던 것을 멈추고 턱을 괸 채 알 수 없는 어떤 생각에 빠지곤 했다. 그러나 그것이 마음을 어지럽히고 흥분시키는 생각임은 그의 눈이 자주 번쩍이고 불안정하게 커졌다 작아졌다 하는 모습을 통해 드러났다.

더구나 내가 보기에 그에게는 누이동생들에게만큼 자연이 기쁨의 보고가 아닌 것 같았다. 그는 구릉의 거친 매력에 대해 느낀 감동과 그가 자기 집이라 부르는 검은 지붕과 회백색 벽들에 대해 타고날 때부터 지닌 애정을, 내가 듣고 있을 때 그저 딱 한 번 표현했을 뿐이다. 그러나 그런 감정이 표출된 어조와 말에서는 기쁨보다 우울함이 더 많이 느껴졌다. 그는 마음을 진정시켜 주는 황야의 고요함 때문에 그곳을 배회하는 것처럼 보이지 않았다. 황야가 제공해 주는 여러 가지 평화로운 기쁨을 찾는다거나 그에 대해 깊이 생각하는 것 같지도 않았다.

그는 말수가 적었기 때문에 상당한 시간이 지나고 나서야 그의 마음을 헤아려 볼 기회가 생겼다. 모턴에 있는 그의 교회에서 설교를 들었을 때 나는 처음으로 그의 뛰어난 정신을 가늠해 볼 수 있었다. 그 설교를 내가 묘사할 수 있으면 좋겠지만 내 능력으로는 할 수 없는 일이다. 설교를 듣고 받은 인상을 정확하게 표현할 수조차 없다.

설교는 조용하게 시작되었다. 그리고 사실 목소리의 어조와 높이에 관한 한 그 설교는 끝까지 조용했다. 진지하게 느껴지면서도 엄격하게 절제된 열정이 곧 명확한 어조 속에 표출되었고 힘찬 언어를 촉발시켰다. 이것이 압축되고 응축되고 억제된 힘을 더해 갔다. 설교자의 힘에 가슴이 떨리고 마음이 놀랐다. 가슴도 마음도 부드러워지지 않았다. 시종일관 이상한 냉혹함이 느껴졌다. 마음을 위로해 주는 따뜻함이 전혀 없었고 엄격한 칼뱅주의 교리인 하느님의 선발, 예정설, 영벌(永罰)이 자주 언급되었다. 그리고 이런 문제들이 언급될 때마다 그것은 최후의 심판을 내리는 선고처럼 들렸다. 그가 설교를 마쳤을 때 그의 말에 의해 기분이 더 좋아지고 더 차분해지고 교화되었다는 느낌 대신 말로 표현할 수 없는 슬픔이 느껴졌다. 다른 사람들에게도 마찬가지였는지는 잘 모르겠지만 내가 들은 웅변이 실망이라는 혼탁한 찌끼가 섞여 있는 심연에서, 만족을 모르는 갈망과 마음을 어지럽히는 동경이라는 괴로운 충동들이 움직이는 심연에서 솟아난 것처럼 여겨졌다. 나는 세인트존 리버스 씨가, 비록 그가 깨끗하게 살았고 양심적이며 열정적이라 해도, 〈사람으로서는 감히 생각할 수도 없는 하느님의 평화〉[105]를 아직 발견하지 못했다고

---

105 「필립비인들에 보낸 편지」 4장 7절.

확신했다. 그가 하느님의 평화를 아직 발견하지 못한 것은 내가 부서진 우상과 잃어버린 낙원에 대해 남모르게 슬퍼하는 미련 때문에, 최근에는 언급을 회피하고 있지만 나를 사로잡고 무자비하게 괴롭히는 미련 때문에 평화를 발견하지 못한 것과 마찬가지였다.

그러는 동안 한 달이 지나갔다. 다이애나와 메리는 곧 무어 하우스를 떠나 영국 남부의 큰 신도시에서 가정 교사로서 그들을 기다리고 있는, 완전히 다른 생활과 환경으로 돌아갈 예정이었다. 그들은 그곳의 어느 거만한 부잣집에서 일을 하고 있었다. 그들은 각자 하찮은 고용인으로서만 간주될 뿐 아무도 그들의 타고난 탁월함을 알아주거나 찾아내려 하지 않았다. 그들의 재능은 요리사의 기술이나 시녀의 취향처럼 평가될 뿐이었다. 세인트존 씨는 구해 주겠다고 약속한 일자리에 대해 아직 아무 말이 없었다. 그러나 이제는 무엇이 되었든 일을 해야 한다는 생각이 절박해졌다. 어느 날 아침 잠깐 동안 그와 거실에 단둘이 남게 되었을 때 나는 용기를 내서 돌출 창이 있는 곳으로 다가갔다. 그곳에 그의 탁자와 의자, 책상이 놓여 있어서 일종의 서재와 같은 역할을 했다. 그와 같은 성격에 끼어 있는 과묵함의 얼음을 깨는 것이 항상 어려웠기 때문에 어떻게 물어봐야 할지 난감해 하면서 막 입을 열려는 순간 그가 먼저 이야기를 시작하여 그런 수고를 덜어 주었다.

내가 가까이 다가가자 그가 고개를 들고 물었다. 「나한테 뭐 물어볼 게 있소?」

「네. 혹시 제가 할 수 있는 일이 있는지 들으신 게 있나 알고 싶어서요.」

「석 주 전에 당신을 위해 뭔가를 찾아냈소. 아니 만들어 냈소. 그러나 당신이 여기서 도움도 되고 잘 지내는 것처럼 보여서, 또 내 누이동생들이 당신에게 정을 느끼게 된 것이 분명하고 당신과 어울리는 것이 그 애들에게 특별한 즐거움을 주고 있기 때문에 그 애들이 마시 엔드를 떠날 때가 되어 당신도 불가피하게 떠나게 될 때까지는 당신과 누이동생들 모두의 즐거움을 깨뜨리는 일이 그리 절박하지는 않다고 생각했소.」

「그런데 이제 그분들이 사흘 후면 떠나는 거죠?」 내가 말했다.

「그렇소. 그리고 그 애들이 떠나면 나는 모턴에 있는 목사관으로 돌아갈 것이오. 한나도 나와 함께 갈 것이오. 그리고 이 오래된 집은 닫아 놓을 작정이오.」

나는 그가 처음에 꺼낸 주제를 계속해 주길 기대하면서 잠깐 동안 기다렸다. 그러나 그는 다른 생각에 빠져 있는 것처럼 보였다. 그의 표정은 나와 내 일에서 멀어진 듯했다. 나와 밀접하게 관련되어 있고 내게는 간절한 관심사인 그 문제를 다시 그에게 상기시켜 주어야 했다.

「당신이 염두에 두고 있는 일자리가 어떤 건가요, 리버스 씨? 이렇게 미뤄 둔 탓에 그 일자리를 얻기가 더 어려워지지는 않길 바랍니다.」

「아, 아니오. 일자리를 주는 것은 전적으로 나한테 달려 있고 당신은 그저 받아들이기만 하면 되는 일이오.」

그가 다시 말을 멈췄다. 말을 계속하기 주저하는 듯했다. 나는 점점 더 초조해졌다. 불안해 하며 한두 번 몸을 움직이고 간절하게 요구하는 눈빛으로 그의 얼굴을 응시하자 말로 전달될 수 있는 것만큼 효과적으로, 수고는 덜 들인 채 내 감정이 그에게 전달되었다.

「굳이 빨리 들으려고 서두를 필요가 없소.」 그가 말했다. 「솔직히 말하자면 당신에게 마련해 줄 적당하거나 유익한 일자리는 없소. 설명하기 전에, 괜찮다면 내가 분명하게 밝혀

둔 경고를 떠올려 보기 바라오. 내가 당신을 돕는다면 그것은 눈 먼 장님이 절름발이를 도우려는 것이나 다름없다고 했소. 나는 가난하오. 아버지의 빚을 모두 갚고 나자 내게 남은 유산이라고는 이 부서져 가는 집과 뒤에 줄 지어 서 있는 상한 전나무 몇 그루와 앞에 주목과 호랑가시나무 관목 숲이 딸린 황무지 땅 한 뙈기밖에 없다는 것을 알았소. 나는 별 볼일 없는 사람이오. 리버스는 오래된 가문이오. 그러나 이 가문의 유일한 세 명의 후손 중 두 사람은 낯선 사람들 속에서 식객으로 살아가고 있고 세 번째 사람은 고국에서조차 자신을 이방인으로 간주하고 있소. 살아서뿐만 아니라 죽어서도 말이오. 그렇소, 그는 그런 운명을 갖게 된 것을 영광이라고 간주하고 또 그럴 수밖에 없소. 그는 자신을 세속적인 끈으로부터 벗어나게 해줄 십자가가 자신의 어깨 위에 놓이게 될 날을, 그 자신이 속해 있는 가장 비천한 무리를 이끄는 전투의 교회[106]의 우두머리이신 그리스도께서 〈일어나 나를 따르라!〉라고 명하실 그 날이 오기만을 갈망하고 있소.」

세인트존은 설교를 할 때처럼 이 말을 조용하고 나지막한 목소리로 창백한 얼굴에 눈을 번쩍이면서 말했다. 그가 다시 말하기 시작했다.

「내가 가난하고 보잘것없는 사람이라 당신에게 가난하고 보잘것없는 일자리밖에 제안할 수가 없소. 당신은 그것을 품위를 떨어뜨리는 일이라고 여길지도 모르오. 당신의 습관이 소위 세련된 것이었다는 걸 내가 알고 있기 때문이오. 당신의 취향은 이상적인 것을 추구하는 경향이 있고 당신이 사귄 사람들은 적어도 교양 있는 사람들이었소. 그러나 나는 인류를 더 나아지게 만드는 일은 그 어느 것도 품위 없는 일이 아니

---

106 현세에서 악과 싸우고 있는 지상의 기독교도들.

라고 생각하오. 기독교인 일꾼에게는 경작의 임무가 부여된 땅이 불모에다 개간되지 않은 상태이면 더더욱, 노동의 대가가 적으면 적을수록 그 영광도 더 높아지는 법이오. 그런 상황에서 그의 운명은 개척자의 운명이나 마찬가지요. 그리고 복음의 첫 번째 개척자들은 십이 사도들이었고 그 우두머리는 구세주인 예수님 자신이었소.」

「그래서요?」 그가 다시 말을 멈추었을 때 내가 말했다. 「계속하세요.」

그는 말을 이어 나가기 전에 나를 바라보았다. 사실 그는 내 얼굴 생김새와 주름이 책장 위의 글자이기라도 하듯 내 얼굴을 천천히 읽는 것 같았다. 이런 정밀 조사에서 이끌어 낸 결론을 그는 다음과 같은 말로 부분적으로 표현했다.

「내가 제안하는 일자리를 당신이 받아들일 거라고 나는 믿고 있소.」 그가 말했다. 「잠깐 동안 그것을 받아들여요. 영원히는 말고요. 마찬가지로 나 역시 나를 더욱더 편협하게 만드는, 조용하고 드러나지 않는 영국의 시골 목사직을 영원히 계속할 수는 없으니 말이오. 비록 다른 종류이긴 하지만 당신의 천성 속에 내 천성에 들어 있는 것과 마찬가지로 휴식을 달가워하지 않는 성향이 있기 때문이오.」

「설명해 주세요.」 그가 다시 말을 멈추었을 때 내가 재촉했다.

「그러겠소. 당신은 그 제안이 얼마나 빈약하고 변변치 않은지, 그리고 얼마나 갑갑한 일인지 듣게 될 것이오. 이제 아버지도 돌아가셨고 내 일은 나 스스로 결정할 수 있기 때문에 나는 모턴에 오래 머물지 않을 작정이오. 1년 이내에 이곳을 떠날 생각이오. 그러나 내가 머무는 동안에는 이곳을 개선시키기 위해 최선의 노력을 다할 것이오. 2년 전 이곳에 왔을 때는 학교가 없었소. 가난한 집 아이들은 형편이 나아질 것이라는 모든 희망으로부터 배제되었소. 나는 남자아이들을 위한 학교를 세웠소. 이제는 여자아이들을 위한 두 번째 학교를 세울 작정이오. 그럴 목적으로 건물을 하나 빌렸고 그곳에는 사택으로 쓸 방 두 개짜리 오두막집이 붙어 있소. 선생님의 봉급은 연봉 30파운드요. 사택에는 한 숙녀의, 그러니까 내 교구의 유일한 부자로 골짜기에 있는 바늘 공장과 주물 공장의 주인인 올리버 씨의 무남독녀 올리버 양의 호의 덕에 매우 검소하지만 충분하게 이미 가구가 비치되었소. 그 숙녀분은 구빈원 출신의 한 고아에게 교육비와 의복비도 대주고 있소. 조건은 그녀가 선생님의 집과 학교와 연관된 잡무를 돕는다는 것이오. 선생님이 가르치는 일로도 벅차서 직접 그런 일을 할 시간이 없을 것이기 때문이오. 당신이 이 선생님이 되어 주겠소?」

그가 다소 허둥지둥 그 질문을 했다. 그는 그 제안에 대해 내가 분개하거나 아니면 적어도 그 제안을 경멸하면서 거절하리라고 각오를 한 모양이었다. 내 생각과 감정을 약간은 추측했다 해도 다는 알지 못했기 때문에 그는 그 운명이 내게 어떤 빛으로 나타났는지 알 수 없었을 것이다. 사실 그것은 변변찮은 일자리였다. 그러나 다시 생각해 보면 그것은 사람들의 눈을 피할 수 있는 일자리였고, 더구나 나는 안전한 도피처를 원했다. 그것은 단조로운 일이기도 했다. 그러나 한편으로 생각해 보면 부잣집 가정 교사 자리와 비교했을 때 독립적인 일이었다. 낯선 사람들에게 종속된다는 두려움이 내 영혼에 칼처럼 뚫고 들어왔다. 그것은 비천하지 않은 일이었고 가치 없는 일도 아니었으며 정신적으로 품위를 떨어뜨리는 일도 아니었다. 나는 결정했다.

「그 제안에 감사드려요, 리버스 씨. 진심으로 그 제안을 받아들일게요.」

「그런데 당신이 내 말을 잘 알아들은 거요?」 그가 말했다.

「그것은 마을 학교요. 당신이 가르칠 가난한 여자아이들은 농장 일꾼들의 아이들뿐이고 기껏해야 농부의 딸들일 거요. 뜨개질과 바느질, 읽기와 쓰기, 셈하기가 당신이 가르쳐야 하는 것의 전부가 될 거요. 당신의 재능은 어떻게 하겠소? 당신 마음의 가장 큰 부분을 차지하고 있는 당신의 정서와 취향은 어쩌겠소?」

「그것들은 필요가 있을 때까지 잘 보관해야죠. 잘 있을 거예요.」

「그렇다면 당신이 맡은 일이 무엇인지 잘 알고 있다는 얘기오?」

「네.」

그가 이제야 미소를 지었다. 신랄하거나 슬픈 미소가 아니라 매우 기쁘고 깊이 만족하는 미소였다.

「그럼 당신이 맡은 일을 언제부터 시작할 수 있소?」

「내일 제가 살 집으로 가서 당신이 괜찮다면 다음 주에 학교를 열게요.」

「좋아요. 그렇게 해요.」

그가 일어서서 방을 여기저기 걸어다니다가 가만히 서서 나를 다시 바라보았다. 그가 머리를 저었다.

「무엇이 마음에 안 드는 거예요, 리버스 씨?」 내가 물었다.

「당신은 모턴에 오래 머물지는 않을 거요. 아닐 거요!」

「왜요? 왜 그렇게 말씀하시는 거죠?」

「당신 눈에서 그걸 읽었소. 평탄한 인생행로를 약속해 주는 그런 종류의 눈빛이 아니오.」

「저는 야심적이지는 않아요.」

그가 〈야심적〉이라는 말에 움찔했다. 「알고 있소? 무엇 때문에 야심에 대해 생각하는 것이오? 누가 야심적이오? 나는 내가 그렇다는 것을 알고 있소. 그런데 당신은 어떻게 그것을 알았소?」

「저는 제 자신에 대해 말하는 것이었어요.」

「그럼, 당신이 야심적이지 않다면 당신은…….」 그가 말을 멈췄다.

「어떤데요?」

「열정적이라고 말하려 했소. 그러나 어쩌면 당신이 그 말을 오해해서 불쾌하게 여길지도 모르겠소. 내 말은 인간의 애정과 공감이 당신에게 매우 강력한 영향을 미치고 있다는 뜻이오. 오래지 않아 혼자서 여가를 보내고 자극이라고는 눈곱만큼도 찾아볼 수 없는 단조로운 일을 몇 시간씩 하는 데에 당신이 만족할 수 없게 되리라고 나는 확신하오. 내가 만족할 수 없는 것과 마찬가지로 말이오.」 그가 강조하며 덧붙였다. 「이곳 습지에 묻히고 산에 갇혀 사는 데 대해서 말이오. 이런 삶은 하느님이 주신 내 천성에 맞지 않소. 하늘이 주신, 아니, 마비시킨 내 능력들은 쓸모없게 되었소. 지금 내가 얼마나 스스로 모순되는 말을 하고 있는지 당신은 이미 알고 있을 거요. 보잘것없는 운명에 만족하라고 설교하고 하느님을 섬기면서 〈나무 패며 물 긷는 자〉[107]의 직업조차 정당화했던 내가, 하느님에게 임명받은 목사인 내가 이토록 침착하지 못하게 지껄이고 있으니 말이오. 어쨌든 성향과 원칙은 어떤 방법에 의해서건 반드시 일치되어야 하오.」

그가 방을 나갔다. 이 짧은 시간 동안 나는 이전의 한 달 동안 그에 대해 알았던 것보다 더 많은 부분을 알았다. 그럼에도 불구하고 그는 내게 여전히 수수께끼 같았다.

다이애나 리버스와 메리 리버스는 오빠와 집을 떠날 날이 다가오자 더 슬퍼하며 말이 없어졌다. 그들 모두 평소처럼 보

107 「여호수아」 9장 21~27절 참조.

이러고 애썼다. 그러나 그들이 애써 맞서 싸워야 했던 슬픔은 완전히 극복되거나 감출 수 없는 것이었다. 다이애나는 이번 이별이 이전에 겪었던 이별과는 다를 것이라는 생각을 비쳤다. 세인트존에 관한 한 그와 몇 년은 헤어져 있게 될 터이고 어쩌면 평생 동안 만나지 못하게 될지도 모른다는 것이었다.

「그는 오랫동안 계획해 온 결심에 모든 것을 희생할 거예요.」 그녀가 말했다. 「훨씬 더 강한 육친에 대한 애정과 감정도요. 세인트존이 조용해 보이죠, 제인? 그러나 그는 마음속에 열병을 숨기고 있어요. 당신은 그를 부드러운 사람이라고 생각할지 모르지만 어떤 점에서는 저승사자처럼 냉혹해요. 그리고 가장 끔찍한 것은 그의 엄한 결정을 번복하도록 그를 설득하는 것을 내 양심이 허락하지 않는다는 거예요. 분명히 나는 한순간도 그 결정에 대해 그를 비난할 수가 없어요. 그것은 옳고 고상하며 기독교적이에요. 그럼에도 불구하고 그 때문에 내 마음이 찢어져요.」 그녀의 아름다운 눈에서 눈물이 솟구쳐 올랐다. 메리는 일감 위로 고개를 떨어뜨렸다.

「이제 우리에게는 아버지도 안 계시는데 곧 집도, 오빠도 없어질 거예요.」 그녀가 중얼거렸다.

그 순간 〈엎친 데 덮친 격〉이라는 속담이 사실임을 증명하기 위해, 잔을 입술에 가져가는 사이에도 얼마든지 일이 벌어질 수 있으므로 마음을 놓아서는 안 된다는 성가신 고통을 더해 주기 위해, 운명이 일부러 정해 놓은 것 같은 작은 사건이 일어났다. 세인트존이 편지를 읽으며 창문을 지나 방으로 들어왔다.

「존 외삼촌이 돌아가셨대.」 그가 말했다.

두 자매 모두 어안이 벙벙한 것 같았다. 충격을 받거나 많이 놀라지도 않았다. 그 소식은 비통하다기보다 심각한 일처럼 보였다.

「돌아가셨다고요?」 다이애나가 되물었다.

「응.」

그녀가 오빠의 얼굴을 날카로운 시선으로 뚫어지게 바라보았다. 「그리고 그다음에는요?」 그녀가 낮은 목소리로 물었다.

「그다음에는 뭐라니? 죽은 다음에?」 그가 대리석처럼 안색을 전혀 바꾸지 않고 대꾸했다. 「그다음에는 뭐냐고? 저런, 아무것도 없어. 읽어 봐.」

그가 편지를 그녀의 무릎에 던져 주었다. 그녀가 편지를 훑어보고 메리에게 건넸다. 메리가 그것을 숙독한 다음 오빠에게 돌려주었다. 세 사람 모두 서로를 바라보며 쓸쓸하고 구슬픈 미소를 지었다.

「아멘! 그래도 우리는 살아가겠죠.」 마침내 다이애나가 말했다.

「어쨌든 전보다 더 나빠지지는 않겠네요.」 메리가 말했다.

「무슨 일이 벌어졌을까 마음속으로 열심히 상상해 보고 현재 상태와 생생하게 비교하게 만들 뿐이지.」 리버스 씨가 말했다.

그가 편지를 접어서 책상 속에 넣은 다음 다시 밖으로 나갔다.

몇 분 동안 아무도 입을 열지 않았다. 다이애나가 내게로 몸을 돌렸다.

「제인, 우리의 태도와 비밀에 놀랐을 거예요.」 그녀가 말했다. 「외삼촌처럼 그렇게 가까운 친척의 죽음에 꿈쩍도 안 하는 우리를 무정한 사람들이라고 생각했을 거예요. 그러나 우리는 외삼촌을 본 적도 없고 잘 알지도 못해요. 어머니의 동생이신데 오래전에 아버지와 다투셨대요. 외삼촌의 조언에 따라 아버지가 재산의 대부분을 투기했다 다 날리셨거든요. 두 분이 서로를 비난하다 헤어진 다음에는 다시 화해를 못 하셨어요. 외삼촌은 그 후 더 번창한 사업을 벌여서 2만 파운드 정도의 재산을 모은 것 같아요. 결혼도 안 했고 가까운 친척이라고는 우리 말고 촌수가 같은 친척 한 사람밖에 없었어요. 아버지는 외삼촌이 우리에게 재산을 남겨 줌으로써 자신의 잘못을 보상하리라는 생각을 항상 품고 계셨어요. 그 편지는 외삼촌이 세 개의 추모 반지를 사도록 세인트존과 다이애나와 메리에게 나눠 줄 30기니를 제외하고 모든 재산을 다른 친척에게 물려준다는 내용이었어요. 물론 외삼촌에게는 하고 싶은 대로 할 수 있는 권리가 있어요. 그럼에도 불구하고 그런 소식을 들으니 한순간 섭섭해지네요. 메리와 나는 각자 천 파운드만 받아도 부자가 되었다고 생각했을 테고 세인트존에게는 그 정도면 굉장히 값진 돈이 되었을 거예요. 그 돈으로 좋은 일을 할 수 있었을 테니까요.」

이런 설명이 이루어진 다음에는 그 문제가 더 이상 거론되지 않았다. 리버스 씨나 그의 누이동생들도 다시는 그 얘기를 꺼내지 않았다. 다음 날 나는 마시 엔드를 떠나 모턴으로 갔다. 그다음 날 다이애나와 메리는 먼 B 시를 향해 마시 엔드를 떠났다. 리버스 씨와 한나는 목사관으로 갔다. 그렇게 오래된 저택은 텅 비게 되었다.

제5장

마침내 집을 찾고 보니 내 집은 오두막집이었다. 벽에 회반죽이 칠해져 있고 바닥에 모래가 깔린 작은 방에는 페인트칠된 의자 네 개와 책상 하나, 두세 개의 접시와 그릇, 델프트 도자기 찻잔 세트가 들어 있는 찬장이 놓여 있었다. 위층에는 부엌과 똑같은 크기의 방이 하나 있었고 그 안에는 제재목 침대와 서랍장이 들어 있었다. 서랍장은 작았지만 변변찮은 내 옷으로 채우기에는 너무 컸다. 착하고 너그러운 내 친구들이 필요한 것들을 적당히 모아 줘서 옷가지가 많아지긴 했지만 말이다.

저녁이 되었다. 나는 심부름을 하는 고아 소녀에게 오렌지 하나를 사례로 줘서 보냈다. 오늘 아침에 마을 학교가 문을 열었다. 학생은 스무 명이었다. 그러나 그중 세 명만이 읽을 줄 알았고 글을 쓰거나 셈을 할 줄 아는 학생은 아무도 없었다. 몇 명은 뜨개질을 할 줄 알았고 한두 명은 바느질을 조금 할 줄 알았다. 그들은 그 지방 특유의 사투리를 썼다. 학생들과 나는 서로 말을 알아듣지 못해 애를 먹었다. 학생들 중 몇 명은 무지했을 뿐만 아니라 버릇없고 거칠고 다루기가 힘들었다. 그러나 나머지 학생들은 유순하고 배우고자 하는 열망이 있었고 나를 기쁘게 해주는 성격을 보였다. 나는 초라한 옷을 입은 이 농부의 자식들이 명문가의 자제들만큼 훌륭한 사람들이라는 점을 잊지 말아야 했다. 훌륭한 소질과 세련됨과 지성과 친절한 마음씨의 싹이 가장 좋은 혈통에서 태어난 아이들과 마찬가지로 이 아이들의 마음속에도 존재하고 있다는 점을 잊지 말아야 했다. 내 임무는 이 싹을 키우는 것이었다. 물론 나는 이 일을 하면서 상당한 행복을 느낄 것이다. 내 앞에 펼쳐져 있는 삶에서 나는 많은 기쁨을 기대하지는 않았다. 그럼에도 불구하고 내가 마음을 바로잡고 능력을 최대한 발휘한다면 매일매일 살아갈 수 있을 만큼 충분한 기쁨을 느낄 수 있으리라.

오늘 아침과 오후에 아무 장식도 없는 소박한 저 교실에서 보낸 시간 동안 내가 명랑하고 안정되고 만족했던가? 나 자신을 속이지 않기 위해 나는 대답해야 했다. 아니었다. 어느 정도 나는 우울함을 느꼈다. 그렇다, 나는 바보였다. 내 품위가 떨어진 것처럼 느껴졌다. 사회적인 계급이라는 면에서 한 걸음 올라가는 대신 한 걸음 내려간 것 같았다. 주변에서 들리고 보이는 무지와 가난과 비천함에 나는 마음 약하게도 낙담했다. 그러나 이런 감정 때문에 나 자신을 너무 많이 미워하거나 경멸해서는 안 된다. 나는 그런 감정이 잘못된 것임을 알고 있다. 그것만으로도 큰 진전을 이룬 것이다. 나는 이를 극복하기 위해 노력할 것이다. 내일은 분명히 조금이라도 극복하리라고 믿는다. 그리고 아마 몇 주 후에는 그 감정이 완전히 극복될 것이다. 몇 달 후에는 학생들이 진전되고 더 나은 쪽으로 변화하는 모습을 보는 행복 때문에 만족감이 혐오감을 대신하게 될지도 모른다.

그 사이에 나 자신에게 한 가지 질문을 해보자. 어느 쪽이 더 나은가? 프랑스에서 로체스터 씨의 정부로 사는 가운데

쾌락의 별장에서 유혹에 굴복하여 열정을 따를 뿐 어떤 힘든 노력도 하지 않은 채 비단 덫에 빠져 그 위에 깔린 꽃들 위에서 잠이 들고, 사치품들 속에서 남부의 기후를 느끼며 깨어나고, 내 시간의 반을 그의 사랑에 취해서 사는 편이 더 나은가? 물론 그는 나를 얼마 동안은 많이 사랑할 것이다. 아, 당연히 그럴 것이다. 그는 나를 정말로 사랑했다. 어느 누구도 나를 그렇게 다시 사랑하지 못하리라. 나는 아름다움과 젊음과 우아함에 바쳐진 그 달콤한 경의를 더 이상은 맛보지 못할 것이다. 내가 다른 어느 누구에게도 그런 매력을 갖지 못할 것이기 때문이다. 그는 나를 좋아했고 나를 자랑스러워했다. 그것은 그 이외의 어느 누구도 그렇게 할 수 없는 일이었다. 그러나 나는 지금 어디를 방황하고 있고, 무슨 말을 하고 있으며, 무엇보다도 어떤 기분을 느끼고 있는가? 한순간 기만적인 행복으로 들떠 있다가 다음 순간에는 회한과 수치의 가장 비통한 눈물로 숨 막혀 하며 마르세유의 바보의 천국에서 노예가 되는 편이 더 나은 걸까? 아니면 건강한 영국 중부의 산들바람 부는 산모퉁이에서 자유롭고 정직하게 마을 학교 선생님으로 사는 편이 더 나은 걸까?

그렇다. 나는 원칙과 법을 고수하고 격앙된 한순간의 광적인 충동을 경멸하고 물리친 것이 옳았음을 이제는 깨닫는다. 하느님이 나를 올바른 선택으로 이끌어 주셨다. 나는 그런 인도를 해주신 하느님의 섭리에 감사드린다.

저녁의 묵상이 여기까지 이르렀을 때 나는 일어나 문가로 가서 추수기의 일몰과 학교와 함께 마을에서 반 마일 떨어진 내 오두막집 앞의 조용한 들판을 바라보았다. 새들이 그날의 마지막 노래를 부르고 있었다.

공기는 부드럽고 이슬은 향기로웠네.[108]

들판을 바라보는 동안 나는 나 자신이 행복하다고 생각했다. 그러나 얼마 지나지 않아 울고 있는 나 자신을 발견하고 깜짝 놀랐다. 그런데 왜 울까? 내 주인으로부터 나를 떼어 놓은 운명 때문에 울었고 더 이상 볼 수 없는 그 사람 때문에 울었다. 어쩌면 지금쯤 다시 돌아갈 수 있다는 희망이 완전히 사라질 정도로 그를 바른 길에서 벗어나게 만들었을지도 모르는, 내가 떠난 데 대한 결과로 인해 생긴 절망적인 슬픔과 치명적인 분노 때문에 울었다. 이 생각에 나는 아름다운 저녁 하늘과 모턴의 쓸쓸한 골짜기에서 얼굴을 돌려 버렸다. 쓸쓸한 골짜기라고 말한 것은, 내가 있는 데서 보이는 골짜기가 구부러진 곳에는 나무 속에 반쯤 숨겨진 교회와 목사관밖에 보이지 않고 맨 끝에는 부자 올리버 씨와 그의 딸이 살고 있는 베일 홀의 지붕밖에 보이지 않기 때문이었다. 나는 눈을 가리고 돌 문설주에 머리를 기댔다. 그러나 곧 위쪽의 목초지와 내 집의 작은 정원을 분리해 주는 쪽문 가까이에서 소리가 살짝 들렸기 때문에 고개를 들었다. 개 한 마리가 — 한순간에 보고 알았지만 리버스 씨의 사냥개인 늙은 카를로였다 — 코로 대문을 밀치고 있었고 세인트존은 팔짱을 낀 채 문에 기대서 있었다. 그가 이마를 찌푸린 채 거의 불쾌할 정도로 근엄한 시선으로 나를 뚫어지게 바라보았다. 나는 그에게 들어오라고 청했다.

「아니오, 오래 있지 않을 것이오. 누이동생들이 당신에게 남겨 놓은 작은 꾸러미를 가져왔을 뿐이오. 그림물감 통과 연필과 종이가 들어 있는 것 같소.」

나는 다가가서 그것을 받았다. 그것은 반가운 선물이었다. 내가 가까이 가자 그가 내 얼굴을 엄격하게 살펴보는 것 같았

108 월터 스콧의 『마지막 음유시인의 노래』, III권 xxiv연. 3~4행.

다. 틀림없이 눈물 자국이 얼굴에 매우 선명하게 남아 있었을 것이다.

「첫날 일이 예상보다 더 힘들었소?」 그가 물었다.

「아, 아니에요! 오히려 어느 정도 시간이 지나고 나면 학생들과 매우 잘 지낼 거예요.」

「숙소가 마음에 안 들어요? 오두막집과 가구가 기대에 못 미쳐 실망했소? 그것들은 사실 빈약하기 짝이 없소. 그러나……」

내가 끼어들었다. 「제 오두막집은 깨끗하고 어떤 날씨에도 끄떡없어요. 가구도 충분하고 널찍해요. 보이는 모든 것이 절 낙담하게 만들지 않고 감사하게 해주었어요. 양탄자와 소파, 은 식기 같은 것이 없다고 섭섭해 할 만큼 제가 그렇게 완전히 어리석은 사람이거나 쾌락주의자는 아니에요. 게다가 저는 5주 전만 해도 가진 것 하나 없이 떠돌아다니던 거지였어요. 이제는 아는 사람에 집과 일도 갖게 되었어요. 하느님의 은혜와 친구들의 관대함과 제 운명의 은혜에 감탄할 뿐이에요. 아무런 불만이 없어요.」

「그런데 혼자 있는 것이 힘들게 느껴졌소? 당신 뒤에 있는 작은 집은 어둡고 텅 비어 있으니 말이오.」

「평온한 느낌을 즐길 겨를이 없었어요. 더구나 외로움을 참을 수 없게 될 틈은 더더욱 없었고요.」

「좋아요. 지금 표현한 만족을 진짜로 느끼길 바라오. 어쨌든 당신은 분별력을 지니고 있으니까 롯의 아내처럼 망설이는 두려움에 굴복하기엔 아직 너무 이르다는 걸 알게 될 것이오.[109] 당신이 나를 만나기 전에 두고 떠나온 것이 무엇인지 물론 나는 잘 모르오. 그러나 당신으로 하여금 뒤돌아보게끔 만드는 모든 유혹은 단호하게 물리치라고 조언해 주고 싶소.

109 「창세기」 19장 26절. 〈그런데 롯의 아내는 뒤를 돌아다보다가 그만 소금 기둥이 되어 버렸다.〉

적어도 몇 달 동안은 현재의 일을 꾸준히 해봐요.」

「저도 그렇게 하려고 해요.」 내가 대답했다. 세인트존이 말을 계속했다.

「성격의 작용을 통제하고 본성의 성향을 바꾸기란 어려운 일이오. 그러나 그것이 가능하다는 것을 나는 경험을 통해 알고 있소. 하느님은 우리에게 어느 정도는 우리 자신의 운명을 만들 수 있는 힘을 주셨소. 우리의 기운이 얻을 수 없는 자양분을 요구하는 것처럼 보일 때, 다시 말해 의지가 따라가서는 안 되는 길을 가려고 애쓸 때 우리는 영양실조로 굶어 죽을 필요도 없고 절망의 한가운데 가만히 서 있을 필요도 없소. 마음이 맛보고자 갈망하는 금지된 음식만큼 강렬하고, 어쩌면 더 순수한 또 다른 마음의 자양분을 구하면 되는 것이오. 모험심 강한 발에게 더 거칠긴 하지만 운명이 우리 앞에 막아 놓은 길만큼 곧고 넓은 길을 개척해 주면 되는 것이오.

1년 전 나는 성직에 들어온 것이 잘못이었다는 생각이 들어서 정말 비참했었소. 목사로서의 단조로운 일이 죽고 싶을 만큼 넌더리가 났소. 세상의 더 활발한 삶을 열망했소. 문학적인 경력을 쌓아 가는 더 신나는 일을 열망했고 예술가와 작가와 웅변가의 운명을 갈망했소. 그렇게 목사의 운명이 아닌 다른 운명을 열망했지. 그렇소. 정치가와 군인, 영광의 신봉자, 명성의 애호가, 권력욕을 가진 사람의 심장이 내가 입고 있던 부목사의 법의 밑에서 뛰고 있었소. 삶이 너무 비참했기 때문에 나는 내 삶이 바뀌든지, 그렇지 않으면 죽어야 하는 것이 아닌가 숙고했소. 어둠과 갈등의 계절이 지나고 나자 날이 새고 위안이 깃들었소. 답답했던 내 존재가 갑자기 대평원으로 끝없이 펼쳐져 나갔소. 내 능력은 일어서서 온 힘을 모아 날개를 펴고 시계(視界) 너머로 멀리 날아오르라는 명령을 들었소. 하느님이 내게 사명을 부여해 주셨소. 그 사명을 멀리까지 날라다 잘 전달하기 위해서는 재능과 힘, 용기와 웅변 등 군인이나 정치가나 웅변가가 지닌 최고의 자질들이 모두 필요했소. 훌륭한 선교사에게는 이 모든 자질들이 갖춰져 있기 때문이오.

나는 선교사가 되기로 결심했소. 그 순간부터 내 정신 상태가 바뀌었소. 모든 능력에서 족쇄가 풀려 떨어져 나가 속박은 전혀 남지 않은 채 아프게 쑤시는 통증만 남았소. 그것은 시간만이 치유할 수 있었소. 사실 아버지가 그 결심에 반대했지만 아버지가 돌아가신 후에는 맞서 싸울 만한 진짜 장애물은 다 없어졌소. 몇 가지 일이 해결되고 모턴의 후임 목사가 정해지고 한두 가지 얽혀 있는 감정이 풀리거나 끊어지고 나면, 인간이 지닌 약점과의 마지막 싸움이 되겠지만 이겨 낼 수 있을 것이오. 내가 그것을 *반드시* 극복해 내겠다고 맹세했으니까 말이오. 나는 유럽을 떠나 아시아로 갈 것이오.」

그가 특유의 나지막하면서도 단호한 목소리로 이 이야기를 했다. 말을 마쳤을 때 그는 나를 쳐다보고 있는 게 아니라 지는 해를 바라보고 있었다. 나 역시 해를 향해 서 있었다. 우리 둘 다 들판에서 쪽문으로 이어지는 길을 등지고 서 있었기 때문에 풀이 우거진 그 오솔길 위로 걸어오는 발소리를 듣지 못했다. 골짜기를 흐르는 물소리만이 그 시간 그곳에서 마음을 달래 주는 유일한 소리였다. 은방울처럼 낭랑하고 쾌활한 목소리가 들렸을 때 우리가 놀란 것은 당연했다.

「안녕하세요, 리버스 목사님. 안녕, 카를로. 개가 목사님보다 친구를 먼저 알아보는 것 같은데요. 제가 들판 아래쪽에 도착했을 때 카를로가 귀를 쫑긋 세우고 꼬리를 흔들더군요. 그런데 목사님은 지금도 제게 등을 보이고 계시는군요.」

그 말은 사실이었다. 리버스 씨는 그 음악 소리 같은 목소리를 처음 들었을 때 머리 위에서 천둥이 구름을 가르기라도 한 듯 놀랐지만 그 사람이 말을 마쳤을 때에도 처음 그 목소리에 놀랐을 때와 똑같은 자세로 한 팔은 대문 위에 올려놓고 얼굴은 서쪽을 향한 채 서 있었다. 그가 마침내 신중하게 몸을 돌렸다. 내 눈에 환상처럼 아름답게 보이는 모습이 그의 곁으로 올라섰다. 그에게서 90센티미터 정도 떨어진 곳에 순백의 옷을 입은 젊고 우아한 형상이 나타났다. 통통하지만 윤곽이 아름다웠다. 몸을 숙이고 카를로를 쓰다듬어 준 다음 그 형상이 고개를 들고 긴 베일을 뒤로 젖히자 그의 눈앞에 완벽하게 아름다운 얼굴이 피어났다. 완벽한 아름다움이란 과장된 표현이긴 하지만 그 말을 철회하거나 수정하고 싶지는 않다. 온화한 앨비언의 기후가 만들어 낸 그 어떤 얼굴 못지않게 아름다운 얼굴, 앨비언의 촉촉한 미풍과 안개 낀 하늘이 낳아서 지켜 준 장미와 백합의 순수한 색조라는 표현은 이 경우에 정당한 표현이었다. 매력에 부족한 점이 하나도 없었고 어떤 결점도 찾아볼 수 없었다. 젊은 아가씨의 이목구비는 단정하고 우아했다. 아름다운 그림 속의 눈과 같은 모양, 같은 색깔을 지닌 두 눈은 크고 검고 동그랬다. 예쁜 눈을 둘러싸고 있는 길고 그늘진 속눈썹은 매우 부드러운 매력을 지니고 있었다. 연필로 그린 듯한 눈썹은 너무나 선명했다. 하얗고 매끈한 이마는 색조와 빛으로 이루어진 생생한 아름다움에 차분함을 더해 주었다. 볼은 달걀형에 싱싱하고 매끈했다. 생기 넘치는 입술 역시 붉고 건강하고 예뻤다. 고르게 반짝이는 치아 역시 흠 하나 찾을 수가 없었다. 자그마한 턱에는 보조개가 들어갔고 숱이 많은 머리채는 짙고 풍성하게 머리를 장식하고 있었다. 간단히 표현하면 함께 결합해서 아름다움의 이상을 실현하는 모든 장점들이 전부 그녀에게 해당되었다. 이 아름다운 존재를 보면서 나는 감탄했다. 나는 온 마음으로 그녀에게 경탄했다. 자연이 특별히 사랑하는 마음으로

594

그녀를 만들었음이 틀림없다. 평소에는 계모처럼 선물을 인색하게 베풀던 자연이 이 귀여운 아가씨에게는 할머니처럼 아낌없이 베풀어 준 것 같았다.

이 지상의 천사를 세인트존 리버스는 어떻게 생각했을까? 몸을 돌려 그녀를 바라보는 그를 보면서 나는 자연스럽게 그 질문을 스스로에게 던져 보았다. 그리고 똑같이 자연스럽게 그의 안색에서 그 질문의 답을 찾았다. 그는 이미 요정으로부터 시선을 거두고 쪽문 옆에서 자라고 있는 소박한 데이지 무더기를 바라보고 있었다.

「아름다운 저녁이지만 당신 혼자 돌아다니기에는 너무 늦었소.」 그가 오므라든 꽃송이들의 하얀 윗부분을 발로 짓이기면서 말했다.

「아, S 시에 (그녀가 약 20마일 떨어진 곳에 있는 큰 도시의 이름을 언급했다) 갔다가 오늘 오후에 막 집에 돌아왔어요. 목사님이 학교 문을 열었고 새 선생님이 오셨다고 아버지가 알려 주셔서 차를 마신 다음 보닛을 쓰고 선생님을 만나러 골짜기를 달려 올라온 거예요. 이분이세요?」 그녀가 나를 가리키며 물었다.

「그렇소.」 세인트존이 말했다.

「모턴이 마음에 드세요?」 그녀가 아이 같지만 기분 좋은, 솔직하고 천진난만한 어조와 태도로 내게 물었다.

「그러길 바라고 있어요. 좋아지게 만들 수 있는 점들이 많이 있으니까요.」

「학생들이 선생님의 기대만큼 열심히 하던가요?」

「상당히요.」

「집은 마음에 드세요?」

「무척이요.」

「제가 집을 잘 꾸며 놓았나요?」

「매우 잘 꾸며 놓았어요.」

「그리고 앨리스 우드를 선생님 심부름할 애로 고른 것도 괜찮았나요?」

「그럼요. 그 애는 말을 잘 듣고 쓸모가 있어요.」(그렇다면 이 사람이 상속녀인 올리버 양이었다. 그녀는 자연의 선물인 미모뿐만 아니라 재산 면에서도 편애를 받은 듯했다. 사람의 운명을 좌우한다는 운성들이 얼마나 행복하게 결합해서 그녀의 탄생을 관장했던 것일까?)

「제가 가끔 와서 가르치는 걸 도와드릴게요.」그녀가 덧붙였다. 「이따금씩 선생님을 방문하는 일이 저한테는 기분 전환이 될 거예요. 그리고 저는 그런 변화를 좋아해요. 리버스 씨, 저는 S 시에 가 있는 동안 정말 즐거웠어요. 어젯밤, 아니 오늘 새벽 2시까지 춤을 추었거든요. 폭동이 일어난 후부터 제 ○○연대가 그곳에 주둔하고 있는데 장교들이 세상에서 제일 멋진 것 같아요. 그들은 이 근처의 칼 가는 젊은 사람들과 가위 장수들을 모두 무색하게 만들어 버린다니까요.」

잠깐 동안 세인트존 씨의 아랫입술이 비쭉 나오면서 동시에 윗입술이 말려 올라가는 것처럼 보였다. 아가씨가 웃으면서 이 말을 했을 때 그는 분명히 입을 굳게 다물었고 얼굴 아래쪽 부분이 평소와 달리 딱딱하고 각이 져 보였다. 그가 데이지로 향해 있던 시선을 들어 그녀를 바라보았다. 미소도 짓지 않고 탐색하는 듯한 의미심장한 시선이었다. 그녀가 두 번째로 웃으면서 그 시선에 응했다. 웃음소리가 그녀의 젊음과 장밋빛 얼굴색, 보조개와 반짝이는 눈과 잘 어울렸다.

그가 말없이 우울하게 서 있는 동안 그녀가 다시 몸을 숙여 카를로를 쓰다듬었다. 「가여운 카를로는 날 좋아해.」그녀가 말했다. 「카를로는 친구들한테 딱딱하지도 쌀쌀맞지도 않거든요. 말만 할 수 있다면 입을 다물고 있지는 않을 텐데.」

그녀가 젊고 엄격한 개 주인 앞에서 타고난 우아한 자태로 몸을 숙이고 개의 머리를 쓰다듬는 동안 그 주인의 얼굴에 홍조가 퍼지는 것이 보였다. 그의 엄숙한 눈빛이 갑작스러운 불꽃으로 누그러지면서 저항할 수 없는 감정으로 흔들리는 것이 보였다. 그렇게 얼굴을 붉히며 환해진 그는 여성으로서 그녀가 아름다운 것만큼 남자로서 아름답게 보일 지경이었다. 강압적인 수축에 지친 그의 큰 심장이 의지와 상관없이 커지고 자유를 얻기 위해 힘차게 튀어 오르기라도 한 것처럼 그의 가슴이 불끈 솟아올랐다. 그러나 단호한 기수가 곤두선 말을 제어하듯 그는 가슴을 억제시켰다. 그녀가 건넨 부드러운 유혹의 말에 그는 말로도 행동으로도 전혀 반응을 보이지 않았다.

「목사님이 이제는 우리를 보러 전혀 안 들른다고 아버지가 말씀하시던데요.」 올리버 양이 고개를 들고 말을 계속했다. 「베일 홀하고는 담을 쌓으셨다니까요. 오늘 밤에는 아버지 혼자 계시고 몸이 별로 안 좋으세요. 저와 함께 가서 아버지를 뵙지 않을래요?」

「올리버 씨를 방문하기에는 적당한 시간이 아니오.」 세인트존이 대답했다.

「적당한 시간이 아니라니요! 제가 보기에는 적당해요. 아버지가 말동무를 가장 원하는 시간이거든요. 공장 일이 끝나고 나면 달리 하실 일이 없으니까요. 자, 리버스 씨, 같이 가요. 왜 그렇게 빼고 침울하신 거예요?」 그녀가 스스로 대답을 함으로써 그의 침묵이 남긴 틈을 메웠다.

「어머, 제가 깜박 잊고 있었네요!」 그녀가 스스로에게 놀란 듯 아름다운 고수머리를 흔들면서 소리쳤다. 「정말 정신도 없고 생각이 짧아요! 정말이지 용서해 주세요. 제 수다에 응수할 기분이 안 날 이유들이 충분히 있다는 걸 깜박했어요. 다이애나와 메리가 당신을 떠났고 무어 하우스가 문을 닫아서 지금 무척 쓸쓸하실 거예요. 정말 유감스러운 일이에요. 같이 가서 아버지를 봬요.」

「오늘 밤은 말고요, 로저먼드 양. 오늘 밤은 말고.」

세인트존 씨가 거의 자동인형처럼 말했다. 그렇게 거절하기가 얼마나 힘들었을지 그 자신만이 알 것이다.

「목사님이 그렇게 고집을 피우신다면 저는 그만 가볼게요. 더 있을 수가 없으니까요. 이슬이 내리기 시작하네요. 안녕히 주무세요!」

그녀가 손을 내밀자 그가 손을 잠깐 대기만 했다.「잘 자요!」그가 메아리처럼 낮고 공허한 목소리로 되풀이했다. 그녀가 돌아섰다가 곧 돌아왔다.

「괜찮으세요?」그녀가 물었다. 그녀가 그렇게 묻는 것도 당연했다. 그의 얼굴이 그녀의 옷만큼 창백했다.

「아무렇지 않소.」그가 이렇게 말하고는 고개 숙여 인사를 하고 대문을 떠났다. 그녀는 이쪽 길로, 그는 저쪽 길로 갔다. 그녀는 요정처럼 들판을 따라 걸으면서 두 번이나 몸을 돌려 그를 바라보았다. 그는 힘찬 걸음걸이로 걸어가면서 한 번도 돌아보지 않았다.

다른 사람의 고통과 희생을 이렇게 바라보다 보니 나 자신에 대해서만 생각할 수 없게 되었다. 다이애나 리버스는 자기 오빠를 〈저승사자처럼 냉혹하다〉고 평한 적이 있었다. 그녀의 말은 과장이 아니었다.

제6장

나는 마을 학교의 일을 힘이 닿는 한 열심히 충실하게 계속했다. 처음에는 그 일이 정말 힘들었다. 어느 정도 시간이 지나고 온갖 노력을 다 기울이고 나자 학생들과 그들의 성격이 이해가 되었다. 그들은 능력도 매우 둔한 데다 교육을 받은 적이 한 번도 없어서 가망이 전혀 없을 정도로 우둔해 보였다. 그러나 곧 내 생각이 틀렸음을 알았다. 교육을 받은 사람들 사이에도 차이가 있듯이 그들 사이에도 차이가 있었다. 내가 그들을 점차 알아 가게 되고 그들도 나를 알아 가면서 이런 차이가 빠르게 드러났다. 나와 내가 쓰는 말씨, 내 규칙과 방식에 대해 그들의 놀란 마음이 진정되고 나자 둔하고 멍해 보이는 시골 아이들 중 몇 명이 매우 총명한 소녀로 깨어나는 것이 보였다. 많은 학생들에게서 온순함과 상냥함이 드러났다. 그들 중에는 내 호의와 감탄을 불러일으킬 만큼 뛰어난 능력뿐만 아니라 타고난 정중함과 자존심을 갖춘 학생들이 많았다. 이런 학생들은 곧 공부를 잘하고, 몸가짐을 단정히 하고, 맡은 일을 규칙 바르게 해내고, 조용하고 질서 정연하게 예의범절을 배우는 데서 기쁨을 얻었다. 어떤 경우에는 그들의 향상 속도가 놀라울 정도여서 나는 진정으로 행복한 뿌듯함을 느끼게 되었다. 게다가 나는 몇몇 뛰어난 학생들을 개인적으로 좋아하게 되었고 그들도 나를 좋아했다. 학생들 중에는 거의 아가씨가 다 된 농부의 딸들이 몇 명 있었다. 이들은 이미 읽고 쓰고 바느질을 할 줄 알았다. 나는 그들에게 문법과 지리와 역사의 기초를 가르쳤고 더 높은 수준의 바느질을 가르쳤다. 나는 그들에게서 존경할 만한, 더 많이 알고자 하고 향상되고자 하는 성격을 발견했다. 나는 그들의 집에 초대받아 즐겁게 저녁을 보낸 적이 여러 번 있었다. 그럴 때면 그들의 부모(농부와 그 아내)들이 나를 극진하게 대접해 주었다. 그들의 소박한 친절을 받아들이고 그 친절에 경의를 표하는 의미로 그들의 감정을 세심하게 존중해 줌으로써 보답하는 것은 즐거운 일이었다. 한 번도 그런 경의를 받아 본 적이 없었기 때문에 그들은 그에 대해 기뻐했고 또한 그것이 그들에게도 도움이 되었다. 그들은 그런 경의를 받음으로써 자신들의 격이 올라간 것처럼 느꼈고 내 공손한 대우에 합당한 사람이 되고자 노력하게 되었기 때문이다.

내가 이웃에서 인기 있는 사람이 된 듯이 느껴졌다. 밖에 나갈 때마다 사방에서 다정한 인사말이 들려왔고 다정한 미소가 나를 맞아 주었다. 비록 노동자 계층 사람들로부터 받은 경의에 불과하다 해도 모두에게 존경받으면서 사는 것은 〈고요하고 아름다운 햇살 속에 앉아 있는 것〉[110]과 같았다. 햇살을 받고 고요한 내적 감정들이 싹터서 피어났다. 내 생애 이 시기는 절망에 빠진 날보다 감사하는 마음으로 부풀어 오른 적이 훨씬 더 많았다. 그러나 독자여, 여러분 모두에게 솔직히 말하자면 이 고요하고 유익한 생활 한가운데에서도, 학생들 속에서 고상한 노력을 기울이며 낮을 보낸 후 혼자 만족

110 토머스 무어Thomas Moore(1779~1852)의 『랄라 루크』 중 「삼일째」, p. 346.

600

해 하면서 그림을 그리거나 책을 읽으며 저녁을 보내면서도, 나는 밤이면 이상한 꿈속으로 달려 들어가곤 했다. 그것은 이상과 감동과 격렬함으로 가득한, 마음을 동요시키는 다채로운 꿈이었다. 모험과 아슬아슬한 위기와 낭만적인 우연으로 가득한 이상한 장면들 속에서 나는 항상 조마조마한 위기의 순간에 로체스터 씨를 계속해서 만났다. 그러면 그의 품에 안기고, 그의 목소리를 듣고, 그와 눈을 마주 보고, 그의 손과 뺨을 어루만지는 가운데 그를 사랑하고 그에게 사랑받고 있다는 느낌이, 그의 곁에서 평생을 보내고 싶다는 소망이 처음과 똑같이 강렬하고 열렬하게 되살아나곤 했다. 그러다 잠에서 깨어나 내가 지금 어디에 있으며 어떤 처지인지 깨닫곤 했다. 그러면 나는 몸을 떨며 커튼이 달려 있지 않은 침대 위에 일어나 앉았다. 여전히 어두운 밤만이 내가 절망으로 몸을 떠는 것을 목격하고 터져 나오는 격정의 울음소리를 들었다. 그러나 다음 날 아침 9시가 되면 나는 평온하고 차분하게, 그날의 정해진 의무를 다할 준비를 갖추고 제시간에 정확히 학교 문을 열었다.

로저먼드 올리버는 나를 찾아오겠다는 약속을 지켰다. 그녀가 학교에 찾아오는 시간은 주로 아침 승마를 할 때였다. 그녀는 조랑말을 타고 문까지 느리게 올라오곤 했다. 그 뒤에는 제복을 입은 하인이 말을 타고 따라왔다. 보라색 옷을 입고 뺨을 스치며 어깨까지 일렁이는 긴 고수머리 위에 검은 벨벳 캡을 쓴 그녀보다 더 아름다운 모습은 상상할 수가 없었다. 그녀는 그런 모습으로 시골 건물에 들어와서는 넋을 잃은 채 그녀를 바라보며 줄지어 앉아 있는 마을 아이들 사이로 미끄러지듯 걸어왔다. 그녀는 대개 리버스 씨가 매일 교리 문답 수업을 하고 있는 시간에 맞춰 찾아왔다. 방문객의 시선이 날카롭게 젊은 목사의 심장을 꿰뚫는 것처럼 느껴졌다. 보지 않아도 일종의 본능 같은 것이 그에게 그녀가 들어오는 것을 알려 주는 듯했다. 그는 문 쪽을 바라보고 있지 않을 때에도 그녀가 문가에 나타나면 뺨을 붉히곤 했다. 대리석처럼 보이는 그의 얼굴은 절대 긴장을 풀려고 하지 않았지만 말로 표현할 수 없을 정도의 변화가 일어났다. 그리고 바로 그런 무표정함을 통해 근육의 움직임이나 쏘는 듯한 눈길보다 훨씬 더 강한 억압된 열정이 표출되었다.

물론 그녀는 자신의 힘을 알고 있었다. 사실 어쩔 도리가 없었기 때문에 그는 그것을 그녀에게 감추지 않았다. 그의 기독교인적인 금욕주의에도 불구하고 그녀가 다가와 쾌활하고 다정하게 격려하듯이 그의 면전에서 미소를 지으면 그는 손이 떨리고 눈이 반짝였다. 입 밖에 내서 말한 적은 없지만 그는 슬프고 단호한 표정으로 이렇게 말하는 것처럼 보였다. 〈당신을 사랑하오. 당신이 나를 좋아하는 것을 아오. 내가 계속 입을 열지 못하는 이유는 성공할 수 없다는 절망 때문이 아니오. 내가 마음을 열면 당신이 나를 받아 주리라 믿고 있소. 그러나 내 마음은 이미 신성한 제단에 바쳐졌소. 제단 주변에 이미 불이 준비되어 있소. 내 마음은 곧 타서 없어질 제물에 지나지 않을 것이오.〉

그러면 그녀는 실망한 아이처럼 입을 삐죽 내밀 것이다. 슬픔의 구름이 그녀의 빛나는 쾌활함을 흐리게 할 것이다. 그녀는 그의 손에서 황급히 손을 뺀 다음 잠깐 토라져서 영웅적이고 순교자 같은 그의 얼굴로부터 시선을 돌릴 것이다. 그녀가 이렇게 떠나면 세인트존은 틀림없이 그녀를 쫓아가서 그녀를 다시 불러 붙잡기 위해 온 세상이라도 기꺼이 내놓으려 했을 것이다. 그러나 그는 그녀의 사랑이 가져다줄 천국 같은 행복을 위해 진정한 천국에 이를 수 있는 기회를 절대 내놓지 않을 것이며 그 영원한 천국에 대한 희망을 포기하지도 않을 것이다. 게다가 그는 자신의 본성에 들어 있는 모든 것, 방랑자, 야심가, 시인, 목사로서의 성향을 단 하나의 열정에 얽매어 둘 수 없었다. 그는 베일 홀의 응접실과 평화를 위해 선교 전쟁의 거친 전쟁터를 포기할 수가 없었고 포기하려 하지도 않았다. 언젠가 그의 과묵함에도 불구하고 용감하게 그의 마음속을 파고들어 가본 덕에 그 자신의 입으로부터 많은 것을 알아냈다.

올리버 양은 여러 번 내 오두막집을 방문했다. 나는 그녀의 성격을 전부 파악하게 되었다. 그녀는 감추거나 꾸미는 것이 전혀 없는 사람으로, 애교를 부렸지만 그렇다고 무정하지는 않았다. 엄격하긴 해도 쓸데없이 이기적이지는 않았다. 그녀는 태어날 때부터 응석받이로 자라긴 했어도 버릇이 없거나 그러지는 않았다. 또한 성급했지만 상냥했고 허영심이 강했지만(거울을 바라볼 때마다 한창 아름다운 모습이 보였을 테니 그럴 수밖에 없었으리라) 가식적이지는 않았다. 후했지만 부자의 오만함이 없었다. 천진난만했지만 충분히 똑똑했다. 그리고 명랑하고 활기찼지만 사려가 깊지는 않았다. 간단히 말해서 그녀는 같은 여자인 내가 냉정하게 살펴보더라도 매우 매력적이었다. 그러나 대단히 관심을 끌거나 인상적이지는 않았다. 예를 들어 그녀는 세인트존의 누이동생들과는 완전히 다른 마음을 지니고 있었다. 그럼에도 불구하고 나는 그녀를 내 제자인 아델만큼 좋아했다. 똑같이 매력적인 어른과 교제할 때보다, 보살피며 가르쳤던 아이에 대해 더 친근한 정이 생긴다는 점만 제외하고 말이다.

그녀는 내게 귀엽게 변덕을 부렸다. 그녀는 나와 리버스 씨가 닮았다면서 다만 분명히 〈비록 내가 고상하고 깔끔한 사람이긴 하지만 그의 10분의 1만큼도 아름답지 않으며, 그는 천사〉라고 말했다. 그러나 그러면서 내가 그처럼 착하고 영리하고 차분하고 단호하다고 말했다. 그녀는 내가 마을 학교 선생님으로서는 〈괴짜〉라고 단언했다. 그러면서 내 전력을 알 수 있다면 재미있는 소설이 될 것이라고 확신했다.

어느 날 저녁 그녀가 평소와 마찬가지로 어린애처럼 활발하고 경솔하지만 기분 나쁘지는 않게 꼬치꼬치 캐묻는 태도로 작은 부엌에 있는 찬장과 테이블 서랍을 뒤지다가 제일 먼저 프랑스어로 된 책 두 권과 실러의 책 한 권, 독일어 문법책과 사전을 발견했다. 그다음에는 그림 그리기 재료들과 내 학생 중 하나인 예쁜 꼬마 천사 같은 소녀의 얼굴을 그린 연필 그림, 그리고 모턴 골짜기와 그 근처 황야에서 그린 여러 가지 풍경화를 포함해서 몇 장의 스케치를 발견했다. 그녀는 처음에는 놀라서 꼼짝 않고 서 있다가 좋아하며 흥분했다.

「어떻게 이런 그림을 그렸어요? 프랑스어와 독일어도 아세요? 선생님은 정말 대단한 사람이에요. 정말 놀라운 분이에요. S 시에 있는, 제가 다닌 제일 좋은 학교의 선생님보다 더 잘 그리네요. 아버지께 보여 드리도록 제 초상화도 그려 줄 수 있어요?」

「기꺼이 그려 줄게요.」 내가 대답했다. 나는 그렇게 완벽하고 눈부신 모델을 그린다는 생각에 화가로서 기쁨의 전율을 느꼈다. 그녀는 그때 진한 파란색 실크 드레스를 입고 있었다. 팔과 목은 맨살이 드러나 있었고, 유일한 장식은 자연 그대로 우아한 물결을 이루며 어깨 위에서 굽이치고 있는 밤색 머리뿐이었다. 나는 질이 좋은 두꺼운 종이를 가져다가 세심하게 윤곽을 그렸다. 거기에 색을 칠하기로 마음먹었지만 시간이 늦었기 때문에 그녀에게 하루 더 와서 포즈를 취해 달라고 말했다.

그녀가 자기 아버지한테 나에 대해 얼마나 거창하게 보고를 했는지 다음 날 저녁에는 올리버 씨가 직접 그녀와 동행해서 왔다. 그녀의 아버지는 키가 크고 육중한 체격을 가진 반백의 중년이었다. 그의 곁에 서 있는 아름다운 딸은 낡고 작은 탑 옆에 핀 화려한 꽃 한 송이처럼 보였다. 그는 말이 없고 오만해 보였다. 그러나 내게는 매우 친절했다. 그는 로저먼드의 초상화 스케치를 무척 마음에 들어 하면서 내게 그것을 완성시켜 달라고 했다. 그리고 다음 날에는 베일 홀로 와서 저녁 시간을 같이 보내야 한다고 우겼다.

나는 그들을 찾아갔다. 집주인이 부자라는 면모를 풍부하게 보여 주는 크고 아름다운 집이었다. 로저먼드는 내가 머물러 있는 동안 내내 쾌활하고 즐거워했다. 그녀의 아버지는 친절했다. 차를 마신 다음 함께 이야기를 시작했을 때 그는 모턴 학교에서 내가 이룬 성과에 대해 극구 칭찬했다. 그는 직접 보고 들은 것으로 판단해 보건대 내가 그곳에 있기에 너무 과분한 사람이라 더 나은 일자리를 찾아 그곳을 곧 그만두지는 않을지 우려된다고 말했다.

「정말이에요.」 로저먼드가 소리쳤다. 「선생님은 지체 높은 가문에서 가정 교사를 해도 될 만큼 매우 똑똑해요, 아버지.」

나는 이 나라의 어떤 지체 높은 가문에서 일하느니 현재 내가 있는 곳에 머무는 편이 훨씬 더 좋다고 생각했다. 올리버 씨는 리버스 씨와 그 일가에 대해 대단히 경의를 표하며 이야기했다. 그는 그 집안이 그 지역에서는 매우 유서 깊은 가문이라고 말했다. 선조들이 부유했고 한때는 모턴 전체가 그들 소유였으며 지금도 그 집안의 후계자는 마음만 먹으면 최고의 가문과 결혼할 수 있을 것이라고 말했다. 그는 그렇게 훌륭하고 재능 있는 젊은이가 선교사로 나갈 계획을 세웠다니 유감이라고 설명했다. 그가 보기에 그 일은 소중한 목숨을 던져 버리는 것이나 다름없었다. 로저먼드의 아버지는 로저먼드와 세인트존이 결혼한다면 절대 이에 반대할 사람처럼 보이지 않았다. 올리버 씨는 젊은 목사의 훌륭한 태생과 유서 깊은 가문과 목사라는 신성한 직업이 재산이 없는 것을 충분히 보상해 준다고 간주하고 있음에 틀림없었다.

　11월 5일이었고 그날은 휴일이었다. 심부름하는 아이는 집 안 청소를 도와준 다음 수고비로 1페니를 받자 매우 흡족해하며 떠났다. 내 주변의 모든 것이 티끌 하나 없이 반짝반짝했다. 마루는 깨끗이 문질러 닦였고 쇠살대는 윤이 났으며 의자들은 잘 닦여 있었다. 나 자신도 매무새를 단정하게 매만졌고 마음껏 쓸 수 있는 오후가 내 앞에 놓여 있었다.
　독일어로 된 책을 몇 쪽 번역하다 보니 한 시간이 흘렀다. 그 후에는 팔레트와 연필을 들고 로저먼드 올리버의 초상화를 그리기 시작했다. 번역보다 더 쉬운 일이었기 때문에 마음이 한결 진정되었다. 머리 부분은 이미 마쳤다. 배경에 색을 칠하고 의상에 음영을 넣기만 하면 되었다. 무르익은 입술에 암홍색을 가미하고, 머리 여기저기에 부드러운 컬을 그려 넣고, 하늘색 눈꺼풀 아래 속눈썹 그늘에 더 진한 색조를 가하기만 하면 되었다. 내가 이런 섬세한 세부 사항을 그려 넣는 일에 몰두해 있을 때 빠르게 문을 두드리는 소리가 한 번 들리더니 문이 열리고 세인트존 리버스가 들어왔다.
　「당신이 휴일을 어떻게 보내고 있는지 보려고 왔소.」 그가 말했다. 「생각에 빠져 있지는 않았겠죠? 아니라면 잘됐소. 그림을 그리는 동안에는 외롭지 않을 것이오. 보시오, 나는 아직도 당신을 못 믿고 있소. 물론 지금까지 잘 버텨 왔지만 말이오. 저녁에 위안이 되도록 책을 한 권 가져왔소.」 그가 탁자 위에 새로 출판된 시집을 한 권 올려놓았다. 근대 문학의 황금기였던 그 시절의 운 좋은 일반 독자들이 자주 접할 수 있었던 진짜 작품들 중 하나였다. 아, 현대의 독자들은 그때보다 혜택을 받지 못하고 있다. 그러나 용기를 갖자! 여기서 비난하거나 불평하지는 않으려고 한다. 시가 죽지도 않았고, 천재가 사라진 것도 아님을 나는 알고 있다. 배금(拜金)이 그 둘을 구속하거나 살해할 수 있는 힘을 장악하지도 못했다. 시와 천재 모두 언젠가는 다시 자신들의 존재와 현존, 자유와 힘을 주장하게 되리라. 하늘에서 평안하게 쉬고 있는 강력한 천사들이여! 더러운 영혼들이 승리하고 연약한 영혼들이 천사들의 파멸에 울고 있을 때면 천사들이 미소 짓는다. 시가 멸망했다고? 천재가 추방당했다고? 아니다! 범인들이여, 아니다. 시기심 때문에 그런 생각을 갖지는 말라. 아니다. 시와 천재는 살아 있을 뿐만 아니라 세력을 떨치고 힘을 되찾는다. 그들의 신성한 영향력이 사방으로 펼쳐 나가지 않으면 그대들은 지옥에, 그대들 자신의 편협함이라는 지옥에 갇혀 있는 것이나 다름없다.

내가 열심히 『마미온*Marmion*』의 빛나는 책장들을(그것은 정말로 『마미온』이었다)[111] 바라보고 있을 때 세인트존이 몸을 숙이고 내 그림을 살펴보았다. 그의 키 큰 몸이 갑자기 움찔하며 다시 곧게 솟구쳐 올랐다. 그는 아무 말도 하지 않았다. 내가 그를 올려다보았다. 나는 그의 생각을 잘 알고 있었고 그의 마음을 분명하게 읽을 수 있었다. 그 순간 내가 그보다 더 차분하고 냉정하다고 느껴졌다. 그러자 내가 그보다 일시적으로나마 우위에 있는 듯했고 할 수만 있다면 그에게 뭔가 좋은 일을 해주고 싶은 마음이 들었다.

〈단호함과 자제력을 총동원해서 그가 자신을 너무 힘들게 하고 있어. 모든 감정과 고통을 마음속에다 가두고는 아무것도 표현하지도 고백하지도 전하지도 않아. 그가 절대 결혼해

111 월터 스콧의 『마미온』은 1830년에 작가 자신의 서문이 실린 개정판으로 출판되었다.

서는 안 된다고 생각하는 이 아름다운 로저먼드에 대해 무슨 이야기라도 하게 하면 도움이 될 거야. 그에게 말을 시켜 봐야겠어.〉

내가 먼저 입을 열었다. 「앉으세요, 리버스 씨.」 그러나 그는 항상 그랬듯이 오래 있을 수 없다고 대답했다. 〈좋아요.〉 내가 마음속으로 대답했다. 〈원한다면 서 있어요. 그러나 아직은 당신을 안 보내 줄 거예요. 내가 작정을 했거든요. 고독은 최소한 나한테만큼 당신한테도 안 좋아요. 당신 비밀의 숨겨진 샘을 발견하고, 그 대리석 가슴에 공감의 향유를 한 방울 떨어뜨려 줄 수 있는 틈새를 찾아낼 수 있을지 없을지 한번 시도해 볼게요.〉

「이 초상화가 닮았어요?」 내가 불쑥 물었다.

「닮다니! 누구랑 말이오? 그림을 자세히 보지 않았소.」

「자세히 보셨잖아요, 리버스 씨.」

그가 내 갑작스럽고 이상한 당돌함에 거의 움찔 놀라면서 나를 바라보았다. 〈아, 그건 아직 아무것도 아니죠.〉 내가 마음속으로 중얼거렸다. 〈당신이 조금 뻣뻣해진다고 당황스러워하지 않을 거예요. 무슨 짓이라도 해볼 각오가 되어 있으니까요.〉 내가 말을 계속했다. 「그 초상화를 자세히, 분명히 보셨어요. 그런데 다시 보신다 해도 반대할 마음은 전혀 없어요.」 내가 일어서서 그림을 그의 손에 들려 주었다.

「잘 그린 그림이네요.」 그가 말했다. 「채색이 매우 부드럽고 선명해요. 우아하고 정확하게 그렸고.」

「네, 네. 그건 전부 저도 알아요. 그런데 닮은 것은 어때요? 누구랑 닮았어요?」

약간의 망설임을 극복하고 그가 대답했다. 「올리버 양 같은데요.」

「당연하죠. 그렇다면 이제 정확하게 알아맞힌 데 대한 상

608

으로 똑같은 초상화를 또 한 장 꼼꼼하고 충실하게 그려서 드릴게요. 그 선물이 마음에 든다고 인정하시면요. 당신이 가치 없다고 여길 선물에 제 시간과 수고를 낭비하고 싶지는 않으니까요.」

그가 그림을 계속해서 응시했다. 오랫동안 보고 있을수록 그는 그림을 더욱더 꽉 움켜쥐면서 그것을 더욱더 탐내는 것처럼 보였다. 「정말 닮았소!」 그가 중얼거렸다. 「눈이 잘 그려졌소! 색과 빛과 표정이 완벽하오. 미소를 띠고 있군!」

「똑같은 그림을 갖게 되면 당신에게 위로가 될까요? 아니면 상처가 될까요? 그걸 알려 주세요. 당신이 마다가스카르에 있건, 희망봉에 있건, 아니면 인도에 있건 그 기념품을 가지고 있으면 위로가 될까요? 아니면 기운이 빠지고 슬퍼지는 추억을 떠올리게 할까요?」

그가 이윽고 슬그머니 시선을 들었다. 그러고는 망설이며 동요하는 표정으로 나를 바라보더니 다시 그림을 살펴보았다.

「그림을 갖고 싶은 것만은 분명하오. 그것이 현명한 일인지 아닌지는 별개의 문제요.」

로저먼드가 그를 정말로 좋아하고 그녀의 아버지가 그들의 결합에 대해 반대할 것 같지 않다고 확신했기 때문에, 세인트존보다 생각이 고상하지 못한 나는 마음속으로 그들의 결혼에 적극적으로 찬성하고 싶었다. 그가 올리버 씨의 막대한 재산을 소유하게 된다면 그 재산으로 적도의 태양 아래에서 그의 천재성을 쏟고 기운을 소모하는 것만큼 좋은 일을 많이 할 수 있을 듯 여겨졌기 때문이다. 이런 확신을 가지고 내가 대답했다.

「제 생각으로는 당신이 당장 꼼꼼의 주인공을 갖는 편이 더 현명하고 적절할 것 같은데요.」

이때쯤 그는 자리에 앉았다. 그는 앞에 놓인 탁자 위에 그림을 내려놓고 양손으로 이마를 받친 채 다정하게 그림 위로 고개를 숙였다. 나는 그가 지금 내 당돌함에 화가 났거나 충격을 받은 것도 아님을 알았다. 그가 접근할 수 없다고 여기던 주제에 대해 그토록 솔직하게 이야기하고 그토록 자유롭게 이야기하는 것을 듣는다는 자체가 그에게 새로운 즐거움으로 다가오고, 바라지도 못했던 위안으로 느껴지기 시작한 것 같았다. 과묵한 사람들은 개방적인 사람들보다 그들의 감정과 슬픔에 대해 솔직하게 이야기를 나눌 필요가 더 많다. 아무리 엄격하게 보이는 금욕주의자라 해도 결국은 인간이다. 그리고 호의를 가지고 대담하게 그들 영혼의 〈침묵의 바다로 뛰어드는〉[112] 일은 그들에게 첫 번째 은혜를 베푸는 것이다.

「그녀가 당신을 좋아한다고 전 확신해요.」 그의 의자 뒤에 서서 내가 말했다. 「그리고 그녀의 아버지도 당신을 존경해요. 게다가 그녀는 상냥한 아가씨이고요. 약간 생각이 없긴 하지만요. 그렇지만 당신이 가진 분별력만으로도 당신 자신뿐만 아니라 그녀에게도 충분할 거예요. 당신은 그녀와 결혼해야 해요.」

「그녀가 날 정말 좋아할까요?」 그가 물었다.

「물론이죠. 다른 어느 누구보다도 더 많이요. 그녀는 끊임없이 당신 이야기만 해요. 그보다 더 즐겨 하거나 그렇게 자주 언급하는 주제는 없어요.」

「그 말을 들으니 무척 기분이 좋군요.」 그가 말했다. 「무척 좋아요. 15분 동안만 계속해 봐요.」 그리고 실제로 시계를 꺼내서는 시간을 재기 위해 그것을 탁자 위에 올려놓았다.

「그런데 계속하는 게 무슨 소용이 있어요?」 내가 물었다.

112 새뮤얼 테일러 콜리지Samuel Taylor Coleridge(1772~1834)의 『늙은 선원의 노래』, II, 105~106행.

「당신이 어쩌면 반대의 철퇴를 준비하고 있거나 당신의 가슴을 속박할 새로운 사슬을 만들어 내고 있다면 말이에요.」

「그런 심한 것들은 상상하지 마시오. 내가 굴복해서 누그러지고 있다고 상상하시오. 지금 실제로 그렇게 하고 있소. 인간적인 사랑이 내 마음속에 막 분출된 샘물처럼 솟구쳐 내가 그토록 정성을 다해 힘겹게 준비해 온 모든 들판에, 좋은 의도의 씨앗, 자신을 부정하는 계획의 씨앗이 그토록 열심히 뿌려진 들판에 달콤하게 범람해서 넘쳐 나고 있다고 말이오. 그리고 지금은 그 들판이 감로의 홍수로 넘쳐 나고 있고, 어린싹들이 잠겨서 달콤한 독[113]이 그 싹들을 짓무르게 하고 있소. 지금은 베일 홀의 응접실에서 내 신부인 로저먼드 올리버의 발치에 놓인 오토만에 누워 있는 내 모습이 보이는군요. 그녀가 내게 달콤한 목소리로 말을 하고 있소. 이 산호 빛깔 입술로 내게 미소를 지으며 말이오. 그녀는 내 것이고, 나는 그녀의 것이오. 이 현재의 삶과 눈앞의 세상으로 내게는 충분하오. 쉿! 아무 말도 하지 마시오. 내 마음은 기쁨으로 충만하오. 내 감각은 도취되었고, 이제 내가 정해 놓은 시간을 조용히 지나가게 합시다.」

나는 그가 시키는 대로 했다. 시계가 째깍거리며 갔다. 그가 빠르고 낮게 숨을 쉬었다. 나는 조용히 서 있었다. 이 정적 속에서 15분이 빠르게 지나갔다. 그가 시계를 제자리에 집어넣고 그림을 내려놓은 다음 일어서서 난롯불 가에 섰다.

「자, 그 짧은 시간이 망상과 환상에 바쳐졌소.」 그가 말했다. 「나는 유혹의 품에 머리를 대고 유혹의 꽃 멍에 밑에 내 목을 자발적으로 내밀었소. 나는 유혹의 잔을 맛보았소. 베개가 불타고 있었고 화환에는 독사가 들어 있소. 포도주는 썼

---

113 「안토니와 클레오파트라」, 제1막 제5장 27행. 클레오파트라가 안토니 생각에 빠져서 한 대사이다.

고 유혹의 약속은 공허하며 유혹의 제안은 거짓이오. 내게는 이 모든 것이 보이고, 또 나는 이 모든 것을 알 수 있소.」

나는 놀라서 그를 바라보았다.

「이상한 일이오.」 그가 말을 계속했다. 「사실 매우 아름답고 우아하고 매력적인 대상에 대한 첫사랑의 온갖 열정을 간직한 채 로저먼드 올리버를 그토록 격렬하게 사랑하면서도 나는 동시에 그녀가 내게 좋은 아내가 되지 못하리라는 것과 그녀가 내게 적합한 배우자가 아니며 그러한 사실을 결혼 후 1년 이내에 알게 될 터이고 열두 달의 황홀함 다음에는 평생의 후회가 뒤따르리란 것을 침착하고 분명하게 인식하게 되었소. 내가 아는 바는 이렇소.」

「정말 이상하군요!」 나는 소리를 지르지 않을 수가 없었다.

「내 안의 무엇인가가 그녀의 매력을 강렬하게 느끼는 반면 또 다른 무엇인가는 그녀의 결점에 대해서도 똑같이 강렬하게 느꼈소. 그런 결점들로 인해 그녀는 내가 갈망하는 어떤 것에 대해서도 공감할 수가 없고 내가 하는 어떤 일에도 협력할 수가 없소. 수난자와 일꾼과 여자 사도로서의 로저먼드? 선교사의 아내 로저먼드? 절대 안 될 일이오!」

「그렇지만 당신이 꼭 선교사가 될 필요는 없잖아요. 그 계획을 포기할 수 있잖아요.」

「포기하다니! 무슨 말을! 내 천직을 말이오? 내 위대한 일을 말이오? 천국에서의 거처를 위해 이승에서 쌓은 내 초석을 말이오? 인류를 향상시키고, 무지의 영역에 지식을 날라다 주고, 평화로 전쟁을 대신하고, 자유로 구속을 대신하고, 종교로 미신을 대신하고, 천국에 대한 희망으로 지옥에 대한 두려움을 대신하게 만들겠다는 영광스러운 야심에 다른 모든 야심을 융합시킨 무리 가운데 끼고 싶다는 희망을 말이오? 내가 그것을 포기해야만 하오? 그것은 내 혈관 속을 흐르는 피보다 더 소중하오. 그것은 내가 사는 목표이고 내가 살아야 하는 이유요.」

한참 동안 침묵이 흐른 후 내가 말했다. 「그럼 올리버 양은요? 그녀의 실망과 슬픔은 당신과 전혀 상관없는 일인가요?」

「올리버 양은 항상 구혼자들과 추종자들에게 둘러싸여 있소. 한 달 이내에 내 모습은 그녀의 마음속에서 지워질 것이오. 그녀는 날 잊고 나보다 그녀를 훨씬 더 행복하게 해줄 누군가와 결혼할 것이오.」

「정말 냉정하게 말하네요. 그런데 그렇게 갈등하면서 당신도 괴롭잖아요. 야위었어요.」

「아니오. 내가 살이 빠졌다면 그것은 아직 정해지지 않은 내 앞날에 대한 걱정 때문이오. 출발이 계속 미뤄지고 있으니 말이오. 오늘 아침에만 해도 그토록 오랫동안 도착을 기다리고 있던 후임 목사가 앞으로 석 달 동안 오지 못할 것 같다는 통지를 받았소. 어쩌면 그 석 달이 여섯 달로 연장될지도 모르오.」

「올리버 양이 교실에 들어올 때마다 당신은 떨면서 얼굴을 붉히잖아요.」

다시금 놀란 표정이 그의 얼굴을 스치고 지나갔다. 그는 여자가 감히 남자에게 그런 말을 하리라고는 상상도 하지 못했을 것이다. 내게는 이런 류의 대화가 편안했다. 나는 강하고 분별력 있고 세련된 사람들과 대화를 나눌 때면 상대가 남자이건 여자이건 형식적인 겸양의 외벽을 지나 신뢰의 문지방을 넘어 마음속 화롯가에 자리를 잡을 때까지 멈출 수가 없었다.

「당신은 참 별난 사람이오.」 그가 말했다. 「겁도 없고 말이오. 당신의 눈에는 꿰뚫어보는 뭔가가 있고 마음속에는 용감한 면이 있소. 그런데 당신이 부분적으로 내 감정을 오해하고 있다는 것을 확실하게 알려 주고 싶소. 당신은 실제보다 그 감정이 깊고 강력하다고 생각하고 있소. 그리고 당신은 그것에 대해 분에 넘치는 동정을 하고 있소. 내가 올리버 양 앞에서 얼굴을 붉히고 떠는 것은 나 자신을 불쌍히 여겨서가 아니오. 내 약함을 꾸짖고 있는 것이오. 나는 그것이 저열한 것임을, 영혼의 떨림이 아니라 육체의 열병에 지나지 않는다는 것을 알고 있소. 그런 *생각*은 소란스러운 깊은 바다 속에 확고히 자리 잡고 있는 바위만큼 단단하게 뿌리를 내리고 있소. 나를 진짜 내 모습인 차갑고 냉정한 사람으로 알아 주기 바라오.」

나는 믿을 수가 없어서 미소를 지었다.

「당신이 억지로 내 비밀을 빼앗아 갔소.」 그가 말을 계속했다. 「그리고 지금은 그 비밀을 당신 마음대로 할 수 있소. 기독교가 인간의 결함을 덮고 있는 저 〈피로 표백된 옷〉[114]을 벗으면 나는 원래 차갑고 냉정하고 야심에 가득 찬 사람이오. 모든 감정 중에서 육친에 대한 애정만이 내게 지속적으로 영향을 미치고 있소. 감정이 아니라 이성이 내 길잡이요. 내 야심은 끝이 없소. 더 높은 곳으로 오르고 다른 사람들보다 더 많은 일을 하고 싶은 욕망은 만족할 줄을 모르오. 나는 인내와 끈기, 근면함과 재능을 존중하오. 이것들은 인간에게 위대한 목적을 달성하고 높은 곳에 오를 수 있도록 해주는 수단이오. 나는 당신이 하는 일을 관심 있게 살펴보고 있소. 당신이 부지런하고 체계적이고 활력에 찬 여성의 표본이라는 것을 내가 알고 있기 때문이오. 당신이 겪은 일이나 혹은 당신이 아직도 괴로워하고 있는 일을 깊이 동정하기 때문이 아니고 말이오.」

114 「요한의 묵시록」 7장 14절 참조. 〈그들은 어린 양이 흘리신 피에 자기들의 두루마기를 빨아 희게 만들었습니다.〉

「당신은 당신 자신을 그저 이교도적인 철학자로 묘사하고 싶겠군요.」 내가 말했다.

「아니오. 나와 이신론적 철학자들[115] 사이에는 이런 차이가 있소. 나는 하느님을 믿고 복음을 믿소. 당신은 형용사를 잘못 썼소. 나는 이교도가 아니라 기독교적인 철학자요. 예수님 학파의 추종자요. 그리고 그의 사도로서 나는 예수님의 순수하고 자비롭고 온화한 교리를 믿소. 나는 그것들을 옹호하고 그것들을 전파하겠다고 서약했소. 어려서 종교에 귀의하게 만든 다음 종교는 내 타고난 특성들을 그렇게 계발했소. 종교는 육친에 대한 애정이라는 작은 싹으로부터 그늘을 드리우는 박애라는 큰 나무를 키워 냈소. 인간적인 정직함이라고 하는 야생의 단단한 뿌리로부터 신성한 정의에 대한 합당한 인식을 길러 냈소. 내 비천한 자아를 위해 권력과 명성을 얻고자 하는 야망으로부터 종교는 주님의 왕국을 퍼뜨리고 십자가라는 깃발을 위해 승리를 이루겠다는 야심을 만들어 냈소. 종교는 내게 너무나 많은 것을 해주었소. 원래의 재료를 최고의 가치로 바꿔 주었소. 천성을 잘라 내고 단련시켜 주었소. 그러나 종교는 천성을 완전히 제거하지는 못했소. 〈이 죽을 몸은 불사의 옷을 입어야 할〉[116] 때까지는 천성이 절대 제거되지 않을 것이오.」

이렇게 말한 다음 그가 내 팔레트 옆에 놓여 있던 모자를 집어 들었다. 그가 다시 한 번 초상화를 바라보았다.

「그녀는 정말 아름답소.」 그가 중얼거렸다. 「정말 〈세상의 장미〉[117]라는 이름이 어울리오.」

---

115 그들은 초자연적인 존재가 존재한다는 사실은 받아들였지만 기독교의 계시와 초자연적인 원리들을 거부했다.

116 「고린토인들에게 보낸 첫째 편지」 15장 53절.

117 로저먼드라는 이름의 축어적인 의미.

「그럼 저것과 똑같은 그림을 안 그려 드려도 되겠어요?」

「그게 무슨 소용이 있겠소? 아니오.」

판지가 더러워지지 않도록 그림을 그릴 때 내가 항상 올려 두는 얇은 종이를 그가 그림 위로 끌어당겼다. 그가 이 백지에서 갑자기 무엇을 보았는지 나는 알 수 없었다. 그러나 뭔가가 그의 시선을 끈 것이 틀림없었다. 그가 종이를 낚아채듯 집어 들고 가장자리를 바라보았다. 그러더니 표현할 수 없을 정도로 오묘하고도 전혀 이해할 수 없는 시선으로 나를 힐끗 바라보았다. 내 모습과 얼굴과 옷 등의 모든 사항 하나하나를 검사하는 것 같은 시선이었다. 그의 시선이 번개처럼 몸 전체를 훑으며 빠르고 날카롭게 지나갔기 때문이다. 무슨 말을 하려는 듯 그의 입술이 벌어졌다. 그러나 그는 무슨 말인가 나오려고 하던 것을 꾹 참았다.

「무슨 일이에요?」 내가 물었다.

「아무것도 아니오.」 그가 대답했다. 종이를 제자리에 놓으며 그가 가장자리에서 작은 조각을 재빨리 떼어 내는 것이 보였다. 그것은 그의 장갑 속으로 사라졌다. 그가 성급하게 고개 숙여 인사를 하고 〈잘 있어요〉라고 말한 다음 사라졌다.

나는 그 지방의 표현을 써서 소리쳤다. 「아이 참! 눈엣가시라더니 무슨 영문인지 모르겠네!」

이제는 내가 종이를 자세히 살펴보았다. 그러나 화필로 색조를 보기 위해 물감을 칠한 몇 군데의 거무스름한 얼룩을 제외하고는 아무것도 보이지 않았다. 나는 1, 2분 정도 그 불가사의한 일에 대해 곰곰이 생각해 보았다. 그러나 도저히 풀리지 않는 문제임을 깨닫고 그렇게 중요한 일은 아닐 거라고 확신하면서 그 일을 밀쳐 두고 잊어버렸다.

제7장

　세인트존 씨가 가고 난 후 눈이 내리기 시작했다. 소용돌이치며 눈보라가 밤새 계속되었다. 다음 날 날카로운 바람에 다시 눈앞이 안 보일 정도로 눈이 내렸다. 황혼 녘이 되자 골짜기는 바람에 날려 쌓인 눈으로 뒤덮여 거의 통행이 불가능한 상태가 되었다. 나는 덧문을 닫고 눈이 문 밑으로 밀려들어 오지 않도록 매트를 문에 대놓았다. 그리고 난롯불을 돋우고 한 시간가량 난롯가에 앉아 미친 듯이 불어 대던 폭풍이 약해지는 소리를 듣다가 촛불을 켜고 『마미온』을 꺼내서 읽기 시작했다.

　　노햄의 성탑과
　　넓고 깊은 트위드의 아름다운 강,
　　외로운 체비엇의 산에 해가 졌다.
　　거대한 탑들과 아성,
　　그것을 에워싼 성벽들이
　　황금빛으로 빛났다.

　나는 곧 시의 음악 속에서 폭풍을 잊어버렸다.

무슨 소리가 들렸지만 나는 바람에 문이 흔들리는 소리라고 생각했다. 아니었다. 세인트존 리버스 씨였다. 그가 빗장을 올리고 얼어붙은 눈보라와 울부짖는 어둠 속에서 내 앞에 서 있었다. 그의 큰 체격을 덮고 있던 망토가 빙하처럼 하얬다. 나는 그날 밤 막힌 골짜기로부터 손님이 찾아오리라고는 전혀 예상치 못했기 때문에 깜짝 놀랐다.

「무슨 나쁜 소식이라도 있어요?」 내가 물었다. 「무슨 일이 일어났어요?」

「아니오. 당신은 정말 잘 놀라는군요.」 그가 망토를 벗어 문에 걸어 두고 들어오면서 흐트러뜨린 매트를 다시 차분하게 문 쪽으로 밀어 놓았다. 그리고 장화에 묻은 눈을 털었다.

「내가 깨끗한 당신의 마루를 더럽히겠지만 한 번만 날 용서해 주기 바라오.」 그가 말한 다음 난롯불로 다가갔다. 「여기까지 오는 데 정말 힘들었소. 정말이오.」 그가 양손을 난롯불 위에 녹이며 말했다. 「바람이 휙 부니까 눈이 허리까지 차올랐소. 다행히 눈이 아직은 상당히 부드럽소.」

「그런데 왜 오셨어요?」 나는 묻지 않을 수가 없었다.

「손님한테 하기에는 좀 불친절한 질문이군요. 그러나 이왕 물었으니 그저 당신과 잠깐 이야기를 나누기 위해서 왔다고 대답하겠소. 아무 말 없는 내 책과 텅 빈 방에 지겨워졌소. 게다가 어제 이후 반쯤 이야기를 들은 뒤 나머지를 듣고 싶어 안달인 사람의 흥분을 느꼈기 때문이오.」

그가 앉았다. 나는 어제 그의 특이한 행동을 떠올리고 정말로 그가 정신이 이상해진 것은 아닌지 우려되기 시작했다. 그러나 정신이 이상해졌다 해도 그는 매우 차분하고 냉정하게 이상해진 것 같았다. 그가 방금 전 눈에 젖은 머리를 쓸어 넘기자 창백한 이마와 뺨 위에 불빛이 드러났을 때처럼 그의 잘생긴 얼굴이 조각된 대리석 같아 보인 적이 없었다. 그의 뺨에 근심과 슬픔 때문에 야위어서 홀쭉해진 흔적이 너무나 선명하게 새겨져 있는 것을 보자 마음이 아팠다. 나는 적어도 그가 내가 이해할 수 있는 말을 해주리라 기대하면서 기다렸다. 그러나 그는 지금 한 손으로 턱을 받치고 손가락 하나를 입술에 대고 있었다. 그는 지금 생각 중이었다. 그의 손이 얼굴만큼이나 여윈 것을 보고 나는 놀랐다. 예상치 못했던 연민의 감정이 솟구쳤다. 내가 마음이 아파서 말했다.

「다이애나나 메리가 와서 당신과 함께 살면 좋겠어요. 당신이 그렇게 외로워하다니 너무 안됐어요. 그리고 당신은 자신의 건강에 대해서는 심할 정도로 신경을 안 쓰잖아요.」

「절대 그렇지 않소.」 그가 말했다. 「필요할 땐 나 스스로 몸을 잘 돌보고 있소. 지금은 건강하오. 내가 어디 안 좋은 것 같소?」

그가 무심히 대수롭지 않다는 듯이 말했기 때문에 내 우려가 적어도 그가 보기에는 완전히 불필요한 것처럼 보였다. 나는 입을 다물었다.

그가 여전히 손가락으로 윗입술을 천천히 만지면서 활활 타오르고 있는 난롯불을 꿈꾸듯이 응시하고 있었다. 무슨 말이라도 하는 것이 급선무라고 생각한 나는 곧 그의 등 뒤에 있는 문에서 찬바람이 들어오는 게 느껴지느냐고 물었다.

「아니, 아니오.」 그가 짧고 조금 짜증스럽게 대답했다.

〈좋아요.〉 나는 혼자 생각했다. 〈말하고 싶지 않으면 가만히 있어요. 이제는 당신을 그냥 내버려 두고 나는 다시 책을 읽을 테니까요.〉

그래서 나는 초의 심지 끝을 잘라 촛불을 밝게 한 다음 다시 『마미온』을 숙독하기 시작했다. 그가 곧 움직였다. 내 시선은 즉시 그의 동작에 이끌렸다. 그는 모로코가죽으로 된 수첩을 꺼냈을 뿐이었다. 그리고 그 안에서 편지 한 통을 꺼내 조용히 읽은 다음 그것을 접어 다시 집어넣고 깊은 생각에 빠져 들었다. 내 앞에 그렇게 수수께끼처럼 꼼짝도 하지 않는 사람을 두고 책을 읽으려고 노력해 봐야 소용이 없었다. 또한 초조해서 아무 말도 하지 않는 상태로 있을 수가 없었다. 그가 내 말에 대꾸하고 싶지 않으면 하지 않으면 되는 일이었다. 그러나 나는 어쨌든 말을 하고 싶었다.

「최근에 다이애나와 메리에게서 소식을 들으셨어요?」

「일주일 전 당신에게 보여 준 편지 이후로는 소식을 못 받았소.」

「당신의 계획에 대해서는 무슨 변화가 없었나요? 예상보다 더 빨리 영국을 떠나게 되지는 않았어요?」

「아닌 것 같소. 그런 좋은 일은 나한테는 생기지 않나 보오.」 지금까지 별 성과가 없었기 때문에 나는 화제를 바꿨다. 나는 학교와 학생들에 대해 이야기를 하기로 작정했다.

「메리 가렛의 어머니가 나아지셨대요. 오늘 아침에는 메리가 다시 학교에 나왔어요. 다음 주에 파운드리 클로스에서 네 명의 여학생이 새로 오기로 되어 있어요. 눈만 아니었다면 오늘 왔을 거예요.」

「그렇군요!」

「올리버 씨가 두 명의 학비를 대신대요.」

「그래요?」

「크리스마스 때 그분이 전교생에게 선물을 줄 예정이래요.」

「알고 있소.」

「당신이 제안한 거예요?」

「아니오.」

「그럼 누구의 제안인가요?」

「그분 따님 생각일 것이오.」

「그녀다워요. 그녀는 정말 착해요.」

「맞소.」

다시 정적의 공백이 찾아왔다. 시계가 8시를 쳤다. 그 소리에 그가 정신을 차린 것 같았다. 그가 꼬고 있던 다리를 풀고 똑바로 앉아서 내게 몸을 돌렸다.

「책을 잠시만 내려놓고 난로 옆으로 조금 더 가까이 와요.」그가 말했다.

나는 놀랐지만 계속 놀란 채로 있어 봐야 소용이 없었기 때문에 그의 말을 따랐다.

「반 시간 전에 내가 이야기의 나머지를 듣고 싶어서 안달이 났다고 말했소.」그가 말을 계속했다. 「곰곰이 생각해 본 결과 내가 서술자의 역을 맡고 당신이 듣는 사람 입장이 되면 문제가 더 잘 해결될 수 있을 것 같았소. 이야기를 시작하기 전에 그 얘기가 당신 귀에는 조금 진부하게 들릴지도 모른다는 점을 미리 알려 주는 편이 공정할 것 같소. 그러나 아무리 진부한 사실들도 새로운 입을 통해 전달되면 어느 정도의 신선함을 되찾는 경우가 종종 있소. 진부하건 신기하건 다행인 점은 이야기가 짧다는 것이오.

20년 전에 한 가난한 목사보가 — 지금은 그의 이름에 대해 상관하지 마시오 — 부잣집 딸과 사랑에 빠졌소. 그녀는 그를 사랑했고 가족들의 온갖 반대를 무릅쓰고 그와 결혼했소. 그 결과 그녀의 가족들은 결혼식 직후에 그녀와 의절했소. 채 2년이 지나기도 전에 이 성급한 부부는 모두 세상을 떠나 하나의 묘석 아래 말없이 나란히 눕게 되었소. (나는 그들의 묘지에 가본 적이 있소. 그것은 ○○○ 주의 큰 제조업 도시에 있는, 우중충하고 검댕으로 거무스름해진 오래된 대성당을 둘러싸고 있는 커다란 교회 묘지의 포석이 되어 있었소.) 그들에게는 딸이 하나 있었는데 자비의 여신은 내가 오늘 밤 거의 갇힐 뻔했던 눈보라만큼이나 차갑게 그 딸을 자기 품에 받아 주었소. 자비의 여신은 가족 하나 없는 그 아이를 부유한 외가 쪽 친척들에게 데려다 주었소. 그 아이는 (이제야 이름이 생각났소) 게이츠헤드의 리드 부인이라고 불리는 외숙모에 의해 길러졌소. 놀라는군요. 무슨 소리라도 들었소? 옆 교실의 서까래를 기어가는 쥐 소리일 뿐이오. 창고였던 것을 수리해서 변경한 것이오. 원래 창고에는 쥐들이 자주 나오는 법이니까. 계속하겠소. 리드 부인은 그 고아를 10년간 데리고 있었소. 그녀에게는 잘된 일인지 아닌지 내가 뭐라 말할 수가 없소. 아무 말도 들은 바가 없으니 말이오. 그러나 그 10년이 지나고 그녀는 당신도 알고 있는 곳으로 옮겨졌소. 그곳은 바로 다름 아닌 로우드 학교였소. 당신이 매우 오랫동안 지냈던 바로 그곳 말이오. 그곳에서 그녀의 경력은 매우 훌륭했소. 당신처럼 그녀는 학생에서 선생님이 되었소. 그녀의 과거와 당신의 과거에 비슷한 점이 많아서 정말 내가 놀라고 있소. 그녀는 가정 교사가 되기 위해 그곳을 나왔소. 그 점에서 다시 당신들 두 사람의 운명이 닮았소. 그녀는 로체스터 씨라는 사람의 피후견인을 가르치는 일을 맡았소.」

「리버스 씨.」 내가 끼어들었다.

「당신이 어떤 기분일지 짐작할 수 있소.」 그가 말했다. 「그러나 그 감정을 잠깐만 자제해 주기 바라오. 내 얘기는 거의 끝났소. 얘기를 끝까지 들으시오. 로체스터 씨의 성격에 대해 나는 전혀 아는 바가 없소. 그가 이 젊은 아가씨에게 정식으로 결혼을 신청했다는 것과 바로 그 결혼식 제단에서 그녀가 비록 미치광이지만 아직 그의 아내가 살아 있다는 것을 알았다는 사실밖에는 모르오. 그가 이후에 어떻게 행동하고 무슨 제안을 했는가 하는 문제는 그저 순전히 추측만 할 수 있을 뿐이오. 그 가정 교사의 안부를 알아보아야 할 사태가 일어났을 때 그녀가 종적을 감춘 사실이 밝혀졌소. 언제, 어디로,

어떻게 사라졌는지 아무도 몰랐소. 그녀는 밤에 손필드 저택을 떠났소. 그녀의 행로를 아무리 추적해 보아도 허사였소. 그 주변 일대를 멀리까지 샅샅이 찾아보아도 그녀의 흔적조차 발견되지 않았소. 그럼에도 불구하고 그녀를 찾아내야 하는 일이 매우 긴급한 문제가 되었소. 모든 신문에 광고가 났소. 나는 변호사인 브릭스 씨로부터 내가 방금 전에 전한 세부적인 사실들을 알려 주는 편지를 받았소. 이상한 이야기 아니오?」

「이것만 말해 줘요.」 내가 말했다. 「당신이 그처럼 많이 알고 있으니까 이것도 분명히 말해 줄 수 있을 거예요. 로체스터 씨는 어떻게 되었어요? 그가 어떻게 지내고 어디에 있어요? 그는 무엇을 하고 있어요? 그는 잘 있어요?」

「로체스터 씨에 관해서는 아무것도 모르오. 편지에는 그에 대한 언급이 전혀 없었소. 내가 아까 언급했던 부정하고 불법적인 계획에 관한 것만 빼고요. 당신은 차라리 그 가정 교사의 이름이라든가 그녀를 찾는 사건의 성질을 물어봤어야 했소.」

「그러면 아무도 손필드 저택에 가지 않았어요? 로체스터 씨를 본 사람이 아무도 없나요?」

「그런 것 같소.」

「그렇지만 그들이 그에게 편지를 썼나요?」

「물론이오.」

「그럼 그가 뭐라고 말했나요? 누가 그의 편지들을 가지고 있어요?」

「브릭스 씨 말로는 그의 문의에 대한 답장은 로체스터 씨가 아니라 어떤 부인에게서 받았다고 했소. 〈앨리스 페어팩스〉라고 서명이 되어 있었소.」

나는 온몸이 오싹해지는 것을 느꼈고 낙담했다. 그렇다면 내가 우려했던 가장 끔찍한 일이 실제로 벌어진 것 같았다. 그는 영국을 떠나 무분별하게 자포자기한 상태로 유럽을 이전처럼 떠돌아다니는 것이 분명했다. 그리고 그의 극심한 고통을 무엇으로 달래겠는가? 그가 유럽에서 강렬한 열정에 대해 어떤 대상을 찾았을까? 나는 감히 그 질문에 답할 수가 없었다. 아, 불쌍한 내 주인님, 한때 내 남편이 될 뻔했던 사람, 내가 자주 〈사랑하는 에드워드!〉라고 불렀던 사람.

「그는 나쁜 사람임에 틀림없소.」 리버스 씨가 말했다.

「당신은 그 사람을 몰라요. 그 사람에 대해 어떤 의견도 말하지 마세요.」 내가 열을 내며 말했다.

「좋아요.」 그가 조용히 말했다. 「사실 내 머릿속은 그보다 다른 일로 가득 차 있소. 나는 이야기를 마쳤소. 당신이 그 가정 교사의 이름을 묻지 않을 것 같으니 내가 자진해서 그 이름을 말해야겠소. 가만히 있어요! 내가 여기 가지고 있소. 중요한 사항들은 글로 적힌 것, 다시 말해 문서로 기록된 것을 보는 편이 항상 더 만족스럽소.」

그리고 그는 다시 신중하게 수첩을 꺼내 펼치더니 그 속을 뒤졌다. 그러고는 수첩 한구석에서 그가 서둘러 찢어 갔던 낡은 종잇조각을 꺼냈다. 나는 그 종이 결과 군청색, 진홍색, 주홍색 자국들을 통해 그것이 초상화 위에 덮어 놓은 얇은 종이에서 그가 찢어 간 가장자리 조각이라는 것을 알았다. 그가 일어서서 그 종잇조각을 내 눈앞에 들이밀었다. 내 필적에 먹물로 적혀 있는 단어는 〈제인 에어〉였다. 틀림없이 딴 곳에 정신이 팔려서 나도 모르게 한 일 같았다.

「브릭스가 내게 제인 에어에 대한 편지를 보내왔소.」 그가 말했다. 「광고에서도 제인 에어를 찾았소. 나는 제인 엘리엇이라는 사람을 알고 있었소. 솔직히 말해서 의심이 들긴 했지만 어제 오후에야 비로소 그 의심이 즉시 확신으로 바뀌었소.

당신은 이름을 인정하고 가명을 포기하겠소?」

「네…… 네. 그런데 브릭스 씨는 어디에 있어요? 그 사람은 어쩌면 당신보다 로체스터 씨에 대해 더 많이 알고 있을지도 몰라요.」

「브릭스 씨는 런던에 있소. 그가 로체스터 씨에 대해 뭔가를 알고 있으리라고 생각하지는 않소. 그의 관심사는 로체스터 씨가 아니오. 그동안 당신은 사소한 일을 좇느라 중요한 요점을 간과하고 있소. 당신은 브릭스 씨가 왜 당신을 찾는지, 그가 당신에게 무슨 볼일이 있는지 묻지 않았소.」

「그럼 무슨 볼일인데요?

「그저 당신 삼촌인 마데이라의 에어 씨가 세상을 떠났고 그가 당신에게 모든 재산을 남겼으며 당신이 이제는 부자가 되었다는 사실을 알려 주기 위해서요. 그뿐이오. 더는 없소.」

「제가요! 부자라고요?」

「그래요. 그렇소, 부자요. 당신은 상당한 재산을 물려받은 상속녀요.」

침묵이 흘렀다.

「물론 당신은 신분을 증명해야 하오.」 곧 세인트존이 말을 계속했다. 「물론 이 단계는 아무 어려움이 없을 것이오. 그러고 나면 즉시 유산을 물려받을 수 있소. 당신의 유산은 지금 영국의 공채로 되어 있소. 브릭스가 유서와 필요한 서류들을 가지고 있소.」

여기서 다시 새로운 카드가 펼쳐졌다! 한순간에 가난한 상태에서 부유한 상태로 올라가는 것은 물론 매우 기분 좋은 일이다. 그러나 금세 실감이 나서 결과적으로 즐거워할 수 있는 문제가 아니었다. 그리고 인생에는 훨씬 더 신나고 행복을 주는 다른 기회들이 있다. 이것은 확고한 현세의 일로 관념적인 것은 전혀 없다. 이와 연관된 모든 생각은 확고하고 진지하며 그것의 표현도 마찬가지이다. 많은 재산을 얻게 되었다는 말을 들었을 때 사람들은 팔짝팔짝 뛰거나 만세를 부르지 않는다. 책임에 대해 생각해 보고 해야 할 일에 대해 숙고하기 시작한다. 안정된 만족감 위에 어떤 중대한 근심이 생겨나서 우리는 자신을 억제하고 엄숙한 얼굴로 우리의 행복에 대해 곰곰이 생각해 본다.

게다가 유산이나 상속이라는 말은 죽음이나 장례식이라는 말과 병행된다. 나는 삼촌이, 그러니까 내 유일한 친척이 세상을 떠났다는 소식을 들었다. 그가 살아 있다는 사실을 알게 된 이후 나는 줄곧 언젠가는 그를 다시 만날 수 있다는 희망을 품어 왔다. 이제는 절대 그럴 수가 없게 되었다. 그리고 이 돈이 나한테만 주어졌다. 나와 함께 기뻐할 가족이 아니라 혼자뿐인 나에게 주어졌다. 그것은 의심할 여지 없이 큰 은혜였다. 자립이란 멋진 일이다. 그렇다, 나는 그렇게 느꼈다. 그 생각에 내 마음이 부풀었다.

「마침내 당신이 고개를 들었군요.」 리버스 씨가 말했다. 「나는 메두사가 당신을 돌로 바꿔 놓은 줄 알았소. 아마 이제 당신이 얼마나 많은 재산을 갖게 되었는지 물을 것 같은데요?」

「재산이 얼마나 되는데요?」

「아, 얼마 안 되오! 물론 말할 거리도 안 돼요. 2만 파운드? 사람들이 그렇게 말한 것 같소. 그런데 그게 얼마나 되겠소?」

「2만 파운드요?」

다시 내 말문을 막히게 하는 새로운 소식이었다. 나는 많아야 4, 5천 파운드 정도일 거라고 예측했었다. 이 소식에 사실 잠깐 동안 숨을 쉴 수가 없었다. 웃는 것을 한 번도 본 적이 없었던 세인트존 씨가 웃음을 머금고 있었다.

「저런.」 그가 말했다. 「살인을 저질렀는데 그 죄가 발각되었다고 알려 주었다 해도 이보다 더 놀란 표정을 짓지는 않았을 것이오.」

「큰 액수예요. 뭔가 착오가 있지 않을까요?」

「전혀 착오는 없소.」

「당신이 숫자를 잘못 읽었을지도 몰라요. 2천 파운드가 아닐까요?」

「숫자가 아니라 글자로 2만 파운드라고 적혀 있었소.」

보통의 소화 능력을 지닌 사람이 백인분의 음식을 펼쳐 놓은 식탁에 혼자 향연을 즐기기 위해 앉아 있는 것 같은 기분이 다시 들었다. 리버스 씨가 일어서서 망토를 걸쳤다.

「날씨가 이렇게 험하지만 않았어도 당신과 함께 있으라고 한나를 보낼 텐데.」 그가 말했다. 「당신 표정이 몹시 비참해 보여서 혼자 두고 가기가 안됐소. 그러나 한나는 딱하게도 나처럼 이 눈보라를 뚫고 걸을 수가 없소. 그녀의 다리가 그렇게 길지가 않소. 그러니 지금은 당신 혼자 슬퍼하게 두고 가야겠소. 잘 자요.」

그가 빗장을 벗기고 있었다. 갑자기 어떤 생각이 떠올랐다. 「잠깐만요!」 내가 소리쳤다.

「왜요?」

「그런데 왜 브릭스 씨가 저에 대한 편지를 당신에게 써서 보냈을 까요? 또한 그가 당신을 어떻게 알았을까요? 그리고 이처럼 외딴 곳에 살고 있는 당신에게 나를 찾아내는 데 도움을 줄 수 있는 힘이 있다는 생각을 어떻게 하게 되었을까요?」

「아, 나는 목사요.」 그가 말했다. 「그리고 목사는 이상한 문제들에 대해 도움을 요청받는 경우가 많소.」 다시 빗장이 덜거덕거렸다.

「아니요, 그 대답은 만족스럽지 않아요.」 내가 소리쳤다. 그리고 사실 서둘러 아무 설명도 해주지 못하는 대답에는 호기심을 누그러뜨리는 대신 이전보다 훨씬 더 내 호기심을 자극하는 뭔가가 있었다.

「정말 이상한 일이네요.」 내가 덧붙였다. 「그 점에 대해 더 알아야겠어요.」

「다음에요.」

「안 돼요. 오늘 밤에요! 오늘 밤에 해줘요!」 그가 문에서 몸을 돌렸을 때 나는 문과 그 사이를 가로막았다. 그가 몹시 난처한 표정을 지었다.

「당신이 제게 모든 걸 말해 주기 전에는 절대 못 놔줘요.」

「지금 당장은 말하고 싶지 않소.」

「말해요! 반드시 그래야 해요!」

「다이애나나 메리를 시켜서 알려 주겠소.」

물론 이런 거절은 내 열망을 최고조에 이르게 만들었다. 그 열망은 반드시, 그것도 지체 없이 충족되어야 했다. 나는 그에게 그렇게 말했다.

「그런데 내가 설득하기 힘든 고집 센 사람이라고 당신에게 말한 적이 있는 걸로 알고 있소.」

「저도 고집 센 사람이에요. 미루는 것은 불가능해요.」

「나는 또한 냉혹한 사람이오.」 그가 말을 계속했다. 「어떤 열정도 내게 영향을 미치지 않소.」

「반면에 저는 뜨거워요. 그리고 열기는 얼음을 녹이는 법이에요. 저기 저 불꽃이 당신 망토에서 눈을 전부 녹였어요. 게다가 눈이 녹아서 마룻바닥에 흘러 짓밟힌 길처럼 되었어요. 리버스 씨, 모래 깔린 부엌을 지저분하게 망쳐 놓은 중대한 죄와 비행을 용서받고 싶다면 제가 알고 싶어 하는 것을 말해 줘요.」

「그렇다면 내가 졌소.」 그가 말했다. 「당신의 진지함에 대해서가 아니라 그 고집에 말이오. 마치 낙숫물에 바위가 뚫리

듯이 말이오. 게다가 당신도 언젠가는 알아야 할 일이오. 나중이라도 마찬가지겠지만 지금도 잘 알아야 할 일이오. 당신의 이름이 제인 에어죠?」

「물론이죠. 그 문제는 이미 모두 정리가 되었잖아요.」

「당신은 내 이름이 당신과 같다는 사실을 아마 모르고 있을 거요. 내 세례명이 세인트존 에어 리버스라는 걸 말이오.」

「아니요, 전혀요! 저한테 가끔 빌려 준 책들에 쓰인 당신의 이름 철자에 E가 들어 있는 것을 본 적은 있어요. 그러나 그것이 어떤 이름의 머리글자인지는 생각해 보지 않았어요. 그런데 그게 왜요? 설마……」

나는 말을 멈췄다. 한순간에 확 떠올라서 저절로 구체화되는 생각, 단번에 강하고 확실한 가능성을 내보이는 그 생각을 마음속에 품고 있을 수도 없었고 표현할 수는 더더욱 없었다. 상황들이 서로 결합되어 딱 맞아 떨어지면서 정리가 되었다. 지금까지 형체 없는 고리 덩어리에 불과했던 쇠사슬이 일직선으로 잡아당겨졌다. 고리 하나하나가 완전해졌고 고리의 연결이 완전해졌다. 세인트존이 다른 말을 하기도 전에 나는 본능적으로 어떤 상황인지 알았다. 그러나 독자에게 나와 똑같은 본능적인 인식 능력이 있으리라고 기대할 수는 없기 때문에 그의 설명을 되풀이하려 한다.

「내 어머니의 성이 에어였소. 어머니에게는 동생이 둘 있었소. 한 분은 목사로 게이츠헤드의 제인 리드 양과 결혼했소. 다른 한 분은 상인인 존 에어로 마데이라의 푼샬에서 세상을 떠났소. 에어 씨의 변호사인 브릭스 씨가 지난 8월 외삼촌의 죽음을 우리에게 편지로 알려 주었소. 외삼촌은 아버지와 다투고 끝내 화해를 하지 못했기 때문에 우리를 제외시키고 전 재산을 고아가 된, 자기 형인 목사의 딸에게 물려주었다는 소식도 말이오. 브릭스 씨에게서 몇 주 전 다시 편지가 왔는데 상속녀가 행방불명이 되었다며 혹시 그녀에 대해 아는 바가 있느냐고 물었소. 종잇조각 위에 무심코 적혀 있던 이름 때문에 내가 그녀를 찾아낼 수 있었소. 나머지는 당신이 다 알고 있소.」 그가 다시 가려고 했지만 나는 문에 등을 기대고 가로막았다.

「저도 말하게 해줘요.」 내가 말했다. 「잠깐 숨을 돌리고 생각할 시간을 좀 줘요.」 나는 말을 멈췄다. 그가 손에 모자를 든 채 매우 차분한 태도로 내 앞에 서 있었다. 나는 다시 말하기 시작했다.

「당신 어머니가 제 아버지의 누님이시란 말이죠?」

「그렇소.」

「그럼 결과적으로 제 고모시군요.」

그가 고개를 끄덕였다.

「제 삼촌이 당신의 외삼촌이란 말이죠? 저는 그분 형님의 자식이고 당신과 다이애나, 그리고 메리는 그분 누님의 자식들이란 말이죠?」

「확실하오.」

「그럼 당신 세 사람이 제 사촌들이군요. 우리 피의 절반이 같은 원천에서 나와 흐른다는 거죠?」

「우리는 사촌지간이오. 그렇소.」

나는 그를 살펴보았다. 오빠를 찾아낸 것 같았다. 내가 자랑스러워할 수 있고 또 내가 사랑할 수 있는 오빠였다. 그리고 그저 낯선 사람들로 그들을 알았을 때도 내게 진정한 애정과 존경을 불러일으켰던 그런 인품을 지닌 언니를 두 명 찾은 것 같았다. 젖은 땅에 무릎을 꿇고 무어 하우스 부엌의 낮은 격자창문을 통해 흥미와 절망이 섞인 감정으로 그렇게 비통하게 바라보았던 그 두 아가씨들이 내 가까운 친척들이었다. 자기 문지방에서 거의 죽어 가고 있던 나를 발견한 젊고 위엄 있는 신사가 나와 피를 나눈 친척이었다. 외롭고 불쌍한 사람에게 이것은 대단한 발견이었다! 이것이야말로 진짜 부자, 바로 마음의 부자가 되는 것이었다! 순수하고 다정한 애정의 광맥을 발견한 것이었다. 이것은 빛나고 생생하고 기분 좋은 축복이었다. 무거운 생각에 잠기게 만드는 황금의 선물이 아니었다. 그런 선물도 나름대로 충분히 풍요롭고 반가웠지만 그것은 그 부담감 때문에 마음을 어둡게 했다. 나는 갑자기 너무 기뻐서 손뼉을 쳤다. 맥박이 빠르게 뛰고 피가 끓어올랐다.

「아, 너무 기뻐요! 정말 기뻐요!」 내가 소리쳤다.

세인트존이 미소를 지었다. 「사소한 것들을 좇느라 정작 중요한 사항은 놓치고 있다고 당신에게 말하지 않았소?」 그가 물었다. 「큰 유산을 물려받게 되었다는 소식을 전했을 때는 심각하더니 지금은 전혀 중요하지도 않은 일에 흥분하는군요.」

「그게 무슨 말이에요? 그 일이 당신에게는 전혀 중요하지 않을 수 있어요. 당신에게는 누이동생들이 있으니 사촌이 하나 더 생긴다고 대수가 아니겠죠. 그러나 제게는 아무도 없어요. 그런데 지금 친척이 세 명이나, 아니, 당신이 여기에 포함되고 싶지 않다면 둘이군요. 완전히 성장한 상태로 제 세계 속으로 태어난 거예요. 다시 말하지만 정말 기뻐요!」

나는 방을 빠르게 걸어다녔다. 내가 받아들여서 이해하고 정리할 수 있는 속도보다 더 빠르게 솟아오르는 생각들, 일어날지도 모르고, 일어날 수도 있고, 일어날 것이고, 일어나야만 하는 일에 대한 생각들, 그리고 그것도 머지않아 그럴 수 있는 일에 대한 생각들로 반쯤 숨이 막혀서 나는 멈춰 섰다. 나는 빈 벽을 바라보았다. 그것은 떠오르는 별들로 가득한 하늘처럼 보였다. 모든 별이 무슨 목적이 있거나 기쁜 일이 있어서 내게 반짝이고 있었다. 내 목숨을 구해 주었지만 지금까지 그저 보답도 못 하고 사랑했던 사람들에게 이제는 내가 도움이 될 수 있었다. 그들은 멍에를 지고 있었다. 내가 그들을 자유롭게 해줄 수 있었다. 그들은 지금 흩어져 살고 있었다. 내가 그들을 다시 결합시킬 수 있었다. 내가 가진 자립 상태와 풍요가 그들의 것도 될 수 있었다. 우리는 넷이 아니었던가? 네 사람이 2만 파운드를 똑같이 나누면 공평하게 각자 5천 파운드가 될 것이다. 충분하고도 남으리라. 공평한 분배가 이루어질 것이고 서로의 행복이 보장될 것이다. 이제는 부유함이 내게 전혀 부담스럽지 않았다. 이제 그것은 단순한 돈의 상속이 아니라, 삶과 희망과 즐거움의 유산이었다.

이런 생각들이 폭풍처럼 내 마음속을 휘몰아치고 있는 동안 내가 어떤 모습이었는지 알 수 없다. 그러나 나는 곧 리버스 씨가 내 뒤에 의자를 가져다 놓고 나를 거기에 앉히려고 부드럽게 권하고 있는 것을 알아 차렸다. 그는 또한 내게 진정하라고 조언했다. 내가 무력하고 정신이 없다는 그의 암시를 비웃으면서 나는 그의 손을 뿌리치고 다시 서성거리며 걷기 시작했다.

「내일 다이애나와 메리에게 편지를 써요.」 내가 말했다. 「그들에게 곧장 집으로 오라고 하세요. 다이애나는 천 파운드만 있으면 부자라는 생각이 들 거라고 했어요. 그럼 5천 파운드로는 충분할 거예요.」

「당신에게 물을 가져다주고 싶은데 어디에 있소?」 세인트 존이 물었다. 「마음을 좀 진정시키도록 해봐요.」

「쓸데없는 소리예요! 그 유산이 당신에게 어떤 식으로 영향을 미칠까요? 그 돈이 있으면 당신이 계속 영국에 남아서 올리버 양과 결혼하게 될 것이고 결국에는 보통 사람처럼 정착을 하겠죠?」

「정신이 오락가락하나 보군. 당신 머리가 혼란스러워졌소.

내가 소식을 너무 급작스럽게 전했나 보오. 그 소식에 당신이 건잡을 수 없을 정도로 흥분한 것 같소.」

「리버스 씨! 당신이야말로 저를 참을 수 없게 만들고 있어요. 저는 지금 충분히 제정신이에요. 오해하고 있거나 오해하는 체하는 사람은 바로 당신이라고요.」

「좀 더 자세히 설명해 주면 내가 더 잘 이해할 수 있을 것 같소.」

「설명이라니요! 설명할 게 어디 있어요? 문제의 2만 파운드를 삼촌의 네 조카가 똑같이 나누면 각자에게 5천 파운드씩 돌아간다는 걸 알고 있잖아요. 제가 원하는 것은 누이동생들에게 편지를 써서 두 분에게 재산이 생겼다는 사실을 알려 달라는 거예요.」

「당신에게 생긴 재산이겠죠.」

「이 문제에 대한 제 생각은 이미 밝혔잖아요. 달리 생각할 수가 없어요. 저는 지독하게 이기적이지도 않고 무턱대고 불공평하지도 않고 악한처럼 배은망덕하지도 않아요. 게다가 저는 집과 가족을 갖기로 작정했어요. 저는 무어 하우스가 좋고 무어 하우스에서 살 거예요. 저는 다이애나와 메리도 좋아요. 그래서 평생 다이애나와 메리와 떨어지지 않을 거예요. 5천 파운드를 가지면 그것으로 기쁘고 도움도 될 거예요. 그렇지만 2만 파운드를 가지면 괴롭고 힘들 거예요. 게다가 2만 파운드는 법적으로는 제 것일지 모르지만 도의적으로는 절대 제 것이 될 수 없어요. 그래서 저한테 남아 넘치는 재산을 당신들께 양도하는 거예요. 이에 대해 반대도 말고 논의도 하지 말아 주세요. 우리끼리 뜻을 모아서 이 문제는 바로 결정하도록 해요.」

「그것은 처음의 충동에 따라 행동하는 것이오. 당신의 말이 유효한 것으로 간주되려면 그런 문제는 먼저 며칠 시간을 두고 숙고해야 하는 법이오.」

「아! 당신이 의심하는 바가 제 진심이라면 안심이에요. 이렇게 처리하는 쪽이 타당하다고 생각하지 않으세요?」

「물론 어느 정도는 타당하다고 생각하오. 그러나 그것은 모든 관습에 위배되오. 게다가 유산 전체는 당신의 권리요. 외삼촌은 재산을 스스로 노력해서 얻었소. 그래서 자신이 원하는 사람에게 재산을 남겨 줄 권리가 있소. 그는 그것을 당신에게 남겼소. 결국 당신이 그 재산을 갖는 것이 타당하오. 그것을 전부 당신 소유로 생각해도 양심에 거리낄 일이 없소.」

「제게는 그것이 양심의 문제일 뿐만 아니라 감정의 문제예요. 저는 제 감정에 충실해야 해요. 지금까지 그렇게 해볼 기회가 거의 없었으니까요. 당신이 1년 동안 따지고 반대하고 절 귀찮게 한다 해도 제가 방금 전에 살짝 맛본 맛있는 즐거움을 포기할 수 없어요. 큰 은혜를 일부라도 갚고 평생의 친구들을 얻는 기쁨을 말이에요.」

「지금은 그렇게 생각할지 모르오.」 세인트존이 대꾸했다. 「부를 소유하고 결과적으로 그것을 누리는 일이 어떤 것인지 당신은 아직 모르기 때문이오. 2만 파운드라는 돈이 얼마나 대단한 것인지, 그 돈이면 사회적으로 어떤 지위를 얻을 수 있을지, 그 돈이 당신에게 열어 줄 미래의 가능성에 대해 아직 아무것도 모르기 때문이오. 또 당신은…….」

「그리고 당신은.」 내가 끼어들었다. 「제가 형제간의 우애를 얼마나 갈망했는지 상상할 수 없을 거예요. 저는 한 번도 집을 가져 본 적이 없어요. 형제자매를 가져 본 적도 없어요. 이제는 그것들을 가져야 하고 가질 거예요. 당신이 저를 인정하고 받아들이고 싶지 않은 건 아닌가요?」

「제인, 당신에게 오빠가 되어 주겠소. 내 누이동생들은 당신에게 언니가 되어 줄 것이오. 당신의 정당한 권리를 이렇게 포기한다는 조건이 없다 해도 말이오.」

「오빠라고요? 3천 마일이나 떨어져서요? 언니들이라고요? 낯선 사람들 속에서 노예같이 지내면서요? 제 손으로 한 푼 벌지도 않았고 가질 자격도 없는 황금으로 배를 가득 채우고 부자로 살면서 당신들은 무일푼으로 살라고요! 대단한 평등이고 우애군요! 참 화목한 화합이고 친밀한 애정이네요!」

「그러나 제인, 가족의 유대와 가정의 행복에 대한 열망은 당신이 지금 생각하고 있는 것과는 다른 방법으로도 얼마든지 실현될 수 있소. 결혼하면 되지 않소?」

「또 쓸데없는 말이에요! 결혼이라니요! 저는 결혼하고 싶지 않고 절대 결혼하지 않을 거예요!」

「그건 너무 심한 말이오. 그런 위험한 단정을 하는 것은 당신이 지금 엄청나게 흥분하고 있다는 증거요.」

「심한 말이 아니에요. 저는 제가 느끼는 바를 잘 알고 있어요. 결혼에 대해 생각하는 일조차 얼마나 싫어하는지 잘 알고 있어요. 어느 누구도 저와 사랑 때문에 결혼하려고 하지 않을 거예요. 저는 단순히 돈 투기라는 관점으로만 평가되고 싶지 않아요. 서로 공감할 수도 없고 맞지도 않는, 저와 다른 그런 이방인을 원하지 않아요. 저는 친척을 원해요. 그들과는 완전히 공감할 수 있어요. 제게 오빠가 되어 주겠다는 말을 다시 해주세요. 당신이 그 말을 했을 때 저는 만족스럽고 행복했어요. 괜찮으시면 그 말을 다시 해주세요. 진심으로 다시 해주세요.」

「그러겠소. 내가 항상 누이동생들을 사랑해 왔다는 것을 알고 있소. 그들에 대한 내 사랑이 어디에 토대를 두고 있는지 잘 알고 있소. 그것은 그들의 가치를 존중해 주고 그들의 재능에 대해 감탄하는 마음이오. 당신 역시 원칙과 지성을 지니고 있소. 당신의 취향과 습관은 다이애나나 메리와 닮았소. 당신과 함께 있으면 항상 즐겁소. 당신과 대화를 나누면서 나는 이미 얼마 전부터 유익한 위안을 찾고 있소. 당신을 내 셋째 동생이자 막내 여동생으로 받아들일 마음의 여지를 쉽고 자연스럽게 만들 수 있을 것 같소.」

「고마워요. 오늘 밤에는 그것으로 만족해요. 이제는 가시는 게 좋겠어요. 더 오래 계셨다가는 애매한 망설임으로 절 다시 짜증 나게 할지 모르니까요.」

「그리고 학교 말이오, 에어 선생. 이제 문을 닫아야 하겠죠?」

「아니에요. 후임자를 구할 때까지 교사직을 계속 유지할 거예요.」

그가 미소로 찬성의 뜻을 표했다. 악수를 나눈 다음 그가 떠났다.

내가 원하는 대로 유산 문제를 처리하기 위해 겪은 더 많은 싸움과 내가 사용한 논거에 대해 자세하게 서술할 필요는 없다고 본다. 그 일은 정말 힘겹게 해결되었다. 그러나 내 결심이 워낙 확고하고 재산을 동등하게 분배하자는 데 대한 내 마음이 절대 흔들릴 리가 없다는 것을 사촌들이 결국에는 알았기 때문에, 그리고 그들이 틀림없이 마음속으로는 내 의도가 공평하다고 느끼고 게다가 그들이 내 입장이었다면 자신들 역시 분명 내가 원한 것처럼 했으리라 깨닫고 있을 터였기에 마침내 그들은 그 문제를 중재 재판에 맡기겠다는 데 동의할 정도까지 굴복했다. 선택된 판사들은 올리버 씨와 한 유능한 변호사였다. 두 사람 모두 내 의견과 일치했다. 나는 내 주장을 관철했다. 재산을 양도하는 증서가 작성되었고 세인트 존과 다이애나, 메리와 나는 각자 상당한 재산을 소유하게 되었다.

제8장

　모든 것이 정리될 때쯤 크리스마스가 다가왔다. 전체적인 휴가철이었다. 나는 헤어질 때 내 쪽에서 뭔가 해줄 수 있도록 신경을 쓰면서 모턴 학교 문을 닫았다. 행운은 마음뿐만 아니라 손도 놀라울 정도로 열게 해준다. 그리고 많이 받았을 때 일부를 나눠 주는 것은 이상하게 끓어오르는 감정의 출구가 되어 준다. 나는 오래전부터 시골 학교 학생들 대다수가 나를 좋아한다는 것을 기쁘게 생각해 왔고 그런 의식은 헤어질 때 확인되었다. 그들은 분명하고 강하게 자신들의 애정을 표출했다. 순박한 그들의 마음속에 내가 정말로 한자리를 차지하고 있음을 알고 나는 깊은 만족감을 느꼈다. 나는 앞으로 매주 빠짐없이 그들을 찾아와서 한 시간씩 수업을 해주기로 약속했다.

　리버스 씨가 올라왔을 때 나는 예순 명에 달하는 여학생들이 내 앞으로 줄지어 나가는 모습을 보고 문을 잠근 다음 열쇠를 손에 들고 여섯 명가량의 가장 뛰어난 제자들과 특별한 작별의 인사를 나누고 있었다. 그들은 영국의 소작인 계급 중에서 가장 고상하고 훌륭하고 얌전하고 유식한 소녀들이었다. 그것은 대단한 일이었다. 어쨌든 영국의 소작농들이야말로 유럽의 소작농들 중에서 가장 잘 교육받고 가장 예의 바르고 가장 자존심이 강하기 때문이었다. 그때 이후 프랑스나 독일의 농부 아내들을 만나 보았지만 그들 중 가장 괜찮은 사람들조차 모턴의 제자들에 비교하면 무지하고 거칠고 어리석어 보였다.

「한 계절 동안 수고한 보답을 얻었다고 생각하오?」 그들이 가고 나자 리버스 씨가 물었다. 「당신 생애와 당신이 속한 세대에서 뭔가 진짜 좋은 일을 했다는 자각이 기쁨을 주지 않소?」

「당연하죠.」

「당신은 몇 달 동안 수고했을 뿐이오. 인류를 갱생시키는 일에 헌신하는 삶은 잘 살았다고 할 수 있지 않겠소?」

「네.」 내가 말했다. 「그러나 그렇게 영원히 계속할 수는 없어요. 저는 다른 사람들의 능력을 개발하는 것뿐만 아니라 저 자신의 능력도 잘 즐기고 싶어요. 이제는 그것들을 즐겨야 해요. 제 마음이나 몸을 학교로 다시 부르지 말아요. 저는 이제 그 일에서 벗어났고 휴가를 완전하게 즐기고 싶어요.」

그가 근엄한 표정을 지었다. 「무슨 일이오? 왜 갑작스럽게 그런 열띤 모습을 하고 있소? 뭘 하려는 거요?」

「활동적이고 싶어요. 최대한으로요. 먼저 한나를 자유롭게 해주고 당신 집안일을 돌봐 줄 다른 사람을 좀 구하라고 부탁드려야겠어요.」

「당신에게 한나가 필요하오?」

「네. 함께 무어 하우스로 가려고 해요. 다이애나와 메리가 일주일 후면 집에 올 텐데 그들이 오기 전에 모든 것을 정리해 놓고 싶어서요.」

「알았소. 나는 당신이 어디 여행이라도 가려는 줄 알았소. 그렇다면 더 좋소. 한나랑 같이 가도록 해요.」

「그럼 그녀에게 내일까지 준비하라고 전해 주세요. 그리고 여기, 학교 열쇠를 드릴게요. 제 오두막집 열쇠는 내일 아침에 드릴게요.」

그가 열쇠를 받았다. 「당신은 매우 즐겁게 열쇠를 넘기는 군요.」 그가 말했다. 「당신이 그렇게 기분이 좋은 걸 도저히 이해할 수가 없소. 당신이 지금 포기한 일 대신 무슨 일을 염두에 두고 있는지 알 수가 없기 때문이오. 지금 당신의 인생 목표와 목적, 야심은 무엇이오?」

「제 첫 번째 목표는 *대청소*를 하는 거예요. (이 표현의 위력이 완전히 이해돼요?) 무어 하우스의 침실부터 지하실까지 *대청소*를 하는 거예요. 다음 목표는 밀랍 왁스와 기름, 무제한적인 숫자의 걸레를 이용해서 집 전체가 다시 반짝일 때까지 문질러 닦는 것이고요. 세 번째 목표는 모든 의자와 탁자, 침대와 양탄자를 수학적으로 정확하게 배치하는 거예요. 그 다음에는 당신이 파산할 만큼 많은 양의 석탄과 토탄을 날라다가 모든 방의 난롯불을 환하게 계속 지펴 둘 거예요. 그리고 마지막으로 당신 누이동생들이 돌아오기 전 이틀 동안에 는 한나와 함께 달걀 거품을 내고, 건포도를 고르고, 양념을 갈고, 크리스마스 케이크를 만들고, 민스 파이[118]에 넣을 재료 들을 다지고, 당신처럼 경험 없는 사람들에게는 말만으로 제 대로 의미가 전달되지 않는 부엌에서의 여러 가지 의식들을 진지하게 치르면서 보낼 거예요. 간단히 말하면 제 목표는 다 음 목요일까지 다이애나와 메리를 맞을 수 있도록 모든 것을 완벽한 상태로 갖춰 놓는 일이에요. 그리고 제 야심은 그들이 도착했을 때 환영의 이상적인 극치를 맛보게 해주는 것이기 도 하고요.」

118 건포도, 설탕, 사과, 향료 등과 잘게 다진 고기를 섞은 것으로 만든 파이.

세인트존이 살짝 미소를 지었다. 그럼에도 불구하고 그는 만족스럽지 못한 듯 보였다.

「현재로서는 그것도 매우 좋소.」 그가 말했다. 「그러나 처음에 한껏 고조되었던 들뜬 기분이 가라앉고 나면 당신이 가족 간의 애정과 가사의 즐거움보다 좀 더 고상한 것을 찾게 되리라고 진심으로 생각하오.」

「그것들이야말로 세상에서 가장 좋은 것들인데요!」 내가 끼어들었다.

「아니오, 제인. 아니오. 이 세상은 결실의 장이 아니오. 세상을 그렇게 만들려고 하지 마시오. 휴식의 장도 아니오. 게을러지지 마시오.」

「저는 정반대로 바쁘게 지내려고 하는데요.」

「제인, 현재는 당신을 봐주겠소. 두 달 동안은 당신이 새로운 처지를 충분히 만끽할 수 있도록 해주겠소. 이렇게 늦게 찾은 친척의 매력을 즐기도록 해주겠소. 그러나 그다음에는 무어 하우스나 모턴, 자매간의 정과 이기적인 안락함, 세련된 풍요로움의 감각적인 안락함을 넘어서서 바라보길 빌겠소. 그때가 되면 다시 한 번 기운이 넘쳐 나서 당신이 가만히 앉아 있지 못하게 되길 빌겠소.」

나는 놀라서 그를 바라보았다. 「세인트존.」 내가 말했다. 「그런 말을 하시다니 정말 심술궂으시네요. 저는 여왕처럼 만족스러운 기분을 느끼고 싶은데 당신은 나를 불안하게 휘저어 놓으려고 하는군요. 왜 그래요?」

「하느님이 당신에게 잘 간직하도록 맡기셨고 그것에 대해 언젠가는 분명히 엄격한 계산을 요구하실 재능을 유익하게 바꾸어 보려는 목적에서요. 제인, 나는 주의 깊게, 걱정하면서 바라볼 것이오. 당신에게 미리 알려 주는 거요. 그러니 평범한 가정의 즐거움에 너무 빠지지 않도록 부적절한 열정은 자제하도록 노력하시오. 육체적인 유대 관계에 너무 강하게 집착하지 마시오. 더 적절한 목적을 위해 당신의 성실성과 열정을 아껴 두시오. 진부한 일시적인 대상들에 그것들을 낭비하지 않도록 하시오. 내 말 알겠소, 제인?」

「네, 꼭 당신이 그리스어를 말하고 있는 것처럼요. 제게는 행복할 수 있는 명분이 충분히 있다고 생각하는데요. 그리고 저는 정말 행복해질 거예요! 안녕히 가세요.」

나는 무어 하우스에서 행복했고 열심히 일했다. 한나도 마찬가지였다. 그녀는 완전히 뒤죽박죽된 집의 소란 속에서도 내가 얼마나 즐거워하는지, 내가 빗질하고 먼지를 털고 청소하고 요리하는 그 모습을 보고 기뻐했다. 그리고 실제로 하루 이틀 동안 〈혼란에 혼란〉[119]을 더하다가 우리 자신이 만들어 낸 혼돈 속에서 조금씩 질서를 불러내는 일은 즐거웠다. 그전에 나는 새로운 가구를 사러 S 시에 다녀왔다. 사촌들이 내게 마음대로 변화를 줄 수 있는 백지 위임장을 주었고 그 목적을 위해 돈을 따로 떼어 두었다. 평소 사용하는 거실과 침실들은 거의 이전대로 그냥 두었다. 다이애나와 메리가 멋지게 바뀐 모습보다 낡고 수수한 탁자와 의자, 침대를 다시 보면서 더 많이 기뻐하리라고 생각했기 때문이다. 그럼에도 불구하고 그들의 귀향에 부여하고 싶었던 짜릿함을 위해서는 약간의 새로움이 필요했다. 짙은 색의 멋진 새 양탄자와 커튼, 엄선된 도자기 장식품과 청동 장식품들, 새 덮개들과 거울들, 화장대에 놓을 화장 도구 가방들이 그런 목적에 잘 부응해 주었다. 그것들은 휘황찬란하지는 않았지만 신선해 보였다. 예비 거실과 침실은 오래된 마호가니와 진홍색 가구로 완전히 다시 장식했다. 복도에는 올이 굵은 천을 깔고 계단에는 양탄자를

119 『실낙원』, II, 999행.

깔았다. 모든 일이 끝나자, 이 계절에 무어 하우스 밖이 겨울 철의 황무지와 사막의 황량함을 보여 주는 전형이었기 때문에 무어 하우스의 실내는 화사하면서도 현대적인 안락함의 완벽한 표본 같다는 생각이 들었다.

마침내 중대한 목요일이 되었다. 그들은 어두워질 무렵 도착할 예정이었지만 석양이 깔리기도 전에 위층과 아래층에는 난롯불이 지펴졌고 부엌은 완벽하게 정돈된 상태였다. 한나와 나는 옷을 갈아입었고 모든 준비가 완료되었다.

세인트존이 먼저 도착했다. 나는 그에게 모든 것이 정돈될 때까지 집 근처에 얼씬도 하지 말라고 당부했었다. 그리고 사실 지저분하면서도 사소한 소동이 집 안에서 계속될 것이라는 생각만으로도 그를 겁줘서 쫓아 버리기에 충분했다. 그가 들어왔을 때 나는 부엌에서 차와 함께 먹을 케이크가 구워지는 것을 보고 있었다. 난로 가까이로 다가오면서 그가 물었다. 「드디어 하녀의 일에 만족하오?」 나는 내 수고의 결과를 전체적으로 점검하러 가자고 청하는 것으로 대답을 대신했다. 약간의 실랑이를 벌인 다음 나는 그에게 집을 구경시켜 줄 수 있었다. 그는 내가 열어 주는 방문 안을 그저 들여다보기만 했다. 위층과 아래층을 돌아다닌 다음 그는 그토록 짧은 시간에 이처럼 상당한 변화를 가져온 상태로 보아 틀림없이 내가 엄청난 노동과 수고를 했을 것이라고 말했다. 그러나 그는 자기 집이 나아진 데 대해 기쁨을 나타내는 말을 한마디도 하지 않았다.

이런 침묵에 나는 의기소침해졌다. 내가 가한 변화로 인해 그가 소중하게 여기는 오래된 추억들이 깨진 것은 아닌가 하는 생각이 들었다. 그래서 나는 당연히 약간 풀 죽은 어조로 혹시 내 추측이 사실이냐고 물었다.

「전혀 아니오. 오히려 추억 하나하나를 꼼꼼하게 존중해

주었소. 사실 당신이 그 문제에 지나칠 정도로 신경을 많이
쓴 것은 아닌가 싶소. 예를 들어 지금 이 방을 어떻게 배치할
것인지에 대해서는 얼마나 걸렸소? 그런데 책이 어디 있는지
좀 알려 줄 수 있소?」

나는 그에게 책꽂이에 꽂힌 책을 가리켰다. 그가 책을 내린
다음 늘 앉는 돌출창 쪽으로 가서 읽기 시작했다.

독자여, 나는 이런 점이 마음에 들지 않았다. 세인트존은
좋은 사람이었다. 그러나 그가 자신이 무정하고 냉혹한 사람
이라고 말한 것이 사실 같다는 생각이 들기 시작했다. 삶의
인간다운 면모나 쾌적한 시설, 평화롭게 삶을 즐기는 것 따위
는 그에게 전혀 매력적이 아니었다. 문자 그대로 그는 분명히,
선한 것과 훌륭한 것을 열망하기 위해서 살았다. 그러나 그럼
에도 불구하고 그는 전혀 쉬려 하지 않았고 주변의 다른 사람
들이 편하게 쉬는 것도 용납하지 않았다. 하얀 대리석처럼 차
분하고 창백한 그의 넓은 이마와 책을 읽느라 꼼짝도 하지
않는 그의 잘생긴 얼굴을 바라보면서, 나는 그가 절대 좋은
남편은 되지 못하리라는 것과 그의 아내로 사는 것이 힘든 일
일 거라는 점을 갑자기 깨달았다. 무슨 영감을 받기라도 한
듯 나는 올리버 양에 대한 그의 사랑의 본질을 이해했다. 그
것이 감각적인 사랑일 뿐이라는 그의 말에 나는 동의했다. 그
사랑이 자신에게 미치는 열띤 영향력 때문에 그가 얼마나 자
신을 경멸하면서 그 사랑을 억눌러 없애고 싶어 할지, 그 사
랑이 그 자신과 그녀에게 영원히 행복을 가져다주리라는 것
을 그가 얼마나 불신할지 나는 알았다. 그는 자연이 만들어
낸 영웅들, 말하자면 기독교도이건 이교도이건 입법자나 정
치가나 정복자들을 만들어 낸 것과 같은 재료로 만들어져 있
었다. 큰 이해관계가 달려 있는 문제들에 있어서는 의지할 수
있는 굳건한 성루였지만 난롯가에서는 침울하고 어울리지 않

는, 차갑고 성가신 기둥일 뿐이었다.

〈이 응접실은 그의 영역이 아니야.〉 나는 생각했다. 〈히말라야 산등성이나 남아프리카의 카피르 밀림, 심지어는 역병이 득실거리는 기니 해변의 늪이 그에게 더 잘 어울릴 거야. 그가 평온한 가정생활을 회피하는 것이 당연해. 그것은 그의 활동 영역이 아니야. 그곳에서는 그의 능력이 침체돼. 그가 지도자로서, 뛰어난 사람으로서 말하고 행동할 수 있는 곳은 바로 투쟁과 위난이 벌어지고 있는 곳이야. 그곳에서는 용기가 증명되고 힘이 발휘되고 인내가 요구되지. 이 난롯가에서는 차라리 명랑한 아이가 그보다 더 나을 거야. 그가 선교사일을 선택하기를 잘한 것 같아. 이제야 알겠어.〉

「그들이 오고 있어요! 그들이 와요.」 한나가 응접실 문을 활짝 열고 소리쳤다. 동시에 늙은 카를로가 즐겁게 짖어 댔다. 나는 밖으로 뛰어나갔다. 이제는 날이 어두워졌지만 마차 바퀴의 덜커덕거리는 소리는 들을 수 있었다. 한나가 곧 등잔불을 켰다. 마차가 쪽문에 멈춰 섰고 마부가 문을 열었다. 먼저 익숙한 한 형체가 내리고 다음에 또 다른 형체가 내렸다. 곧 나는 그들의 보닛 밑에 얼굴을 들이밀고 먼저 메리의 부드러운 뺨에, 다음에는 다이애나의 늘어진 고수머리에 얼굴을 댔다. 그들이 웃음을 터뜨리며 나와 한나에게 차례로 키스를 했다. 그들은 기뻐서 어쩔 줄 몰라 하는 카를로를 쓰다듬어 준 다음 모두의 안부를 물었다. 그리고 다들 잘 있다는 대답을 들은 후 서둘러 집 안으로 들어갔다.

그들은 윗크로스에서부터 오랫동안 덜컹거리며 마차를 타고 오느라 온몸이 뻣뻣해져 있었고 쌀쌀한 밤공기 때문에 얼어 있었다. 그러나 기분 좋은 난롯불 빛에 그들의 즐거운 얼굴이 활짝 펴졌다. 마부와 한나가 짐 상자들을 안으로 들여오는 동안 그들은 세인트존을 찾았다. 그 순간 그가 거실에서 나오고 있었다. 그들 모두 즉시 그의 목을 껴안았다. 그는 누이동생들에게 조용히 키스를 하고 낮은 목소리로 몇 마디 환영의 인사를 한 다음, 그들이 곧 거실로 그를 보러 올 것이라 생각한다는 뜻을 비치고는 피난처를 찾아 가듯이 거실로 물러났다.

나는 그들이 이층으로 올라갈 수 있도록 촛불을 켜두었지만 다이애나는 먼저 마부를 후하게 대접하라는 지시를 내렸다. 이 일이 끝나자 두 사람 모두 내 뒤를 따랐다. 그들은 자기들의 방을 개조해서 새롭게 장식해 놓은 것을 보고 기뻐했다. 새 커튼과 양탄자, 다채로운 도자기 화병들을 마음에 들어 했다. 그들은 진심으로 만족스러움을 표현했다. 내가 꾸며 놓은 것이 그들의 바람을 정확하게 충족시켜 주었고, 내가 한 일이 그들의 즐거운 귀가에 생생한 매력을 더해 주었다는 느낌에 기분이 좋아졌다.

그날 저녁은 즐거웠다. 기분이 들뜬 내 사촌들이 열심히 이야기를 하고 의견을 말했기 때문에 그들의 달변이 세인트존의 과묵함을 가려 주었다. 그러나 그는 그들이 열정으로 달아오르고 기쁨으로 충만해 있는 데에 공감하지 못했다. 그날의 사건은, 즉 다이애나와 메리가 돌아온 것은 그를 기쁘게 했다. 그러나 그 사건에 수반된 일들과 즐거운 소동, 수다스러운 환영의 기쁨은 그를 지루하게 했다. 나는 그가 더 조용한 아침이 어서 오기를 바란다는 것을 알았다. 차를 마시고 나서 한 시간가량 밤의 즐거움이 한창 무르익어 가고 있을 때 문을 두드리는 소리가 들렸다. 한나가 전갈을 들고 들어왔다. 「이 늦은 시각에 어떤 불쌍한 청년이 리버스 씨를 모시러 찾아왔어요. 어머니가 숨을 거두고 있다면서요.」

「어디에 사는 사람인데요, 한나?」

「여기서 거의 4마일이나 떨어져 있는 저 위쪽 윗크로스 브라우에 산대요. 거기까지는 온통 황야와 이끼밖에 없는데.」

「그 청년에게 내가 가겠다고 말해요.」

「안 가시는 게 좋을 거 같은데요. 어두워진 후에는 지나가기 제일 끔찍한 길이에요. 늪지에는 길도 전혀 없어요. 게다가 오늘 밤은 너무 쌀쌀하고요. 바람이 살을 에는 듯이 무척 추워요. 아침에 가겠다고 전갈을 보내는 편이 더 나을 것 같아요.」

그러나 그는 이미 복도로 나가서 망토를 걸치고 있었다. 그리고 단 한 번도 반대 의사를 표명하거나 불평 한마디 하지 않고 출발했다. 그는 자정이 되어서야 돌아왔다. 추위로 온몸이 굳고 많이 피곤한 듯했지만 출발했을 때보다 더 행복해 보였다. 그는 의무를 다했고 전력을 다했으며, 할 것인지 말 것인지 결정할 수 있는 그 자신의 힘을 느끼면서 스스로에게 더욱 만족해 하고 있었다.

그다음 주 내내 그의 인내심이 시련을 겪는 것 같았다. 크리스마스 주간이었다. 우리는 정해진 일에 몰두하는 대신 집에서 즐겁게 흥청망청 놀면서 시간을 보냈다. 황야의 공기와 집의 자유로움, 부자가 되었다는 사실이 다이애나와 메리의 기분에 생명력을 부여하는 불로장수 약처럼 작용했다. 그들은 아침부터 밤까지 하루 온종일 즐거워하면서 쉬지 않고 계속 이야기를 했다. 재치 있고 간결하고 독창적인 그들의 이야기가 내게는 너무나 매력적이었기 때문에 나는 다른 일을 하는 것보다 그들의 이야기를 듣고 그 이야기를 거드는 것이 더 좋았다. 세인트존은 우리의 쾌활함을 나무라지는 않았다. 그러나 그는 그것을 피했다. 그는 거의 집에 머물러 있지 않았다. 그의 교구는 넓었고 사람들이 여기저기 흩어져 살고 있었기 때문에 여러 지역에 사는 병자와 가난한 사람들을 방문하는 일이 일과가 되었다.

어느 날 아침 식사를 하고 있을 때 다이애나가 몇 분 동안 시름에 잠겨 있다 그에게 물었다. 「아직도 오빠 계획은 변함이 없어요?」

「바뀌지도 않았고 바뀔 수도 없다.」 그가 대답했다. 그러고는 영국을 떠날 날짜가 내년으로 확정되었다고 알려 주었다.

「그럼 로저먼드 올리버는요?」 메리가 물었다. 그 말이 그녀 자신도 모르게 저절로 입에서 튀어나온 것 같았다. 그녀가 말을 뱉어 놓자마자 다시 거둬들이고 싶은 몸짓을 해 보였기 때문이다. 세인트존이 손에 들고 있던 책을 덮고 고개를 들었다. 식사 시간에 책을 읽는 것은 그의 비사교적인 습관이었다.

「로저먼드 올리버는 그랜비 씨와 곧 결혼할 예정이야.」 그가 말했다. 「S 시에서 가장 훌륭한 친척을 가졌고 가장 존경받는 집안으로 프레더릭 그랜비 경의 손자이자 후계자야. 어제 그녀의 부친에게서 그 소식을 들었다.」

그의 누이동생들이 서로 바라본 다음 나를 바라보았다. 우리 셋 모두 그를 바라보았다. 그는 유리처럼 잔잔했다.

「그 결혼은 틀림없이 급하게 성사되었을 거예요.」 다이애나가 말했다. 「서로 안 지 오래되었을 리가 없어요.」

「두 달밖에 안 되었다는구나. 두 사람은 10월 S 시에서 열린 주 무도회에서 만났대. 그러나 결혼에 아무 장애도 없고 두 사람의 결합이 모든 면에서 바람직한 마당에 지체할 필요가 어디 있겠어. 그들은 프레더릭 경이 물려준 S 시의 저택이 자신들을 맞이할 수 있도록 새 단장을 마치는 대로 결혼할 거야.」

이런 대화가 있은 후 세인트존이 혼자 있는 것을 처음 보았을 때 나는 그 일로 인해 그가 지금 힘들지 않은지 물어보고 싶은 유혹을 느꼈다. 그러나 그는 동정이 전혀 필요 없는 사람처럼 보였기 때문에 그에게 동정을 베풀고 싶은 마음이 들기는커녕 내가 전에 용감하게 저질렀던 일이 떠올라서 조금

창피해졌다. 게다가 나는 그와 이야기를 나누는 데에 서툴렀다. 그의 과묵함이 다시 꽁꽁 얼어붙었고 내 솔직함 또한 그 얼음 밑에서 같이 얼어 버렸다. 그는 나를 자기 누이동생들처럼 대하겠다는 약속을 지키지 않았다. 그는 나와 그 자신 사이에 계속해서 약간의 냉랭한 거리를 두었고 그것이 온정으로 발전할 기미는 전혀 보이지 않았다. 간단히 말해 내가 그의 친척으로 인정받고 그와 같은 지붕 아래에서 살게 된 지금 우리 사이의 거리가, 그가 나를 그저 마을 학교의 선생님으로 알고 지냈을 때보다 훨씬 더 멀어진 듯한 느낌이었다. 한때 그가 내게 얼마나 깊은 속마음을 털어놓았는지 떠올리자 현재의 그의 냉담함이 도저히 이해되지 않았다.

그런 상황이었으므로 그가 책을 읽느라 몸을 구부리고 있던 책상에서 갑자기 고개를 들고 말했을 때 나는 적잖이 놀랐다.

「봐요, 제인. 전쟁은 끝났고 나는 승리했소.」

그가 그렇게 말을 거는 데 놀라서 나는 즉시 대답을 하지 못했다. 잠깐 동안 망설인 다음 내가 대답했다.

「그런데 너무 비싼 대가를 치르고 승리를 거둔 정복자들과 당신이 같은 입장이 아니라고 확신할 수 있나요? 그런 전쟁을 한 번 더 하게 되면 당신도 망하지 않겠어요?」

「그렇지 않을 거요. 설사 내가 그렇게 확신한다 해도 그것은 별 의미가 없소. 그런 전쟁을 또 하라는 부름을 앞으로는 절대 받지 못할 것이오. 그 싸움의 결과는 결정적이오. 내 길이 이제는 분명해졌소. 그것에 대해 하느님께 감사드리오!」 그렇게 말하고 그는 서류와 침묵으로 돌아갔다.

우리 상호간의 (즉, 다이애나와 메리와 나의) 행복이 더 조용한 성격의 행복으로 자리를 잡아 가고, 평소의 습관을 되찾고 규칙적인 공부를 다시 시작하자 세인트존이 집에 머무르는 시간이 더 많아졌다. 그는 우리와 함께 한방에 때로는 몇 시간씩 앉아 있었다. 메리가 그림을 그리고 (놀랍고도 존경스럽게도) 다이애나가 이전부터 착수한 백과사전 통독에 몰두하고 내가 독일어를 공부하며 골머리를 앓고 있는 동안 그는 나름대로 신비한 학문에 빠져 있었다. 그는 자신의 계획을 수행하는 데 습득해 놓는 것이 꼭 필요하다고 생각되는 동양의 언어를 공부하고 있었다.

그는 그렇게 구석진 자기 자리에 앉아서 매우 조용히 공부에 몰두해 있는 것처럼 보였다. 그러나 그의 그 푸른 눈은 기이해 보이는 문법책을 떠나 헤매다가 때로는 이상하게도 열심히 관찰하는 눈빛으로 동료 학생들인 우리에게 고정되는 습관이 있었다. 그러다 우리와 눈이 마주치면 그는 즉시 눈길을 돌렸다가 이따금씩 탐색하듯이 우리 탁자로 되돌아왔다. 나는 그것이 무슨 의미인지 궁금했다. 또한 내게는 별로 중요해 보이지 않는 일, 그러니까 내가 일주일에 한 번씩 모턴 학교에 나가는 일에 그가 어김없이 만족감을 보이는 이유도 궁금했다. 혹시 날씨가 나빠서 눈이나 비가 내리거나 바람이 세게 불면 그의 누이동생들은 내게 가지 말라고 권하는 반면, 그가 언제나 그들의 만류를 뒤로한 채 내게 자연의 요소들을 무시하고 맡은 임무를 다하라고 재촉할 때면 나는 훨씬 더 어리둥절해졌다.

「너희들은 제인을 약골로 만들려고 하는데 제인은 그렇게 약골이 아니야.」 그는 그렇게 말하곤 했다. 「제인은 우리 중 어느 누구 못지않게 산의 돌풍도 소나기도 약간의 눈발도 견딜 수 있어. 제인의 체격은 건강할 뿐만 아니라 유연해. 더 건장한 사람들보다 기후의 변화에 더 잘 견뎌 낼 수 있지.」

그래서 때로 나는 몹시 지치고 비바람에 적지 않게 시달리다 돌아와서도 감히 불평할 수가 없었다. 내가 투덜대면 그가 화를 낸다는 것을 알았기 때문이다. 어떤 경우라도 인내는 그를 기쁘게 했지만 그 반대의 것은 그를 매우 불쾌하게 만들었다.

그러나 어느 날 오후에는 내가 정말로 심한 감기에 걸렸기 때문에 집에 있어도 된다는 허락을 받았다. 그의 누이동생들이 나 대신 모턴에 갔다. 나는 앉아서 실러를 읽고 있었고 그는 난해한 동양의 두루마리 책을 판독하고 있었다. 나는 연습 삼아 번역을 하다가 우연히 그가 있는 쪽을 바라보았다. 나는 내가 계속 주의 깊은 그 푸른 눈의 영향권 아래 있었다는 것을 알았다. 그 눈이 얼마나 오랫동안 구석구석, 반복해서 나를 유심히 살펴보고 있었는지 알 수 없었다. 그 눈빛이 몹시 날카로우면서도 너무 차가워서 그 순간 나는 미신에 사로잡혔다. 마치 내가 초자연적인 어떤 존재와 함께 방에 앉아 있는 것 같은 느낌이 들었다.

「제인, 뭘 하고 있소?」

「독일어를 공부하고 있어요.」

「당신이 독일어를 그만두고 힌디어를 공부하면 좋겠소.」

「진심으로 그러시는 건 아니죠?」

「정말 진심이기 때문에 반드시 그렇게 하도록 해야겠소. 그 이유를 말해 주겠소.」

그런 다음 그는 자신이 현재 익히고 있는 언어가 힌디어인데 공부를 해나가다 보면 앞부분은 까맣게 잊어버리기 십상이라고 설명했다. 그는 함께 반복해 가며 기초를 복습하면서 그것을 마음속에 철저하게 새겨 놓을 수 있도록 해줄 학생이 있으면 자신한테 많은 도움이 될 것이라고 말했다. 그는 나를 고를까, 아니면 누이동생들을 선택할까 한동안 고민했다고 말했다. 그리고 세 사람 가운데 내가 가장 오랫동안 앉아서 한 가지 일에 전념할 수 있다는 점을 알았기 때문에 나로 결정했다고 했다. 그는 〈제발 내 이런 부탁을 들어 달라, 오래

고생할 필요는 없을 것이다, 지금부터 내가 떠날 때까지 채 석 달도 안 되는 기간만 고생하면 될 것이다〉라고 했다.

세인트존은 가볍게 거절해 버릴 상대가 아니었다. 고통스러운 것이건 즐거운 것이건 한번 받은 인상은 모두 그의 마음속에 깊이 새겨져서 영원히 남아 있을 것처럼 느껴지기 때문이다. 나는 동의했다. 다이애나와 메리가 돌아왔을 때 다이애나는 자신의 제자가 오빠에게로 넘어간 사실을 알고 웃었다. 다이애나와 메리 두 사람 다 자신들은 절대 세인트존에게 설득당해서 넘어가거나 하는 일이 없었을 거라고 똑같이 인정했다. 그가 조용히 대답했다.

「나도 그걸 알고 있어.」

나는 그가 매우 끈기 있고 참을성이 많으면서도 엄한 선생님이라는 것을 알게 되었다. 그는 내게 많은 것을 기대했다. 내가 그의 기대를 충족시키면 그는 그 특유의 방식으로 충분히 칭찬을 표명했다. 조금씩 그는 나를 마음대로 좌지우지하게 되었고 그 때문에 내 마음의 자유가 사라졌다. 그의 칭찬과 주목이 그의 무관심보다 더 나를 구속했다. 그가 옆에 있으면 더 이상 자유롭게 말하거나 웃을 수가 없었다. (적어도 내) 쾌활함이 그에게는 불쾌하게 여겨진다는 것을 피곤할 정도로 집요한 본능이 내게 상기시켜 주었기 때문이다. 진지한 기분과 일만이 용납될 수 있으며 그의 면전에서는 다른 감정을 유지하거나 따르려는 노력이 수포가 된다는 것을 나는 너무나 잘 알고 있었다. 나를 얼어붙게 만드는 주문에 걸려 있다는 느낌이 들었다. 그가 〈가라〉 하면 〈갔고〉 그가 〈오라〉 하면 〈왔고〉 그가 〈이것을 하라〉 하면 〈그것을 했다.〉[120] 그러나 나는 내 복종 상태가 마음에 들지 않았다. 그가 계속 내게 관심을

120 앞에서 로체스터가 한 말로 「마태오의 복음서」 8장 9절에 대한 언급이다.

기울이지 않았으면 좋겠다고 나는 수없이 바랐다.

어느 날 저녁 잠자리에 들 시간에 그의 누이동생들과 내가 그를 둘러싸고 서서 그에게 밤 인사를 했다. 그는 누이동생들에게 평소 습관대로 각자 키스를 해주고 나한테는 늘 하던 방식으로 손을 내밀었다. 마침 장난기가 발동한 다이애나가 (그녀는 그의 뜻대로 통제하기가 몹시 힘들었다. 그녀의 의지 역시 또 다른 식으로 그의 의지만큼 강했기 때문이다) 소리쳤다.

「세인트존! 오빠는 제인을 셋째 동생이라고 부르면서 그렇게 대하지는 않는 것 같아요. 그녀에게도 키스를 해줘요.」

그녀가 나를 그에게 밀었다. 다이애나가 매우 짜증스럽다는 생각이 들었고 불편할 정도로 혼란스러운 기분이 들었다. 내가 그렇게 생각하고 느끼는 동안 세인트존이 고개를 숙였다. 그의 그리스 조각 같은 얼굴이 내 얼굴과 같은 높이로 내려왔다. 그가 내 눈을 꿰뚫을 듯이 바라보았다. 그가 내게 키스를 했다. 대리석의 키스나 얼음의 키스 같은 것은 없다. 그러나 성직자인 내 사촌의 키스는 이 둘 중 하나에 속한다고 말해야 하리라. 그러나 시험적인 키스도 있을 수 있다. 그의 키스는 시험적인 키스였다. 키스를 한 다음 그는 결과를 알아보기 위해 나를 바라보았다. 특별히 인상적인 키스는 아니었다. 나는 얼굴을 붉히지 않았다고 확신한다. 아마 약간 창백해졌을지는 모르겠다. 이 키스가 내 족쇄에 찍힌 봉인처럼 느껴졌기 때문이다. 그 후 그는 그 의식을 한 번도 빼먹지 않았다. 그 의식을 수행하면서 내가 보인 진지함과 순응 때문에 그가 그것을 어느 정도 좋아하게 된 것 같았다.

나로서는 날마다 그를 더 기쁘게 해주고 싶었다. 그러나 그렇게 하기 위해서는 내 천성의 반과 의절하고 내 능력의 반을 억누르고 내 취향이 지닌 원래의 성향을 왜곡시키고 타고난 소질과는 상관없는 일을 받아들이도록 나 자신을 강요해야한다는 느낌이 날마다 더욱더 커졌다. 그는 나를 훈련시켜서내가 절대 도달할 수 없는 경지까지 나를 끌어올리고 싶어 했다. 그가 높여 놓은 기준까지 올라가고 싶어 하다 보니 매시간 나는 고통스러웠다. 그 일은 내 고르지 못한 얼굴 생김새를 그의 정확하고 고전적인 틀에 맞추고, 내 변화무쌍한 녹색눈에 그 자신의 바다같이 파란 색조와 엄숙한 광채를 부여하려는 것만큼 불가능했다.

그러나 그가 나를 이렇게 지배하고 있다는 것만이 현재 나를 속박하고 있는 전부는 아니었다. 최근에 나는 걸핏하면 슬픈 표정을 지었다. 내 속에 마음을 좀먹는 악마가 앉아서 내행복을 그 원천에서부터 고갈시켰다. 그것은 바로 근심이라는 악마였다.

독자여, 혹시 내가 이런 장소와 재산의 변화 와중에 로체스터 씨를 까맣게 잊어버렸다고 생각할지도 모른다. 나는 한순간도 그를 잊은 적이 없다. 그에 대한 생각은 여전히 나와 함께 있었다. 그것은 햇살에 의해 흩어질 수 있는 수증기도, 폭풍우에 씻겨 버릴 수 있는 모래에 그려진 그림도 아니었기 때문이다. 그것은 평판에 새겨진 이름으로, 대리석이 사라지지않는 한 지워지지 않을 운명을 지니고 있었다. 그가 어떻게되었는지 알고 싶은 욕구가 어디에서건 나를 따라다녔다. 모턴에 있을 때 매일 저녁 나는 오두막집으로 다시 들어가면서그것을 생각했다. 이곳 무어 하우스에서는 매일 밤 내 침실에들어가면서 그 생각을 했다.

유서에 대해 필요한 서신을 주고받는 과정에서 나는 브릭스 씨에게 로체스터 씨의 현재 거주지와 건강 상태에 대해 혹시 아는 것이 없느냐고 물었다. 그러나 세인트존이 추측했던대로 브릭스 씨는 로체스터 씨에 대해 아무것도 모르고 있었다. 그다음에는 그 문제에 대해 소식을 알려 달라고 부탁하는 편지를 페어팩스 부인에게 썼다. 나는 이 조치로는 틀림없이 소기의 목적을 달성할 수 있으리라고 예상했다. 빠른 답장을 받을 것이라고 확신했다. 그러나 이 주가 지나도 아무 답장이 없어서 깜짝 놀랐다. 두 달이 지나고 날마다 우편배달부가 와도 내게는 아무것도 가져다주지 않았다. 나는 격심한 근심 걱정에 사로잡혔다.

나는 다시 편지를 썼다. 첫 번째 편지를 받지 못했을 가능성도 있었다. 새로운 노력 후에 새로운 희망이 생겼다. 몇 주 동안 새로운 희망이 이전의 희망처럼 환하게 빛났다가 이전의 희망처럼 흐려지고 깜박거렸다. 단 한 줄의 글도, 단 한 마디의 말도 내게 전해지지 않았다. 반년이 헛된 기대 속에서 지나갔을 때 내 희망은 죽어 버렸다. 그때는 정말 눈앞이 캄캄해지는 것 같았다.

화창한 봄이 내 주변에서 환하게 빛나고 있었지만 나는 그것을 즐길 수가 없었다. 여름이 다가왔다. 다이애나가 내 기분을 밝게 해주려고 애썼다. 그녀는 내가 아파 보인다며 바닷가로 나를 데려가고 싶어 했다. 그러나 세인트존이 이에 반대했다. 그는 내가 원하는 것은 흥청망청 노는 것이 아니라 일이며, 내 현재의 생활에 너무 목표가 없다면서 내게 목적이 필요하다고 말했다. 내게 부족한 것을 채워 줄 방편에 서였는지 그는 힌디어 수업을 훨씬 더 늘렸고 배운 것을 더 잘 습득하도록 더 많이 재촉을 해댔다. 그리고 나는 바보처럼 그에게 저항할 생각을 한 번도 하지 않았다. 물론 저항할 수도 없었다.

어느 날 나는 평소보다 더 침울하게 공부를 하러 갔다. 그렇게 기분이 가라앉은 이유는 심한 실망감을 느꼈기 때문이다. 한나가 아침에 내게 온 편지가 있다고 알려 주었다. 오랫동안 기다렸던 소식이 드디어 왔다고 확신하면서 편지를 가지러 아래층으로 내려갔지만 그것은 브릭스 씨에게서 온 중요하지 않은 업무상의 편지였을 뿐이었다. 견디기 힘든 좌절감에 눈물이 나왔다. 그리고 지금 인도인 필경사가 쓴 난해한 글자들과 화려한 수사 어구를 읽으며 앉아 있자니 다시 눈에 눈물이 차올랐다.

세인트존이 자기 옆으로 와서 읽어 보라고 나를 불렀다. 그렇게 해보려 했지만 목소리가 나오질 않았다. 흐느끼느라 말소리가 들리지 않았다. 그와 나만이 거실에 있었다. 다이애나는 응접실에서 음악을 연습하고 있었고 메리는 정원을 가꾸고 있었다. 구름 한 점 없이 화창하고 미풍이 부는 매우 맑은 5월의 날이었다. 나와 함께 있던 사람은 이런 감정에 전혀 놀라움을 표하지 않았고 그 이유에 대해 묻지도 않았다. 그는 그저 다음과 같이 말했다.

「좀 더 진정될 때까지 몇 분 동안 쉽시다, 제인.」 내가 황급히 감정의 격발을 억누르고 있는 동안 그는 책상 위로 몸을 구부린 채 차분하고 참을성 있게 앉아서 환자의 병에 나타난, 이미 예측했기 때문에 완전히 이해될 수 있는 위기를 바라보는 의사처럼 모든 것을 알고 있다는 시선으로 나를 쳐다보았다. 나는 흐느낌을 억누르고 눈물을 닦고 난 뒤 그날 아침은 몸이 별로 좋지 않다고 중얼거린 다음 다시 공부를 시작해서 간신히 마쳤다. 세인트존이 내 책과 자기 책을 옆으로 치운 다음 책상을 잠그고 말했다.

「자, 제인, 산책을 합시다. 나와 함께.」

「다이애나와 메리를 부를게요.」

「아니오. 오늘 아침에는 동무가 한 사람만 필요하오. 그리고 그 사람은 당신이어야 하오. 옷을 걸쳐요. 부엌문으로 나가서 마시 글렌 위쪽으로 향하는 길로 가요. 내가 곧 뒤따라

가겠소.」

나는 중용이라는 것을 모른다. 나 자신의 성격과 정반대되는 독단적이고 냉혹한 성격의 소유자들을 대하는 데 있어 절대적인 복종과 확고한 반항 사이에서 나는 평생 한 번도 중용이라는 것을 모르고 살아 왔다. 나는 복종이 때로 확고한 반항으로 바뀌어 화산처럼 격렬하게 폭발하는 순간까지 충실하게 절대적으로 복종했다. 그러나 현재의 상황이 반란을 일으킬 계제도 아니었고, 또 지금 반란을 일으키고 싶은 기분도 아니었기 때문에 나는 세인트존의 지시에 그대로 복종했다. 10분 후에 나는 그와 함께 골짜기의 거친 길을 걷고 있었다.

서쪽에서 미풍이 불고 있었다. 히스와 골풀 냄새를 실은 향기로운 바람이 언덕 위로 불어왔다. 하늘은 구름 한 점 없이 푸르렀다. 협곡을 따라 내려가는 시냇물이 지난번에 내린 봄비로 불어서 태양으로부터는 황금빛을, 하늘로부터는 사파이어 색조를 받은 채 콸콸거리며 맑게 흘러 내려갔다. 오솔길을 따라가다 벗어나서 우리는 작고 하얀 꽃들로 미세하게 색칠되어 있고 별 모양의 노란 꽃이 흩어져 있는, 이끼처럼 가늘고 에메랄드 같은 녹색을 띤 부드러운 잔디밭을 걸었다. 그동안 우리는 완전히 언덕들에 둘러싸였다. 위로 올라갈수록 골짜기가 언덕의 중심부 쪽으로 구부러져 있었기 때문이다.

「여기서 쉬었다 갑시다.」 고갯길을 지키고 있는 바위 부대에서 떨어져 나온 첫 번째 낙오병 바위에 도착했을 때 그가 말했다. 바위 부대 너머로는 시냇물이 폭포가 되어 떨어지고 있었다. 조금 떨어진 곳에는 산이 잔디와 꽃을 벗어 버린 채 히스의 옷만 입고 바위를 보석으로 삼고 있었다. 산은 야생 상태가 과장되어 황량해졌고 신선함은 찡그린 얼굴로 바뀌었다. 산은 고독이라는 쓸쓸한 희망과 침묵을 위한 마지막 피난처를 지키고 있었다.

나는 자리를 잡고 앉았다. 세인트존은 내 옆에 서 있었다. 그는 고개를 들고 고갯길을 바라보다 계곡을 내려다보았다. 그의 시선이 시냇물과 함께 이리저리 헤매다 돌아와서는 시냇물을 파랗게 물들이고 있는 구름 한 점 없는 하늘을 주의 깊게 바라보았다. 그가 모자를 벗자 미풍이 그의 머리카락을 휘날리고 이마에 입을 맞췄다. 그는 그곳의 수호신과 교감을 나누고 있는 것처럼 보였다. 그가 눈으로 무엇인가에 작별을 고했다.

「갠지스 강가에서 잠들면 꿈에 이 장면을 다시 볼 것이오.」 그가 큰 소리로 말했다. 「그리고 먼 장래에 또 다른 잠이 나를 덮치면 더 어두운 강가에서 그것을 다시 볼 것이오!」

이상한 사랑을 표현하는 이상한 말이여! 조국에 대한 금욕적인 애국자의 열정이여! 그가 앉았다. 반 시간 동안 그는 아무 말도 하지 않았다. 그도 나에게 말을 걸지 않았고 나도 그에게 말을 걸지 않았다. 그 시간이 지나고 나자 그가 다시 말하기 시작했다.

「제인, 나는 육 주 후면 떠나오. 6월 20일에 출항하는 동인도 항로의 배에 선실을 예약했소.」

「하느님이 당신을 보호해 주실 거예요. 당신은 하느님의 일을 수행하고 있으니까요.」 내가 대답했다.

「맞소.」 그가 대답했다. 「거기에 내 영광과 기쁨이 있소. 나는 절대 실수가 없는 주님의 종이오. 나는 벌레 같은 동료 인간들의 불완전한 법과 잘못된 통제에 의해 지배되는 인간의 인도를 받아서 나가는 것이 아니오. 내 왕, 내 입법자, 내 선장은 모든 점에서 완벽하오. 내 주변의 모든 사람이 같은 깃발 아래 모이길 열망하지 않는 것, 같은 일에 동참하고자 열망하지 않는 것이 내게는 이상해 보이오.」

「모두가 당신과 같은 능력을 가지고 있진 않아요. 그리고 약한 사람들이 강한 사람들과 함께 나아가려는 것은 어리석은 짓이에요.」

「나는 약한 사람들에게 말하는 것도 아니고 그들을 염두에 두고 있지도 않소. 나는 그 일을 할 만한 가치가 있고 그것을 성취할 수 있는 능력을 지닌 사람들에게만 말하는 것이오.」

「그런 사람들은 수적으로 거의 없어요. 찾아내기도 어렵고요.」

「당신 말이 옳소. 그러나 그런 사람들이 발견되면 그들에게 자극을 주고, 노력을 기울이도록 촉구하고 권고하고 그리고 그들의 재능이 어떤 것인지, 왜 그들에게 그런 재능이 주어졌는지 알려 주고, 그들의 귀에 천국의 전갈을 전해 주고, 선택된 자들의 반열에 낄 수 있는 한 자리를 하느님으로부터 직접 받아서 그들에게 제안하는 것이 옳소.」

「정말로 그 일을 할 수 있는 자격을 갖췄다면 그들 자신의 마음이 그것에 대해 맨 먼저 스스로에게 알려 주지 않겠어요?」

내 주변에서 무서운 주문이 만들어져 내 머리 위로 몰려들고 있는 것 같은 기분이 들었다. 듣는 순간 주문에 단단히 묶여 버릴 어떤 치명적인 단어를 듣게 되지 않을까 나는 몸을 떨었다.

「그럼 당신의 마음은 뭐라고 말하고 있소?」 세인트존이 물었다.

「제 마음은 아무 말도 안 하고 있어요. 제 마음은 말이 없어요.」 내가 놀라서 부르르 떨며 대답했다.

「그렇다면 내가 당신 마음 대신 말을 해야겠소.」 나지막하고 가차 없는 목소리가 말을 계속했다. 「제인, 나와 함께 인도에 갑시다. 내 협력자로서, 같이 일하는 사람으로서 말이오.」

골짜기와 하늘이 빙글빙글 돌았다. 언덕들이 들썩거렸다. 마치 하늘의 부름을 받은 것 같았다. 마치 환영 속의 전령이

마케도니아의 전령처럼 〈건너와서 우리를 도와주십시오〉[121]라고 말하는 것 같았다. 그러나 나는 사도가 아니었고, 그 전령을 볼 수도 없었다. 나는 그의 부름을 받을 수 없었다.

「아, 세인트존!」 내가 소리쳤다. 「나를 용서해 줘요!」

나는 자신의 의무라고 믿는 것을 이행할 때는 자비도, 연민도 모르는 사람에게 호소했다. 그가 말을 계속했다.

「하느님과 자연은 당신을 선교사의 아내로 예정해 두셨소. 그들이 당신에게 부여한 것은 개인적인 것이 아니라 정신적인 재능이오. 당신은 사랑을 위해 만들어진 것이 아니라 일하도록 만들어졌소. 당신은 선교사의 아내가 되어야 하고, 또 그렇게 될 것이오. 당신을 내 아내로 삼겠소. 나는 당신을 내 것으로 요구하겠소. 나 자신의 즐거움을 위해서가 아니라 주님을 섬기기 위해서요.」

「저는 그런 일에 적합하지 않아요. 신의 부름을 받지도 않았고요.」 내가 말했다.

그는 이 첫 번째 반대를 이미 예상했던 것 같다. 그는 이에 대해 화를 내지 않았다. 사실 그가 뒤에 있는 바위에 등을 기대고 팔짱을 낀 채 얼굴을 굳히고 있을 때 나는 그가 길고 어려운 반대를 준비하고 있으며 그 반대가 끝날 때까지, 그러나 그 반대가 끝났을 때 그가 반드시 승리를 거두어야 한다고 결심하면서, 자신을 지탱해 줄 인내심을 끌어모으고 있다는 것을 알았다.

「겸손함은 기독교적인 덕목의 초석이오.」 그가 말했다. 「당신이 그 일에 적합하지 않다고 말하는 것은 옳소. 누가 그 일에 적합하겠소? 아니면 진정으로 부름을 받은 사람 중에 자기 자신이 그런 부름을 받을 만한 가치가 있다고 믿는 사람이

---

121 「사도행전」 16장 9절.

누가 있겠소? 예를 들어 나는 먼지와 재에 불과하오. 성 바오로와 함께 내가 죄인들 중에서 가장 큰 죄인[122]이라는 것을 스스로 인정하오. 그러나 내가 스스로 비천함을 이렇게 인식하고 있다고 해서 주춤거리진 않소. 나는 나를 이끌어 주시는 주님을 알고 있소. 주님이 위대한 권능을 가지고 계실 뿐만 아니라 정의롭다는 것을 알고 있소. 주님은 커다란 역사를 이루도록 연약한 도구를 선택하셨지만 무한한 섭리를 통해 수단의 부족한 점을 끝까지 채워 주실 것이오. 나처럼 생각해요, 제인. 나처럼 믿어요. 내 말은 영원한 바위[123]에 기대라는 것이오. 당신의 무거운 인간적인 약점을 그것이 대신 짊어져 주리라는 걸 의심하지 마시오.」

「저는 선교사의 생활을 이해하지 못해요. 선교사 일에 대해 공부한 적도 없고요.」

「그 점에 있어서는 비록 내가 보잘것없는 사람이지만 당신에게 원하는 도움을 줄 수 있소. 내가 당신에게 시간대 별로 해야 할 일을 정해 주겠소. 항상 당신 곁을 지켜 주겠소. 매 순간 당신을 도와주겠소. 처음에는 그렇게 해주겠소. 곧 (나는 당신의 능력을 알고 있소) 당신이 나 자신만큼 강하고 능숙해져서 내 도움이 필요 없게 될 것이오.」

「그런데 제 능력은요? 이런 일을 할 수 있는 능력이 어디에 있나요? 저는 그것을 느낄 수 없어요. 당신이 말하는 동안 제 마음속에서 말하거나 꿈틀거리는 것이 전혀 없어요. 불이 켜지는 것을, 활기가 살아나는 것을 전혀 느낄 수 없어요. 조언을 해주거나 환호하는 목소리를 전혀 느낄 수 없어요. 아, 토굴 깊은 곳에서 한 가지 두려움에 사로잡혀 있을 뿐이에요. 내가 이룰 수 없는 일을 하도록 당신에게 설득당하지 않을까

122 「디모테오에게 보낸 첫째 편지」 1장 15절.
123 「이사야」 26장 4절.

하는 두려움으로 이 순간 내 마음이 얼마나 깜깜한 토굴 같은지 보여 줄 수 있다면 얼마나 좋을까요!」

「당신에게 해줄 답이 있소. 들어 보시오. 처음 만났을 때부터 나는 줄곧 당신을 관찰해 왔소. 당신을 열 달 동안 내 연구의 대상으로 삼았소. 그 시간 동안 온갖 시험으로 당신을 증명해 보았소. 그리고 내가 무엇을 보고 무엇을 끌어냈는지 아시오? 마을 학교에서 나는 당신이 당신의 습관과 성향에 안 맞는 일을 제시간에 올바르게 잘 해낼 수 있다는 것을 알았소. 나는 당신이 그 일을 능력껏 요령 있게 할 수 있다는 것을 알았소. 당신은 학생들을 지배하면서 동시에 그들의 마음을 얻을 수 있었소. 갑자기 부자가 되었다는 소식을 들었을 때 보여 준 침착함에서 나는 〈데마의 악〉¹²⁴을 지니지 않는 마음을 읽었소. 금전도 당신에게는 과도한 영향력을 행사하지 못하오. 재산을 4등분해서 하나만 당신이 갖고 나머지 셋은 이상적인 정의의 요구에 따라 포기할 때 보여 준 그 단호하고도 신속한 태도에서 나는 희생의 열정과 흥분으로 기뻐하는 영혼을 발견했소. 내 바람에 따라 당신이 관심을 가졌던 공부를 포기하고 내가 관심을 가지고 있다는 이유로 다른 공부를 받아들인 당신의 온순함에서, 그리고 그 후 공부를 하며 유지했던 지치지 않는 근면함에서, 또 어려움에 대처해 나가던 당신의 지칠 줄 모르는 에너지와 흔들리지 않는 침착함에서, 나는 내가 찾던 모든 자질들을 빠짐없이 인지했소. 제인, 당신은 유순하고 부지런하고 사심이 없고 충실하고 변함없고 용감하오. 매우 부드럽고 무척 과감하오. 더 이상 당신 자신을 불신하지 말아요. 나는 당신을 주저 없이 믿을 수 있소. 인도의 학교를 관리하는 사람으로서, 인도 여성들의 조력자로서 당

---

124 「디모테오에게 보낸 둘째 편지」 4장 10절. 데마는 현세를 너무 사랑한 나머지 바오로를 버렸다.

신의 도움이 내게는 무한한 가치가 있소.」

쇠로 만든 수의가 내 몸을 죄어 왔다. 설득이 천천히 확실한 걸음걸이로 다가왔다. 눈을 감고 있어도 그의 이 마지막 말이 막힌 듯 보였던 길을 비교적 분명하게 보여 주었다. 그처럼 불분명하고, 어찌해 볼 도리가 없을 정도로 흐트러져 보였던 내 일이 그의 이야기가 계속됨에 따라 스스로 응축되면서 그의 손길 아래 명확한 형체를 만들어 내기 시작했다. 그가 대답을 기다렸다. 나는 대답하기 전에 15분 정도 생각할 시간을 달라고 요구했다.

「기꺼이 그러지요.」 그가 대답한 다음 일어서서 고갯길을 따라 조금 걸어올라 가서는 히스가 무성한 곳에 털썩 몸을 눕히고 그곳에 가만히 누워 있었다.

〈나는 그가 내게 원하는 것을 할 수 있어. 그것을 알고 있고 인정할 수밖에 없어.〉 나는 생각했다. 〈즉, 내게 목숨이 붙어 있다면 말이야. 그러나 내 목숨이 인도의 태양 아래서는 오래 연장될 것 같지 않아. 그러면 어쩌지? 그는 그런 데에 신경을 쓰지 않아. 내가 죽을 때가 되면 그는 나를 주신 하느님께 너무나 평온하고 경건하게 나를 양도하겠지. 그 점은 아주 분명해. 영국을 떠난다면 그건 내가 사랑하기는 하지만 공허한 나라를 떠나는 거야. 로체스터 씨가 없으니까. 설사 그가 있다 해도 그게 나하고 무슨 상관이 있겠어? 내가 할 일은 이제 그 없이 사는 거야. 나를 그와 다시 묶어 줄 어떤 불가능한 상황의 변화를 기다리듯이 하루하루를 질질 끌며 사는 것만큼 터무니없고 못난 일은 없어. 물론 (세인트존이 전에 말했듯이) 인생에서 잃어버린 것을 대신할 다른 관심거리를 찾아야 해. 그가 지금 내게 제안한 일이야말로 사람으로서 받아들일 수 있거나 하느님이 부여하신 일 중에서 진정으로 가장 영광스러운 일이 아니던가? 그것이야말로 산산이 조각난 애

662

정과 부서진 희망에 의해 남겨진 빈자리를 고상한 관심과 숭고한 결과로 채울 수 있는 가장 훌륭한 일이 아니던가? 내가 《네》라고 대답해야 한다고 생각해. 그럼에도 불구하고 두려움에 떨린다. 아! 세인트존을 따르면 나 자신의 반은 버려야 해. 인도에 가면 나는 제명을 다하지 못하고 죽을 거야. 그리고 영국을 떠나 인도로 간 후 무덤에 이르기까지 그 사이를 어떻게 채울 것인가? 아, 나는 잘 알고 있어. 그것 역시 내 눈앞에 선명하게 보여. 온몸의 근육이 아플 때까지 세인트존을 기쁘게 해주기 위해 애를 씀으로써, 그의 기대 중에서 가장 고상하고 핵심적인 기대들부터 아주 사소한 기대들에 이르기까지 나는 *분명히* 그를 만족시키겠지. 내가 그와 함께 정말로 간다면, 그가 촉구하는 희생을 정말로 한다면 나는 완전하게 희생할 거야. 나는 모든 것을, 마음이든 중추 요부이든 제물 전체를 제단 위에 던질 거야. 그래도 그는 나를 절대 사랑하지 않겠지. 그러나 나를 인정은 해줄 거야. 나는 그가 아직 보지 못한 에너지를 보여 줄 것이며 그가 생각하지도 못했던 수완을 보여 줄 거야. 그래. 나는 그 못지않을 만큼 열심히, 그와 마찬가지로 거의 불평 없이 일할 수 있어.

그렇다면 그의 요구에 동의하는 것이 가능해. 그러나 한 가지, 단 한 가지 끔찍한 항목만 없다면 말이야. 그는 내게 아내가 되어 달라고 하면서도 저 너머 골짜기에서 시냇물이 거품을 내고 있는 것을 내려다보는 찡그린 거인 같은 바위처럼 나에 대해 남편으로서의 애정을 전혀 품고 있지 않아. 그는 군인이 훌륭한 무기를 다루듯 나를 소중히 여기지. 그리고 그게 전부야. 그와 결혼을 하지 않는다면 나는 이런 일에 절대 슬퍼하지 않을 거야. 그러나 내가 그의 계획을 완수하도록, 그 계획을 냉정하게 실천할 수 있도록 결혼식을 올리게 해줄 수 있을까? 내가 그에게서 결혼반지를 받고, 영혼이 완전히 빠저 있다는 것을 알면서도 사랑의 온갖 형식을 (그가 이것을 충실하게 준수하리라는 것을 나는 의심하지 않는다) 견뎌 낼 수 있을까? 그가 쏟아붓는 모든 애정이 원칙에 따라 치를 희생일 뿐이라는 생각을 견뎌 낼 수 있을까? 아니야. 그런 순교는 끔찍할 거야. 나는 그런 일을 절대 겪지 않을 거야. 그의 누이동생으로서 그와 함께 갈 수는 있어. 그러나 아내로서는 아니야. 그에게 그렇게 말하자.〉

나는 작은 산 쪽을 바라보았다. 그곳에 그가 엎드린 기둥처럼 꼼짝도 하지 않은 채 누워 있었다. 그가 내 쪽으로 얼굴을 돌렸다. 그의 눈이 조심스럽고 날카롭게 빛났다. 그가 벌떡 일어나서 내게로 다가왔다.

「제가 자유로운 몸으로 갈 수 있다면 인도에 갈 준비가 되었어요.」

「그 대답에는 설명이 필요하오.」 그가 말했다. 「명확하지가 않소.」

「당신과 저는 지금까지 친척 남매였어요. 앞으로도 계속 그렇게 지내요. 당신과 저는 결혼하지 않는 편이 더 나을 것 같아요.」

그가 고개를 저었다. 「이 경우에는 친척 남매간의 우애로는 충분하지 않을 것이오. 당신이 내 친동생이라면 다르겠지만. 당신을 데려가고 아내를 구하지 않을 것이오. 그러나 현재 상황에서는 우리의 결합이 결혼에 의해 맺어져서 신성화되거나, 아니면 그런 결합이 아예 존재할 수 없거나 둘 중 하나요. 현실적인 장애물들 때문에 다른 계획은 불가능하오. 그걸 모르겠소, 제인? 잠깐 동안 잘 생각해 봐요. 당신의 뛰어난 분별력이 당신을 인도해 줄 것이오.」

나는 잘 생각해 보았다. 그러나 여전히 내 분별력은 우리가 남편과 아내로서 서로 사랑하지 않는다는 사실로 나를 이끌어 절대 결혼해서는 안 된다는 결론을 보여 주었다. 나는 그렇게 말했다.「세인트존.」내가 대답했다.「저는 당신을 오빠로 생각해요. 당신은 저를 누이동생으로 생각하고요. 계속 그렇게 지내도록 해요.」

「그럴 수 없소……. 그럴 수 없어.」그가 짧고 날카롭게 단호한 어조로 말했다.「그걸로는 충분하지 않소. 당신은 나와 함께 인도에 가겠다고 말했소. 기억해요. 당신은 그렇게 말했소.」

「조건부로요.」

「좋아요, 좋아. 요점으로 돌아가면, 나와 함께 영국을 떠나 앞으로 내가 하는 일을 함께 돕겠다는 데 대해서는 당신이 반대하지 않았소. 당신은 이미 일을 시작한 것이나 다름없소. 당신은 너무 착실한 사람이라 손을 떼지 못할 것이오. 당신에게는 눈앞에 한 가지 목표밖에 없소. 시작한 일을 어떻게 가장 잘하느냐 하는 것이오. 복잡한 관심과 느낌, 생각과 소망, 목적을 단순화시켜요. 모든 고려 대상들을 한 가지 목표로 합병시켜요. 위대한 주님이 내려 주신 사명을 효과적으로, 온 힘을 다해 달성하겠다는 목표로 말이오. 그렇게 하려면 당신에게 조수가 필요하오. 오빠가 아니라 ― 그 끈은 느슨하오 ― 남편이 필요하오. 나 역시 누이동생이 필요하지 않소. 누이동생은 언제든지 내게서 떨어져 나갈 수 있소. 내게는 아내가 필요하오. 살면서 내가 효과적으로 영향을 미칠 수 있고 죽을 때까지 완전하게 보유할 수 있는 단 하나의 협력자가 필요하오.」

나는 그의 말을 들으며 몸을 떨었다. 뼛속까지 그의 영향력이 느껴졌다. 그가 내 사지를 붙잡고 있는 것만 같았다.

「저 말고 다른 사람에게서 찾으세요, 세인트존. 당신에게 맞는 협력자를 찾아요.」

「내 목표에 맞는 협력자를 말하는 거겠죠. 내 일에 맞는 협력자 말이오. 다시 말하지만 내가 결혼하려는 목적은 보잘것 없는 한 개인으로서가 아니오. 남자의 이기적인 감각을 지닌, 그런 한 남자로서가 아니라 선교사로서 원하는 것이오.」

「그러면 제 힘을 그 선교사에게 드릴게요. 그게 그가 원하는 전부이니까요. 그러나 저 자신은 못 드려요. 그건 알맹이에 껍데기를 씌우는 일일 뿐이에요. 그에게는 껍데기가 아무 소용없어요. 그 껍데기는 제가 그대로 간직하겠어요.」

「그럴 수는 없소. 그래서도 안 되오. 당신은 하느님이 반쪽만 봉헌하는 데에 만족하시리라 생각하오? 하느님이 팔다리가 없는 제물을 받아들이겠소? 내가 변호하는 것은 하느님의 정의요. 내가 당신을 끌어들이려 하는 곳은 하느님의 깃발 아래요. 나는 하느님을 대신해서 조각난 충성을 받아들일 수 없소. 온전해야 하오.」

「아, 그럼 제 마음을 하느님께 바칠게요.」 내가 말했다. 「당신은 그것을 원하지 않으니까요.」

독자여, 내가 이 말을 할 때 어조뿐만 아니라 거기 수반된 감정에 그동안 억눌러 놓은 비꼬는 태도가 들어 있지 않았다고 맹세하진 않겠다. 나는 세인트존을 잘 알지 못했기 때문에 지금까지 잠자코 그를 무서워해 왔다. 나는 그를 분명하게 알 수 없었기 때문에 그를 항상 경외했다. 그가 어디까지 성인이고 어디까지 인간인지 지금까지는 알 수가 없었다. 그러나 이 대화를 통해 계시가 이루어지고 있었다. 내 눈앞에서 그의 천성에 대한 분석이 진행되고 있었다. 나는 그의 약점들을 보았다. 나는 그것들을 이해했고, 잘생긴 사람을 앞에 두고 히스둑 위에 앉아 있는 지금 내가 나만큼 근심하는 인간의 발치에 앉아 있다는 것을 깨달았다. 그의 엄격함과 독재로부터 베일이 떨어져 나갔다. 그의 마음속에서 이런 자질들을 느꼈기 때문에 나는 그가 불완전하다는 것을 알고 용기를 얻었다. 나는 나와 동등한 존재, 함께 싸울 수 있고 설사 내가 그에게서 좋은 점을 보았다 해도 반항할 수 있는 사람과 같이 있었다.

내가 마지막 말을 한 후 그는 아무 말도 하지 않았다. 나는 곧 과감하게 고개를 들고 그의 얼굴을 올려다보았다.

나를 내려다보고 있던 그의 시선이 준엄하게 놀라는 표정과 날카롭게 캐묻는 표정을 띠었다. 〈이 여자가 지금 빈정거리는 거야? 그것도 *나한테* 빈정거리다니!〉 그의 시선이 그렇게 말하는 것 같았다. 〈이게 무슨 의미지?〉

「이것이 중대한 문제라는 걸 잊지 맙시다.」 그가 곧 말했다. 「그것에 대해서 가볍게 생각하거나 말하는 것은 죄가 될 수 있소. 제인, 나는 당신이 마음을 하느님께 바치겠다고 했을 때 그 말이 진심이라고 믿었소. 그것이 내가 원하는 바요. 마음을 인간에게서 떼어 내 창조주께 바치기로 결정하면 지상에 창조주의 영적 왕국을 더 빨리 도래하도록 하는 일이 당신의 주된 기쁨이자 노력이 될 것이오. 그런 목적을 증진시킬 수 있는 것이라면 무엇이든 즉시 할 수 있는 각오를 하게 될 것이오. 우리가 결혼으로 육체적, 정신적 결합을 하게 되면 당신과 내 노력에 얼마나 많은 박차가 가해질지 알게 될 것이오. 그런 결합만이 인간의 운명과 목적에 영원히 부합할 수 있는 특성을 부여하오. 온갖 사소한 변덕, 갖가지 사소한 어려움과 감정의 미묘한 문제들, 단순한 개인적인 성향의 정도와 종류와 장점과 약점에 대한 모든 망설임을 넘어서면 당신은 곧 그런 결합 속으로 빨려 들어가게 될 것이오.」

「그럴까요?」 나는 간단하게 말했다. 조화를 이루며 아름답지만 그 조용한 엄격함 때문에 이상하게 무시무시해 보이는 그의 얼굴을 바라보았다. 위엄은 있지만 관대하지 못한 그의 이마를 바라보았다. 밝고 깊고 엄격하지만 결코 부드럽지 않은 그의 두 눈을 바라보았다. 그의 크고 당당한 체격을 바라보고 마음속으로 나 자신을 그의 아내로 상상해 보았다. 아, 절대 어울리지 않았다. 협력자나 동료로서는 모든 것이 괜찮으리라. 그런 자격으로는 그와 함께 바다를 건너리라. 그런 직분으로는 그와 함께 동방의 태양 아래 아시아의 사막에서 일하리라. 그의 용기와 헌신과 열정을 존경하고 배우려고 애쓰리라. 그의 지배에 조용히 따르리라. 그의 멈추지 않는 열정에 조용히 미소 지으리라. 기독교인으로서의 그와 남자로서의 그를 구분하리라. 전자는 높게 평가하고 후자는 관대하게 용서하리라. 몸은 상당히 가혹한 멍에를 짊어지고 있다 해도 가슴과 마음만은 자유로우리라. 내게는 의지할 수 있는, 시들지 않은 나 자신이 여전히 남아 있으리라. 외로울 때 이야기를 나눌 수 있는, 속박되지 않은 내 타고난 감정들이 남아 있으리라. 그가 다가올 수 없고, 그의 엄격함에 절대 시들지 않고, 그의 신중한 용사 같은 행군에도 짓밟히지 않도록 감성이 생생하게 보호받으며 자라고 있는, 온전히 내 것이 될 내 마음속의 구석자리들이 남아 있으리라. 그러나 그의 아내로 그의 곁에서 항상 구속받고 억제당하면서, 내 본성의 불꽃을 끊임없이 낮게 유지해 놓고 안에서만 타게 해놓음으로써 갇힌 불꽃에 몸속의 내장 기관들이 차례로 연소되어도 소리 한번 지르지 못하게 된다면 도저히 참을 수 없을 것이다.

「세인트존!」 여기까지 생각이 미쳤을 때 내가 소리쳤다.

「왜요?」 그가 차갑게 대답했다.

「다시 말하지만 동료 선교사로서 함께 가는 데에는 기꺼이 동의할 수 있어도 당신의 아내로서는 아니에요. 저는 당신과 결혼해서 당신의 일부가 될 수 없어요.」

「당신은 내 일부가 되어야 하오.」 그가 확고하게 말했다. 「그렇지 않으면 약속 전체가 다 무효요. 아직 서른도 안 된 남자인 내가 결혼을 하지도 않은 채 어떻게 열아홉 살 된 아가씨를 인도로 데리고 갈 수 있겠소? 어떻게 우리가 계속 함께 있으면서 — 때로는 단둘이서, 때로는 야만족들 사이에서 — 결혼도 안 한 상태로 지낼 수 있겠소?」

「좋아요.」 내가 냉랭하게 말했다. 「상황이 그렇다면 제가 당신의 친동생이거나, 아니면 당신처럼 남자이면서 목사인 체하면 괜찮을 것 같은데요.」

「당신이 내 누이동생이 아니라는 사실은 이미 세상 사람들이 다 알고 있소. 당신을 그렇게 소개할 수는 없소. 그렇게 했다가는 우리 모두에게 불리한 의심이 쏟아질 거요. 나머지로 말하자면 비록 당신이 남자처럼 활기찬 두뇌를 지녔다 해도 당신은 여자의 마음을 지니고 있소. 그것은 적당하지 않소.」

「완벽하게 잘될 것 같은데요.」 내가 약간 경멸조로 단언했다. 「제가 여자의 마음을 지녔다 해도 그것은 당신이 전혀 상관할 바가 아니에요. 당신에 대해 저는 단지 동료로서의 의리와 전우로서의 솔직함과 신의, 형제애만 지니고 있어요. 원하신다면 사제에 대한 수련 수사의 존경심과 복종심을 지니고 있어요. 그 이상은 아니에요. 걱정하지 말아요.」

「그게 내가 원하는 바요.」 그가 혼잣말로 말했다. 「그게 바로 내가 원하는 것이오. 그런데 장애물들이 길을 가로막고 있소. 그것들을 잘라 내야만 하오. 제인, 당신은 나와 결혼한 일을 후회하지 않게 될 것이오. 그것을 믿으시오. 우리는 반드시 결혼해야 하오. 다시 말하겠소. 다른 방법은 없소. 그리고 결혼하자마자 당신에게조차 결혼이 적절했다고 여겨질 만큼 충분한 사랑이 생길 것이오.」

「사랑에 대한 당신의 생각을 경멸해요.」 내가 일어서서 바위에 등을 기대고 그 앞에 섰을 때 저절로 그 말이 나왔다. 「당신이 제시하는 그 허울뿐인 감정을 경멸해요. 맞아요, 세인트존. 당신이 그런 감정을 줄 때 저는 당신을 경멸해요.」

그가 나를 뚫어져라 바라보면서 잘생긴 입술을 꽉 다물었다. 화가 났는지 아니면 놀랐는지 분간하기가 쉽지 않았다. 그는 자기 표정을 철저하게 통제할 수 있었다.

「당신에게서 그런 표현을 들으리라고는 전혀 예상하지 못했소.」 그가 말했다. 「나는 경멸당할 만한 행동을 하거나 그런 말을 한 적이 없다고 생각하오.」

나는 그의 부드러운 어조에 마음이 움직였고 그의 거만하고 차분한 모습에 위압당했다.

「그런 말을 한 것을 용서해 줘요, 세인트존. 그렇게 거리낌 없이 말하도록 절 부추긴 것은 당신 잘못이에요. 당신이 우리의 천성상 의견이 서로 너무나 다른 화제를 끌어들였으니까요. 우리가 절대 논해서는 안 되는 화제를 말이에요. 사랑이라는 바로 그 말이 우리 사이에서는 분쟁의 씨로 작용해요. 정말로 사랑하는지 진실이 요구된다면 우리가 어떻게 해야 하죠? 어떻게 느껴야 할까요? 친애하는 사촌, 당신의 결혼 계획은 포기해요. 잊어버려요.」

「안 되오.」 그가 말했다. 「그것은 오랫동안 품어 왔던 계획이고 내 위대한 목적을 이룰 수 있는 유일한 계획이오. 그러나 지금은 당신을 더 이상 채근하지 않겠소. 내일 아침 나는 케임브리지로 떠날 것이오. 작별 인사를 하고 싶은 친구들이 그곳에 많이 있소. 이 주일 동안 가 있을 예정이오. 그 시간 동안 내 제안을 잘 생각해 봐요. 그리고 당신이 거절한다면 그것은 나를 거절하는 게 아니라 하느님을 거절하는 셈이라는 걸 잊지 마시오. 나라는 수단을 통해서 하느님은 당신에게 고귀한 일을 할 수 있는 문을 열어 주셨소. 내 아내로서만이 당신은 그 문으로 들어갈 수 있소. 내 아내가 되길 거절하면 당신은 이기적인 안락과 불모의 궁벽한 땅으로 가는 길에서 영원히 벗어나지 못할 것이오. 그럴 경우 믿음을 거부하고 이교도보다 더 끔찍한 사람으로 간주되지 않을까 두려워하시오.」

그가 말을 마치고는 내게서 돌아서서 다시 한 번 〈강을 바라보고 언덕을 바라보았다.〉[125]

그러나 이번에는 그가 자신의 감정을 모두 가슴에 묻어 두었다. 나는 그것을 들을 자격이 없었다. 그의 곁을 따라 집으로 걸어오며 그의 굳은 침묵 속에서 그가 나에 대해 느끼는 모든 감정을 읽어 낼 수 있었다. 그것은 복종을 기대했던 곳에서 저항에 맞닥뜨렸을 때 엄격하고 전제적인 본성이 느꼈을 실망감이었고, 전혀 공감할 수 없는 다른 감정과 견해를 감지했을 때 냉정하고 완고한 판단력이 느꼈을 불만이었다. 간단히 말해 남자로서 그는 나를 억지로라도 복종하게 만들고 싶었으리라. 그가 내 외고집을 그토록 끈기 있게 참아 주고 내게 그토록 오랫동안 숙고하고 회개할 기회를 준 것은 오로지 진지한 기독교인으로서였을 것이다.

그날 밤 그는 누이동생들에게 키스를 한 후 내게는 악수조차 하지 않는 편이 더 낫다고 생각했는지 조용히 방을 나갔다. 비록 그에 대해 사랑의 감정은 없었지만 우정은 많이 품고 있었기에 그처럼 눈에 띄게 무시를 당한 데에 나는 마음이 아팠다. 너무 마음이 아파서 눈물이 솟구쳐 올랐다.

「황야에서 세인트존이랑 산책하면서 말다툼이라도 한 것 같군요, 제인.」 다이애나가 말했다. 「그를 따라가 봐요. 제인을 기다리면서 지금 복도에서 서성거리고 있으니까. 화해하려고 그러는 걸 거예요.」

나는 그런 상황에서 자존심을 많이 내세우지 않는다. 위신을 세우느니 행복해지는 쪽을 선택하고 싶었다. 나는 그를 쫓

125 월터 스콧의 『마지막 음유시인의 노래』, V권, xxvi연, 1행. 부클레우크 부인이 전투에서 진 것을 마지못해 인정하고 마거릿과 가문의 적인 크랜스턴 경이 약혼하도록 허락하는 장면에 나오는 구절이다.

아 달려갔다. 그가 계단 아래에 서 있었다.

「잘 자요, 세인트존.」 내가 말했다.

「잘 자요, 제인.」 그가 차분하게 대답했다.

「그럼 악수해요.」 내가 덧붙였다.

그가 내 손가락을 얼마나 차갑고 느슨하게 잡았는지! 그는 그날 일어났던 일로 매우 불쾌해 있었다. 상냥함도 그의 마음을 풀어 줄 수 없었고 눈물도 그를 움직일 수 없었다. 그와는 행복한 화해가 있을 수 없었다. 기분을 풀어 주는 미소도 관대한 말도 없었다. 그러나 여전히 기독교인으로서 그는 끈기 있고 침착했다. 내가 용서를 빌자 그는 화나는 일은 마음속에 담아 두지 않는 것이 자기 성격이고 화난 적이 없기 때문에 용서할 것도 없다고 말했다.

그리고 그 대답과 함께 그는 가버렸다. 차라리 그가 나를 때려눕히는 편이 더 나을 것 같았다.

제9장

　다음 날 그는 내게 말했던 것과 달리 케임브리지로 떠나지 않았다. 그는 출발을 일주일 동안 미루고 그동안 착하지만 엄격하고 양심적이지만 무자비한 남자가 자기의 기분을 상하게 만든 사람한테 어떤 가혹한 처벌을 가할 수 있는지 내게 느끼도록 만들었다. 그는 명백하게 드러나는 적대적인 행동 한번 하지 않은 채, 비난하는 말 한마디 하지 않은 채, 내가 자기의 눈밖에 났다는 사실을 시시각각 통감하게 만들었다.

　세인트존이 기독교인답지 않게 앙심을 품었다는 뜻은 아니다. 그가 할 수만 있었다면 내 털끝이라도 하나 건드렸을 거라는 말이 아니다. 천성적으로나 원칙상으로나 그는 복수심을 비열하게 충족시키는 사람이 절대 아니었다. 그는 자신과 자신의 사랑을 조롱하는 말을 한 나에 대해서는 용서했지만 그 말을 잊어버리지는 않았다. 그리고 그와 내가 살아 있는 한 그는 절대 그 말을 잊지 않을 것이다. 그가 내게로 몸을 돌릴 때 나는 그와 나 사이의 허공에 그 말이 항상 쓰여 있다는 것을 그의 표정으로 알았다. 내가 말을 걸 때마다 내 목소리를 통해 그 말이 그의 귀에 들렸고 그의 모든 대답에 그 말의 메아리가 붙어 다녔다.

그는 나와 이야기 나누는 것을 피하지는 않았다. 그는 평소처럼 매일 아침 나를 자기 책상으로 부르기까지 했다. 그의 마음속에 들어 있는 타락한 사람이 진정한 기독교인으로서의 그가 알지도 못하고 같이 나눌 수도 없는 쾌감, 즉 겉으로는 평소처럼 행동하고 말하면서 이전에 그의 언어와 태도에 준엄한 매력을 전해 주었던 관심과 인정의 정신을 말과 행동에서 얼마나 교묘하게 빼버릴 수 있는지 보여 주는 쾌감을 맛보고 있었던 것은 아닌가 하는 생각이 들었다. 내게는 그가 사실상 이미 살을 가진 사람이 아니라 대리석이 되었고 그의 눈은 차갑고 반짝이는 파란 보석이 되었으며 그의 혀는 말하는 도구가 되었다. 그 이상은 아무것도 아니었다.

이 모든 것이 내게는 고문이었다. 교묘하고 좀처럼 끝나지 않는 고문. 그것은 분노의 불꽃을 서서히 타오르게 만들고 슬픔으로 계속 떨며 고민하게 함으로써 나를 괴롭히고 짓밟아 버렸다. 내가 만약 그의 아내가 된다면 햇빛이 비치지 않는 깊은 샘물처럼 맑은 이 착한 남자는 내 혈관에서 피 한 방울도 흘리지 않고, 그 자신의 수정 같은 양심에는 죄를 지었다는 흔적을 눈곱만큼도 남기지 않은 채 곧 나를 죽일 것 같았다. 특히 그를 달래려고 애쓸 때 이런 느낌이 들었다. 내 슬픔에 응해 주는 슬픔이 없었다. 그는 사이가 멀어진 데 대해 전혀 괴로워하지 않았다. 화해하고 싶은 생각이 추호도 없었다. 흘러내린 내 눈물이 떨어져서 우리가 함께 고개 숙여 읽고 있던 책장이 부풀어 오른 적이 여러 번 있었음에도 불구하고 돌이나 무쇠로 만들어진 심장을 가진 것처럼 그에게는 그 눈물이 아무런 영향을 미치지 못했다. 그동안 그는 누이동생들에게는 평소보다 조금 더 상냥하게 굴었다. 마치 냉담만으로는 내가 얼마나 완전하게 추방당하고 금지당했는지 충분히 알지 못할 것이라고 우려라도 하는 듯 그는 대조의 힘을 더했다. 나는 그가 이를 악의에 의해서가 아니라 원칙에 따라 행했다고 확신한다.

그가 집을 떠나기 전날 밤 석양이 질 무렵에 정원을 산책하는 그의 모습을 우연히 보게 되었다. 그를 바라보면서 이 남자가 지금은 멀어졌지만 한때 내 목숨을 구해 줬으며 우리가 가까운 친척이라는 사실을 떠올린 나는 그와의 우정을 회복하기 위해 마지막 시도를 해보자는 마음이 들었다. 나는 밖으로 나가서 작은 대문에 기대고 서 있는 그에게 다가갔다. 내가 즉시 요점을 말했다.

「세인트존, 마음이 편치가 않아요. 당신이 아직도 저에게 화가 나 있으니까요. 이제는 친구가 되기로 해요.」

「나도 우리가 친구이길 바라오.」 내가 다가갔을 때와 마찬가지로 막 떠오르는 달을 계속 바라보면서 그가 냉정하게 대답했다.

「아니요, 세인트존. 우리는 예전 같은 친구가 아니에요. 당신도 알잖아요.」

「우리가 친구가 아니란 말이오? 그건 틀렸소. 나로서는 당신이 잘못되기를 전혀 바라지 않소. 당신이 잘되기만 바라오.」

「당신 말을 믿어요, 세인트존. 다른 사람이 잘못되기를 바랄 분이 아니라는 걸 확신해요. 그러나 제가 당신 친척이니까 당신이 전혀 모르는 사람에게도 베푸는 그런 종류의 일반적인 박애심보다 조금 더 많은 애정을 바라도 될 것 같은데요.」

「물론이오.」 그가 말했다. 「당신의 바람은 합리적이오. 나는 결코 당신을 모르는 사람으로 간주하지 않소.」

차갑고 차분한 어조로 뱉은 이 말에 나는 큰 굴욕감과 당혹함을 느꼈다. 오만과 분노가 이끄는 대로 따랐다면 나는 즉시 그의 곁을 떠났을 것이다. 그러나 뭔가가 내 마음속에서 그런 감정들보다 더 강하게 작용했다. 나는 사촌오빠의 재능과 원칙을 깊이 존경했다. 그의 우정이 내게는 매우 소중했다. 그를 잃는다는 것이 내게는 큰 괴로움이었다. 우정을 되찾으려는 노력을 그렇게 빨리 포기할 수는 없었다.

「우리가 이런 식으로 헤어져야 하나요, 세인트존? 그리고 지금까지 해왔던 것보다 더 따뜻한 말 한마디 없이 그렇게 절 떠나서 인도로 갈 거예요?」

그가 이제는 달에서 완전히 몸을 돌려 나를 마주 보았다.

「제인, 내가 당신을 떠나 인도에 가다니! 무슨 말이오? 당신이 인도에 안 간다는 말이오?」

「당신과 결혼하지 않으면 제가 갈 수 없다고 당신이 말했잖아요.」

「그럼 당신이 나와 결혼하지 않겠다는 거요? 그 결심에 변함이 없는 것이오?」

독자여, 나처럼 알고 계시는지? 그런 차가운 사람들이 던지는 얼음 같은 질문에 얼마만큼의 무시무시함이 담겨 있는지? 눈사태가 쏟아지는 것 같은 그들의 분노 속에 얼마만큼의 무시무시함이 담겨 있는지? 얼어붙은 바다가 갈라지는 것 같은 그들의 불쾌감에 얼마만큼의 무시무시함이 담겨 있는지?

「아니요, 세인트존. 저는 당신과 결혼하지 않을 거예요. 제 결심은 변함이 없어요.」

눈사태가 일어나며 앞으로 밀려왔지만 아직 무너져 내리지는 않았다.

「다시 한 번 묻겠는데 왜 이렇게 거절하는 것이오?」 그가 물었다.

「전에는 당신이 절 사랑하지 않기 때문이었어요.」 내가 대답했다. 「지금은 당신이 절 미워하기 때문이라고 대답할게요. 당신과 결혼하면 당신이 절 죽일 거예요. 당신은 지금도 절 죽이고 있어요.」

그의 입술과 뺨이 하얗게 질렸다. 백지장처럼 하얘졌다.

「내가 당신을 죽일 거라니, 내가 당신을 죽이고 있다니? 당신은 절대 해서는 안 되는 말을 하고 있소. 난폭하고 여자답지 못하고 진실하지 않은 말이오. 그것은 유감스러운 마음 상태를 보여 주고 있소. 심한 비난을 받아 마땅한 말이오. 변명의 여지가 없어 보이오. 그러나 일흔일곱 번까지라도 친구를 용서하는 것이 사람의 의무요.」[126]

이제는 내가 일을 완전히 돌이킬 수 없는 지경으로 만들어 버렸다. 이전에 나로 인해 가해졌던 상처의 흔적이 그의 마음속에서 지워지기를 진심으로 바랐지만 오히려 그 고집 센 마음의 표면에 훨씬 더 깊은 인상을 새겨 넣은 꼴이 되었다. 아예 각인시켜 버렸다.

「이제 당신이 저를 진짜로 미워하게 되겠군요.」 내가 말했다. 「당신을 달래려고 해봐야 소용이 없어요. 이제는 제가 당신의 영원한 적이 되었다는 것을 아니까요.」

이 말이 새롭게 잘못을 더했다. 사실을 언급했기 때문에 더 끔찍한 잘못을 불러들였다. 핏기 없는 그의 입술이 일시적으로 경련을 일으키며 떨렸다. 나는 내가 강철 같은 분노를 돋우었음을 알았다. 심장이 비틀리는 것 같았다.

「당신이 제 말을 완전히 오해한 거예요.」 나는 즉시 그의 손을 잡고 말했다. 「당신을 슬프게 하거나 고통을 주고 싶은 마음은 눈곱만큼도 없어요. 진심이에요.」

그가 매우 씁쓸하게 미소를 지었다. 너무나 단호하게 그가 내게서 손을 빼냈다. 「지금 당신의 약속을 떠올려 봐요. 그런

---

126 「마태오의 복음서」 18장 22절. 세인트존이 성서를 잘못 인용하고 있다. 그리스도는 죄지은 자를 일흔 번의 일곱 배까지 용서하라고 가르친다. 〈예수께서는 이렇게 대답하셨다. 「일곱 번뿐 아니라 일곱 번씩 일흔 번이라도 용서하여라.」〉

데 인도에 아예 안 가겠다, 그 말인 거요?」그가 상당히 오랫동안 말을 쉬었다가 계속했다.

「아니요, 갈 거예요. 당신의 조수로요.」내가 대답했다.

매우 긴 침묵이 이어졌다. 그사이 그의 마음속에서 천성과 품위 가운데 어떤 갈등이 벌어졌는지 나는 모른다. 단지 그의 눈에 이상한 빛이 번득였고 그의 얼굴 위로 묘한 그늘이 지나갔다. 그가 마침내 입을 열었다.

「당신 나이의 독신 여성이 내 나이의 독신 남자를 따라 외국으로 나가겠다고 제안하는 것이 얼마나 말도 안 되는 일인지 전에도 말했소. 그런 계획을 다시는 언급하지 못하게 만들 작정으로 한 얘기였는데 또다시 그런 말을 하다니 유감이오.」

내가 그의 말에 끼어들었다. 확실한 비난조의 말을 들으면 나는 즉시 용기가 생겼다.「양식을 따르도록 해요, 세인트존. 당신은 지금 말도 안 되는 소리를 하고 있어요. 제 말에 놀란 척하는군요. 당신은 진짜로 놀란 게 아니에요. 당신처럼 훌륭한 마음을 지닌 분이 제 말의 의미를 모를 정도로 그렇게 둔하거나 그렇게 자만심이 강할 리가 없어요. 다시 말씀 드리지만 당신이 좋다면 당신의 부목사가 되겠지만 절대 당신의 아내가 되지는 않을 거예요.」

그의 얼굴이 다시 납빛이 되었다. 그러나 전처럼 화를 완벽하게 억눌렀다. 그가 단호하지만 차분하게 대답했다.

「아내가 아닌 여자 부목사는 내게 절대로 적합하지 않소. 그렇다면 당신은 나와 함께 갈 수 없을 것 같소. 그러나 당신이 진심으로 그런 제안을 한 거라면 런던에 있는 동안 결혼한 선교사에게 말해서 부인에게 조수가 필요한지 알아보겠소. 당신 자신의 재산이 있으니 전도 협회의 도움이 필요 없을 것이오. 그러면 약속을 깨고 참여하기로 한 대열을 버렸다는 불명예에서 벗어날 수 있을 것이오.」

독자도 알다시피 나는 정식으로 약속한 적도 없었고, 약혼을 한 것도 아니었다. 이런 말은 이 경우에 너무 가혹하고 독단적이었다. 내가 대답했다.

「이 경우에 불명예도, 약속 위반도, 버림도 없어요. 저에게는 특히 낯선 사람들과 인도에 가야 할 조금의 의무도 없어요. 당신과 함께라면 그렇게 할 수 있었을 거예요. 당신을 존경하고 믿고 누이동생으로서 당신을 사랑하니까요. 그러나 언제 누구와 가건 그런 기후에서는 제가 오래 살지 못할 거라고 확신해요.」

「아, 당신 자신을 두려워하는 게로군.」 그가 입꼬리를 올리며 말했다.

「네, 그래요. 하느님은 목숨을 아무렇게나 내던지라고 주신 것이 아니니까요. 당신이 제게 원하는 대로 하는 것은 자살을 하는 거나 거의 다를 바 없다는 생각이 들기 시작했어요. 더구나 영국을 떠나는 것보다 영국에 남아 있는 편이 과연 더 소용없는 일일지, 떠나기로 확고하게 결정하기 전에 그 사실을 확실히 알아야겠어요.」

「무슨 말이오?」

「설명하려 해봐야 소용없을 거예요. 그러나 오랫동안 고통스럽게 궁금해 하던 점이 있어요. 그 궁금증이 없어질 때까지는 아무 데도 갈 수 없어요.」

「당신의 마음이 어디로 향해 있는지, 무엇에 집착하는지 알고 있소. 당신이 가슴에 품고 있는 관심사는 법에 어긋나고 신성하지 못한 일이오. 당신은 오래전에 그것을 없애 버려야 했소. 지금 당신은 그 일에 대해 언급하는 것을 부끄럽게 여겨야 하오. 로체스터 씨를 생각하고 있소?」

사실이었다. 나는 그것을 침묵으로 고백했다.

「로체스터 씨를 찾을 생각이오?」

「그가 어떻게 되었는지 알아보아야 해요.」

「그렇다면 당신을 내 기도 속에서 기억하며 당신이 하느님의 버림받은 자식이 되지 않도록[127] 당신을 위해 기도하는 일이 내게 남았군요. 나는 당신이 선택된 사람들 중 하나라고 생각했소. 그러나 하느님은 〈사람들처럼 보지 아니하니〉[128] 하느님의 뜻에 따를 뿐이오.」

그는 대문을 열고 나가서 골짜기 아래로 걸어갔다. 그가 곧 시야에서 사라졌다.

거실로 다시 들어가자마자 나는 깊은 생각에 잠긴 표정으로 창가에 서 있는 다이애나를 발견했다. 다이애나는 나보다 훨씬 키가 컸다. 그녀가 내 어깨 위에 한 손을 얹고 몸을 구부리며 내 얼굴을 찬찬히 뜯어보았다.

「제인.」 그녀가 말했다. 「요즘 항상 초조하고 창백해 보여요. 무슨 문제가 있는 게 확실해요. 세인트존하고 제인한테 무슨 문제가 생겼는지 말해 봐요. 창문에서 방금 전에 반 시간 동안 두 사람을 바라보고 있었어요. 그렇게 지켜본 데 대해 용서해 줘요. 그렇지만 나는 오랫동안 막연하게 엉뚱한 상상을 해왔어요. 세인트존은 이상한 사람이에요.」

그녀가 잠시 말을 멈췄다. 나는 아무 말도 하지 않았다. 곧 그녀가 다시 말하기 시작했다.

「오빠가 제인에게 각별한 마음을 품고 있다는 생각이 들어요. 그는 어느 누구에게도 보여 주지 않았던 주목과 관심을 기울이며 제인을 오랫동안 각별히 대해 왔어요. 그게 무슨 목적 때문이었을까요? 그가 당신을 사랑한다면 좋겠는데…….

127 「고린토인들에게 보낸 첫째 편지」 9장 27절 참조. 〈나는 내 몸을 사정없이 단련하여 언제나 민첩하게 움직일 수 있게 합니다. 이것은 내가 남들에게는 이기자고 외쳐 놓고 나 자신이 실격자가 되지 않게 하려는 것입니다.〉
128 「사무엘상」 16장 7절.

오빠가 당신을 사랑하는 거예요, 제인?」

나는 그녀의 차가운 손을 가져다가 내 뜨거운 이마에 댔다. 「아니에요, 다이. 눈곱만큼도 아니에요.」

「그렇다면 왜 그가 그런 눈으로 당신을 계속 바라보고, 당신하고만 그렇게 자주 같이 있고, 당신을 그렇게 계속 곁에 두는 거죠? 메리와 나는 오빠가 제인과 결혼하고 싶어 한다고 결론을 내렸어요.」

「맞아요. 그가 저한테 아내가 되어 달라고 청혼했어요.」

다이애나가 손뼉을 쳤다. 「우리가 바라고 생각했던 그대로네! 그러면 그와 결혼할 거죠? 아니에요, 제인? 그러면 오빠가 영국에 남아 있는 거죠?」

「전혀 아니에요, 다이애나. 그가 저한테 청혼한 유일한 이유는 인도에서 같이 일할 잘 맞는 동료 일꾼을 얻기 위한 것이에요.」

「어머나! 오빠가 제인을 인도에 데려가고 싶어 한다고?」

「네.」

「미쳤나 봐!」 그녀가 소리쳤다. 「당신은 거기서 석 달도 못 살 거예요. 분명해. 절대 당신을 안 보낼 거야. 동의한 거 아니죠, 제인?」

「그의 청혼을 거절했어요.」

「그래서 그의 기분을 상하게 만들었군요?」 그녀가 물었다.

「많이요. 그가 절 절대 용서하지 않을 것 같아요. 그렇지만 그의 누이로서 같이 가겠다고 했어요.」

「제인, 그렇게 하는 것은 말도 안 되는 어리석은 짓이에요. 당신이 떠맡은 일을 생각해 봐요. 쉴 새 없이 힘들게 해야 하는 일일 텐데. 힘들어서 튼튼한 사람들도 죽어요. 게다가 제인은 몸도 약하잖아요. 세인트존은 ─ 제인도 잘 알잖아요 ─ 불가능한 일을 하도록 제인을 내몰 거예요. 오빠와 함께 있으면 뜨거운 태양 아래에서 쉬는 것조차 절대 허용되지 않을 거예요. 그리고 불행히도 내가 아는 바로는, 제인은 그가 시키는 일은 뭐든지 무리해서라도 하잖아요. 당신에게 그의 청혼을 거절할 용기가 있었다니 놀라워요. 그렇다면 그를 사랑하지 않는 거예요, 제인?」

「남편으로서는 아니에요.」

「그렇지만 오빠가 잘생겼잖아요.」

「그런데 저는 너무 못생겼고요. 알잖아요, 다이. 우리는 절대 안 어울려요.」

「못생겼다니, 제인! 당신은 콜카타의 뜨거운 햇볕에 그을리기에는 너무 착하고 예뻐요.」 그녀가 다시 진지하게 자기 오빠와 함께 떠나겠다는 생각을 포기하도록 나를 설득했다.

「정말로 그래야 해요.」 내가 말했다. 「제가 방금 전에 부목사로서 그를 도와주겠다는 제안을 다시 했더니 저더러 채신머리가 없다고 놀라움을 표시했으니까요. 그는 제가 결혼하지 않은 채 자기와 함께 가겠다고 제안하는 것이 부적절한 짓이라고 생각하는 것 같았어요. 마치 처음부터 제가 그를 오빠로 생각하려 하지도 않았고 오빠로 대하지도 않았다는 듯이 말이에요.」

「왜 그가 당신을 사랑하지 않는다고 생각하는 거죠, 제인?」

「언니가 직접 그 문제에 대해 그가 하는 말을 들어 봐야 해요. 저와 결혼하고 싶어 하는 것은 자기 자신 때문이 아니라 자기가 맡은 일 때문이라고 계속 설명했어요. 저는 일을 하기 위해 만들어졌을 뿐 사랑을 하기 위해서가 아니라면서요. 물론 그 말이 맞아요. 그러나 제가 사랑을 하기 위해 만들어진 것이 아니라면 당연히 결혼을 위해 만들어진 것도 아니라고 생각해요. 사람을 유용한 도구로서만 간주하는 남자에게 평생 묶이게 된다면 이상하지 않나요, 다이?」

「찬성할 수도 없고, 이해도 안 되고, 있을 수도 없는 일이에요!」

「그렇지만 설사 제가 그에 대해 누이동생으로서의 애정만 가지고 있다 해도, 억지로 그의 아내가 된다면 그에게 불가피하고 묘하고 괴로운 사랑이 생겨날 가능성은 있다고 생각해요. 그는 재능이 뛰어난 사람이고 그의 표정과 태도와 대화에서 어떤 영웅적인 위대함을 느끼는 경우가 종종 있으니까요.」내가 말을 계속했다. 「그런 경우에는 제 운명이 말로 표현할 수 없을 정도로 비참해질 거예요. 그는 절대 제 사랑을 원치 않을 테니까요. 그리고 제가 그런 감정을 보인다면 그는 그것이 자신에게는 필요 없고 저에게는 어울리지 않는 사치품이라고 할 거예요. 틀림없이 그럴 거예요.」

「그렇지만 세인트존은 착한 사람이에요.」다이애나가 말했다.

「착하고 훌륭한 사람이죠. 그러나 그는 그 자신의 위대한 생각을 추구하면서 보통 사람들의 감정과 요구를 무정하게 잊어버려요. 그래서 그에게 짓밟히지 않도록 중요하지 않은 것들은 치워 두는 편이 좋아요. 그가 이쪽으로 오네요! 저는 그만 가볼게요, 다이애나.」나는 그가 정원으로 들어오는 것을 보고 서둘러 이층으로 올라갔다.

어쩔 수 없이 저녁 식사 때 그를 다시 만나게 되었다. 저녁 식사를 하는 동안 그는 평소처럼 차분했다. 나는 그가 내게 다시는 말을 걸지 않으리라 생각했고 결혼 계획을 계속 추진하는 것을 포기했다고 확신했다. 그러나 이후 전개된 상황을 통해 내가 두 가지 점에서 모두 틀렸음이 드러났다. 그는 평소와 똑같이, 아니, 정확하게 표현하면 최근 들어서의 평소와 똑같이 극도로 정중하게 내게 말을 걸었다. 틀림없이 성령에게 내가 그의 마음속에 불러일으킨 분노를 진정시켜 달라고 도움을 청했고 이제는 자신이 나를 다시 한 번 용서했다고 믿는 것 같았다.

기도 전의 저녁 낭독을 위해 그가 「요한의 묵시록」 21장을 선택했다. 그가 읽어 주는 성서를 듣는 일은 언제나 즐거웠다. 하느님의 계시를 전달할 때만큼 그의 멋진 목소리가 그렇게 감미롭고 성량이 풍부한 적이 없었고 고상하고 수수한 그의 태도가 그렇게 감동적으로 보인 적이 없었다. 그가 가족들에 둘러싸여 (5월의 달이 커튼을 치지 않은 창문을 통해 환하게 들어와 식탁 위의 촛불을 무색하게 만들고 있었다) 거기 앉아서 커다란 낡은 성경 위로 고개를 숙이고 새로운 천국과 새로운 세상의 모습을 책장으로부터 묘사해 줄 때, 하느님이 어떻게 인간과 함께 살러 오실 것인지, 하느님이 어떻게 인간의 눈에서 눈물을 닦아 주시며 이전의 것들이 다 소멸되었기 때문에 이제는 더 이상 죽음도 슬픔도 눈물도 없으리라고 약속하셨는지 묘사해 줄 때, 그날 밤 그 목소리는 더 엄숙한 어조를 띠었고 태도는 더 오싹한 의미를 지니고 있었다.

이어지는 그의 말을 들으며 나는 이상하게 오싹해졌다. 뭐라 표현할 수 없는 작은 목소리의 변화에 의해 그가 그 말을 하면서 내게로 시선을 돌렸음을 느꼈을 때 특히 더 그랬다. 「승리하는 자는 이것들을 차지하게 될 것이며 나는 그의 하느님이 되고 그는 내 아들이 될 것이다.」[129] 그가 천천히 또박또박 읽어 나갔다. 「그러나 비겁한 자와 믿음이 없는 자들이 (……) 차지할 곳은 불과 유황이 타오르는 바다뿐이다. 이것이 둘째 죽음이다.」[130]

이때부터 나는 세인트존이 나에 대해 우려하는 운명이 어떤 것인지 알게 되었다. 열렬한 소망이 섞인 차분하고 억제된

129 「요한의 묵시록」 21장 7절.
130 「요한의 묵시록」 21장 8절.

승리감이 그 장의 마지막 장려한 시구를 또박또박 읽어 나가는 그의 목소리에 여실히 드러났다. 성경을 읽어 나가는 그는 자신의 이름이 이미 〈어린 양의 생명의 책〉[131]에 적혀 있다고 믿고 있었으며, 지상의 왕들이 영광과 명예를 가져오고, 하느님의 영광이 그곳을 비추고 어린 양이 그곳의 빛이기 때문에 해나 달이 빛날 필요가 없는 성도로 들어갈 시간을 고대하고 있다고 믿고 있었다.

그 장을 읽은 다음 이어진 기도에 그의 모든 에너지가 집결되었고 그의 엄숙한 열정이 모두 깨어났다. 그는 열성적으로 하느님께 기도를 드리고 승리를 다짐했다. 마음이 약한 사람에게는 힘을 달라고 간청했고, 우리에서 벗어난 길 잃은 양들을 잘 인도해 달라고 간청했으며, 세상과 육체의 유혹을 받아 좁은 길에서 벗어나려고 하는 사람들을 늦게라도 돌아오게 해달라고 간청했다. 그는 위난에서 구원받는 은혜[132]를 원하고 간구하고 호소했다. 열성이란 항상 매우 엄숙하다. 처음에는 그 기도를 들으면서 그의 열성에 감탄했다. 그러다 그 기도가 계속되고 격해지자, 나는 감동을 받았다가 마침내는 두려운 마음이 들었다. 그는 자신의 목적이 훌륭하고 선하다고 진심으로 믿고 있었다. 그 목적을 간구하는 그의 기도를 듣는 다른 사람들도 함께 그것을 느끼지 않을 수 없었다.

기도가 끝나고 우리는 그에게 작별 인사를 했다. 그는 다음 날 아침 일찍 떠날 예정이었다. 다이애나와 메리가 그에게 키스를 하고 방을 나갔다. 그가 그들에게 그렇게 하라고 넌지시 귀띔을 한 것 같았다. 나는 손을 내밀고 그에게 즐거운 여

---

131 「요한의 묵시록」 21장 27절.
132 「아모스」 4장 11절. 〈나는 소돔과 고모라를 뒤엎어 버리듯, 너희를 불 속에서 끄집어낸 부지깽이처럼 만들리라. 그래도 너희는 나에게 돌아오지 않을 것이다.〉

행이 되기를 빈다고 말했다.

「고맙소, 제인. 전에 말한 대로 보름 후에 케임브리지에서 돌아올 것이오. 그 시간 동안 잘 생각해 보시오. 내가 인간의 오만함에 귀를 기울였다면 당신에게 결혼하자는 말을 더 이상 안 할 것이오. 그러나 나는 내 의무에 귀를 기울이고 내 첫 번째 목표, 하느님의 영광을 위해 모든 것을 다하겠다는 그 목표를 변함없이 마음에 새겨 두고 있소. 주님은 오랫동안 고난을 당하셨고 나도 그럴 것이오. 나는 당신이 〈진노의 그릇〉[133]으로서 지옥에 떨어지도록 포기할 수가 없소. 아직 시간이 있을 때 회개하고 결심하시오. 우리는 해가 떠 있는 동안 일하라는 명령을 받았고, 〈이제 밤이 올 터인데 그때는 아무도 일을 할 수가 없다〉[134]라는 경고를 받았다는 걸 명심하시오. 살았을 때 좋은 것을 소유했던 부자의 운명을 명심하시오. 하느님이 당신에게 절대 〈빼앗기지 아니할 좋은 몫을 택할〉[135] 힘을 주시길 빌겠소.」

그가 마지막 말을 하면서 내 머리에 손을 얹었다. 그는 진지하고 부드럽게 말했다. 그의 표정은 사실 사랑하는 여자를 바라보는 연인의 표정이 아니라 길 잃은 양을 다시 불러들이는 목사의 표정이었다. 아니, 자신이 책임지고 있는 인간을 바라보는 수호천사의 표정이라고 하는 편이 더 적절할지도 모르겠다. 재능 있는 사람들은 감정이 있건 없건, 광신자이건, 대망을 품은 사람이건, 독재자이건, 단지 진지하기만 하다면 숭고해 보이는 순간들이 있다. 위압하고 지배하는 순간들이 있다. 나는 세인트존에게 존경심을 느꼈다. 그 존경심이 너무나 강렬해서 그 추진력에 나는 그렇게 오랫동안 회피했던 지

<hr>

133 「로마인들에게 보낸 편지」 9장 22절.
134 「요한의 복음서」 9장 3~5절.
135 「루가의 복음서」 10장 42절.

점으로 즉시 밀려났다. 나는 그와 씨름하기를 그만두고 그의 의지의 급류를 타고 그의 존재의 만으로 들어가 그곳에서 나 자신의 존재를 잊어버리고 싶은 유혹을 느꼈다. 다른 사람에 의해 다른 방식으로 이전에 한 번 그랬던 것만큼 지금 그에게 서 강한 유혹을 받고 있었다. 나는 두 번 다 바보였다. 그때 굴 복했더라면 그것은 원칙의 과오였을 터이고 지금 굴복한다면 그것은 판단의 과오가 될 터이다. 조용한 시간의 매개를 통해 그 위기를 되돌아보면서 나는 지금 이 순간 그렇게 생각한다. 그러나 그 순간에는 내 어리석음을 깨닫지 못하고 있었다.

나는 성직자의 손길 아래에서 꼼짝도 못하고 서 있었다. 내 거절은 잊혔고 두려움 또한 사라졌으며 싸울 힘은 마비되어 버렸다. 불가능이, 즉 세인트존과의 결혼이 빠르게 가능으로 되어 가고 있었다. 갑작스럽게 단번에 모든 것이 완전히 변하 고 있었다. 신앙이 부르고 천사들이 손짓하고 하느님이 명령 하고 〈하늘이 두루마리인 양〉[136] 한꺼번에 말렸다. 죽음의 문 이 열리면서 멀리 영겁의 세계가 보였다. 그곳에서의 평안과 지복을 위해 이곳의 모든 것을 한순간에 희생할 수 있을 것 같았다. 희미한 방이 환영으로 가득 찼다.

「지금 결정할 수 있소?」 선교사가 물었다. 부드러운 어조였 다. 그가 나를 자기 쪽으로 부드럽게 끌어당겼다. 아, 그 부드 러움이란! 그것이 힘보다 얼마나 더 강력한지! 나는 세인트 존의 분노에는 저항할 수 있었다. 그러나 그의 친절함에는 갈 대처럼 유연해졌다. 그러나 나는 지금 굴복하면 언젠가는 이 전에 반항했던 것[137]에 대해 적지 않게 후회하리라는 걸 줄곧 알고 있었다. 그의 천성이 한 시간의 엄숙한 기도로 변하지는 않았다. 단지 고양되었을 뿐이다.

136 「이사야」 34장 4절.
137 로체스터의 제안을 받아들이지 않은 것.

「확신할 수만 있다면 결정할 수 있을 것 같아요.」 내가 대답했다. 「당신과 결혼하는 것이 하느님의 뜻이라는 점만 확신할 수 있다면 지금 여기서 당신과 결혼하겠다고 맹세할 수 있어요. 나중에 무슨 일이 일어나건 말이에요!」

「내 기도가 이루어졌군!」 세인트존이 소리쳤다. 나를 자기 것이라고 주장하기라도 하듯 그가 내 이마에 놓인 손을 더 세게 눌렀다. 거의 나를 사랑하기라도 하는 것처럼 (나는 거의라고 했다. 나는 그 차이를 알고 있었다. 사랑받는 느낌이 어떤 것인지 느껴 보았기 때문이다. 그러나 그처럼 나도 이제 사랑은 문제 삼지 않고 오로지 의무에 대해서만 생각했다) 그가 팔로 나를 감쌌다. 나는 아직도 구름으로 가려져 있는 내 마음속의 희미한 환영과 싸웠다. 나는 진심으로, 철저히, 그리고 열렬히 옳은 일을, 오로지 옳은 일만을 하고 싶었다. 「제게 알려 주세요. 제게 길을 알려 주세요!」 나는 하느님께 간구했다. 나는 그 어느 때보다 더 흥분해 있었다. 그리고 다음에 일어난 일이 흥분의 결과인지 아닌지는 독자가 판단하기 바란다.

집 전체가 고요했다. 세인트존과 나만을 제외하고는 모두 잠자리에 들었기 때문이다. 단 하나의 촛불이 꺼져 가고 있었다. 방 안에 달빛이 가득했다. 내 심장이 빠르고 격하게 뛰었다. 심장 뛰는 소리가 들렸다. 그러다 갑자기 심장을 관통해 머리부터 발끝까지 훑고 지나는 말로 표현할 수 없는 어떤 느낌에 고동 소리가 멈췄다. 전기 충격은 아니었지만 그만큼 매우 날카롭고 이상하고 놀라웠다. 마치 오감의 최대 활동이 지금까지 마비되었다가 불러일으켜져서 억지로 깨어나기라도 한 듯 그 느낌이 내 오감에 작용했다. 오감이 기대에 차서 일어났다. 살이 뼈 위에서 떨고 있는 동안 눈과 귀가 기다렸다.

「무슨 소리를 들었소? 무엇이 보이오?」 세인트존이 물었다. 아무것도 보이지 않았지만 어디에선가 외치는 소리가 들려왔다.

「제인! 제인! 제인!」 그뿐이었다.

「오, 하느님! 저게 뭐죠?」 내가 숨을 헐떡였다.

나는 〈어디서 나는 소리죠?〉라고 말했는지도 모른다. 그러나 그 소리가 방 안이나 집 안이나 정원에서 들린 것 같지는 않았다. 허공에서 들려온 것도, 땅 밑에서 들려온 것도, 머리 위에서 들려온 것도 아니었다. 나는 분명히 그 소리를 들었다. 그러나 어디에서, 어느 곳으로부터 들려온 소리인지는 영원히 알 수가 없었다. 분명 그것은 사람의 목소리였다. 너무나도 귀에 익은, 내가 사랑하고 잘 기억하고 있는 목소리였다. 바로 에드워드 페어팩스 로체스터의 목소리였다. 그것은 고통과 비탄에 젖은 거칠고 섬뜩하고 절박한 목소리였다.

「제가 갈게요!」 내가 소리쳤다. 「기다려요! 제가 갈게요!」 나는 문간으로 뛰어가서 복도를 살펴보았다. 그곳은 어두웠다. 나는 정원으로 달려 나갔다. 그곳은 텅 비어 있었다.

「어디 있어요?」 내가 소리쳤다.

마시 엔드 너머의 언덕들이 희미하게 대답을 보내왔다. 「어디 있어요?」 나는 들었다. 바람이 전나무 숲 속에서 낮게 한숨을 쉬었다. 사방은 황야의 쓸쓸함과 한밤의 적막뿐이었다.

「미신이여, 물러가라!」 대문가의 검은 주목 옆에서 유령이 솟아오른 것처럼 보였을 때 내가 말했다. 「이것은 네 속임수도 아니고, 네 마술도 아니다. 이것은 자연의 작용이다. 자연이 깨어나서 기적이 아니라 비장의 재주를 부린 것이다.」

나는 나를 쫓아와 붙잡으려고 하는 세인트존의 손에서 벗어났다. 이제는 내가 주도권을 쥘 때가 되었다. *내* 힘이 움직여 활동할 시간이었다. 나는 그에게 아무런 질문도, 그 어떤 말도 하지 말라고 했다. 그리고 그에게 가달라고 부탁했다.

나는 혼자 있어야 했고 혼자 있고 싶었다. 그가 즉시 내 말에 따랐다. 충분히 힘 있게 명령을 내리면 언제나 순종이 따르는 법이다. 나는 내 방으로 올라가서 문을 닫은 다음 무릎을 꿇고 내 방식대로 기도를 드렸다. 세인트존과는 다른 방식이었지만 나름대로 효과가 있었다. 성령 가까이 다가간 것 같았다. 그리고 내 영혼은 감사하는 마음에서 성령의 발밑에 무릎을 꿇었다. 나는 감사 기도를 드리고 일어서서 결심을 하고, 아무 두려움 없이 분명해진 마음으로 누워서 날이 밝기만을 기다렸다.

제10장

날이 밝았다. 나는 새벽에 일어났다. 잠깐 동안 집을 비울 것을 대비해서 방과 서랍, 옷장 안에 있는 물건들을 정리하느라 한두 시간 정도 분주했다. 그동안 세인트존이 방에서 나오는 소리가 들렸다. 그가 내 방문 앞에서 멈춰 섰다. 나는 그가 문을 두드릴 줄 알았다. 아니었다. 그냥 종이 한 장이 문 밑으로 미끄러져 들어왔다. 그것을 집어 들자 다음과 같은 말이 적혀 있었다.

당신이 어젯밤 너무 갑자기 나를 떠났소. 조금만 더 머물러 있었다면 당신은 그리스도의 십자가와 천사의 관에 당신 손을 올려놓았을 것이오. 지금부터 이 주 후에 내가 돌아왔을 때는 당신이 명확한 결정을 내려 놓았길 바라오. 그동안 〈유혹에 빠지지 않도록 깨어 기도하여라. 마음은 간절하나 몸이 말을 듣지 않는구나〉[138]라는 말씀을 잊지 않길 바라오. 매시간 당신을 위해 기도하겠소.

당신의 세인트존

138 「마르코의 복음서」 14장 38절.

〈내 마음은 기꺼이 옳은 일을 할 거예요.〉 내가 마음속으로 대답했다. 〈그리고 하늘의 뜻이 분명히 알려진 이상 그 뜻을 수행할 만큼 내 육체가 충분히 강하길 빌어요. 어쨌든 이 불확실함의 구름에서 빠져나올 출구를 찾고, 묻고, 더듬어서 확실함의 확 트인 하늘을 발견할 수 있을 만큼 충분히 강해질 거예요.〉

6월의 첫날이었다. 그러나 아침에는 흐리고 쌀쌀했다. 비가 창문을 빠르게 두드리고 있었다. 현관문이 열리고 세인트 존이 나가는 소리가 들렸다. 창문 밖으로 그가 정원을 지나고 있는 모습이 보였다. 그는 마차를 타기 위해 윗크로스를 향하여 안개 낀 황야 위로 난 길을 걸어갔다.

〈몇 시간 후면 나도 당신 뒤를 이어서 그 길을 갈 거예요, 사촌.〉 나는 생각했다. 〈나도 윗크로스에서 마차를 탈 거예요. 영국을 영원히 떠나기 전에 내게도 만나 보고 안부를 물어보아야 할 사람들이 있어요.〉

아직도 아침 식사까지는 두 시간 정도가 남아 있었다. 나는 그 시간 동안 방 안을 조용히 서성이며 내 계획을 현재처럼 변화시킨 그 부름에 대해 곰곰이 생각해 보았다. 내가 경험했던 마음속의 그 느낌을 다시 떠올렸다. 말로 표현할 수 없는 그 이상한 느낌까지 모든 것을 전부 떠올릴 수 있었기 때문이다. 내가 들었던 목소리를 떠올려 보았다. 그 소리가 어디서 났는지 다시 스스로에게 물어보았지만 그때와 마찬가지로 허사였다. 그것은 바깥세상이 아니라 *내 마음속에서* 들려온 것 같았다. 단순히 신경이 흥분해서 만들어 낸 인상이었을까, 환각이었을까? 그렇다고 생각할 수도, 믿을 수도 없었다. 어떤 영감 같았다. 그 놀라운 느낌의 충격은 바울로와 실라가 갇혀 있던 감옥을 흔들어 놓은 지진과 같은 느낌으로 다가왔다.[139] 그것은 영혼의 감옥 문을 열고 그 족쇄를 풀어 주었다. 그 충격에 잠을 깨어 소스라치게 놀란 영혼이 떨며 귀를 기울이다가 잠에서 갑자기 뛰쳐나왔다. 그리고 내 놀란 귀와 떨리는 심장과 마음에 세 번의 외침을 울려 퍼지게 했다. 내 마음은 두려워하거나 떨지 않고 성가신 육체와 상관없이 자신에게만 허락된 노력을 기울이다 성공한 것에 기뻐하듯이 환희에 차 있었다.

〈머지 않아서 나는 그에 대해 뭔가를 알게 될 거야. 그의 목소리가 어젯밤 나를 부르는 것 같았어.〉 나는 생각을 마무리하면서 말했다. 〈편지는 아무 소용이 없는 것으로 드러났어. 직접 알아보는 방법으로 편지를 대신해야겠어.〉

아침 식사 시간에 나는 다아애나와 메리에게 내가 여행을 가려고 하며 적어도 나흘 정도는 집을 떠나 있을 거라고 알렸다.

「혼자서, 제인?」 그들이 물었다.

「네. 한참 동안 걱정해 왔던 친구의 소식을 알아보거나 들으러 가는 거예요.」

그들은 자신들 외에는 내게 어떤 친구도 없다고 알고 있는데 무슨 일이냐고 물을 수도 있었다. 나는 그들이 분명 그렇게 생각했으리라고 믿는다. 실제로 내가 자주 그렇게 말했기 때문이다. 그러나 그들은 진짜 타고난 품위를 지니고 있었기 때문에 아무 말도 하지 않았다. 다만 내가 여행할 수 있을 정도로 충분히 몸이 괜찮으냐고 다이애나가 물었을 뿐이다. 그녀는 내가 너무 창백해 보인다고 말했다. 나는 마음속의 근심을 제외하고는 아픈 데가 전혀 없으며 그 근심도 곧 덜어지기

139 「사도행전」 16장 25~26절. 〈때는 한밤중이었다. 바울로와 실라는 기도하면서 하느님을 찬미하고 있었고 다른 죄수들은 그것을 듣고 있었다. 그때 갑자기 큰 지진이 일어나 감옥을 기초부터 온통 뒤흔들어 놓는 바람에 문이 모두 열리고 죄수들을 묶어 두었던 쇠사슬이 다 풀리고 말았다.〉

를 바란다고 대답했다.

어떤 질문이나 억측으로도 괴롭힘을 당하지 않았기에 그 이후로는 여행 준비를 하기가 쉬웠다. 내 계획에 대해 지금은 분명히 밝힐 수가 없음을 설명하고 나자 그들은 내가 아무 말 없이 계획을 수행하도록 친절하고 현명하게 묵인해 주면서 — 비슷한 상황에서 나도 그랬겠지만 — 내게 자유롭게 행동할 특권을 부여해 주었다.

나는 오후 3시에 무어 하우스를 떠나 4시 직후에는 윗크로스의 표지판 아래 서서 나를 멀리 손필드로 태워다 줄 마차가 도착하기를 기다렸다. 그 적막한 도로와 황량한 언덕들의 고적함 속에서 멀리 마차가 다가오는 소리가 들렸다. 그것은 1년 전 바로 이곳에서 어느 여름날 저녁 나를 내려 주었던 — 그때 나는 얼마나 처량하고 절망적이고 막막했던가! — 것과 같은 마차였다. 내가 손짓을 하자 마차가 멈췄다. 나는 마차에 탔다. 이제는 마차에 타는 대가로 내 전 재산을 내주지 않아도 괜찮았다. 다시 손필드로 가는 길에 오르자 마치 편지를 배달하는 비둘기가 집으로 돌아가는 것 같은 기분이 들었다.

서른여섯 시간의 여행이었다. 화요일 오후에 윗크로스를 출발했는데 목요일 아침에 마차가 길가 여관에서 말한테 물을 먹이기 위해 멈춰 섰다. 여관은 푸르른 산울타리와 넓은 들, 낮은 목가적인 언덕들의 모습이 (모턴의 황량한 북부 내륙 황야와 비교했을 때 그 모양새와 푸르른 색조가 얼마나 부드러운지!) 마치 예전에 친숙했던 얼굴 생김새처럼 내 눈에 다가오는 경치 한가운데에 위치해 있었다. 그렇다, 나는 이 경치의 특징을 알고 있었다. 나는 우리가 목적지에 거의 다 왔다고 확신했다.

「여기서 손필드까지 얼마나 되나요?」 내가 여관집 마부에게 물었다.

「들판을 가로질러 딱 2마일 남았어요, 부인.」

〈내 여행이 끝나 가는구나.〉 나는 속으로 생각했다. 나는 마차에서 내려 여관집 마부에게 내가 찾으러 올 때까지 짐을 보관해 달라고 한 다음 요금을 지불했다. 마부는 흡족해 하며 떠났다. 여관 표지판 위에서 햇살이 반짝이고 있었다. 간판에는 금박 글씨로 〈로체스터 암스〉라고 쓰여 있었다. 가슴이 뛰었다. 나는 이미 내 주인의 영지를 밟고 있었다. 그러나 가슴이 다시 철렁했다. 문득 이런 생각이 들었다.

〈잘은 모르겠지만 네 주인은 지금 영국 해협을 떠났을지도 몰라. 그런데 네가 서둘러 가고 있는 손필드 저택에 설사 그가 있다 해도 그 곁에 누가 있지? 그의 미치광이 아내가 있어. 그리고 너는 그와 아무 상관도 없는 사람이야. 그와 말을 하거나 그와 같이 있으려고 해서는 안 돼. 그러면 그동안 수고한 게 물거품이 되는 거야. 더 이상 가지 않는 게 좋을 거야.〉 내 훈계자가 재촉했다. 〈여관에 있는 사람들에게 소식을 알아봐. 그들이 네가 알고자 하는 걸 모두 알려 줄 수 있을 거야. 그들이 네가 미심쩍어 하는 부분을 즉시 해결해 줄 거야. 저 사람에게 다가가서 로체스터 씨가 집에 있는지 물어봐.〉

그 제안이 이치에 닿았지만 나는 그에 따라 행동하도록 나 자신을 다그칠 수가 없었다. 나는 절망으로 나를 부숴 버릴 대답이 너무 두려웠다. 의심을 연장하는 것은 희망을 연장하는 것이었다. 나는 희망의 별빛 아래에서 손필드 저택을 다시 한 번 보게 될지도 모른다. 내 앞에 돌층계가 보였다. 손필드로부터 도망치던 날 아침 나를 따라오며 괴롭히던, 복수심으로 불타는 분노에 마음이 산란해서 앞도 안 보이고 아무 소리도 안 들리는 채로 서둘러 지나갔던 바로 그 들판이 있었다. 내가 어떤 길로 갈 것인지 결정하기도 전에 나는 그 들판

한가운데에 있었다. 얼마나 빨리 걸었던가! 때로는 어떻게 달렸던가! 친숙한 숲의 모습이 빨리 시야에 들어오길 얼마나 고대했던가! 잘 알고 있는 숲의 모습을 어서 보게 되기를 얼마나 고대했던가! 잘 알고 있던 나무 하나하나와 그 나무 사이의 목초지와 언덕의 친숙한 모습을 내가 어떤 감정으로 맞이했던가!

마침내 숲이 나타났다. 까마귀 떼가 새까맣게 밀집해 있었다. 시끄럽게 깍깍거리는 소리가 아침의 고요함을 깼다. 이상한 기쁨이 나를 고양시켰다. 나는 계속 걸음을 재촉했다. 밭을 하나 더 가로질러 가자 오솔길이 이어지고, 안마당의 담이 나오고, 뒤채가 나왔다. 저택은 아직도 까마귀 떼에 가려 보이지 않았다. 〈정면을 맨 처음 보도록 하자.〉 나는 결심했다. 〈뚜렷한 흉벽이 한꺼번에 시선을 웅장하게 사로잡고, 내 주인님의 창문을 찾아낼 수 있는 정면을 말이야. 어쩌면 그가 창가에 서 있을지도 몰라. 그는 일찍 일어나니까. 어쩌면 지금 과수원이나 정면의 포장도로 위를 걷고 있을지도 몰라. 그를 볼 수만 있다면! 한순간만이라도! 물론 그 경우에 내가 너무 흥분해서 그에게 달려가서는 안 되겠지? 나는 자신할 수가 없었다. 그리고 만약 그런다면, 그럼 어떻단 말인가? 아아! 그럼 어떻단 말인가? 그의 시선이 내게 줄 수 있는 생기를 내가 다시 한 번 더 맛본다고 해서 상처받을 사람이 누가 있을까? 나는 헛소리를 하고 있어. 어쩌면 이 순간 그는 피레네 산맥 위로 떠오르는 해를 바라보고 있거나 조석이 없는 남쪽 바다에서 해돋이를 바라보고 있을지도 몰라.〉

나는 과수원의 낮은 담을 따라 걸어가서 모퉁이를 돌았다. 바로 그곳에 공 모양의 돌 장식을 얹어 놓은 두 개의 돌기둥 사이로, 목초지로 이어지는 대문이 있었다. 한 기둥 뒤로 저택의 정면 전체를 조용히 엿볼 수 있었다. 나는 혹시 벌써 창문

블라인드를 올린 침실이 있나 확인하기 위해 조심스럽게 머리를 내밀었다. 흙벽과 창문, 길쭉한 정면, 이 모든 것이 내가 숨어 있는 곳에서 다 보였다.

내가 이렇게 조사를 하는 동안 내 머리 위를 날고 있던 까마귀 떼들이 나를 감시했다. 나는 까마귀들이 무슨 생각을 했을지 궁금했다. 그것들은 내가 처음에는 매우 조심스럽고 소심하다가 점차 매우 대담해지고 무모해졌다고 생각했으리다. 살짝 엿보다가 다음에는 오래 바라보고 또 그다음에는 내가 있던 구석진 곳에서 나와 목초지로 들어가서는 대저택의 정면에서 갑자기 딱 멈춰서 그것을 대담하게 오랫동안 바라보았다. 〈도대체 처음에는 뭐 때문에 망설이는 체한 거야?〉 까마귀들이 아마 그렇게 물었을지도 모른다. 〈그런데 지금은 뭐 때문에 저렇게 철없이 대담하게 구는 거야?〉

예를 들어 보라, 독자여.

사랑을 하는 한 남자가 자신이 사랑하는 여인이 이끼 긴 강둑에 잠들어 있는 것을 발견했다고 하자. 그는 그녀를 깨우지 않고 그녀의 아름다운 얼굴을 보고 싶다. 그는 소리를 내지 않으려고 조심하면서 살금살금 풀밭 위를 걷는다. 그녀가 몸을 뒤척인다고 생각한 그는 발을 멈춘다. 그는 뒤로 물러선다. 그는 어떤 일이 있더라도 눈에 띄고 싶지 않다. 사방이 고요하다. 그는 다시 다가간다. 그가 그녀 위로 몸을 구부린다. 얇은 베일이 그녀의 얼굴을 덮고 있다. 그는 베일을 들어 올리고 몸을 더 구부린다. 이제 그의 눈은 자고 있는 아름다운 모습, 따뜻하고 활짝 피어 오른 사랑스러운 모습을 기대한다. 그가 얼마나 조급하게 첫 시선을 던졌던가! 그러나 그 시선은 꼼짝도 하지 못한다! 그가 깜짝 놀란다. 그는 한순간 전에만 해도 손가락으로도 감히 건드릴 엄두를 내지 못했던 형체를 갑자기, 격렬하게 양팔로 끌어안는다. 그는 큰 소리로 이름을 부르며 안고 있던 것을 내려놓고 그 형체를 미친 듯이 바라본다. 그는 그렇게 끌어안고, 이름을 부르고, 바라본다. 그는 더 이상 자신이 내는 소리, 자신이 움직이면서 내는 소리로 그녀의 잠을 깨울지 모른다고 우려하지 않는다. 그는 연인이 곤히 잠들어 있는 줄 알았었다. 그러나 그녀는 죽어서 돌처럼 굳어 있었다.

나는 겁을 내면서도 기뻐하며 웅장한 저택을 바라보았다. 그러나 내 눈앞에 보인 것은 시커먼 폐허였다.

사실 문기둥 뒤에 웅크릴 필요도 없었다. 침실 격자창 뒤에 사람이 일어나 앉아 있을 것을 두려워하면서 창문을 바라볼 필요가 없었다! 포장도로나 자갈길 위로 걸어오는 발소리를 상상하면서 문이 열리는지 귀를 기울일 필요도 없었다! 잔디밭과 마당은 짓밟힌 채 황폐해져 있었다. 정문은 빠끔히 열려 있었다. 내가 전에 꿈에서 본 장면처럼 정면은 뼈대만 남은 벽에 지나지 않았다. 매우 높고 금방이라도 무너질 듯 약해 보였고 창문도 없이 구멍만 뻥뻥 뚫려 있었다. 지붕도 흉벽도 굴뚝도 없었다. 모든 것이 무너져 내렸다.

그리고 죽음 같은 침묵이 주변을 감싸고 있었다. 쓸쓸한 황야처럼 고적했다. 이곳 사람들에게 보낸 편지의 답장을 받지 못하는 것은 당연했다. 그것은 교회 측당(側堂)에 있는 납골당에 서한을 보내는 것이나 마찬가지였다. 석재가 검게 그을린 상태로 보아 어떤 운명에 의해 저택이 무너져 내렸는지 알 수 있었다. 화재였다. 그런데 어떻게 불이 났을까? 이 재앙에 어떤 사연이 있을까? 회반죽과 대리석, 목제품 이외에 어떤 손실이 저택에 이어졌을까? 재산뿐만 아니라 인명 손실이 있지 않았을까? 그렇다면 누구의 목숨일까? 끔찍한 질문이었다. 그 대답을 해줄 사람이 여기는 아무도 없었다. 말없는 표시도 말없는 징표조차도 없었다.

산산이 부서진 담 주변과 황폐해진 내부를 돌아다니면서 나는 재앙이 최근에 일어난 것이 아니라는 증거를 모았다. 겨울눈이 그 빈 아치 사이로 밀려들어 왔고 겨울비가 텅 빈 창문들을 두드리며 휘몰아친 것 같았다. 흠뻑 젖은 쓰레기 더미 속에서 봄 식물이 자라났기 때문이다. 돌과 무너진 서까래 사이에서 여기저기 잡초가 자라고 있었다. 그런데 아! 그렇다면 이 폐허의 불행한 주인은 지금 어디에 있을까? 어느 나라에 있는 것일까? 어떤 보호를 받고 있을까? 내 시선이 나도 모르게 대문 옆의 회색 교회 탑 쪽으로 향했다. 〈그가 혹시 선조인 데이머 드 로체스터와 좁은 대리석 거처를 함께 쓰고 있는 것은 아닐까?〉 하는 생각이 들었다.

이런 질문들에 대해 반드시 답이 있어야만 했다. 여관 외에는 어느 곳에서도 그 답을 찾을 수 없어서 나는 여관으로 곧 되돌아왔다. 주인이 직접 내 아침 식사를 거실로 가져왔다. 나는 그에게 문을 닫고 앉으라고 부탁했다. 그에게 물어볼 말이 있다고 했다. 그러나 그가 자리에 앉자 나는 어떻게 말문을 열어야 할지 난감했다. 가능한 대답들이 너무 무서웠다. 그러나 내가 방금 전에 보고 온 황량한 광경이 어느 정도는 불행한 이야기에 대비를 시켜 주었다. 주인은 상당히 점잖아 보이는 중년의 남자였다.

「물론 손필드 저택을 아시겠죠?」 내가 마침내 간신히 입을 열었다.

「네, 제가 예전에는 그곳에 살았습니다.」

「그랬어요?」 내가 있을 때는 아니었다고 나는 생각했다. 그는 내가 전혀 모르는 사람이었다.

「돌아가신 로체스터 씨의 집사였어요.」 그가 덧붙였다.

돌아가셨다니! 나는 그동안 죽 피하고 싶었던 타격을 있는 힘껏 얻어맞은 기분이었다.

「돌아가셨다니요!」 나는 숨이 막혔다. 「그가 죽었어요?」

「지금의 주인님이신 에드워드 씨의 부친 말이에요.」 그가 설명했다. 나는 다시 숨을 쉬었고 피가 다시 흐르기 시작했다. 이 말로 에드워드 씨, 내 로체스터 씨(그가 어디에 있건 하느님의 가호가 있기를!)가 적어도 살아 있고, 간단히 말해서 그가 〈지금의 주인님〉이라는 사실을 완전히 확신할 수 있었다. 반가운 말이었다. 이제는 어떤 이야기가 되었든 앞으로 들을 소식을 전부 비교적 평온하게 받아들일 수 있을 것 같았다. 그가 무덤 속에 있지는 않기 때문에, 나는 그가 지구 정반대 편에 있다는 사실을 알게 돼도 참을 수 있을 것 같았다.

「로체스터 씨가 지금 손필드 저택에 살고 있나요?」 어떤 대답이 나올지 뻔히 알면서도 그가 지금 어디에 있는지 직접 묻는 것을 미루고 싶어서 그렇게 물었다.

「아니요, 아, 아니에요! 그곳에는 아무도 살고 있지 않습니다. 이곳에 처음 오셨나 보군요. 그렇지 않다면 지난 가을에 일어난 일을 들으셨을 텐데요. 손필드 저택은 완전히 폐허가 되었습니다. 추수 무렵에 다 타버렸어요. 끔찍한 재앙이었습니다. 엄청난 양의 값진 재산이 다 타버렸죠. 가구 한 점 제대로 건지질 못했답니다. 화재가 한밤중에 일어났기 때문에 밀코트에서 소방차가 오기 전에 이미 건물이 불덩어리가 되어 버렸어요. 끔찍한 광경이었어요. 그것을 이 눈으로 직접 보았으니까요.」

「한밤중에요!」 내가 중얼거렸다. 맞았다. 그 시간은 손필드에서 불운의 시간이었다. 「어떻게 불이 났는지 밝혀졌나요?」 내가 물었다.

「사람들이 추측만 합니다. 추측만 할 수 있을 뿐이죠. 사실 그 일은 의심할 여지 없이 확인되었다고 말할 수 있습니다.」 그가 탁자로 의자를 조금 더 가까이 끌어당기면서 낮은 목소리로 말을 계속했다. 「모르시겠지만 집 안에 여자가…… 그러니까…… 미치광이가 갇혀 있었어요.」

「그 점에 대해서는 들은 바가 조금 있어요.」

「그 여자는 매우 비밀스럽게 감금되어 있었답니다. 사람들은 여러 해 동안 그 여자의 존재에 대해 긴가민가했었죠. 아무도 그 여자를 본 사람이 없었으니까요. 저택에 그런 사람이 있다는 것을 소문으로만 알고 있었죠. 그 여자가 누구인지 어떤 사람인지에 대해서는 추측하기가 힘들었어요. 에드워드 씨가 외국에서 데려온 여자라는 말도 있었고, 그 여자가 그분의 정부였다고 믿는 사람들도 있었답니다. 그런데 1년 전에 이상한 일이 일어났어요. 매우 이상한 일이었죠.」

나는 이제 나 자신의 이야기를 듣게 되지 않을까 두려웠다. 나는 이야기가 원점에서 벗어나지 않도록 애를 썼다.

「그런데 그 여자는 누구였어요?」

「그 여자가 글쎄 로체스터 씨의 부인으로 밝혀졌다니까요!」 그가 대답했다. 「그 사실이 밝혀진 것도 정말 기묘했답니다. 저택에 가정 교사로 젊은 숙녀가 와 있었는데 로체스터 씨가 사랑…….」

「그런데 화재는요?」 내가 넌지시 물었다.

「그 이야기는 곧 할 겁니다. 로체스터 씨가 사랑에 빠졌어요. 하인들 말로는 그분만큼 그렇게 사랑에 빠진 사람을 본 적이 없다고 하더군요. 그녀 뒤를 졸졸 쫓아다녔다는군요. 하인들이 그들을 지켜보곤 했는데 — 아시다시피 하인들이 그렇잖습니까 — 그분이 세상 무엇보다 그 여자를 애지중지했답니다. 그런데 그분을 제외하고는 아무도 그 여자를 예쁘다고 생각하지 않았다는 겁니다. 사람들 말로는 거의 아이처럼 몸집이 자그마한 여자였다고 하더군요. 저는 그 여자를 직접 본 적이 없습니다. 그러나 하녀인 리아가 그 여자에 대해 말하는 것을 들었어요. 리아는 그 여자를 상당히 많이 좋아하더군요. 로체스터 씨는 마흔 살가량이었고 이 가정 교사는 스무 살도 채 안 되었어요. 그리고 아시다시피 그 나이 또래의 신사가 어린 아가씨와 사랑에 빠지면 뭔가에 홀린 사람처럼 구는 법이죠. 어쨌든 그분은 그 여자와 결혼하고 싶어 했어요.」

「이 부분 이야기는 나중에 들려주세요.」 내가 말했다. 「제게는 화재에 대해 듣고 싶은 특별한 이유가 있어요. 그 미치광이라고 하는 로체스터 부인이 화재와 연관이 있다고 여겨지나요?」

「잘 맞추셨습니다. 다른 누구도 아닌 그 여자가 불을 지른 게 확실하답니다. 그 여자에게는 풀 부인이라는 간호사가 있었는데 그 분야에서는 유능했다고 합니다. 한 가지 결점만 없었다면 매우 믿을 만한 사람이었어요. 간호사나 가정부들에게 상당히 흔한 결점이죠. 바로 곁에다 술병을 두고 이따금씩 너무 많이 마시는 거죠. 워낙 힘든 일을 하다 보니 그럴 수도 있다고 눈감아 줄 수도 있지만 그건 위험한 일이에요. 풀 부인이 진에 물을 타서 마시고 곧장 잠이 들면 마녀만큼 교활한 그 미친 여자가 풀 부인의 호주머니에서 열쇠를 꺼내 방에서 빠져나가 집 안을 돌아다니면서 머리에 떠오르는 대로 난폭하게 나쁜 짓을 벌였으니 말입니다. 그들 말로는 한번은 그 여자가 자기 남편을 불에 태워 죽일 뻔했답니다. 저는 그 사건에 대해서는 잘 모릅니다. 어쨌든 그날 밤 그 여자가 자기 옆방의 커튼에 먼저 불을 지른 다음 아래층으로 내려가 전에 가정 교사의 방이었던 곳으로 가서 (어쨌든 그 여자는 상황이 어떻게 진행되는지 알고 가정 교사에게 원한을 품은 것 같아요) 그곳 침대에 불을 지폈답니다. 다행히 그곳에는 아무도 자고 있지 않았답니다. 가정 교사는 두 달 전에 도망을 가버렸지요. 로체스터 씨는 세상에서 그녀가 가장 소중한 사람이 라도 되는 듯 그녀를 백방으로 찾았지만 그녀에게서는 소식 한 자 듣지 못했습죠. 그분은 점점 사나워졌어요. 실망감에 그렇게 되었던 거죠. 그분이 결코 거친 사람이 아니었는데 그 녀를 잃은 후로는 위험해졌어요. 그분은 또 혼자 있고 싶어 했어요. 가정부인 페어팩스 부인을 멀리 그녀의 친구들에게 보내 버렸어요. 그러나 매우 후하게 일을 처리했답니다. 부인 에게 평생 연금을 받을 수 있도록 해주었으니까요. 부인에게 는 그럴 만한 자격이 있죠. 매우 착한 부인이었으니까요. 그 분이 돌봐 주고 있던 아델 양은 학교로 보내 버렸어요. 그분 은 상류 사회 사람들과 교제를 모두 끊고 저택에서 은둔자처 럼 틀어박혀 지냈답니다.」

「저런! 그가 영국을 떠나지 않았어요?」

「영국을 떠나다니요? 저런, 아니에요! 문 밖에도 나가려 하 지 않았답니다. 밤에만 마당 주변과 과수원 안을 넋 나간 사 람처럼 걸어다녔어요. 정신이 나간 사람처럼 말이에요. 제 생 각에는 정말 그랬던 것 같습니다. 그 꼬마 같은 가정 교사가 그분을 저버리기 전에는 그보다 더 활기차고 대담하고 날카 로운 신사를 본 적이 없었으니까요. 그분은 다른 신사들처럼 술이나 노름이나 경마에 빠지지 않으셨어요. 그렇게 잘생기 지는 않았지만 용기가 있었고 강한 의지를 지녔었죠. 인간에 게 의지가 있다면 말입니다. 저는 그분을 어렸을 적부터 잘 알 고 있으니까요. 제 입장에서는 에어 양이 손필드 저택에 오기 전 바다에 빠져 버렸더라면 더 좋았을 거라고 생각한답니다.」

「그런데 화재가 났을 때 로체스터 씨는 집에 계셨나요?」

「네, 정말로 그러셨죠. 위층과 아래층이 모두 불타고 있을 때 지붕 밑 방에까지 가셔서 하인들을 깨워 아래로 내려가도 록 도와준 다음 미친 부인을 방에서 끌어내러 다락으로 돌아가셨답니다. 바로 그때 사람들이, 부인이 지붕 위에 있다고 소리를 질렀습니다. 부인이 지붕 위에 서서 흉벽 위로 양팔을 흔들며 1마일 밖에서도 들릴 정도로 고래고래 소리를 질러 댔답니다. 제가 이 두 눈으로 직접 그 여자를 보고 고함 소리를 들었다니까요. 몸집이 크고 검은 머리를 길게 기른 여자였어요. 그 여자가 서 있을 때 그 긴 머리가 불꽃을 배경으로 출렁이는 모습이 보였습니다. 로체스터 씨가 들창을 뚫고 지붕 위로 올라가는 모습을 저 말고도 다른 몇 사람이 더 보았어요. 우리는 그분이 〈버사!〉 하고 부르는 소리를 들었습니다. 그분이 그 여자에게 다가가는 것이 보였어요. 그런데 그 순간 그 여자가 고함을 지르며 갑자기 펄쩍 뛰어내렸어요. 다음 순간 그 여자는 포장도로 위에 떨어져서 박살이 났답니다.」

「죽었나요?」

「죽었습죠! 아, 그 여자의 골수와 피가 산산조각 난 채 바닥의 돌멩이들만큼 차갑게 죽어 있었다니까요.」

「끔찍해라!」

「그렇게 말하는 게 당연합니다. 정말 끔찍했어요!」

그가 몸을 떨었다.

「그러면 그 후에는요?」 내가 재촉했다.

「그러니까 그 후에는 저택이 완전히 불에 타서 무너져 내렸죠. 지금은 몇 개의 담 조각만 서 있을 뿐입니다.」

「다른 사람이 목숨을 잃지는 않았나요?」

「아니요. 그랬더라면 오히려 더 나을 뻔했습니다.」

「그게 무슨 말이에요?」

「불쌍한 에드워드 씨!」 그가 소리쳤다. 「제가 그런 일을 보게 되리라고는 꿈에도 생각을 못 했는데! 첫 번째 결혼을 숨기고, 부인이 살아 있는데도 다른 사람을 또 아내로 얻으려고 한 데 대해 그분이 정당한 심판을 받은 것이라고 말하는 사람도 있답니다. 그래도 저는 그분을 불쌍하게 여깁니다.」

「그가 살아 있다고 말했잖아요.」 내가 소리쳤다.

「그래요, 맞습니다. 살아 계시죠. 그러나 모두 차라리 돌아가시는 편이 더 낫다고 생각한답니다.」

「왜요? 어째서요?」 내 피가 다시 굳기 시작했다. 「그가 어디에 있나요?」 내가 물었다. 「영국에 있나요?」

「물론, 물론입죠. 영국에 계세요. 제 생각에는 영국을 떠날 수 없을 겁니다. 지금 움직일 수 없는 상태이니까요.」

이것은 너무 큰 고통이었다. 그러나 이 남자는 그것을 연장하려고 결심한 모양이었다.

「그분은 완전히 장님이 되셨습니다.」 그가 마침내 대답했다. 「그래요. 에드워드 씨가 장님이 되셨답니다.」

나는 더 끔찍한 것을 두려워했었다. 그가 미치지나 않았을까 두려워했었다. 나는 용기를 내서 어떻게 그런 재앙이 일어났는지 물었다.

「그것은 전부 그분의 용기 때문이었어요. 어떤 의미에서는 그의 친절함 때문이라고 말할 수도 있습죠. 그분은 다른 사람이 전부 먼저 집에서 나가기 전에는 집 밖으로 나오려 하지 않으셨습니다. 로체스터 부인이 스스로 흉벽에서 몸을 날린 뒤 마침내 그분이 큰 계단을 내려오고 있을 때 갑자기 엄청난 소리를 내며 집이 와르르 무너져 내렸습니다. 폐허 속에서 살아 계시긴 했지만 딱할 정도로 다친 그분을 끄집어냈어요. 대들보가 용케 그분을 막아 주는 식으로 떨어졌답니다. 그러나 한쪽 눈은 튀어나오고 한쪽 손은 심하게 짓이겨져서 의사인 카터 씨가 즉시 손을 절단해야 했습니다. 다른 쪽 눈에는 염증이 일어나서 그 눈마저 시력을 잃었고요. 그분은 지금 완전히 폐인이나 다름없는 상태랍니다. 사실, 장님에 불구가 되었으니까요.」

「어디에 있어요? 그가 지금 어디에 살고 있어요?」

「펀딘에 계세요. 여기서 30마일가량 떨어진 곳에 있는 그분 소유의 농장 저택입니다. 매우 쓸쓸한 곳이죠.」

「누가 함께 있나요?」

「존 영감 부부입니다. 다른 사람은 싫다 그러신답니다. 사람들 말로는 그분이 아주 쇠약해지셨답니다.」

「혹시 어떤 종류건 타고 갈 것이 있나요?」

「이륜마차가 있습니다. 아주 훌륭한 이륜마차입니다.」

「즉시 그것을 준비시켜 주세요. 그리고 당신 마부가 오늘 어두워지기 전에 펀딘까지 저를 데려다 주면 두 분에게 보통 요금의 두 배를 지불할게요.」

제11장

  펀딘의 저택은 상당히 오래되고 적당한 크기에 건축상의 특징이 없는 수수한 건물로, 숲 속에 깊이 파묻혀 있었다. 전에 그 저택에 대해 들은 적이 있었다. 로체스터 씨가 가끔 그 저택에 대해 말했고 때로는 그곳에 갔다. 그의 부친이, 사냥감이 숨어들어 올 장소로 쓰기 위해 이 영지를 구입했다. 로체스터 씨는 집을 세놓고 싶어 했지만 위치가 썩 적당하지 않고 건강에도 좋지 않은 환경이라 세입자를 구하지 못했다. 그때만 해도 펀딘에는 아무도 살지 않았고 가구도 들여놓지 않은 상태였다. 사냥철에 그가 그곳에 갈 때면 묵을 수 있도록 두세 개의 방에만 설비가 갖추어져 있었다.

  나는 저녁때 막 어두워지기 전 이 집에 도착했다. 하늘은 우중충한 데다 차가운 돌풍이 불고 조금씩 스며드는 가랑비가 끊임없이 내리는 저녁이었다. 나는 약속한 대로 두 배의 요금을 지불한 다음 마차와 마부를 돌려보내고 마지막 1마일을 걸었다. 저택에서 매우 가까운 거리에 있었음에도 불구하고 주변의 음침한 숲에 나무들이 너무 울창하게 자라서 집의 형태가 전혀 보이지 않았다. 화강암 기둥 사이의 철 대문이 어디로 들어가야 하는지를 알려 주었지만 그것을 지나자 곧 어두침침하게 빽빽이 줄지어 서 있는 나무들이 나왔다. 서리로 덮여 있고 옹이투성이인 작은 나무 기둥들 사이로 가지들이 엉켜 만든 아치 밑에는 숲 속을 따라 내려가는 잡초 무성한 오솔길이 있었다. 나는 그 길을 따라가며 곧 집이 나타나리라고 예상했지만 길은 멀리, 더 멀리 한없이 펼쳐졌다. 집이나 마당이 나타날 징후가 보이지 않았다.

나는 방향을 잘못 잡아서 길을 잃었다고 생각했다. 무성한 숲에 의해 만들어진 어두움뿐만 아니라 자연적인 석양 무렵의 어두움이 내 위로 몰려들었다. 나는 다른 길이 있는지 찾으며 주변을 살펴보았다. 그러나 다른 길은 전혀 없었다. 사방이 엉킨 줄기와 기둥 같은 줄기, 무성한 여름의 녹음뿐이었다. 빠져나갈 구멍이 어디에도 없었다.

나는 앞으로 계속 나아갔다. 마침내 길이 트이면서 나무들이 약간 듬성듬성해졌다. 곧 목책이 보였고 뒤이어 집이 나타났다. 무너져 가고 있는 담들이 너무 축축했고 녹색투성이라 이런 희미한 빛으로는 나무들하고 잘 분간이 되지 않았다. 빗장 하나만 걸어 놓은 대문을 들어서자 담으로 둘러싸인 마당이 나타났다. 마당에서부터 반원 모양으로 숲이 퍼져 나갔다. 꽃도 없었고 화단도 없었다. 잔디밭을 둘러싸고 있는 넓은 자갈길만 있었고 그 둘레에는 울창한 숲이 자리 잡고 있었다. 집 정면에는 두 개의 뾰족한 박공이 있었다. 격자 창문은 좁았다. 현관문 역시 좁았고 계단 하나만 올라가면 되었다. 로체스터 암스 여관집 주인이 말했듯이 전체적으로 〈매우 쓸쓸한 곳〉처럼 보였다. 주중의 교회처럼 적막했다. 숲의 나뭇잎에 후두두 소리를 내며 떨어지는 빗방울 소리만이 주변에서 들리는 유일한 소리였다.

〈이런 데서 살 수나 있을까?〉 내가 자문했다.

그랬다. 어떤 종류이건 생명체가 그곳에 살고 있었다. 움직이는 소리가 들려왔기 때문이다. 그 좁은 현관문이 열리고 어떤 형체가 집에서 막 나오려 하고 있었다.

문이 천천히 열렸다. 한 형체가 석양 속으로 나와서 계단 위에 섰다. 모자를 쓰지 않은 남자였다. 그는 비가 내리는지 알아보려는 듯 한 손을 내밀었다. 비록 어두침침했지만 나는 그를 알아보았다. 그는 다름 아닌 내 주인, 에드워드 페어팩스 로체스터였다.

나는 발걸음을 멈추고 숨도 거의 멈춘 채 서서 그를 바라보았다. 내 모습은 그에게, 아, 슬프게도! 보이지 않도록 숨긴 채 그를 자세히 살펴보았다. 그것은 예상치 못했던 만남이었고, 기쁨이 고통에 의해 잘 억제되는 만남이었다. 나는 소리를 지르지 않도록 목소리를 누르고, 서둘러 앞으로 나아가지 않도록 발걸음을 제어할 수 있었다. 그것은 그리 어려운 일이 아니었다. 그의 체격은 예전과 마찬가지로 튼튼하고 건장한 외형을 유지하고 있었다. 자세는 여전히 곧았고 머리카락도 여전히 검었다. 그의 얼굴 생김새 중 어느 한 부분도 변형되거나 손상되지 않았다. 1년의 시간 동안 어떤 슬픔에 의해서도 그의 강건한 기운이 소멸되거나 그의 활기찬 장년기의 모습이 꺾이지 않았다. 그러나 그의 모습에서 나는 변화를 보았다. 그의 얼굴은 절망적이고 수심에 잠긴 듯 보였다. 부루퉁하게 화가 나 있는 그 모습은 다가가면 위험한, 학대받고 속박당해 있는 야수나 맹금을 연상시켰다. 황금빛 테가 둘러진 두 눈을 잃고 새장에 갇힌 독수리가 아마 저 눈먼 삼손처럼 보였으리라.[140]

그런데 독자여, 눈이 멀어서 광포해진 그를 내가 두려워했다고 생각하는가? 만약 그렇게 생각한다면 그대가 나를 전혀

140 데릴라가 삼손의 힘의 비밀을 찾아낸 후 필리스틴 사람들은 그를 붙잡아서 그 눈을 뽑아 버렸다.

모르는 것이다. 곧 그 바위 같은 이마와 그 아래 굳게 다문 입술에 키스를 하리라는 부드러운 희망이 내 슬픔과 뒤섞였다. 그러나 아직은 아니었다. 아직은 그에게 다가가서 말을 걸지 않을 작정이다.

그가 계단 하나를 내려와서 천천히 모색하듯이 잔디밭을 향해 나아갔다. 그의 당당한 걸음걸이는 어디로 사라졌을까? 어떤 길로 가야 할지 모르겠다는 듯이 그가 발을 멈췄다. 그가 한 손을 들고 눈꺼풀을 떴다. 멍한 눈길로 힘겹게 하늘을 올려다보면서 주변을 둘러싸고 있는 숲 쪽을 바라보았다. 모든 것이 그에게는 공허한 어둠뿐인 것이 분명했다. 그가 오른손을(절단된 왼손은 가슴에 감추고 있었다) 내밀었다. 주변에 무엇이 있는지 알고 싶은 것 같았다. 그러나 여전히 손에 닿는 것은 허공뿐이었다. 나무들은 그가 서 있는 데서 몇 마일 떨어진 곳에 있었다. 그는 노력을 포기하고 팔짱을 낀 채 이제는 모자를 쓰지 않은 머리 위로 빠르게 흘러내리고 있는 빗속에 조용히 아무 말도 하지 않고 서 있었다. 이때 어디선가 존이 나타나 그에게 다가갔다.

「제 팔을 잡으시겠어요?」 그가 말했다. 「소나기가 세차게 내리고 있어요. 안으로 들어가시는 게 좋지 않을까요?」

「날 혼자 내버려 두게.」 그가 대답했다.

존이 날 보지 못한 채 물러났다. 로체스터 씨는 주변을 걸어 보려고 시도했지만 허사였다. 모든 것이 너무 불확실했다. 그는 다시 더듬거리며 집 안으로 들어가서 문을 닫았다.

나는 그제야 가까이 다가가서 문을 두드렸다. 존의 아내가 문을 열어 주었다. 「메리.」 내가 말했다. 「잘 지냈어요?」

그녀가 유령이라도 본 듯 소스라쳐 놀랐다. 나는 그녀를 진정시켰다. 「정말 선생님이 맞아요? 이 시간에 이런 외진 곳에 오다니요?」 그녀가 허둥대며 묻는 말에 나는 그녀의 손을 잡는 것으로 대답을 대신했다. 곧 나는 그녀를 따라 부엌으로 들어갔다. 그곳에는 존이 따뜻한 난롯불 가에 앉아 있었다. 나는 그들에게 간단히 몇 마디로 내가 손필드를 떠난 이후 무슨 일이 일어났는지 모두 들어서 알고 있으며 로체스터 씨를 만나러 왔다고 설명했다. 나는 존에게 부탁하여 마차를 돌려보냈던 여관으로 가서 그곳에 둔 내 짐 가방을 가져오라고 한 다음 보닛과 숄을 벗으며 메리에게 그날 밤 내가 저택에서 잘 수 있느냐고 물었다. 그리고 그런 준비를 하는 것이 어렵긴 하겠지만 불가능하지는 않다는 대답을 듣고서 나는 묵어 가겠다고 했다. 바로 그 순간 거실 벨이 울렸다.

「안으로 들어가거든 주인님께 어떤 사람이 만나고 싶어 한다고 전해요. 내 이름은 밝히지 말고요.」 내가 말했다.

「당신을 만나려 하지 않으실 텐데요.」 그녀가 대답했다. 「아무도 안 만나려 하시거든요.」

그녀가 돌아왔을 때 나는 그가 뭐라고 했는지 물었다. 「이름과 용건을 말해야 한대요.」 그녀가 대답했다. 그런 다음 유리잔에 물을 따르고 그것을 촛불과 함께 쟁반 위에 놓았다.

「그것 때문에 종을 울린 거예요?」 내가 물었다.

「네. 주인님은 앞이 안 보여도 어두워지면 항상 촛불을 가져오라고 시키세요.」

「그 쟁반을 나한테 줘요. 내가 그것을 안으로 들여갈게요.」

나는 그녀의 손에서 쟁반을 받았다. 그녀가 거실 문을 가리켰다. 내가 쟁반을 들자 쟁반이 흔들리고 유리잔에서 물이 흘러넘쳤다. 심장이 요란하고 빠르게 내 늑골을 쳤다. 메리가 나를 위해 문을 열어 주고는 내가 들어서자 뒤에서 문을 닫았다.

거실은 음침해 보였다. 난로에서는 제대로 돌보지 않은 약간의 불이 힘없이 타고 있었다. 난로 쪽으로 몸을 기울이고서

머리는 높은 구식 난로 선반에 기대고 있는 눈먼 방 주인의
모습이 들어왔다. 그의 늙은 개 파일럿은 발에 걸리지 않도록
한쪽에 떨어져 누워서 혹시라도 무심코 밟히지나 않을까 우
려하는 듯이 몸을 말고 있었다. 내가 들어가자 파일럿이 양쪽
귀를 쫑긋 세웠다. 그런 다음 한 번 짖고는 낑낑대며 벌떡 일
어서서 내게로 다가왔다. 나는 쟁반을 떨어뜨릴 뻔했다. 겨우
쟁반을 탁자 위에 내려놓은 다음 나는 파일럿을 쓰다듬어 주
고 부드럽게 〈앉아〉라고 말했다. 로체스터 씨가 무슨 소동인
지 보려고 기계적으로 몸을 돌렸다가 아무것도 *보이지* 않자
다시 몸을 돌리고 한숨을 쉬었다.

「물을 줘요, 메리.」 그가 말했다.

나는 이제 물이 반 정도밖에 남지 않은 유리잔을 들고 그에
게 다가갔다. 파일럿이 여전히 흥분한 채 내 뒤를 따랐다.

「무슨 일이지?」 그가 물었다.

「앉아, 파일럿!」 내가 다시 말했다. 그가 입으로 가져가려
던 물 잔을 멈추고 듣는 것 같았다. 그는 물을 마신 다음 잔을
내려놓았다. 「메리가 아니오?」

「메리는 부엌에 있어요.」 내가 대답했다.

그가 재빠른 몸짓으로 손을 내밀었다. 그러나 내가 어디에
있는지 볼 수 없었기 때문에 나를 만지지는 못했다. 「이게 누
구요? 이게 누구요?」 그가 보이지 않는 눈으로 보려고 애쓰
면서 — 부질없는 비참한 시도여! — 물었다. 「내 말에 대답
해요. 다시 말해 봐요!」 그가 절박하게, 큰 소리로 명령했다.

「물을 조금 더 드시겠어요? 잔에 들어 있던 물을 반쯤 흘렸
거든요.」 내가 말했다.

「누구요? 어떤 사람이오? 누가 말하는 거요?」

「파일럿은 제가 누군지 알아요. 존과 메리도 제가 여기 온
걸 알고요. 오늘 저녁에야 도착했어요.」 내가 대답했다.

「오, 맙소사! 도대체 내게 무슨 환각이 일어나는 거지? 어떤 달콤한 광기가 날 사로잡은 걸까?」

「환각이 아니에요. 광기가 아니에요. 당신의 마음은 환각을 보기에는 너무 강해요. 광기에 빠지기에는 당신이 너무 건강해요.」

「그러면 말하는 사람이 어디에 있소? 목소리만 있는 거요? 아, 볼 수는 없지만 만져 봐야겠소. 그렇지 않으면 심장이 멈추고 내 머리가 터져 버릴 것이오. 당신이 무엇이건, 누구이건, 제발 만져 볼 수 있게 해줘요. 안 그러면 내가 살 수 없소!」

그가 더듬었다. 나는 그의 헤매는 손을 잡고 그 손을 내 양손으로 감쌌다.

「그녀의 손가락인데!」 그가 소리쳤다. 「그녀의 작고 가는 손가락이야! 그렇다면 그녀의 다른 부분도 틀림없이 있을 거야.」

억센 그의 손이 내 손에서 풀려났다. 내 팔이 잡혔고 내 어깨와 목과 허리가 잡혔다. 나는 그에게 부둥켜안기고 그와 합쳐졌다.

「제인이오? 도대체 어떤 존재요? 이건 분명히 그녀의 몸매이고 그녀의 체격인데…….」

「그리고 이건 그녀의 목소리예요.」 내가 덧붙였다. 「그녀가 전부 여기에 있어요. 그녀의 마음도요. 당신에게 하느님의 축복이 있기를! 다시 당신 곁으로 돌아오게 되어서 기뻐요.」

「제인 에어! 제인 에어!」 그는 그 말밖에 하지 않았다.

「제게 너무도 소중한 주인님.」 내가 대답했다. 「저는 제인 에어예요. 제가 당신을 찾아냈어요. 당신에게 돌아왔어요.」

「정말이오? 살아서 말이오? 살아 있는 내 제인이오?」

「절 만져 봐요. 안아 보세요. 충분히 꽉 안아요. 저는 시체처럼 차갑지도 않고 공기처럼 공허하지도 않아요. 그래요?」

「살아 있는 내 사랑! 이것은 분명히 그녀의 팔다리이고, 또 그녀의 얼굴이오. 그러나 그 모든 불행을 겪은 후에 내게 이런 축복이 내려졌을 리가 없소. 이것은 꿈이오. 밤에 꾸는 그런 꿈들 말이오. 꿈을 꿀 때면 나는 지금처럼 내 가슴에 그녀를 다시 한 번 껴안았고 그녀에게 입을 맞췄소. 그리고 그녀가 나를 사랑한다고 느끼면서 그녀가 나를 떠나지 않을 거라고 믿었소.」

「지금부터는 절대 그렇게 하지 않을게요.」

「절대 아니라고 환영이 말하는 것이오? 그러나 나는 항상 깨어나서 그것이 허탈한 조롱이라는 걸 깨닫소. 그리고 나는 쓸쓸하고 버림받았소. 내 삶은 어둡고 외롭고 절망적이오. 내 영혼은 목마르지만 마시는 것을 금지당했고 내 마음은 굶주렸지만 절대 먹을 수가 없소. 지금 내 품에 깃들인 조용하고 부드러운 꿈인 당신도 날아갈 것이오. 이전에 당신의 자매들이 모두 도망가 버린 것처럼 말이오. 그러나 가기 전에 내게 입을 맞춰 주시오. 날 안아 주시오, 제인.」

「이렇게요, 이렇게!」

예전에는 반짝였지만 지금은 빛을 잃은 그의 눈에 나는 입을 맞췄다. 그리고 그의 이마에서 머리를 쓸어 넘기고 그곳에도 입을 맞췄다. 그가 갑자기 정신이 든 것 같았다. 이 모든 일이 진짜라는 확신이 그에게 엄습한 것이다.

「당신이오? 그렇지, 제인? 그렇다면 당신이 내게 돌아온 것이오?」

「네.」

「그럼 당신이 어딘가 강바닥에 죽어 누워 있는 것은 아닌 게 확실하오? 낯선 사람들 속에서 수척한 몰골로 떠돌아다니며 살고 있지 않은 게 확실하오?」

「그럼요! 저는 이제 독립적인 여자가 되었어요.」

「독립적이라니! 무슨 말이오, 제인?」

「마데이라의 삼촌이 돌아가시면서 저한테 5천 파운드를 남겨 주셨어요.」

「아! 이것은 실제로군. 생시야!」 그가 소리쳤다.「내가 이런 꿈을 꾸지는 않을 것이오. 게다가 그녀 특유의 부드럽고 매우 활기차고 신랄한 목소리가 있소. 그 목소리가 내 시든 가슴에 기운을 북돋아 주고 있소. 그것이 내 가슴에 생명력을 불어넣고 있소. 그런데 재닛! 독립적인 여성이 되었다니? 부자가 되었다니?」

「당신이 저를 함께 살 수 있게 해주지 않는다면, 당신이 밤에 말벗이 필요할 때면 찾아와서 제 거실에 앉아 있을 수 있도록 당신 집 옆에다 제 집을 지을 수 있어요.」

「그러나 이제 부자가 되었으니 틀림없이 당신을 돌봐 주고, 나처럼 눈먼 불구자 때문에 당신이 고생하는 걸 가만히 보고만 있지 않을 친구들이 생겼을 것이오.」

「제가 부자가 되었을 뿐만 아니라 독립적이라고 말씀드렸잖아요. 저 자신의 주인은 저예요.」

「그러면 나와 함께 지낼 작정이오?」

「물론이죠. 당신이 반대하지 않는다면요. 당신의 이웃이 되고 간호사가 되고 가정부가 될 거예요. 당신이 외로운 거 알아요. 제가 당신의 말벗이 되어 드릴게요. 책도 읽어 주고 함께 산책도 하고 또 함께 앉아서 당신의 눈과 손이 되어 당신 시중을 들어 줄게요. 그렇게 우울한 표정 짓지 말아요, 사랑하는 주인님. 제가 살아 있는 한 당신을 쓸쓸하게 남겨 두지 않을 거예요.」

그는 아무 대답도 하지 않았다. 그는 심각하게 생각에 잠겨 있었다. 한숨을 쉬고 무슨 말인가를 하려는 듯 입을 반쯤 열었다가 다시 다물었다. 나는 약간 당황스러웠다. 아마 내가 말벗이 되어 주고 도움을 주겠다는 제안을 하면서 너무 주제넘게 굴었는지도 모른다. 그 역시 세인트존처럼 내 무분별함을 부적절하다고 생각한 것 같았다. 나는 사실 그가 나와 결혼하기를 원하고 당연히 청혼하리라는 생각에서 그런 제안을 했다. 말로 표현하지 않았다 해도 틀림없이 그가 나를 즉시 자신의 것으로 주장하리라는 기대에 부풀어 올랐었다. 그러나 그에게서 그런 취지의 암시가 전혀 나오지 않았고 그의 안색은 점점 더 어두워졌다. 나는 갑자기 내가 완전히 틀렸을 수 있고 어쩌면 나도 모르는 사이에 바보짓을 하는 것은 아닌가 하는 생각이 들었다. 나는 그의 품에서 부드럽게 몸을 빼냈다. 그러나 그가 나를 와락 더 세게 껴안았다.

「안 되오. 안 돼, 제인. 가서는 안 되오. 안 되오. 나는 당신을 만졌고 당신 목소리를 들었고 당신이 곁에 있다는 편안함과 당신 위로의 달콤함을 느꼈소. 이 기쁨을 포기할 수 없소. 나 자신에게는 남은 것이 거의 없소. 그래도 당신을 가져야겠소. 세상이 비웃을지 모르오. 나를 우스꽝스럽고 이기적이라고 평할지 모르오. 그러나 그런 것은 중요하지 않소. 내 영혼이 당신을 원하오. 내 영혼이 만족할 것이오. 그렇지 않으면 내 영혼이 그 치명적인 복수를 가할 것이오.」

「저는 당신하고 함께 지낼 거예요. 제가 그렇게 말씀드렸잖아요.」

「그래요. 그러나 나와 함께 지낸다는 말로 당신이 의미하는 것과 내가 의미하는 것은 다르오. 당신은 내 손과 의자가 되어 주기로 작정할 수 있소. 친절한 작은 간호사로서 날 시중들면서 말이오. (당신은 인정 많은 마음씨와 관대한 정신을 지니고 있어서 당신이 불쌍하게 여기는 사람들을 위해 희생할 수 있을 것이오.) 그리고 나한테는 당연히 그걸로 충분하오. 내가 이제는 당신에게 아버지와 같은 감정밖에는 가질 수 없다고 생각하오. 당신도 그렇게 생각하오? 자, 말해 봐요.」

「당신이 좋은 대로 저도 생각할게요. 당신이 그게 더 좋다고 생각한다면 저는 당신 간호사가 되는 것으로 만족해요.」

「그러나 당신이 계속 내 간호사로 있을 수는 없소, 재닛. 당신은 젊고…… 언젠가는 결혼해야 할 거요.」

「결혼 같은 것에 신경 안 써요.」

「신경 써야 하요, 재닛. 옛날의 나라면 당신으로 하여금 결혼에 대해 생각하도록 했을 텐데. 그러나 지금은 앞이 안 보이는 바보이니!」

그가 다시 침울해졌다. 반대로 나는 점점 더 명랑해지고 새롭게 용기를 얻었다. 이 마지막 말이 내게 난관의 원인에 대해 통찰력을 제공해 주었다. 그리고 그것이 내게는 전혀 난관이 아니었기 때문에 나는 이전의 당황스러움을 덜 수 있었다. 나는 더 활기차게 대화를 다시 이어 나갔다.

「이제는 누군가가 당신을 다시 사람으로 바꾸는 일에 착수할 때가 되었어요.」 자르지 않아서 무성하고 긴 그의 머리털을 가르며 내가 말했다. 「당신이 사자나 그 비슷한 종류의 존재로 변신하고 있는 중이니까요. 들판에서 지내는 느부갓네살 같은 분위기가 나고 있어요.[141] 정말이에요. 당신 머리카락은 독수리 털을 생각나게 해요. 당신 손톱이 새의 발톱처럼 자랐는지는 아직 보질 못했어요.」

「이 팔에는 손도 손톱도 없소.」 그가 가슴에서 절단된 팔을 꺼내 보이며 말했다. 「이것은 토막에 불과하오. 끔찍한 모습이오! 그렇게 생각하지 않소, 제인?」

---

141 「다니엘」 4장 30절. 느부갓네살은 오만함으로 하느님의 노여움을 사서 〈세상에서 쫓겨나 소처럼 풀을 뜯어 먹으며 몸은 하늘에서 내리는 이슬에 젖었고 머리는 독수리 깃처럼 텁수룩하게 자랐으며 손톱 발톱은 새 발톱처럼 길어졌다.〉

「그런 팔을 보게 돼서 유감이에요. 당신 눈을 보는 것도 유감이에요. 이마에 난 화상 흉터도요. 그런데 가장 끔찍하게 유감스러운 것은 이 모든 것에도 불구하고 당신을 너무 사랑하고 당신을 너무 소중하게 여기는 위험에 빠진 거예요.」

「당신이 내 팔과 흉터뿐인 얼굴을 보고 정떨어질 줄 알았소, 제인.」

「그랬어요? 그랬다고 하지 말아요. 당신 판단을 비웃는 말을 하게 될지도 모르니까요. 자, 잠깐만 당신을 두고 갈게요. 난롯불을 더 잘 돋우고 난로 속을 좀 청소해야겠어요. 난롯불이 잘 타고 있으면 그걸 알 수 있어요?」

「그렇소. 오른쪽 눈으로는 불빛이, 불그스름한 안개 같은 것이 보이오.」

「그럼 촛불은요?」

「매우 희미하게 보이오. 불빛 하나하나가 밝은 구름 같소.」

「제가 보여요?」

「안 보이오, 내 요정. 그러나 당신 목소리를 듣고 당신을 만져 보는 것만 해도 감지덕지하고 있소.」

「저녁은 언제 먹었어요?」

「저녁은 안 먹소.」

「그렇지만 오늘 밤에는 조금만 먹어요. 저는 배가 고파요. 아마 당신도 배가 고플 거예요. 단지 당신이 잊은 것뿐이에요.」

메리를 부르고 나서 나는 곧 방을 더 밝게 정리했다. 또한 그가 편안한 식사를 할 수 있도록 준비해 주었다. 내 기분은 들떠 있었고, 저녁 식사를 하는 동안과 그 후 오랫동안 나는 즐겁고 편안하게 그와 이야기를 나눴다. 그와 함께 있으면 애써 자제할 필요도 없었고 즐거움과 활기를 억누를 필요도 없었다. 내가 그와 잘 맞는다는 것을 알고 있었기 때문에 그와 함께 있으면 나는 완벽하게 편안했다. 내가 하는 말이나 행동 모두가 그를 위로하거나 그로 하여금 기운이 나게 하는 것 같았다. 즐거운 의식이여! 의식이 살아났고 그것이 내 모든 천성을 밝혀 주었다. 그의 곁에 있으면 나는 완전하게 즐거웠다. 그리고 그는 나와 함께 있으면 완전하게 행복했다. 비록 앞이 안 보였지만 그의 얼굴 위로 미소가 스쳤고 이마에는 기쁨의 흔적이 나타나기 시작했다. 그의 얼굴이 부드러워지고 따뜻해졌다.

저녁 식사 후에 그는 내게 그동안 어디에 있었고 무엇을 했으며 그를 어떻게 찾아냈는지에 대해 여러 가지 질문을 하기 시작했다. 그러나 나는 그에게 부분적으로만 대답을 해줬다. 그날 밤 세부적인 것들까지 시시콜콜 대답하기에는 시간이 너무 늦었다. 게다가 나는 그의 마음속에서 다시 새로운 감정의 샘이 솟구치지 않도록 심하게 떨리는 감정을 건드리고 싶지 않았다. 현재의 유일한 목표는 그의 기분을 북돋아 주는 일이었다. 내가 말한 대로 그의 기분이 나아졌다. 그러나 아직은 이따금씩 나아졌을 뿐이다. 조금이라도 대화가 끊어지면 그가 불안해 하면서 나를 만지며 〈제인〉 하고 부르곤 했다.

「당신이 사람인 게 맞소, 제인? 틀림없소?」

「틀림없다고 생각해요, 로체스터 씨.」

「그런데 어떻게, 이토록 어둡고 쓸쓸한 저녁에 그렇게 갑자기 내 외로운 난롯가에 불쑥 나타날 수 있었소? 하인에게서 물 잔을 받으려고 손을 내밀었는데 그 잔을 건네준 사람이 당신이었소. 존의 아내가 대답하리라 예상하고 질문을 했는데 당신 목소리가 내 귓전에서 들려왔소.」

「제가 메리 대신 쟁반을 들고 들어왔으니까요.」

「그리고 당신과 함께 보내고 있는 바로 이 시간도 마법에 걸린 것 같소. 지난 여러 달 동안 내가 얼마나 어둡고 황량하고 절망적인 생활을 연명해 왔는지 누가 알 수 있겠소? 아무것도 하지 않고, 아무것도 기대하지 않았소. 밤을 낮까지 연장시키면서 난롯불이 꺼지면 추위를 느끼고 먹는 것을 잊으면 허기를 느끼는 것 말고는 아무 감각도 없었소. 그러고는 끝없는 슬픔에 사로잡혔고 때로는 제인을 다시 보고 싶다는 망상에 빠졌소. 그렇소. 나는 잃어버린 내 시력보다 제인을 되찾고 싶은 마음이 훨씬 더 간절했소. 어떻게 제인이 내 곁으로 돌아와 날 사랑한다고 말할 수 있게 되었을까? 혹시 그녀가 나타날 때처럼 갑자기 떠나 버리는 것은 아닐까? 내일 아침에 다시 그녀를 못 보게 되는 것은 아닌지 두렵소.」

혼란스러운 생각의 연속에서 벗어난 평범하고 실제적인 대답이 이와 같은 심리 상태의 그에게는 가장 적합하며, 무엇보다 안심을 시켜 주는 답이 되리라 나는 확신했다. 나는 손가락으로 그의 눈썹을 만지며 불에 그슬린 눈썹이 예전처럼 굵고 짙게 자랄 수 있도록 약을 발라 주겠다고 말했다.

「어느 중대한 순간에 다시 나를 버릴 거라면 당신이 내게 어떤 식으로든 잘해 줘봐야 무슨 소용이 있겠소, 인정 많은 요정 아가씨? 그림자처럼 어디로, 어떻게 사라지는지 나도 모르게 가버리고 나서는 내가 찾을 수 없는 곳에서 지낸다면 말이오.」

「조그만 빗을 가지고 있어요?」

「무엇에 쓰려고 그러는 거요, 제인?」

「그냥 여기 덥수룩한 검은 갈기 좀 빗으려고요. 가까이에서 자세히 보니까 당신 상태가 무서워서요. 당신은 저더러 요정이라고 하는데 제가 볼 때는 당신이 더 브라우니[142] 같아요.」

「내가 무시무시해 보이오, 제인?」

「아주 많이요. 당신은 전에도 항상 그랬어요, 아시겠지만.」

142 스코틀랜드 전설에서 밤에 나타나 몰래 농가의 일을 도와준다는 작은 요정.

「홍! 당신이 어디에서 머물렀건 그 못된 성질은 없어지지 않은 것 같소.」

「그렇지만 저는 착한 사람들과 지냈어요. 당신보다 훨씬, 백 배는 더 나은 사람들이에요. 당신이 평생 동안 한 번도 지닌 적이 없는 생각과 견해들을 가지고 있어요. 훨씬 더 세련되고 고상한 사람들이에요.」

「도대체 누구와 함께 지냈던 것이오?」

「그렇게 몸을 움직이면 당신 머리카락을 뽑게 될 거예요. 그러면 당신이 제가 꿈인지 생시인지 의심하지 않게 될 것 같은데요.」

「누구와 함께 지냈소, 제인?」

「오늘 밤에는 제게서 그 이야기를 듣지 못할 거예요. 내일까지 기다리세요. 이야기를 반쯤만 들려드리는 게 내일 당신의 아침 식탁에 제가 나타나서 이야기를 마저 끝내겠다는 일종의 보증이 될 거예요.[143] 그런데 물 한 잔만 들고 당신 난롯가에 솟아오르지 않도록 신경을 쓸게요. 구운 햄은 말할 것도 없고 적어도 달걀 하나는 가져오도록 하죠.」

「사람을 놀려 먹는 〈요정이 바꿔치기한 아이〉 같으니라고! 당신은 요정이 낳았지만 사람에 의해 길러진 아이요! 지난 열두 달 동안 느끼지 못했던 기분을 당신이 느끼게 해주고 있소. 사울에게 다윗 대신 당신이 있었다면 수금 없이도 악신을 쫓았을 것이오.」[144]

「자, 이젠 말끔하고 단정해졌어요. 그럼 그만 가볼게요. 지난 사흘 동안 여행을 했더니 피곤해요. 잘 자요.」

143 『아라비안나이트』에서 세헤라자데가 한 대로 제인도 하고 있다.
144 「사무엘상」 16장 23절. 〈하느님께서 보내신 악령이 사울에게 내릴 때마다 다윗은 수금을 뜯었다. 그러면 악령이 떠나고 사울은 회복되어 숨을 돌릴 수 있었다.〉

「한마디만 해줘요, 제인. 당신이 살던 집에 숙녀들만 있었소?」

나는 웃음을 터뜨리고 도망쳐 나왔다. 그리고 계단을 뛰어 올라가면서도 계속 웃었다. 〈좋은 생각이야!〉 나는 기쁘게 생각했다. 〈앞으로 얼마 동안 그를 우울함에서 벗어날 수 있도록 약 올릴 방법이 생긴 것 같아.〉

다음 날 아침 그가 매우 일찍부터 일어나서 이 방 저 방을 돌아다니는 소리가 들렸다. 메리가 내려오자마자 묻는 소리가 들렸다. 「에어 양이 여기 있소?」 그다음에는 또 이런 소리가 들렸다. 「그녀를 어느 방에 자게 했소? 습기가 많진 않았소? 그녀가 일어났소? 가서 필요한 게 없는지, 언제 내려올지 물어봐요.」

아침 식사가 준비된 듯한 생각이 들자마자 나는 아래층으로 내려갔다. 조용히 발소리를 죽여 방에 들어가면서 나는 내가 들어온 것을 그가 알아차리기 전에 그의 모습을 보았다. 그 원기 왕성했던 정신이 신체적인 결함에 굴복하는 모습을 보는 것은 너무 안쓰러운 일이었다. 그는 의자에 앉아 있었지만, 그렇다고 편히 쉬지도 못하고 뭔가를 기다리고 있는 것이 분명했다. 이제는 항상 자리 잡고 있는 슬픔으로 인해 생겨난 주름살이 그의 강한 얼굴에 새겨져 있었다. 그의 얼굴은 다시 켜지길 기다리고 있는 꺼진 등불을 생각나게 했다. 아, 슬프게도 이제 그 표정에 불을 밝혀서 활기차게 만들 수 있는 사람은 그 자신이 아니었다. 그 일을 해줄 수 있는 다른 사람이 필요했다. 나는 명랑하게 아무렇지도 않은 듯 굴려고 했지만 강한 남자가 무력해진 것을 보자 가슴이 에이듯 아팠다. 그러나 최대한 쾌활하게 그에게 다가갔다.

「오늘은 맑고 화창한 날이에요.」 내가 말했다. 「비가 그치고 부드럽게 햇살이 비치고 있어요. 곧 산책을 시켜 드릴게요.」[145] 내가 불꽃을 불러일으켰다. 그의 얼굴이 환해졌다.

「아, 당신이 정말 왔군. 내 종달새! 어서 와요. 가버리지 않았군. 사라지지 않았소? 한 시간 전에 당신과 같은 종류의 새가 숲 위에서 높이 날아오르며 지저귀고 있었소. 그러나 떠오르는 태양에서 아무 빛이 안 느껴지듯 그 소리는 내게 아무런 음악을 전해 주지 않았소. 지상의 모든 가락이 내 귀에는 제인의 혀로 응집되어 있소. (당신의 혀가 원래 조용한 것이 아니어서 기쁘오.) 내가 느낄 수 있는 모든 햇빛은 제인이 있는 곳에 있소.」

마치 쇠사슬에 묶인 독수리 왕이 참새에게 먹이를 날라 달라고 간청하듯 그가 이처럼 내게 의지하는 말을 하는 것을 듣자 내 눈에 눈물이 차올랐다. 그러나 절대 울어서는 안 되었다. 나는 재빨리 눈물을 닦아 내고 아침 식사를 준비하면서 분주하게 움직였다.

우리는 오전을 거의 밖에서 보냈다. 나는 그를 이끌고 젖어 있는 울창한 숲을 지나 상쾌한 들판으로 나갔다. 나는 그에게 녹색 들판이 얼마나 눈부신지, 꽃들과 산울타리가 얼마나 신선한지, 하늘이 얼마나 파랗게 반짝이는지 묘사해 주었다. 나는 눈에 띄지 않는 아름다운 곳에서 마른 나무 그루터기를 찾아 그를 앉히고 순순히 그의 뜻에 따라 그의 무릎에 앉았다. 떨어져 있을 때보다 가까이 있을 때 그와 나 모두 더 행복한데 내가 왜 그것을 거부하겠는가? 파일럿이 우리 곁에 누웠다. 사방이 고요했다. 나를 품에 꼭 껴안고 있던 그가 갑자기 소리쳤다.

「잔인하게, 너무 잔인하게 나를 버리고 떠난 사람! 아, 제인! 당신이 손필드에서 사라져 버렸다는 사실을 알았을 때,

145 『솔로몬의 노래』 2편 10~11절. 〈나의 어여쁜 이여, 이리 나와요. 자, 겨울은 지나가고 장마는 활짝 걷혔소.〉

어디에서도 당신을 찾을 수 없었을 때, 당신 방을 살펴보고 당신이 돈 한 푼 없이, 돈이 될 만한 것을 하나도 가져가지 않았다는 걸 알았을 때 내가 어떤 심정이었던지! 내가 당신에게 준 진주 목걸이는 작은 상자 속에 그대로 놓여 있었소. 당신의 짐 가방들은 신혼여행을 가기 위해 준비된 그대로 끈으로 묶어 놓고 열쇠를 채워 놓은 채 남겨져 있었소. 당신이 돈 한 푼 없는 빈털터리 상태로 어떻게 지내겠다는 건지 알 수가 없었소. 그런데 어떻게 지냈소? 이제 들어 봅시다.」

그렇게 재촉을 받고 나는 지난해에 겪었던 일들을 이야기하기 시작했다. 사흘 동안의 방랑과 굶주림에 대한 부분은 상당히 줄였다. 있는 그대로 이야기해 주었다면 그에게 쓸데없는 고통만 주었을 것이기 때문이었다. 내가 조금밖에 말해 주지 않은 것만으로도 그의 충실한 마음은 내가 생각했던 것보다 훨씬 더 깊이 상처를 받았다.

그는 내가 아무 방도도 마련하지 않은 채 그렇게 무작정 떠나지 말았어야 했다고 말했다. 나는 그에게 마음을 털어놓았어야 했다. 그는 결코 억지로 나를 자기 정부로 삼으려 하지 않았을 것이다. 설사 절망에 빠져서 광포해 보였다 해도 사실 그는 나를 너무도 많이, 너무 애틋하게 사랑했기 때문에 절대 폭군처럼 굴 수 없었으며, 드넓은 세상에 친구 하나 없이 나 자신을 내던지게 하는 대신, 보답으로 한 번의 키스조차 요구하지 않은 채 내게 자기 재산의 반이라도 기꺼이 떼어 주었을 것이라고 했다. 그는 내가 털어놓은 내용보다 더 많은 고초를 겪었을 거라고 확신했다.

「그래도 제가 어떤 고생을 했건 그건 잠깐이었어요.」 내가 대답했다. 그런 다음 나는 그에게 내가 어떻게 무어 하우스에 들어가게 되었고 학교 교사직을 얻게 되었는지 등에 대해 이야기해 주었다. 유산을 물려받고 친척들을 찾은 이야기가 적당한 순서대로 이어졌다. 물론 내 이야기가 진행되는 동안 세인트존 리버스의 이름이 자주 언급되었다. 이야기를 마치자 그 이름이 즉시 거론되었다.

「그럼 이 세인트존이란 사람이 당신 사촌 오빠요?」

「네.」

「그 사람에 대해 자주 이야기를 하는데 그를 좋아하오?」

「그는 매우 좋은 사람이에요. 그를 좋아하지 않을 수가 없어요.」

「좋은 사람이라. 그 말은 점잖고 행실 바른 오십대 남자라는 뜻이오? 아니면 그게 무슨 말이오?」

「세인트존은 스물아홉 살밖에 안 되었어요.」

「프랑스 사람들 식으로 표현하자면 〈아직 한창때〉로군. 키가 작고 냉담하고 못생겼소? 미덕이 뛰어나서라기보다 나쁜 짓을 하지 않는다는 점에서 착한 사람 말이오.」

「그는 지칠 줄 모르는 활동가예요. 위대하고 숭고한 일을 하는 것이 그의 인생 목표예요.」

「그러면 그의 머리는 어떻소? 머리가 약간 모자라지는 않소? 의도는 좋지만 그의 말을 들으면 어깨를 으쓱하게 되지는 않았소?」

「그는 말이 거의 없어요. 그가 하는 말은 항상 이치에 맞고요. 그의 머리는 최고예요. 감수성이 예민하지는 않지만 원기 왕성해요.」

「그럼 유능한 사람이오?」

「매우 유능해요.」

「교육은 많이 받았소?」

「세인트존은 교양 있고 심오한 학자예요.」

「그의 태도가 당신 취향에 안 맞는다고 한 것 같은데, 깐깐하고 목사 같소?」

「저는 그의 태도에 대해 언급한 적이 없는데요. 그러나 제가 매우 나쁜 취향을 지니고 있지 않는 한 그의 태도는 제 취향에 맞아요. 세련되고 차분하고 신사다워요.」

「외모는 어떻소? 당신이 그의 외모에 대해 어떻게 묘사했는지 잊어버렸소. 하얀 넥타이를 숨이 막힐 정도로 졸라매고 두꺼운 신발창이 깔린 앵글 부츠를 뽐내는 신참 부목사 같은 부류의 사람이오?」

「세인트존은 옷을 잘 입어요. 잘생겼고요. 키가 크고 피부는 하얗고 파란 눈에 얼굴 옆선이 그리스인 같아요.」

「(혼잣말로) 빌어먹을! (내게는) 그를 좋아했소, 제인?」

「그래요, 로체스터 씨. 그를 좋아했어요. 그건 아까도 물었잖아요.」

물론 나는 함께 대화를 나누고 있는 사람이 묻는 말의 뜻을 알고 있었다. 질투심이 그를 사로잡았다. 그것이 그를 자극했다. 그러나 그것은 유익한 자극이었다. 그 덕에 그를 갉아먹고 있는 우울함의 이빨에서 그가 벗어날 수 있게 되었다. 그러므로 나는 질투라는 독사를 곧바로 길들여 부리지 않을 작정이었다.

「이제 더 이상 내 무릎 위에 앉아 있어서는 안 될 것 같지 않소, 에어 양?」 이것은 내가 예상치 못했던 말이었다.

「왜 안 되는데요, 로체스터 씨?」

「이제 방금 전에 묘사한 그림은 상당히 압도적인 대조를 보여 주고 있소. 당신의 말은 우아한 아폴로 신을 아름답게 묘사했소. 그는 당신의 상상 속에서 키가 크고 피부가 하얗고 파란 눈에 그리스인 같은 옆얼굴을 지닌 모습으로 존재하고 있소. 그런데 당신의 눈은 지금 불카누스,[146] 다시 말해 진

---

146 그리스 신화 속의 대장장이 신, 헤파이스토스를 가리킨다.

짜 대장장이에 피부가 가무잡잡하고 넓은 어깨에다 덤으로 눈이 멀고 불구이기까지 한 불카누스를 바라보고 있소.」

「전에는 한 번도 그런 생각을 해본 적이 없었어요. 듣고 보니 당신이 불카누스를 조금 닮은 것 같네요.」

「이제는 날 두고 가도 돼요. 그런데 가기 전에 말이오. (그가 그 어느 때보다도 더 세게 날 끌어안았다) 한두 가지 질문에 대해 답을 해주고 가도 괜찮겠소?」 그가 말을 멈췄다.

「무슨 질문인데요, 로체스터 씨?」

그러자 다음과 같은 심문이 이루어졌다.

「당신이 자기 사촌인 줄 알기도 전에 세인트존이 당신을 학교 선생님으로 만들어 주었소?」

「네.」

「그를 자주 만났소? 그가 학교로 가끔 찾아오곤 했소?」

「날마다요.」

「그가 당신의 계획에 찬성해 주었소, 제인? 당신이야 재주 많은 사람이니까 그 계획이 훌륭했으리라고 생각하지만 말이오.」

「네, 그가 찬성해 주었어요.」

「그가 당신에게서 예상치 못했던 점들을 많이 발견했소? 당신에게는 비범한 재주가 있으니 말이오.」

「그건 잘 모르겠어요.」

「당신은 학교 근처에 있는 작은 오두막집에서 살았다고 했소. 그가 그곳으로 당신을 보러 왔소?」

「이따금씩이요.」

「저녁에도 왔소?」

「한두 번 정도요.」

잠시 침묵이 흘렀다.

「사촌지간이라는 사실이 밝혀지고 난 다음 그와 그의 누이동생들과 얼마나 오랫동안 같이 살았소?」
　「다섯 달 동안이요.」
　「리버스는 집안 여자들과 많은 시간을 같이 보냈소?」
　「네. 안에 있는 거실이 그의 서재이자 우리 서재였어요. 그
는 창가에 앉았고 우리는 탁자 옆에 앉았어요.」
　「그가 공부를 많이 했소?」
　「상당히 많이요.」
　「무슨 공부를 했소?」
　「힌디어요.」
　「그럼 당신은 그동안 뭘 했소?」
　「처음에는 독일어를 배웠어요.」
　「그가 당신을 가르쳤소?」
　「그는 독일어는 몰라요.」
　「그가 당신에게 아무것도 가르치지 않았소?」
　「힌디어를 조금 가르쳐 주었어요.」
　「리버스가 당신에게 힌디어를 가르쳤다고?」
　「네.」
　「그럼 그의 누이동생들에게도 가르쳤소?」
　「아니요.」
　「당신에게만 가르쳤소?」
　「저한테만요.」
　「당신이 배우겠다고 부탁했소?」
　「아니요.」
　「그가 당신에게 가르쳐 주고 싶어 했소?」
　「네.」
　두 번째 침묵이 이어졌다.
　「왜 그가 그것을 원했소? 힌디어가 당신에게 무슨 소용이
있다고?」

「그는 저를 인도에 함께 데려갈 작정이었어요.」

「아, 이제야 문제의 핵심에 도달했군. 그가 당신과 결혼하기를 원했소?」

「그가 제게 청혼했어요.」

「그건 거짓말이오. 날 놀리려고 만들어 낸 뻔뻔한 거짓말이오.」

「무슨 소리예요? 있는 그대로의 사실인데요. 그가 제게 여러 번 청혼했어요. 그도 자기 뜻을 몰아붙일 때 당신만큼이나 집요하다고요.」

「에어 양, 다시 말하지만 날 두고 가도 돼요. 같은 말을 내가 몇 번이나 반복해야 하오? 가도 된다고 말했는데 왜 내 무릎 위에 집요하게 앉아 있는 거요?」

「거기가 편하니까요.」

「아니오, 제인. 당신 마음이 나와 함께 있지 않기 때문에 당신은 거기서 편하지 않소. 당신 마음은 사촌인, 이 세인트존이라는 사람에게 가 있소. 아, 이 순간까지 나는 내 귀여운 제인이 온전히 내 것이라고 생각했소. 제인이 나를 떠났을 때에도 그녀가 나를 사랑한다고 믿었소. 그것은 쓰디쓴 음식 속에 들어 있는 설탕 조각 같았소. 오랫동안 헤어져 있었다 해도, 그 이별에 내가 뜨거운 눈물을 흘렸다 해도, 그녀 때문에 슬퍼하는 동안 나는 한 번도 그녀가 다른 사람을 사랑하고 있으리라는 생각을 해본 적이 없소. 그러나 그것은 쓸데없는 슬픔이 되었소. 제인, 날 두고 가서 리버스와 결혼하시오.」

「그럼 저를 흔들어서 털어 내세요. 밀어내세요. 제가 자진해서는 당신 곁을 떠나지 않을 거니까요.」

「제인, 나는 항상 당신의 목소리를 좋아하오. 그 목소리는 여전히 희망을 새롭게 해주고 너무 진실하게 들리오. 그 목소리를 들으면 나는 1년 전으로 돌아가게 되오. 당신이 새로운 관계를 맺었다는 사실을 잊어버리오. 그러나 나는 바보가 아니오. 가시오.」

「어디로 가야 하나요?」

「당신 자신의 길을 가시오. 당신이 선택한 남편과 함께 말이오.」

「그게 누구인데요?」

「당신이 알잖소. 이 세인트존 리버스라는 사람 말이오.」

「그는 제 남편이 아니에요. 앞으로도 그렇게 되지 않을 거예요. 그는 절 사랑하지 않아요. 저도 그를 사랑하지 않아요. 그는 로저먼드라는 아름다운 젊은 아가씨를 사랑해요. (그도 사랑을 할 수는 있으니까요. 그런데 그것은 당신이 사랑하는 것과는 달라요.) 그가 저와 결혼하려는 것은 제가 선교사의 아내로 적당하다고 생각했기 때문이에요. 그런데 로저먼드는 그렇지가 않았거든요. 그는 착하고 훌륭하지만 엄격해요. 그리고 제게는 빙하처럼 차가워요. 그는 당신 같지 않아요. 그의 곁에서는, 그의 근처에서는, 그와 함께 있으면 전 행복하지 않아요. 그는 저한테 전혀 반하지 않았어요. 다정함도 없어요. 그는 제 매력을 하나도 보지 않아요. 어리다는 것조차도요. 단지 유용한 몇 가지 정신적인 장점들만 보죠. 그런데도 제가 당신을 떠나 그에게 가야 하나요?」

「저런, 제인! 그게 사실이오? 당신과 리버스 사이가 정말로 그런 것이었소?」

「그럼요! 아, 질투할 필요 없어요. 당신을 덜 슬프게 만들려고 조금 놀려 주었을 뿐이에요. 분노가 슬픔보다 더 나을 거라고 생각했으니까요. 그러나 제가 당신을 사랑하길 바란다면 제발, 제가 당신을 얼마나 진정 사랑하는지 알아주기만 할 수 없어요? 그러면 당신 마음이 뿌듯하고 만족스러워질 거예요. 제 마음 전부 당신 거예요. 제 마음은 당신의 소유예요. 그리고 운명이 제 육신을 당신 곁에서 영원히 떼어 놓는다 해도 마음만은 언제나 당신과 함께 남아 있을 거예요.」

그가 내게 키스를 하면서 다시 괴로운 생각에 그의 얼굴이 어두워졌다. 「불에 데어 보이지 않는 눈이여! 불구가 된 내 힘이여!」 그가 원통해 하며 중얼거렸다.

나는 그를 달래 주기 위해 그를 애무했다. 나는 그가 무슨 생각을 하고 있는지 알고 있었고 그를 대신해서 말하고 싶었지만 감히 그럴 수가 없었다. 그가 잠깐 동안 얼굴을 옆으로 돌렸을 때 나는 감긴 그의 눈꺼풀 아래로 눈물이 새어 나와 남자다운 그의 뺨을 타고 흘러내리는 것을 보았다. 내 가슴이 부풀어 올랐다.

「나는 손필드 과수원에 있는 벼락 맞은 늙은 마로니에 나무와 다를 바가 없소.」 그가 곧 말했다. 「그런 폐목이 무슨 권리로 이제 막 싹이 돋아나는 인동덩굴에게 자신의 썩은 몸을 싱싱한 신록으로 가려 달라고 명할 수 있겠소?」

「당신은 폐목이 아니에요. 벼락 맞은 나무가 아니에요. 당신은 푸르고 원기 왕성해요. 당신이 부탁하건 안 하건 당신 뿌리 주변에서 식물들이 자라날 거예요. 그것들이 당신의 풍성한 그림자 속에서 즐거움을 찾을 테니까요. 그리고 자라면서 당신에게 기대고 당신을 휘감을 거예요. 당신의 힘이 그들에게 안전한 받침대가 되어 줄 테니까요.」

다시 그가 미소를 지었다. 내 말에 그가 위안을 얻었다.

「당신은 지금 친구에 대해 말하는 것이오, 제인?」 그가 물었다.

「네, 친구에 대해서요.」 나는 약간 주저하며 대답했다. 내가 친구 이상의 것을 의미했음을 알고 있었기 때문이다. 그러나 나는 달리 무슨 말을 해야 할지 알 수가 없었다. 그가 나를 도와주었다.

「아! 제인. 나는 아내를 원하오.」

「그래요?」

「그렇소. 그것이 당신에게는 새로운 사실이오?」

「물론이죠. 당신이 그것에 대해서는 아무 말도 안 했으니까요.」

「반갑지 않은 사실이오?」

「상황에 따라 다르겠죠. 당신의 선택에 따라서요.」

「나를 위해 당신이 선택을 해주시오, 제인. 나는 당신의 결정에 따르겠소.」

「그러면 당신이 선택해요. *당신을 가장 사랑하는 여자를.*」

「그렇다면 어쨌든 내가 선택하겠소. *내가 가장 사랑하는 여자를.* 제인, 나와 결혼해 주겠소?」

「네. 그럴게요.」

「불구에다 당신보다 스무 살이나 많고 당신의 시중을 받아야만 하는 사람인데도 말이오?」

「네.」

「진심이오, 제인?」

「정말 진심이에요.」

「아, 내 사랑! 당신에게 하느님의 축복과 보답이 있기를!」

「로체스터 씨, 평생 살아오면서 제가 잘한 일이 있다면, 잘 생각한 게 있다면, 진정하고 결백한 기도를 한 적이 있다면, 올바른 소원을 빈 적이 있다면, 바로 지금 보답을 받은 거예요. 당신의 아내가 되는 일이 제게는 세상에서 가장 행복해지는 것이에요.」

「당신이 희생을 기쁘게 받아들이기 때문이오.」

「희생이라니요! 제가 무슨 희생을 해요? 음식을 위해 허기를 희생하고 만족을 위해 기대를 희생하는 것이 희생인가요? 소중하게 여기는 사람을 양팔로 감싸 안고, 사랑하는 사람에게 키스하고, 가장 믿을 수 있는 사람에게 기대서 쉬는 특권을 갖는 것, 그것이 희생인가요? 그렇다면 분명히 저는 희생에서 기쁨을 얻어요.」

「그리고 내 결점들을 견뎌야 하오, 제인. 내 불구를 간과해야 하오.」

「그런 것들은 제게 아무것도 아니에요. 당신이 제게 모든 것을 주고, 보호해 주는 사람의 역할을 제외하고는 다른 모든 역할을 멸시했던 거만한 독립 상태였을 때보다 제가 당신에게 정말로 쓸모가 있는 지금 당신을 더 사랑해요.」

「지금까지 나는 도움을 받고 이끌려 가기를 싫어했소. 지금부터는 그것을 더 이상 싫어하지 않을 것 같소. 하인의 손을 잡기는 싫었지만 제인의 작은 손가락들이 내 손을 감싸는 것은 기분 좋소. 나는 하인들의 시중을 받기보다 완전히 혼자 있는 편이 더 좋았소. 그러나 제인의 부드러운 시중은 내게 지속적인 기쁨이오. 제인은 나와 잘 맞소. 나도 제인에게 잘 맞소?」

「제 천성의 가장 세밀한 부분까지요.」

「그렇다면 도대체 기다릴 필요가 없을 것 같소. 즉시 결혼합시다.」

그가 열렬히 바라보며 말했다. 예전의 성급한 기질이 되살아나고 있었다.

「더 이상 지체하지 말고 한 몸이 됩시다, 제인. 결혼 허가증만 받으면 되오. 그런 다음 결혼합시다.」

「로체스터 씨, 해가 정오를 훨씬 지났다는 걸 방금 전에야 알았어요. 파일럿은 점심을 먹으러 집으로 들어갔고요. 시계 좀 보여 주세요.」

「당신 허리띠에다 그 시계를 차고 있어요, 재닛. 앞으로는 당신이 그것을 간직해요. 나한테는 아무 소용이 없소.」

「오후 4시가 다 되었어요. 배고프지 않아요?」

「오늘부터 사흘 후가 우리 결혼식 날이오, 제인. 이제는 좋은 옷과 보석에 신경 쓰지 맙시다. 그런 것은 전혀 가치가 없소.」

「해가 빗방울을 모두 말려 놓았어요. 바람은 잔잔하고 상당히 덥네요.」

「제인, 내가 지금도 당신의 작은 진주 목걸이를 내 넥타이 밑의 구릿빛 목에 차고 있다는 걸 알고 있소? 내 유일한 보석을 잃어버린 날부터 그녀에 대한 기념물로 말이오.」

「숲을 지나서 집으로 가요. 그곳이 그늘이 제일 많이 진 길이에요.」

그는 내 말에 주의를 기울이지 않고 자기 생각을 계속 따라갔다.

「제인! 당신은 나를 신앙심이 없는 사람이라고 생각할지 모르오. 그러나 내 가슴은 지금 지상의 자비로우신 하느님에게 감사하는 마음으로 가득 차오르고 있소. 하느님은 사람이 보지 못하는 것을 보실 뿐만 아니라 훨씬 더 선명하게 보시오. 사람이 판단할 수 없는 것을 판단하실 뿐만 아니라 훨씬 더 현명하게 판단하시오. 나는 잘못을 저질렀소. 나는 내 순수한 꽃의 명예를 더럽히고 그 순수함에 죄를 불어넣으려고 했소. 전능하신 하느님이 그 꽃을 내게서 낚아채 가셨소. 고집 세게 반항하면서 나는 하늘의 섭리를 저주할 뻔했소. 천명에 따르는 대신 나는 그것에 도전했소. 하느님의 처벌이 계속되었소. 재앙이 내게 잇따라 일어났소. 나는 〈음산한 죽음의 골짜기〉[147]를 지나야만 하게 되었소. 하느님의 징벌은 강력했소. 그리고 한 징벌이 나를 강타해서 영원히 나를 겸손하게

147 「시편」 23장 4절.

734

만들었소. 당신도 알다시피 나는 내 힘을 자랑스럽게 여겼소. 그러나 아이가 남의 손에 의지하듯이 내가 다른 사람의 인도를 받아야 하는 지금 그게 무슨 소용이 있겠소? 최근에야, 제인, 다만 최근에야 나는 내 운명을 관장하는 하느님의 손을 보고 인정하기 시작했소. 나는 자책과 후회를 경험하기 시작했소. 내 창조주와 화해를 바라게 되었소. 때로 기도를 드리기 시작했소. 매우 짧은 기도였지만 매우 진지했소.

며칠 전에, 아니 확실하게 셀 수 있소. 나흘 전이었소. 지난 월요일 밤 나는 이상한 기분에 사로잡혔소. 격분 대신 슬픔이, 비탄과 음울함이 자리 잡았소. 어디에서도 당신을 찾을 수 없었기 때문에 오래전부터 나는 당신이 틀림없이 죽었으리라 생각하고 있었소. 그날 밤 늦게, 어쩌면 11시에서 12시 사이였을 것이오. 쓸쓸히 잠자리에 들기 전 나는 하느님께 간청했소. 하느님의 뜻에 어긋나지 않는다면 당장이라도 나를 이승에서 거두어 가시어 제인과 다시 만날 희망이 있는 저세상으로 들어가게 해달라고 말이오.

나는 내 방의 열린 창가에 앉아 있었소. 향기로운 밤공기를 느끼면 마음이 진정되었소. 비록 별은 전혀 볼 수 없었지만 희미하게 빛나는 안개만으로 달이 떠 있다는 것을 알고 있었소. 나는 당신을 그리워했소, 재닛! 아, 나는 당신을 온몸과 영혼으로 그리워했소. 나는 고통스러워하며 겸손하게 하느님께 물었소. 그동안 겪은 쓸쓸함과 고통과 괴로움으로 충분하지 않습니까, 다시 한 번 행복과 평화를 맛보면 안 되겠습니까, 하고 말이오. 내가 겪은 모든 일을 당연히 받아들여야 하는 것으로 인정하고 더 이상은 견딜 수가 없을 것 같다고 시인하면서 간청했소. 그러자 내 마음속 소망의 〈알파와 오메가〉[148]

148 「요한의 묵시록」 22장 13절. 〈나는 알파와 오메가, 곧 처음과 마지막이며 시작과 끝이다.〉

가 나도 모르게 말이 되어 터져 나왔소. 〈제인! 제인! 제인!〉」

「그 말을 큰 소리로 외쳤나요?」

「그랬소, 제인. 누가 그 소리를 들었다면 아마 내가 미친 줄 알았을 것이오. 나는 미친 듯이 힘껏 소리를 질렀소.」

「그게 지난 월요일 밤 거의 자정 무렵이었죠?」

「맞소. 그러나 시간은 중요하지 않소. 이상한 점은 그다음에 일어난 일이오. 당신은 내가 미신적이라고 생각할지 모르겠지만 ─ 내 핏속에는 약간의 미신이 있고 항상 그래 왔소 ─ 그럼에도 불구하고 이것은 사실이오. 적어도 내가 지금 이야기하려는 소리를 들은 것은 사실이오.

내가 〈제인! 제인! 제인!〉 하고 소리쳤을 때 한 목소리가 대답했소. 그 목소리가 어디서 들렸는지는 알 수 없소. 그러나 그 목소리가 누구의 것인지는 알고 있소. 〈제가 갈게요! 기다려요!〉 그리고 다음 순간 바람결에 〈어디 있어요?〉라는 속삭임이 실려 왔소.

할 수만 있다면 이 말이 내 마음속에 펼쳐 준 생각과 그림을 당신에게 말해 주고 싶소. 그러나 내가 말하고자 하는 것을 제대로 표현하기가 어렵소. 당신도 알다시피 펀딘은 울창한 숲 속에 묻혀 있어서 소리가 둔탁하게 흡수되어 메아리치지 않은 채 사라져 버리는 곳이오. 〈어디 있어요?〉라는 소리는 산 속에서 난 것 같았소. 언덕들 사이에서 그 말이 메아리치는 소리를 들었기 때문이오. 그 순간 내 이마를 스치고 지나가는 돌풍이 더 시원하고 상쾌하게 느껴지는 것 같았소. 어떤 황량하고 외진 곳에서 나와 제인이 만나고 있는 듯한 느낌이 들었소. 나는 우리가 틀림없이 만났다고 믿고 있소. 그 시간에 당신은 틀림없이 세상 모르고 자고 있었을 것이오, 제인. 아마도 당신의 영혼이 그 방에서 빠져나와 나를 위로해 주러 온 것 같소. 그것은 당신의 목소리였기 때문이오. 내가 살아 있다는 사실만큼 확실하오. 그것은 당신의 목소리였소.」

독자여, 내가 그 신비로운 부름을 받은 것도 월요일 자정, 바로 그 무렵이었다. 그 말은 내가 그 부름에 응해서 한 바로 그 대답이었다. 로체스터 씨의 이야기를 들으면서 나는 바로 그 사실을 밝힐 수가 없었다. 우연의 일치치고는 너무 무시무시하고 불가해한 일이라 다른 사람에게 이야기하거나 논할 수가 없었다. 그 이야기를 했다면 내 이야기는 틀림없이 듣는 사람의 마음에 깊은 감동을 주었으리라. 그리고 아직 여러 가지 고통으로 인해 걸핏하면 우울해지는 그 마음에 굳이 초자연적인 그림자를 더 진하게 드리울 필요가 없었다. 나는 이 일을 〈마음속 깊이 새겨 오래 간직하리니〉.[149]

「이상하게 생각할 것 없소.」 로체스터 씨가 말을 이었다. 「당신이 어젯밤 그렇게 불쑥 내 앞에 나타났을 때 당신이 목소리와 환영 이상이라고, 전처럼 한밤중의 속삭임과 산울림이 사라지듯 침묵 속으로 사라지고 지워져 버릴 어떤 것 이상이라고 믿지 못한 데 대해 의아하게 여기지 마시오. 이제는 하느님께 감사드리오. 이제는 그렇지 않다는 것을 알고 있소. 그렇소, 하느님께 감사드릴 뿐이오.」

그가 나를 무릎에서 내려놓고 일어서서 경건하게 모자를 벗어 들고 보이지 않는 두 눈을 땅으로 숙인 다음 말없이 기도를 드리며 서 있었다. 기도의 마지막 말만이 들렸다.

「심판의 한가운데에서 자비를 기억해 주신 창조주께 감사드립니다. 지금까지 살아온 것보다 더 깨끗한 삶을 살 수 있는 힘을 부여해 주시길 구세주께 간절히 청합니다.」

그런 다음 길을 인도해 달라고 그가 손을 내밀었다. 나는 그 소중한 손을 잡고 잠깐 동안 손에 입을 맞춘 뒤 그 팔로 내

---

149 「루가의 복음서」 2장 19절.

어깨를 감싸게 했다. 내가 그보다 훨씬 키가 작았기 때문에
나는 그에게 버팀대도 되고 길잡이도 될 수 있었다. 우리는
숲을 지나 집으로 향했다.

제12장

독자여, 나는 그와 결혼했다. 우리는 조용하게 결혼식을 올렸다. 그와 나, 목사와 서기만 참석했다. 교회에서 돌아왔을 때 나는 저택의 부엌으로 들어갔다. 그곳에서는 메리가 저녁을 짓고 있었고 존은 칼을 손질하고 있었다. 내가 말했다.

「메리, 오늘 오전에 나와 로체스터 씨가 결혼했어요.」 가정부와 그녀의 남편 모두 무던하게 느릿한 성격의 사람들이라, 날카로운 비명에 귀청이 떨어진다거나 폭포같이 쏟아지는 시끄러운 감탄의 말에 귀가 멍해질 염려 없이 그들에게는 어느 때라도 놀라운 소식을 전할 수 있었다. 메리가 고개를 들고 나를 빤히 쳐다보긴 했다. 버터를 칠해 가며 두 마리의 닭을 불에 굽고 있던 그녀는 국자를 3분 정도 허공에 정지 상태로 들고 있었다. 같은 시간 동안 존이 갈고 있던 칼들이 잠깐 쉬었다. 그러나 메리는 닭 구이 위로 다시 몸을 구부리며 다음과 같이 말했을 뿐이다.

「그랬어요, 선생님? 그럼요, 틀림없이 잘된 일이죠!」

잠시 후 그녀가 말을 계속했다. 「주인님하고 같이 나가는 것은 보았지만 결혼하러 가시는 건 줄은 몰랐네요.」 그러고는 계속 버터를 칠했다. 내가 존에게로 몸을 돌리자 그는 입이 귀에 걸리도록 웃고 있었다.

「그렇게 될 거라고 제가 메리한테 말했어요.」그가 말했다. 「저는 에드워드 씨가 (존은 나이가 많은 하인이어서 아기 때부터 주인을 알아 온 터라 그를 세례명으로 부르곤 했다) 어떻게 할지 알고 있었어요. 그분이 오래 기다리지 않으리란 것도 알았습죠. 잘하신 거예요. 축하드려요, 선생님!」그가 정중하게 인사를 했다.

「감사드려요, 존. 로체스터 씨가 당신과 메리에게 이걸 드리라고 했어요.」나는 그의 손에 5파운드짜리 지폐를 쥐여 주고는 더 이상의 말을 기다리지 않고 부엌을 나왔다. 얼마 후 부엌문 앞을 지나갈 때 말소리가 들려왔다.

「어떤 대단한 숙녀들보다도 주인님께 더 잘할 거야.」그리고 다시 말이 이어졌다. 「아주 예쁘다고는 할 수 없지만 못생기지도 않았고. 또 매우 착하니까. 그리고 주인님 눈에는 그녀가 진짜로 예뻐 보일 테니까. 그걸 모르는 사람은 아무도 없을 거야.」

나는 무어 하우스와 케임브리지에 즉시 편지를 써서 내가 한 일과, 그렇게 행동할 수밖에 없었던 이유를 충분히 설명했다. 다이애나와 메리는 내 행동을 주저 없이 찬성해 주었다. 다이애나는 내게 밀월여행이 끝날 때까지만 시간을 준 다음 나를 보러 오겠다고 했다.

「그때까지 기다리지 않는 게 좋을 것 같은데, 제인.」그녀의 편지를 읽어 주자 로체스터 씨가 말했다. 「그때까지 기다렸다가는 너무 늦을지 모르오. 우리의 밀월은 평생 빛날 테니 말이오. 그 빛은 당신이나 내 무덤 위에서나 기울 것이오.」

세인트존이 그 소식을 어떻게 받아들였는지에 대해서는 모른다. 그는 그 소식을 알린 편지에 대해 아무런 답장도 보내지 않았다. 그러나 여섯 달 후에, 로체스터 씨의 이름을 언급하거나 내 결혼을 비치는 말은 전혀 들어 있지 않은 내용의 편지를 보내왔다. 그의 편지는 차분했지만 매우 진지했다. 그 후 자주는 아니었지만 그는 정기적으로 편지를 보내왔다. 그는 내가 행복하기를 바라고, 내가 세상에서 하느님 없이 살면서 세속적인 것에만 신경을 쓰는 사람이 되지 않으리라 믿는다고 했다.

독자여, 혹시 아델에 대해 까맣게 잊지는 않았는지 모르겠다. 나는 아니었다. 나는 곧 로체스터 씨에게 허락을 청해서 학교로 아델을 찾아갔다. 나를 다시 만나게 된 데 대해 아델이 뛸 듯이 기뻐하는 모습을 보자 가슴이 뭉클했다. 아델은 창백하고 여위었다. 그녀는 행복하지 않다고 말했다. 나는 학교의 규칙이 너무 엄격하고 공부 과정이 그 나이 또래의 아이에게 너무 엄하다는 것을 알았다. 아델을 집으로 데려왔다. 다시 한 번 그녀의 가정 교사가 되고 싶었지만 그 일이 불가능하다는 것을 알았다. 또 다른 사람이 내 시간과 보살핌을 필요로 했다. 내 남편이 그것을 송두리째 필요로 했다. 그래서 학교 운영 체제가 더 관대하고, 자주 찾아가기도 하고 때로는 집에 데려올 수도 있을 만큼 가까운 학교를 물색했다. 나는 그녀의 안락한 생활에 도움이 될 수 있는 것이 조금이라도 부족하지 않도록 신경을 썼다. 그녀는 곧 새 학교에 자리를 잡고 매우 만족해 했으며 공부에도 상당한 진전을 이루었다. 건전한 영국식 교육을 받으며 자라는 가운데 그녀는 프랑스적인 결점들이 상당 부분 고쳐졌다. 학교를 졸업했을 때에는 내게 붙임성 있고 자상한 친구가 되어 주었다. 그녀는 유순하고 착한 성품에 절조가 있었다. 그녀는 나와 내 아이들을 감사하는 마음으로 보살펴 줌으로써, 내가 힘이 닿는 한 그녀에게 베풀었던 작은 친절까지도 이미 오래전에 충분히 보답을 해주었다.

내 이야기는 끝나 가고 있다. 내 결혼 생활에 대해 한마디만 보태고, 이 이야기 속에 자주 등장했던 사람들의 운명에 대해 간략하게 짚어 보고 나면 그것으로 끝이다.

나는 이제 결혼한 지 10년이 되었다. 나는 내가 세상에서 가장 사랑하는 존재를 위해서만 사는 것, 그 존재와 함께 사는 것이 어떤 것인지 알고 있다. 나는 나 자신이 대단히 축복받은 사람이라고, 어떤 언어로도 표현할 수 없을 만큼 축복받은 사람이라고 생각한다. 남편이 내 생명인 것만큼 내가 남편의 생명이기 때문이다. 어떤 여자도 나보다 더 배우자와 가깝지 못할 것이다. 어떤 여자도 나만큼 완전히 〈뼈에서 나온 뼈요, 살에서 나온 살〉[150]이 되지 못할 것이다. 나는 에드워드와 지내면서 지겨움을 모른다. 그 역시 나와 지내면서 지겨움을 모른다. 마치 우리가 각자 가슴속에서 뛰고 있는 심장의 박동에 대해 지겨움을 느끼지 못하듯이 말이다. 당연히 우리는 항상 함께였다. 함께한다는 것은 우리에게 혼자 있을 때만큼 자유로운 동시에 같이 있을 때만큼 즐겁다는 것을 의미한다. 우리는 하루 종일 이야기를 나누는 것 같다. 서로 이야기를 주고받는 것은 생각을 더 생생하게 만들어서 소리로 표현한 것일 뿐이다. 나는 마음속의 모든 생각을 그에게 털어놓았고 그역시 모든 생각을 전부 내게 털어놓았다. 우리의 성격은 꼭 맞았다. 그 결과 완벽한 조화가 이루어졌다.

로체스터 씨는 결혼 후 2년 동안 계속 앞을 보지 못했다. 아마도 그런 상황이 우리를 그토록 더 가까워지게 만들고 그처럼 단단하게 결합시켜 주었을 것이다. 내가 지금도 그의 오른손인 것처럼 그 당시 나는 그의 눈이었기 때문이다. 문자그대로 나는 (그가 가끔 나를 그렇게 부르듯이) 〈그의 눈동

150 「창세기」 2장 23절. 〈아담은 이렇게 외쳤다. 「드디어 나타났구나! 내 뼈에서 나온 뼈요, 내 살에서 나온 살이로구나. 지아비에게서 나왔으니 지어미라고 부르리라!」〉

자〉[151]였다. 그는 나를 통해 자연을 보고 책을 보았다. 나는 그를 대신해서 바라보는 것을 한 번도 지겨워하지 않았고 들과 나무, 도시와 강, 구름과 햇살의 효과를, 우리 앞에 펼쳐진 경치를, 주변의 날씨를 말로 표현하기를 지겨워하지 않았으며, 더 이상 빛이 그의 눈에 새겨 줄 수 없는 것을 그의 귀에 소리로 각인시켜 주는 일을 지겨워하지 않았다. 한결같이 그에게 책을 읽어 주었고, 그가 가고 싶어 하는 곳이면 어디든 변함없이 그를 이끌어 주었으며, 늘 곁에서 그가 원하는 일을 해주었다. 그리고 나는 도움을 주면서 슬프긴 하지만 가장 충만하고 강렬한 기쁨을 느꼈다. 그는 고통스럽게 수치스러워하거나 의기소침하게 굴욕감을 느끼지 않은 채 이런 도움을 요구했다. 그는 나를 너무나 진심으로 사랑했기 때문에 내 시중을 받는 데에 주저할 줄 몰랐다. 내가 그를 진심으로 사랑한다는 사실을 알기 때문에 그는 내 시중을 받는 것을 내 가장 간절한 소원을 들어주는 것이라고 여겼다.

2년이 다 되어 갈 무렵 어느 날 아침 그가 불러 주는 대로 편지를 쓰고 있을 때 그가 다가와 내게 몸을 구부리며 말했다. 「제인, 당신 목에 반짝이는 장식을 하고 있소?」

나는 금시계 줄을 목에 걸고 있었다. 내가 대답했다. 「맞아요.」

「그리고 연한 파란색 옷을 입고 있소?」

그랬다. 그때서야 그는 한쪽 눈을 가리고 있던 어슴푸레한 장막이 조금 옅어지는 듯한 생각이 들었는데 지금은 그것이 확실하다고 내게 알려 주었다.

우리는 런던으로 갔다. 그는 저명한 안과 의사의 진찰을

151 「신명기」 32장 10절. 〈야곱을 만나신 것은 광야에서였다. 스산한 울음 소리만이 들려오는 빈 들판에서 만나, 감싸 주시고 키워 주시며 당신의 눈동자처럼 아껴 주셨다.〉

받고 마침내 한쪽 눈의 시력을 회복했다. 아주 분명하게 사물을 볼 수 있는 상태는 아니어서 책을 읽거나 글을 쓰지는 못한다. 그러나 손을 잡고 인도를 해주지 않아도 혼자서 걸어 다닐 수 있게 되었다. 하늘이 더 이상 그에게 공백이 아니고 땅이 더 이상 공허가 아니었다. 첫아기가 그의 품에 안겼을 때 그는 아들이 옛날 자기 눈을, 크고 반짝이는 검은 눈을 그대로 물려받았음을 볼 수 있었다. 그때 그는 하느님이 자비로움으로 심판을 누그러뜨려 주신 데 대해 충만한 마음으로 다시 한 번 감사해 했다.

에드워드와 나는 행복하다. 그리고 우리가 사랑하는 사람들 역시 행복하기 때문에 더욱더 행복하다. 다이애나와 메리, 두 사람 모두 결혼을 했다. 그들은 번갈아 1년에 한 번씩 우리를 보러 오고 우리도 그들을 보러 간다. 다이애나의 남편은 해군 대령으로, 용감한 장교인 데다 착한 남자다. 메리의 남편은 목사인데 오빠의 대학 친구였다. 학식이 높고 원칙이 곧은 사람이라 적합한 배필이었다. 피츠제임스 선장과 워튼 씨 모두 아내를 사랑했고 아내의 사랑을 받았다.

세인트존 리버스는 영국을 떠나 인도로 갔다. 그는 스스로 정한 길에 들어섰고 지금도 그 길을 가고 있다. 그보다 더 단호하고 지칠 줄 모른 채 온갖 어려움과 위험 속에서 일하는 개척자도 없으리라. 확고하고 충실하게 헌신적으로, 넘치는 힘과 열정과 진실함으로, 그는 인류를 위해 일하고 인류를 개선시키기 위해 길을 닦고 거인처럼 교리에 대한 편견과 교리를 방해하는 계급 제도를 베어 넘어뜨렸다. 그가 준엄하고 엄격한 것처럼 보일지 모르지만 어쩌면 그는 야심만만한 것인지도 모른다. 그의 준엄함은 아폴리온[152]의 습격으로부터 순

152 『천로역정』에 등장하는 〈끝없는 구덩이의 천사〉로, 굴욕의 계곡에서 패한 후 죽음의 그림자 계곡으로 퇴각한다.

레자 일행을 보호하는 전사 그레이트하트[153]가 보여 주는 준엄함이다. 그의 엄격함은 오로지 그리스도를 위해 말하고 〈나를 따르려는 사람은 누구든지 자기를 버리고 제 십자가를 지고 따라야 한다〉[154]라고 말할 때 사도가 보여 주는 엄격함이다. 그의 야심은 현세로부터 구원을 받은 사람들 중에서, 하느님의 보좌 앞에 〈아무런 흠도 없이〉[155] 설 수 있는 사람들 중에서, 부름을 받고 선택된 충실한 양이 누리는 최후의 대승리를 같이할 사람들 중에서 앞줄에 서는 것을 목표로 삼는 위대한 정신의 소유자가 갖는 야심이다.

　세인트존은 결혼하지 않았다. 앞으로도 절대 결혼하지 않을 것이다. 지금까지 그는 힘겹게 일하는 것으로 만족해 왔고 그 노고가 이제 끝나 가고 있다. 그의 찬란한 태양이 성급하게 지려 하고 있다. 그에게서 받은 마지막 편지는 내 눈에서 인간적인 눈물을 흘리게 했지만 마음만은 성스러운 기쁨으로 가득 채워 주었다. 그는 자신의 확실한 보답인 〈불멸의 월계관〉[156]을 고대했다. 다음번에는 어떤 낯선 사람이 내게 편지를 보내서 〈착하고 충성스러운 종이 마침내 주인과 함께 기쁨을 나누는〉[157] 소식을 전해 주리란 걸 나는 알고 있다. 그렇다면 왜 울겠는가? 죽음에 대한 두려움 때문에 세인트존의 마지막 시간이 결코 어두워지는 일은 없을 것이다. 그의 마음은 구름 한 점 없이 맑을 것이고 그의 가슴은 결코 겁내지 않을 것이며 그의 희망은 확실하고 그의 믿음은 흔들림이 없을

153 『천로역정』에서 크리스티아나와 그녀의 동행자들을 보호해 주는 기사. 그는 죽음의 그림자 계곡에서 아폴리온의 형태로 나타나는 악마들로부터 그들을 보호해 준다.
154 「마르코의 복음서」 8장 34절.
155 「요한의 묵시록」 14장 5절.
156 「고린토인들에게 보낸 첫째 편지」 9장 25절.
157 「마태오의 복음서」 25장 21절.

것이다. 그 자신의 말이 이를 확고히 증명해 준다.

「주님이 내게 미리 경고를 보냈소. 매일 하느님이 더 분명하게 말씀하시오. 〈그렇다. 내가 곧 가겠다.〉 그러면 나는 매 시간 더 열렬히 대답하오. 〈아멘. 오소서, 주 예수여!〉[158]라고.」

158 「요한의 묵시록」 22장 20절.

의미의 보고(寶庫)『제인 에어』

제인 에어와 제인 오스틴Jane Austen(1775~1817)을 혼동하거나 샬럿 브론테와『폭풍의 언덕*Wuthering Heights*』의 작가 에밀리 브론테Emily Brontë(1818~1848)를 동일 인물로 착각하는 사람들이 간혹 있다. 비슷한 이름과 비슷한 활동 시기, 비슷한 작품 주제 등 여러 가지 원인들로 이런 혼란이 야기될 수 있다. 제인 오스틴은 샬럿 브론테가 태어난 1816년 이전에 이미『이성과 감성*Sense and Sensibility*』(1811),『오만과 편견*Pride and Prejudice*』(1813),『엠마*Emma*』(1816) 같은 작품들을 출판했고 샬럿 브론테가 태어난 이듬해에 세상을 떠났다. 이 두 여성 작가를 두고 보자면, 위의 세 작품을 포함한 제인 오스틴의 거의 모든 작품들과『제인 에어』가 온갖 우여곡절 끝에 사랑과 결혼에 이른다고 하는 연애 소설이라는 점에서 연관 관계를 찾을 수 있을 것이다. 또한 샬럿 브론테는 에밀리 브론테와의 관계에 있어서 제인 오스틴의 경우보다 더 많은 공통점이 발견된다. 자매이기도 한 두 사람은『폭풍의 언덕』과『제인 에어』를 나란히 1847년에 출판하였고, 이 두 작품 모두 고딕적인 요소가 가미된 연애 소설로 분류할 수 있기 때문이다.

『제인 에어』는 기본적으로 연애 소설이다. 가난한 고아 가정 교사 제인 에어와 부유하지만 불행한 에드워드 로체스터의 사랑 이야기가 작품의 중심축을 이루고 이들의 사랑을 방해하는 장애물이 주된 갈등으로 작용한다. 이 장애물은 『오만과 편견』이나 『폭풍의 언덕』에서 보이는 것처럼 남녀 주인공들 사이의 빈부 격차나 오해 혹은 신분의 차이가 아니다. 물론 제인과 로체스터 사이에도 신분의 차이, 빈부 격차, 나이차가 존재하지만 두 사람 사이에는 미치광이이지만 엄연히 살아 있는, 로체스터의 아내라고 하는 극복할 수 없는 장애물이 있다. 아내의 존재를 알게 된 후 로체스터 곁에 남아 있으면 결국 정부가 되는 것이라며 그를 떠나기로 결심하는 제인은 도덕성이 결여된 열정이란 결코 완전한 사랑이 될 수 없음을 보여 준다.

제인을 만나기 이전에 로체스터가 유럽을 방랑하며 맺은 정부들과의 관계 역시 도덕성이 결여된 열정의 범주에 든다. 이 범주에 반대되는 유형은 열정 없이 결혼하려는 사람들로, 세인트존 리버스와 블랑쉬 잉그램이 여기에 속한다. 블랑쉬 잉그램은 로체스터에게 아무런 열정을 느끼지 못하면서도 그가 가진 부와 사회적인 지위 때문에 그에게 이끌리고, 블랑쉬보다 더 지적이긴 하지만 세인트존 리버스 역시 제인에 대한 열정이 없음에도 불구하고 그녀에게 청혼한다. 그는 결혼을 일종의 사업상의 계약으로, 제인을 자신의 선교 사업의 잠재적인 협력자로만 간주한다. 도덕성이 결여된 열정에 굴복해서 로체스터의 사랑을 받아들인다면 제인은 비합법적인 정부의 위치로 전락하는 것이 되고, 열정이 없는 세인트존의 청혼을 받아들인다면 〈합법화된 매춘〉의 상태로 전락하는 셈이 된다. 도덕성과 열정 가운데 어느 하나가 결여된 결합은 제인에게 있어서 똑같이 굴욕적인 결과를 초래한다.

　『제인 에어』는 이러한 관계의 여러 예들을 통해 도덕성과 열정이 조화와 균형을 이룰 때 그 사랑만이 행복에 이르는 길임을 보여 준다. 더불어 이 작품에서 이상적인 결합에 필요한 또 다른 중요한 요소로 간주되는 것은 개인의 가치에 대한 인정이다. 로체스터는 가난한 고아 출신의 가정 교사라는 제인의 신분에도 불구하고 그녀가 지닌 지적이고 충실하며 따뜻한 면모를 인식하고 그녀를 완전하고 독립적인 존재로 인정해 준다. 반면에 세인트존 리버스는 제인을 자신의 계획을 수행하는 데 도움이 될 도구이자 부속물로서만 간주한다. 삼촌으로부터 물려받은 유산으로 경제적인 독립까지 성취한 제인과 로체스터의 결혼은 동등하고 독립적인 두 존재의 결합이며, 바로 이런 독립성 때문에 그들은 자신들이 서로에게 의지하고 있다는 사실을 수치나 굴욕을 느끼지 않고 받아들이면서 행복하게 살 수 있게 된다.

　『제인 에어』는 연애 소설로서뿐만 아니라 고딕 소설로도 읽힐 수 있다. 고딕 소설이란 18세기 중엽에서 19세기 초기에 걸쳐 유행한 영국 소설로, 중세의 고딕식 고성을 배경으로 대개 황폐한 저택, 어두운 숲, 구불구불한 계단, 비밀 통로, 고문실이나 괴물의 형상, 저주 등의 초자연적이고 기괴한 이야기를 통해 독자에게 신비감과 공포감을 주는 소설이다. 『뱀파이어*Vampire*』나 『드라큘라*Dracula*』 같은 괴기 작품들 역시 고딕 소설의 한 형태이다. 『폭풍의 언덕』에서는 황량한 황무지를 배경으로 서 있는 요크셔 무어스 저택과 유령의 출현, 악마 같은 히스클리프를 통해 고딕적인 요소가 나타나는 반면 『제인 에어』에서는 고딕적인 저택(손필드), 방랑하는 바이런적인 남자 주인공(로체스터), 다락방에 갇혀 있는 미친 여자(버사 메이슨) 등에서 고딕적인 요소들이 발견된다. 이상한 웃음소리와 수수께끼 같은 사건들을 통해 조금씩 베일을 벗는 손필드 저택의 미스터리는 제인과 로체스터 사이에 전개되는 사랑의 모티브 아래에서 긴장감을 불러일으키는 공포 분위기를 만들어 낸다. 앞날을 예언해 주는 것 같은 제인의 꿈들과 리드 외삼촌의 유령이 나타난 것 같은 느낌, 청혼을 받은 날 밤 마로니에 나무가 벼락을 맞은 일, 세인트존의 청혼을 받아들이려는 찰나 제인에게 들려온 로체스터의 부름소리 같은 초자연적인 사건들 역시 『제인 에어』에 그러한 요소를 더해 준다.

　『제인 에어』에 나타나는 이 모든 고딕적인 요소들 중에서 산드라 길버트Sandra Gilbert(1936~)와 수전 구바Susan Gubar(1944~) 같은 페미니스트 비평가들은『다락방의 미친 여자: 여성 작가와 19세기 문학적 상상력*The Madwoman in the Attic: The Woman Writer and the Nineteenth Century Literary Imagination*』(1979)에서 버사 메이슨에 주목한다. 그들은, 가정이라는 공간에 갇혀서 가부장제의 권위에 복종하는 〈집안의 천사〉이지만 동시에 그런 구속을 전복시키고 그 구속으로부터 벗어나기 위해 끊임없이 위험한 모반을 꾀하는 〈악마〉의 속성을 지닌 여성의 이중적인 입장이 버사 메이슨을 통해 드러난다고 주장한다.

　제인 오스틴의 여러 작품들이나『폭풍의 언덕』에서는 찾아보기 힘든『제인 에어』만의 특징으로는 강한 종교적인 색채를 들 수 있다. 윌리엄 셰익스피어William Shakespeare(1564~1616)와 월터 스콧Walter Scott(1771~1832), 로버트 번즈Robert Burns(1759~1796), 바이런Byron(1788~1824) 등이 언급되지만 이 작품 속에서 가장 빈번하게 인용되는 것은 성서이고, 존 버니언John Bunyan(1628~1688)의『천로역정*The Pilgrim's Progress*』과 존 밀턴John Milton(1608~1674)의『실낙원*Paradise Lost*』같은 종교적 성향이 강한 작품들이다. 『제인 에어』는 결말조차도 성서의 구절을 인용하는 것으로 마무리된다.

『제인 에어』는 여러 유형의 종교적인 등장인물들을 통해 하느님을 섬기는 방식에 대해 생각해 볼 기회를 제공한다. 첫 번째 유형으로는, 모든 것을 하느님에게 맡기고 내세의 영원한 삶을 믿으며 자신을 학대하는 사람들을 미워하지 않고 오른쪽 뺨을 맞으면 기꺼이 왼쪽 뺨을 내주려는 헬렌 번스가 있다. 제인은 모든 것을 너그럽게 용인하는 헬렌 번스로부터 리드 외숙모와 사촌들을 용서하는 법을 배운다. 두 번째 범주에는, 내적인 평화를 기원하며 금욕적인 종교 생활을 실천하지만 타인에 대한 이해와 배려가 전혀 없는 일라이자 리드가 속한다. 세 번째로는, 내세에서의 영원한 행복을 얻기 위해 현세에서 다른 사람들을 위해 봉사하는 삶을 살겠다는 원대한 포부를 지니고 있지만 자신의 목적을 다른 사람들에게 강요하고, 그들을 그 목적을 달성하기 위한 도구로서만 간주하는 차가운 세인트존 리버스가 있다. 네 번째 범주로, 개인적인 목적을 위해 종교를 악용하고 자비를 공언하면서 종교를 학대와 처벌의 구실로 이용하는 위선적인 브로클허스트 목사가 이에 속한다. 끝으로, 제인 에어 자신을 들 수 있다. 그녀는 하느님에게 자주 기도를 드리고 도움을 간구하며 버사 메이슨이 죽은 후 로체스터가 합법적으로 결혼할 수 있는 상태가 될 때까지 그와 결혼하지 않음으로써 전통적인 도덕을 존중한다. 또한 종교를 통해 자신의 행동을 조절하지만 자기 자신을 완전히 억압하거나 희생하려 하지는 않는다. 그녀는 천국에서의 영원한 행복을 위해 로저먼드 올리버에 대한 사랑의 감정을 억누르고 현세에서의 개인적인 행복을 포기하는 세인트존 리버스와 달리 도덕적, 종교적인 의무와 현세의 행복 사이에서 균형과 조화를 이루려고 노력한다.

　로체스터는 이 다섯 범주에 속한 등장인물들보다 훨씬 덜 종교적이며, 사실 죄인이다. 그는 제인을 만나기 전에 세 명의 정부를 둔 적이 있었고 중혼을 시도했으며 그것이 실패하자 제인에게 자신의 정부가 되도록 설득한다. 이후 그는 자신의 죄를 참회하고 용서를 빌며 더 깨끗한 삶을 살 수 있는 힘을 달라고 하느님에게 간구한다. 제인이 돌아와 결혼하는 것으로 그의 기도는 응답을 얻고 잘못에 대해 용서를 받는 듯 보이지만, 로체스터에 대한 용서가 쉽게 이루어지지는 않는다.

　『제인 에어』에 나타난 종교적인 색채와 연관해서 살펴볼 두 번째 요소는 속죄와 용서다. 인과응보나 권선징악, 시적 정의 같은 일반적인 규범을 포함해서 모든 종교와 법의 근간은 처벌의 구조에 토대를 둔다. 사회의 질서를 교란시키는 죄에 대해 아무런 처벌 없이 용서하는 것은 질서 자체를 포기하는 것이나 다름없다. 사회 질서가 유지되기 위해서는 반드시 그 죄에 대한 응징이 요구된다. 인간계에 속하기를 거부하고 신들의 영역인 천계를 향해 하늘을 난 이카루스는 죽음으로 처벌을 받고, 문명의 토대인 근친상간의 금지를 위반한 오이디푸스는 스스로 장님이 되어 방랑 생활을 하는 것으로 벌을 받는다. 돌아온 탕자가 아버지에게 용서를 받을 수 있었던 것은 적어도 그가 사회 질서를 해치는 죄를 짓지는 않았기 때문이다. 로체스터는 아내가 살아 있음에도 불구하고 여러 정부를 두고 다른 여자와 두 번째 결혼을 시도함으로써 일부일처제라는 기독교의 질서를 해치려 한 죄를 지었다. 성서의 표현을 빌리면, 그는 간음을 범했고 그것에 대한 처벌의 방식은 〈오른쪽 눈을 뽑아내고 오른팔을 잘라 내는 것〉(「마태오의 복음서」 5장 27~32절)이다. 로체스터가 손필드 저택의 화재로 인해 한쪽 팔과 한쪽 눈을 잃는 것은 그가 지은 죄에 대한 응징이자 처벌이고 이 처벌의 과정을 거친 후에만 참회를 통해 용서와 보상이 주어진다. 그것은 곧 제인과의 재회와 결혼이라는 형태로 나타난다.

작품 속에서는 불구가 된 로체스터의 모습이 삼손에 비유되지만, 역자의 입장에서 볼 때 그는 오이디푸스와 겹친다. 펀딘에서 제인의 몸을 지팡이 삼아 산책하는 로체스터의 모습이, 아버지를 죽이고 어머니와 결혼해 자식들을 낳았다는 사실을 깨닫고 스스로 눈을 찔러 장님이 된 후 딸 안티고네의 부축을 받으며 세상을 방랑하는 오이디푸스와 닮았기 때문이다.

등장인물들의 종교관이나 처벌의 문제는 자칫 너무 진지해지거나 딱딱해질 수 있는 주제다. 이러한 주제를 다루다 보면 각 인물의 종교관에 대한 비난의 형식을 취하기 십상이기 때문이다. 그러나 샬럿 브론테는 특유의 유머 감각으로 등장인물들에 대한 비난의 신랄함을 상쇄시키고 무거워질 수 있는 주제를 산뜻하게 만들어 준다. 지옥의 불구덩이에 떨어지지 않으려면 어떻게 해야 하느냐는 브로클허스트의 질문에 〈건강을 유지해서 절대 죽지 말아야 한다〉는 제인의 대답이라든가, 머리를 땋거나 비싼 옷을 입는 것이 육체의 탐욕에 빠지는 길이라며 일장 설교를 하는 브로클허스트 앞에 눈에 띄는 머리 모양과 옷차림으로 한껏 치장한 아내와 두 딸이 등장하는 장면, 청혼을 거절한 제인에게 하느님을 믿지 않으면 죽어서 불과 유황으로 타오르는 지옥불에 떨어질 것이라며 「요한의 묵시록」 구절을 읽어 주는 세인트존 리버스의 모습은 저절로 웃음을 자아내게 한다.

『제인 에어』는 연애 소설, 고딕 소설, 종교적인 주제를 다룬 소설로서뿐만 아니라 종교적인 위선에 대한 비판을 포함한 사회 비판서이자 주인공 제인 에어의 정신적, 정서적 성장을 다룬 교양 소설 혹은 성장 소설로도 익힐 수 있다. 또한 현실에서 좌절된, 콩스탕탱 에제Constantin Héger(1809~1896)에 대한 샬럿 브론테의 소망 성취를 보여 주는 정신 분석학적인 텍스트로도 해석이 가능하며 억압된 여성의 역할을 재고찰하고 버사 메이슨을 제인 에어의 거울 이미지로 해석해 볼 수 있는 페미니즘 소설, 혹은 영국의 백인들이 버사 메이슨 같은 식민지 출신들에게 느끼는 인종적인 편견을 보여 주는 사회 문화적인 텍스트로도 해석될 수 있는 가능성을 내포하고 있다.

관점에 따라 무한하게 열려 있는 이런 해석의 가능성이야말로 출판된 지 160년이 지난 지금에도 『제인 에어』가 계속해서 새롭게 읽힐 수 있는 이유일 것이며, 샬럿 브론테가 제인 오스틴을 시작으로 메리 셸리Mary Shelley(1797~1851), 에밀리 브론테, 조지 엘리엇George Eliot(1819~1880)을 거쳐 버지니아 울프Virginia Woolf(1882~1941)로 이어지는 영국의 여성 작가 계보에서, 더 나아가서는 영문학사와 세계 문학사에서 독보적인 한자리를 차지할 수 있었던 이유일 것이다.

이 번역의 텍스트는 옥스퍼드 월드 클래식Oxford World's Classics에서 나온 *Jane Eyre*(2000)를 원전으로 한 것이다. 다른 책들이 대부분 38장으로 되어 있는 데 반해 이 텍스트는 1847년 작품이 출판될 당시의 편집 형식에 따라 세 권으로 나뉘어 있다. 제1권(1~15장)에는 게이츠헤드와 로우드 시절의 제인 에어가 그려져 있고, 제2권(16~26장)에는 제인 에어가 손필드 저택에서 가정 교사로 일하며 로체스터와 사랑에 빠지는 이야기, 그리고 제3권(27~38장)에는 제인 에어가 무어 하우스에서 지내다 펀딘으로 돌아와 로체스터와 재회하고 결혼하는 이야기가 각기 담겨 있다.

이 텍스트는 연극으로 비유하자면 작품 전체가 3막 5장(1장

— 게이츠헤드 시절, 2장 — 로우드 시절, 3장 — 손필드 시절, 4장 — 무어 하우스 시절, 5장 — 펀딘 시절)으로 구성되어 있어서 이야기의 전개 과정을 쉽게 이해할 수 있도록 해주는 장점이 있다. 이 텍스트의 두 번째 특징이자 장점은 꼼꼼한 주석이다. 기독교인이 아니라면 모르고 지나칠 수 있는 성서의 구절들이나 여러 문학 텍스트들의 출처가 밝혀져 있고 우리가 일상적으로 사용하는 쉬운 표현임에도 불구하고 샬럿 브론테 당대의 독특한 의미를 모르면 잘못 이해할 수 있는 표현들에 대한 설명이 덧붙여져 작품의 정확한 해석에 도움을 받을 수 있었다.

끝으로, 무한한 의미의 보고(寶庫)인 『제인 에어』에서 독자마다 새로운 의미를 찾아내길 바란다.

이미선

샬럿 브론테 연보

1816년 출생   4월 21일 요크셔 주의 손턴에서 아일랜드 출신의 영국 국교회 목사인 패트릭 브론테Patrick Brontë와 마리아 브론테Maria Brontë(결혼 전 성은 브랜웰Branwell)의 1남 5녀 중 3녀로 태어남.

1820년 4세   가족 모두가 아버지의 교구인 호어스로 이사함.

1821년 5세   9월 15일 어머니 마리아 브론테가 암으로 세상을 떠남. 그 후 이모인 엘리자베스 브랜웰Elizabeth Branwell이 브론테의 여섯 형제자매를 키움.

1824년 8세   8월 샬럿은 언니인 마리아(1814년생)와 엘리자베스(1815년생), 동생인 에밀리Emily(1818년생)와 함께 랭커셔 주의 코언 브리지에 있는 목사 딸들의 학교에 입학함. 이 학교는 『제인 에어』에서 로우드 학교로 등장함.

1825년 9세   6월 1일 아버지가 마리아와 엘리자베스를 학교에서 집으로 데려간 직후 두 사람은 폐병으로 세상을 떠남.

1831~1832년 15~16세   머필드에 있는 로헤드 학교에서 공부를 계속함. 그곳에서 엘렌 너시Ellen Nussey와 메리 테일러Mary Taylor를 만나 편지를 주고받으며 평생 친구로 지냄.

1833년 17세   찰스 앨버트 플로리언 웰즐리 경Lord Charles Albert

Florian Wellesley이라는 가명으로 중편소설『녹색 난쟁이*The Green Dwarf*』를 씀.

1835~1838년 19~22세 로헤드 학교에서 교사로 일함. 1838년에서 1839년에 걸쳐『상상의 왕국 앵그리아의 이야기들*Tales of Angria*』를 씀. 그 밖의 초기 작품으로『주문*The Spell*』, 『비밀*The Secret*』, 『기아*The Foundling*』, 『내 상상의 왕국 앵그리아와 앵그리아인들*My Angria and the Angrians*』, 『앨비언과 마리나*Albion and Marina*』, 『섬사람들의 이야기*Tales of the Islanders*』가 있음.

1839~1841년 23~25세 요크셔 주의 여러 가문에서 가정 교사로 일함.

1842년 26세 2월 동생 에밀리와 함께 브뤼셀로 가서 콘스탄틴 에제 Constantin Héger와 그의 아내 클레르 조에 파랑 에제Claire Zoé Parent Héger가 운영하는 기숙 학교에 입학. 그곳에서 숙식비와 학비 대신 샬럿은 영어를 가르치고 에밀리는 음악을 가르침. 어머니가 세상을 떠난 후 브론테 자녀들을 돌봐 주던 이모 엘리자베스 브랜웰이 10월 장폐색으로 세상을 떠나자 샬럿과 에밀리는 영국으로 돌아옴.

1843년 27세 1월 혼자 브뤼셀로 돌아가 에제 기숙 학교에서 교사로 일함. 외로움과 향수병에 시달리며 콘스탄틴 에제를 연모하게 됨.

1844년 28세 1월 호어스로 돌아옴. 에제 기숙 학교에서의 경험은『교수*The Professor*』와『빌레트*Villette*』의 토대가 됨.

1846년 30세 5월 샬럿과 에밀리와 앤은 커러, 엘리스, 액턴 벨이라는 가명으로 합동 시집『커러와 엘리스와 액턴 벨의 시*Poems by Currer, Ellis, and Acton Bell*』를 출판함. 시집은 단 두 권밖에 팔리지 않았지만 세 자매는 출판을 목표로 계속 글을 쓰고 각자 소설을 쓰기 시작함.

1847년 31세 10월『제인 에어*Jane Eyre*』가 스미스 엘더사에서 출판됨. 샬럿은 커러 벨이라는 가명을 계속 사용함으로써 작가가 남성인지 여성인지에 대해 세간의 궁금증을 불러일으킴. 12월 에밀리의『폭풍의 언덕*Wuthering Heights*』이 출판됨.

1848년 32세 9월 샬럿의 남동생이자 브론테 가문의 유일한 아들인 브랜웰이 과음으로 고질적인 기관지염과 쇠약증이 악화되어 세상을 떠남. 브랜웰이 아편 중독자였으리라는 추측도 있었음. 12월 에밀리가 폐병으로 세상을 떠남.

1849년 33세 5월 앤이 폐병으로 세상을 떠남. 10월 샬럿의 『셜리 *Shirley*』가 출판됨. 『제인 에어』가 거둔 엄청난 성공으로 가끔 런던을 방문하게 된 샬럿은 진짜 신분을 밝히고 해리엇 마티노, 엘리자베스 개스켈, 윌리엄 메이크피스 새커리, G. H. 루이스와 친분을 쌓게 됨.

1853년 37세 『빌레트』 출간.

1854년 38세 6월 아버지의 부목사인 아서 벨 니콜스Arthur Bell Nicholls (1819~1906)와 결혼하고 곧 임신을 하게 됨.

1855년 39세 3월 31일 구토와 어지럼증에 시달리다가 태어나지 못한 아기와 함께 세상을 떠남. 사망 증명서에는 사인이 폐병으로 기록되어 있지만 많은 전기 작가들은 그녀가 심한 입덧으로 인한 과도한 구토 때문에 생긴 탈수와 영양실조로 세상을 떠났을 것이라고 추측함. 웨스트 요크셔 주 호어스의 성 미카엘과 천사들 교회에 있는 가족 묘지에 안치됨.

1856년 샬럿에 대한 최초의 전기인, 개스켈Gaskell(1810~1865)의 『샬럿 브론테의 생애*Life of Charlotte Brontë*』가 출판됨. 당시의 도덕성에 대한 모욕이 될 수 있고 생존해 있던 샬럿의 친구들과 아버지와 남편에게 큰 고통을 안겨 줄 수도 있었기 때문에 이 전기에서 개스켈은 유부남이었던 에제에 대해 샬럿이 품었던 사랑을 다루지 않았음.

1857년 샬럿의 첫 번째 소설인 『교수』가 사후에 출판됨. 『교수』는 『제인 에어』보다 먼저 쓰인 작품으로 『폭풍의 언덕』, 『아그네스 그레이 *Agnes Grey*』와 함께 나중에는 각자 출판사에 보내졌지만 많은 곳에서 거절을 당했음.

1860년 샬럿이 말년에 집필했던 미완성 유고로, 20쪽밖에 되지 않는 『엠마*Emma*』가 출판됨. 이 단편적인 유고를 토대로 1980년에는 콘스탄스 새버리Constance Savery의 『엠마』와 2003년에는 클레어 보이런

Clare Boylan의 『엠마 브라운*Emma Brown*』이 출판됨.

1997년 『브론테 자매들의 시선집*Selected Poems of The Brontës*』 출간.

열린책들 세계문학 **166** 제인 에어 하

옮긴이 이미선 경희대학교 영어영문학과를 졸업하고 동 대학원에서 박사 학위를 받았다. 옮긴 책으로는 『욕망이론: 자크 라캉』(공역), 『자크 라캉』, 『연을 쫓는 아이』, 『프랑켄슈타인』, 『로스트 페인팅』, 『프랭크 바움』, 『아동문학 작품 읽기』, 『순수의 시대』 등이 있고 저서로는 『라캉의 욕망이론과 셰익스피어 텍스트 읽기』가 있다.

지은이 샬럿 브론테 **옮긴이** 이미선 **발행인** 홍지웅·홍예빈
발행처 주식회사 열린책들 **주소** 경기도 파주시 문발로 253 파주출판도시
전화 031-955-4000 **팩스** 031-955-4004 **홈페이지** www.openbooks.co.kr
Copyright (C) 주식회사 열린책들, 2011, *Printed in Korea.*
ISBN 978-89-329-1166-3 04840 ISBN 978-89-329-1499-2 (세트)
발행일 2011년 4월 5일 세계문학판 1쇄 2020년 11월 10일 세계문학판 5쇄

이 도서의 국립중앙도서관 출판예정도서목록(CIP)은 서지정보유통지원시스템 홈페이지(http://seoji.nl.go.kr)와 국가자료공동목록시스템(http://www.nl.go.kr/kolisnet)에서 이용하실 수 있습니다.(CIP제어번호:CIP2011001315)

각 권 8,800~15,800원